Frank Schwebler

Tödliche Belohnung

Im Bann der Zweifel

Thriller

> Wenn etwas kleiner ist als das Größte,
> so ist es darum noch lange nicht unbedeutend.

Lucius Annaeus Seneca (4 v.Chr. – 65 n. Chr.), römischer Philosoph u. Dichter

© 2024 – all rights reserved
Ideen haben Rechte! Das Werk ist einschließlich aller seiner Teile urheberrechtlich geschützt.
Jede urheberrechtswidrige Verwertung ist unzulässig.
Alle Rechte sind vorbehalten, insbesondere die Rechte der gesamten Reproduktion/des Nachdrucks sowie der Verbreitung und Übersetzung.
Kein Teil des Werkes darf in irgendeiner Form (weder durch Fotokopie, digitale Verfahren sowie PC-Dokumentation) ohne schriftliche Genehmigung des Autors bzw. des Verlages reproduziert oder in Datenverarbeitungsanlagen sowie im Internet gespeichert werden.

Text: Frank Schwebler
Lektorat: Stephanie Schilling
Covergestaltung: Verlagshaus Schlosser
Umschlagabbildung: AdobeStock
Satz und Layout: Verlagshaus Schlosser
ISBN 978-3-96200-768-3
Druck: Verlagsgruppe Verlagshaus Schlosser
D-85652 Pliening • www.schlosser-verlagshaus.de

Printed in Germany

Prolog

Tief in ihrem Inneren spürte die junge Frau, dass sie nach diesem lauen Samstagabend das morgige Sonnenlicht nicht mehr erleben würde. Nachdem Anja kurze Zeit später erwachte, hatte sie nur einen Gedanken: Was war das heute Nacht für ein schrecklicher Traum? Sie öffnete zaghaft ihre Augen und stellte im gleichen Atemzug fest, dass das, was ihr wie ein Traum vorkam, purer hässlicher Realität gewichen war. Erkennen konnte sie nicht viel. Schwach flackerndes Kerzenlicht spiegelte sich auf ihren Pupillen wider. Bevor Anja einen weiteren Gedanken fassen konnte, spürte sie, dass sich eine Person im Zimmer aufhielt. Just in diesem Moment nahm sie in ihrer unmittelbaren Nähe eine flüsternde Stimme wahr.

»Wie du vor mir liegst, so erotisch und fordernd. Deine Brüste erregen mich unwahrscheinlich. Sie sind so prall und schön. Ich kann den Blick nicht von ihnen lassen. Es hat sich nichts geändert, es ist nur vollkommener geworden.«

Anja versuchte krampfhaft, sich zu bewegen, doch ihre Beine waren wie ihre Hände am Bett fixiert. Sie besaß nicht den Hauch einer Chance, ihre Gliedmaßen nur ein Stück weit zu bewegen. Ihre Gedanken spielten verrückt und sie fragte sich, wie man ihr nur so etwas antun konnte. Anja war gerade 28 Jahre alt geworden und stand kurz davor, ihr zwölftes Semester als Jurastudentin zu beenden. Sie dachte, dass sie bei allen beliebt sei und konnte sich nicht erklären, wie sie in diese schrecklich ausweglose Situation geraten war. Anja versuchte zu schreien, doch in ihrem Mund befand sich etwas Dickes, Stinkendes aus Stoff. Ihr Versuch, es auszuspucken, gelang erstaunlicherweise gleich beim ersten Mal.

Das Sprechen funktionierte besser als sie es erwartet hatte. Ihr Mund war trocken und ihre Stimme klang leise und zitterte.

»Was habe ich Ihnen getan? Wer sind Sie und wie kommen Sie in meine Wohnung?«

Anja wollte die nächste Frage formulieren, als sie im Augenwinkel etwas aufblitzen sah. Eine Sekunde später spürte sie, wie etwas spitzes ihre rechte Brustwarze berührte. Im gleichen Augenblick sorgte ein tiefer schmerzvoller Schnitt dafür, dass ihr fast schwarz vor Augen wurde. Ihr Peiniger war Anja jetzt so nah, dass sie erkennen konnte, wie er grinste und ihre blutig tropfende Brust wie eine Trophäe nach oben riss. Ihr dunkles Blut suchte sich an seinem Arm entlang den Weg nach unten. Erst jetzt bemerkte Anja, dass sie völlig nackt auf ihrem Bett lag. Wieder nahm sie die Stimme wahr, die sich jetzt ganz nah vor ihrem Gesicht befand. Ein ekliger, beißender Geruch setzte sich in ihrer Nase fest.

»Ich muss es jetzt vollenden. Du bist sehr schwach. Die Zeit ist gekommen, dich zu erlösen. Du sollst spüren, was es bedeutet, verletzt zu werden. Auf diesen Moment habe ich lange gewartet. Es wird ein Gefühl der Genugtuung für mich sein.«

Anja versuchte sich mit letzter Kraft zu befreien. Doch bei jeder Bewegung schnitten sich die Fesseln tiefer in ihr brennendes Fleisch. Dann sah sie wieder das große, blutverschmierte Messer über sich.

»Du wirst mir fehlen Anja. Ich werde dich in meinen Erinnerungen behalten. Immer!«

Als Anja die letzten Worte dieses Irren – und gleichzeitig die letzten Worte in ihrem doch so kurzen Leben hörte, wurde ihr klar, dass ihr Peiniger sich nicht mehr erweichen lassen würde. Sie spürte einen letzten bestialischen Stich in ihrer linken Brust.

Die Klinge traf mitten in ihr junges Herz. Ihr Kopf fiel wie in Zeitlupe zur Seite und eine letzte Träne lief ihre Wange herunter.

1.

Sonntag, 18.09.2022

Es war ein feuchttrüber Septembermorgen. Ein schriller Ton, ausgelöst durch sein vibrierendes Handy, riss den Ersten Kriminalhauptkommissar Tom Gerster am Sonntagmorgen um 04:30 Uhr auf unsanfte Weise aus dem Schlaf. Da er vor einiger Zeit seinem Chef, dem Ersten Kriminalrat Rainer Mallgraf, einen eigenen Klingelton zugewiesen hatte, wusste er sofort, dass dieser Sonntag nichts Positives für ihn im Gepäck haben würde. Kaum hatte er den virtuellen Balken auf dem Display seines Handys nach rechts geschoben, vernahm er die hektischen Worte seines Vorgesetzten.

»Wir treffen uns in genau dreißig Minuten im Präsidium, und beeilen Sie sich bitte Wir haben einen grauenvollen Mord in Neckargemünd.«

Kriminalhauptkommissar Tom Gerster war schon unterwegs ins Bad und schaffte es, zwölf Minuten später in seinem Dienstwagen zu sitzen. Das Präsidium war nur fünf Kilometer entfernt, und so hatte er Zeit, während der Fahrt seinen jungen Kollegen Oberkommissar Sven Hilpert zu informieren, um ihn mit den wichtigsten Neuigkeiten vertraut zu machen. Kurz nach 05:30 Uhr saßen sie alle drei in Kriminalrat Mallgrafs Büro und hielten einen kurzen Austausch, um sich schnellstmöglich zum Tatort nach Neckargemünd zu begeben. Als die Beamten kurze Zeit später in der Straße ›Am Kastanienberg‹ ankamen, wurden sie schon von zahlreichen uniformierten Kollegen erwartet. Den Ermittlern bot sich ein Bild, das sie sonst nur von den besten Actionfilmen aus Hollywood kannten. Der morgendlichen Nebel, der sich tief im Berg festsetzte und die grellen blau verschwommenen Lichter der Rettungsfahrzeuge stellten ein grauenvolles Bild dar. Das bei den Ermittlern schon einen ersten Eindruck hinterließ, was hier in den letzten Stunden geschehen sein musste.

Ein junger Streifenpolizist, Tom schätzte ihn auf ca. 25 Jahre, kam kreidebleich auf ihn zu und deutete mit einer zittrigen Handbewegung an, in welche Richtung sie gehen sollten. Er selbst blieb wie angewurzelt stehen und machte keine Anstalten, sie zu begleiten. Das Haus lag an einem Hang in einer beliebten Gegend. Wenn man hier einigermaßen gut wohnen wollte, sollte oder musste man über das nötige Kleingeld verfügen. Es handelte sich um ein schönes und gepflegtes Zweifamilienhaus, das hinter einem mit viel Liebe zum Detail angelegten Vorgarten lag.

Der Tatort befand sich im ersten Stock des Hauses. Tom und Hilpert erkundigten sich bei einem in weiß gekleideten Kollegen der Spurensicherung über die ersten Erkenntnisse. Durch seine Bleiche im Gesicht und den weit aufgerissenen Augen, konnte man ihm deutlich ansehen, was sich ihnen in wenigen Sekunden hinter der Tür zum Schlafzimmer für ein entsetzlicher Anblick bieten würde. Tom hatte in seiner Laufbahn schon viel gesehen, darunter tote Drogenabhängige, brutal ermordete Prostituierte und misshandelte Kinder. Doch die folgenden Bilder sollte sich tief in seine Gedanken einprägen.

Anja Berger lag gefesselt auf ihrem mit Blut durchtränkten Bett. Ein weißes Laken bedeckte ihren Körper, sodass nur der Kopf zu sehen war. Ihre Augen waren weit aufgerissen. Ihre langen blonden Haare waren engelsgleich rechts und links neben ihrem Kopf drapiert. »Gibt es schon Erkenntnisse, was zum Tod des Opfers geführt hat?« Wollte Hilpert von dem anwesenden Gerichtsmediziner wissen.

Der Arzt schaute mit ernstem Blick zu Tom und sagte: »Zieh das Laken nach unten weg und die Frage deines Kollegen dürfte fürs Erste mehr als beantwortet sein.«

Tom zog das weiße Tuch langsam nach unten. Als er freien Blick auf das Opfer hatte, drehte er sich schnell zur Seite weg, um sich nicht übergeben zu müssen. Anja Bergers Oberkörper war fürchterlich zugerichtet worden. Das Ganze erinnerte an ein Schlachthaus kurz vor Feierabend. Anjas rechte Brust war brutal von ihrem Körper abgetrennt worden. Auf der linken Seite steckte das Messer tief in ihrem Herzen. Ihre einst so wunderschönen braunen Augen waren weit geöffnet und man konnte an ihrem leeren Blick deutlich erkennen, was für eine grausame Tat sie durchlebt haben musste.

Nach einem kurzen Blickaustausch mit dem Gerichtsmediziner, deutete Tom seinem Kollegen Hilpert mit einer Kopfbewegung an, dass sie den Raum schnellstmöglich verlassen sollten.

Auf der zwanzigminütigen Fahrt ins Präsidium schwiegen beide so lange, bis Tom mit einem lauten »Was ist das nur für eine verdammte Scheiße hier?« die eiskalte Stille im Wagen beendete. Er war wütend. Schon lange hatte er kein derartig bestialisches Verbrechen mehr gesehen. Tom Gerster war vor knapp einem Jahr zur Kripo Heidelberg gewechselt. Nach der Trennung von seiner Frau Gaby war für ihn klar gewesen, dass er die Stadt Mainz hinter sich lassen musste und wieder in seine Heimatstadt Heidelberg zurückkehren wollte.

In der Dienststelle angekommen, versammelten sich alle im Besprechungszimmer zur eigens von Kriminalrat Rainer Mallgraf gegründeten ›Soko Anja Berger‹. Zum Team gehörten neben Kriminalhauptkommissar Gerster und Oberkommissar Hilpert, die Kommissare Stefan Lohfeld und sein Kollege Kommissar

Mathias Ritter. Für den anfallenden Papierkram und eingehende Telefonate stellte Kriminalrat Mallgraf seine Sekretärin Susanne Moser zur Verfügung. Frau Moser war bei allen Kollegen auf dem Revier beliebt und hatte stets ein offenes Ohr für jeden. Mallgraf gab in kurzen, aber klaren Worten die ersten Erkenntnisse im Mordfall Berger bekannt. »Anja Berger, geboren am 16.07.1994 in Heidelberg, Jurastudentin im 12. Semester. Einziges Kind der Eheleute Simone und Dr. Peter Berger. Sie waren es, die das Opfer heute Morgen gegen 03:50 Uhr gefunden haben. Eigentlich wollte Anja Berger mit ihren Eltern gestern Abend nach deren 14-tätigen Urlaub auf Rhodos einen kleinen Willkommenstrunk abhalten. Wie wir von Dr. Peter Berger wissen, telefonierte seine Frau Simone gegen 19:00 Uhr am Vorabend mit ihrer Tochter, um ihr mitzuteilen, dass der Flieger Verspätung habe und sie es deshalb nicht rechtzeitig schaffen würden, bis spätestens 23:00 Uhr am Frankfurter Flughafen zu landen. Da es am Flughafen Frankfurt ein Nachtflugverbot gibt, musste die Maschine nach Köln weiterfliegen. Von dort aus wurden sie mit anderen Fluggästen in einem explizit für sie gecharterten Bus zurück nach Frankfurt gefahren. Die Fahrt nahm etwa drei Stunden in Anspruch, sodass die Bergers erst gegen 02:45 Uhr die Heimreise von Frankfurt nach Neckargemünd fortsetzen konnten. Knapp eine Stunde später fuhr Dr. Peter Berger sein Auto in die Garage. Frau Berger wunderte sich, dass zu dieser frühen Stunde bei ihrer Tochter schon ein Lichtschein erkennbar war. Das war ungewöhnlich für Anja, die normalerweise nur in absoluter Dunkelheit schlafen konnte. Als die Eheleute Berger über die Treppe in den ersten Stock des Wohnhauses gelangten und gerade im Begriff waren, an der Wohnungstür ihrer Tochter zu klopfen, bemerkten sie, das diese ein Spalt weit offenstand. Sie tasteten sich langsam vor. Simone Berger rief leise nach Anja. Als diese nicht reagierte, ging sie mit zittrigen Beinen ein paar Schritte weiter. An der ebenfalls geöffneten Schlafzimmertür angekommen, sah sie ihre fürchterlich zugerichtete Tochter. Bei dem Anblick schrie sie so laut sie konnte. Bevor Herr Berger seiner Frau zur Hilfe eilen konnte, sah er nur wie sie zu Boden sank und dort bewusstlos liegen blieb.Frau Berger leidet seitdem unter einem schweren Trauma und befindet sich zurzeit in stationärer Behandlung im Klinikum Heidelberg.«

In Tom brannten gleich zwei Fragen auf:

»Ist es nur Zufall oder wusste der Täter, dass Anja Berger allein zuhause war? Und hätte der Flieger aus Rhodos keine Verspätung gehabt, würde die junge Frau dann vielleicht sogar noch leben?«

Er nahm sich vor, seine Gedanken für sich zu behalten, und ließ seinen Vorgesetzten Rainer Mallgraf seine Erkenntnisse zu Ende führen. Toms junger Kollege Sven Hilpert war dagegen aufgebracht und meinte, er müsse mit den Worten: »Wir sollten nicht so viel reden, sondern dieses dreckige Schwein finden und für immer wegschließen«, seinem Zorn etwas Luft machen.

Kriminalrat Rainer Mallgraf ignorierte Hilperts Einwand.

»Ab sofort wird Kriminalhauptkommissar, Tom Gerster die Ermittlungen leiten und alle Informationen werden über ihn laufen.«

Tom war ein erfahrener Kommissar, und es war nicht das erste Mal, dass man ihm die Verantwortung für eine ›Soko‹ übertrug. Den Umgang mit schwierigen Situationen hatte er schon in seinen Anfängen hervorragend gemeistert.

Mallgraf erinnerte sich, dass Tom bei seinem Amtsantritt als Erster Kriminalhauptkommissar in Heidelberg, vor seinen neuen Kollegen eine kurze, aber sehr bemerkenswerte Rede hielt.

Tom half es in bestimmten Situationen immer, in seinen Gedanken die dazu passenden Wörter zu finden. Und wie konnte es damals anders sein, als seine Abschlussworte passend mit jenem Spruch abzuschließen:

»Wer erkennt, ist in der Lage zu verstehen. Wer versteht, kann entscheiden. Wer vorausschauend ist, kann die Geschehnisse steuern.«

Nach einem schnellen Kaffee und einem belegten Brötchen machten sich Tom und Hilpert noch einmal auf den Weg zum Tatort. Wie sie durch die Spurensicherung in Erfahrung gebracht hatten, konnten weder unten an der Eingangstür noch oben an Anja Bergers Wohnungstür Einbruchspuren festgestellt werden. Die Ermittler vermuteten, dass das Opfer ihren Mörder eventuell gekannt hat und ihm die Tür selbst geöffnet haben musste.

Tom und Hilpert hatten Glück und trafen den Vater der Ermordeten im Haus an. Vor ihnen stand ein unscheinbarer, älterer, etwas übergewichtiger, etwa 165 Zentimeter großer Mann. Seine wenigen auf die Seite gegelten, schütteren Haare machten auf die Ermittler einen nicht gerade sympathischen Eindruck. »Sie müssen entschuldigen, aber ich komme gerade von meiner Frau aus dem Krankenhaus. Leider ist sie im Moment nicht wirklich ansprechbar. Ihr behandelnder Arzt teilte mir mit, dass Simone mit starken Psychopharmaka behandelt wird.«

Dr. Peter Berger wirkte auf Tom angesichts der Umstände sehr gefasst und seiner Meinung nach, etwas zu distanziert. Berger meinte, dass er nur noch kurz seine Mails auf dem Handy checken müsse und dann für Fragen bereit sei. Man konnte fast den Eindruck bekommen, ihn würde die ganze Sache kalt lassen und nicht sonderlich berühren. Mit der freundlichen Art der Bedienung eines Biergartens, bot er den beiden Beamten Kaffee oder etwas Kaltes zu trinken an. Aber das konnte eine Art von Schockzustand sein. Hilpert wurde ungeduldig. »Hatte Ihre

Tochter eine Beziehung oder war sie Single?« Der Vater des Opfers antworte emotionslos und ohne den Blickkontakt des Ermittlers zu suchen. »Soweit ich weiß, gibt es da niemanden. Ich kann es Ihnen aber ehrlich gesagt nicht sagen. Es hat mich nie wirklich interessiert.«

Tom übertrug seinem Kollegen die Aufgabe, bei Herrn Berger zu bleiben und ihn weiter über Freunde, Bekannte oder Studienkollegen seiner Tochter zu befragen. Er selbst, ging in die mit Polizeiband abgesperrte und versiegelte Wohnung des Opfers. Im Schlafzimmer angekommen, stellte er sich für einige Minuten in die Türöffnung und machte sich seine eigenen Gedanken zum eventuellen Tathergang. Das tat er immer als Erstes, wenn er einen frischen Tatort inspizierte. Nur so konnte er Dinge erkennen, die man sonst nicht sah. Diese Vorgehensweise hatte ihm schon bei einigen Ermittlungen zum Erfolg verholfen.

Ihm fiel sofort auf, dass das Schlafzimmer aufgeräumt war. Es lagen keine Kleider auf dem Boden und es war nichts mutwillig zerstört oder umgeworfen worden, was darauf schließen ließ, dass es dem Anschein nach keinen Kampf zwischen Täter und Opfer gegeben hatte. Die Bluse, Hose, den BH und Slip, die Anja Berger kurz vor ihrem Tod getragen haben musste, hatten die Kollegen der Spurensicherung mit in die Gerichtsmedizin genommen. Die Ermittler erhofften sich dadurch den mutmaßlichen Täter durch einen späteren DNS-Abgleich überführen zu können. Auf dem Sideboard standen zahlreiche Kinder- und Jugendfotos des Opfers, mal allein, mal mit anderen bei einer Sportveranstaltung oder einer Feier. Auf einigen Bildern waren nur einzelne Freunde oder Bekannte zu sehen. Die Fotos machten den Eindruck auf ihn, dass Anja Berger in ihrer Kindheit und als Jugendliche ein glückliches Mädchen gewesen sein musste.

Zehn Minuten später betrat Hilpert das Zimmer und teilte Tom mit, dass er mit der Befragung des Vaters fürs Erste fertig sei. Die beiden machten sich auf den Weg nach unten und verabschiedeten sich von Herrn Dr. Berger.

Als sie vor dem Haus kurz innehielten, richtete sich Hilpert an Tom: »Ich finde ja, dass dieser Dr. Peter Berger sich etwas seltsam verhält, denkst du nicht?«

»Wie meinst du das?«, fragte Tom interessiert nach.

»Er spricht über seine Tochter, als sei sie nur eine gute Bekannte, die er nicht besonders mag.«

Am späten Vormittag erfuhr Tom telefonisch von dem Pathologen, Dr. Reinhard Wagner die neusten Untersuchungsergebnisse.

»Anja Bergers Todesursache war definitiv der Stich mit dem Messer direkt in ihr Herz. Nach meinen Ergebnissen musste das Opfer noch gelebt haben, als ihr die rechte Brust nicht fachgerecht und unter den damit verbundenen fürchterlichen Schmerzen abgeschnitten wurde. Das könne man durch den hohen Blutverlust an der abgetrennten Stelle feststellen. Da die abgetrennte Brust am Tatort nicht auffindbar war, muss man davon ausgehen, dass der Täter sie mitgenommen hat. Entweder hat er sie später entsorgt oder als Trophäe behalten. Außerdem haben wir bei dem Opfer Druckstellen an der linken Seite des Halses festgestellt. Was der Grund dafür ist, wird noch untersucht. Es handelt sich nicht um einen sexuellen Missbrauch. Die Tote hatte kurz vor und nach ihrem Ableben keinen Geschlechtsverkehr. Es wurden keine Spermaspuren am Opfer festgestellt.

Der Tod ist zwischen 22:00 und 23:00 Uhr eingetreten. Es befanden sich keine verwertbaren DNS-Spuren, wie zum Beispiel Speichel oder fremde Haare an der Leiche. Unter den Fingernägeln des Opfers konnten wir ebenfalls keine Hautreste finden, die sich vielleicht durch einen Kampf dort festgesetzt hätten. Was bedeutet, der Täter hat Handschuhe oder vielleicht sogar einen Ganzkörperanzug getragen. Was mir aber am meisten Gedanken macht, ist die Feststellung, dass auf der linken Brust, direkt neben dem Messereinstich, oberflächlich und kaum sichtbar die Zahl ›Einhundertfünfzig‹ in Ziffern eingeritzt wurde. Es handelt sich übrigens hierbei um das gleiche Messer, das im Herz steckte.«

Nach diesen neuesten Erkenntnissen wies Tom Gerster alle teilnehmenden Beamten der ›Soko Anja Berger‹ an, gegen 14:00 Uhr auf dem Präsidium zu erscheinen. Er wollte sein Team mit den neuesten Ergebnissen vertraut machen und die weitere Vorgehensweise besprechen.

Kriminalrat Rainer Mallgraf war ebenfalls zu der Sitzung erschienen und fragte sofort, was es mit der eingeritzten Zahl auf sich haben könnte. Kommissar Mathias Ritter war der Erste, der versuchte, etwas dazu beizutragen.

»Der Täter möchte uns irgendetwas damit sagen, und das ist im Moment leider der einzige Hinweis, den wir haben.«

»Als Erstes müssen wir herausfinden, mit wem Anja Berger den Tag und den Abend vor ihrem Tod verbracht hat«, bemerkte Tom ungeachtet dessen. Er wies Ritter und Lohfeld an, am Montagmorgen direkt in die Uni Heidelberg zu fahren und dort Studienkollegen zu befragen, ob und mit wem das Opfer befreundet oder gar liiert gewesen war.

Es war mittlerweile Sonntagnachmittag und Tom machte sich zusammen mit seinem Kollegen auf den Weg ins Krankenhaus, um der Mutter des Opfers, Simone Berger, einen Besuch abzustatten. Im Klinikum angekommen, mussten sie sich mit einer kurzen Aussage des diensthabenden Oberarztes zufrieden geben. »Es tut mir leid meine Herren, aber Frau Berger ist noch immer nicht vernehmungsfähig. Ich kann Ihnen nur wenig Hoffnung machen, dass sich an dieser Situation im Laufe des Tages etwas ändert. Vielleicht ist es sinnvoller, wenn Sie sich morgen Vormittag erstmal telefonisch nach dem Zustand der Patientin erkundigen.« Sichtlich enttäuscht reichte Tom dem Arzt seine Karte. »Wenn sich etwas am Zustand der Patientin ändert, möchte ich umgehend informiert werden.«

Kurz vor 17:00 Uhr beschlossen Tom und Hilpert, dass sie für heute nichts mehr tun konnten und es wohl besser wäre, sich auf den nächsten Tag zu konzentrieren. Für Oberkommissar Sven Hilpert war es eine willkommene Gelegenheit, um den restlichen Sonntag mit seiner sechsjährigen Tochter und seiner Frau zu genießen. Tom entschloss sich, auf einen Sprung bei seinen Eltern in der Gemeinde Oftersheim vorbeizufahren, um danach ebenfalls den Weg nach Hause anzutreten. Er wohnte allein in einer gemütlichen Zweizimmerwohnung in Schwetzingen nahe Heidelberg. Tom und seine um neun Jahre jüngere Frau Gaby hatten sich vor zwei Jahren scheiden lassen, und seitdem lebte er nur für seinen Beruf. Bis heute hatte es keine andere Frau geschafft, sein Herz zu erobern. Zu groß war die Enttäuschung über seine gescheiterte Ehe.

Tom hätte alles Erdenkliche für Gaby getan, und er wünschte sich eine Familie mit ihr, doch Gaby hielt es für wichtiger, das Leben in vollen Zügen zu genießen. Immer wieder war sie unzufrieden gewesen und hatte den Drang, ausbrechen zu müssen. Zuhause angekommen, schenkte er sich ein alkoholfreies Bier ein und setzte sich auf die Couch. Nicht nur, dass er auf seinen Körper achtete und ihn, wann immer es ging, beim Laufen oder im Fitnessstudio trainierte, sondern es nahm auch die richtige Ernährung einen wichtigen Teil in seinem Leben ein. Deshalb verzichtete er gänzlich auf jede Art von Alkohol. Er ließ den Tag Revue passieren und fragte sich, warum der Täter dem Opfer nur eine Brust abgetrennt hatte und diese seltsame Zahl auf der anderen Brust hinterließ. Tom wusste aus Erfahrung, dass der Täter ihm gleich zwei Zeichen hinterlassen hatte, doch er konnte sie zum jetzigen Zeitpunkt nicht deuten.

Gegen 23:00 Uhr meldete sich Toms Handy. Hilpert berichtete ihm aufgeregt, was er soeben in Erfahrung gebracht hatte.

»Hast du heute Abend schon die Nachrichten gesehen? Peter Berger hat das regionale Fernsehen informiert und eine Belohnung von 25.000 Euro auf die Ergreifung des Mörders seiner Tochter ausgesetzt.«

Tom wusste, dass dies keine gute Nachricht war. Er befürchtete, dass jetzt wahrscheinlich viele unbrauchbare Informationen eingingen, weil alle versuchten, ein Stück des Kuchens abzubekommen. Der Schnellschuss, den Dr. Peter Berger da tätigte, würde alles andere finden, aber nicht das angesteuerte Ziel. Die Presse würde sich auf diese Information und die Soko stürzen wie die Geier auf das zurückgelassene Aas. Das war das Letzte, was sie jetzt gebrauchen konnten. Es war einfach zu früh, als dass die Medien schon mit involviert sein mussten.

Doch er konnte den Familienvater ein Stück weit verstehen. Er stand mit hoher Wahrscheinlichkeit selbst unter Schock und wollte, dass der Mörder seiner Tochter auf dem schnellsten Wege gefasst wurde. Für die Ermittlungen war Dr. Peter Bergers verzweifelte Aktion jedoch nicht hilfreich. Die Zeit des vorerst ruhigen Ermittelns war damit schlagartig beendet.

Tom war wütend und wusste, wem sein erster Besuch am morgigen Tag gelten würde. Ein ernsthaftes Gespräch mit dem Vater des Opfers konnte vielleicht verhindern, dass sich solch eine übereilte Reaktion wiederholte.

2.

Montag, 19.09.2022

Nach einer kurzen unruhigen Nacht begaben sich die Ermittler am Montagmorgen zum wiederholten Male auf den Weg zum Tatort. Kurz bevor sie am Ziel angekommen waren, erhielten sie die Nachricht aus dem Klinikum Heidelberg, Simone Bergers Zustand habe sich etwas stabilisiert. Sie sei nach ihrem persönlichem Befinden bereit, sich mit den Beamten zu unterhalten. Tom entschied sich jedoch, zuerst mit Herrn Berger zu sprechen und danach ins Krankenhaus zu fahren. Am Haus der Bergers wurden sie bereits von einem Kamerateam und mehreren Journalisten der schreibenden Zunft erwartet. Beim Anblick der an sämtlichen Fenstern heruntergelassenen Rollos und der leeren offenstehenden Garage, fuhren sie, ohne zu stoppen, direkt nach Heidelberg weiter.

Die 47-jährige Mutter der Ermordeten machte einen klaren und wachen Eindruck auf das Ermittlerteam. Dr. Berger war anwesend, verließ jedoch demonstrativ das Zimmer, als er die Kommissare bemerkte.

Simone Berger war durch die Ereignisse sichtlich mitgenommen. Sie knabberte unentwegt an ihren Fingernägeln. Nach kurzer netter Begrüßung begann Hilpert die Befragung. »Frau Berger, können Sie uns sagen, ob Ihre Tochter einen Freund hatte?«

»Ja, Anja lebte bis vor Kurzem in einer Beziehung mit Dirk. Sie hat ihn vor knapp zwei Jahren beim Skifahren in Ischgl kennen gelernt.« »Wie heißt dieser Dirk mit Nachmanen, Frau Berger?« Hackte Tom nach. »Entschuldigen Sie bitte, Herr Kommissar. Dirk Stollmann ist sein vollständiger Name. Dirk wohnt in Mühlhausen, und sie hatten, soweit ich es beurteilen kann, eine glückliche Beziehung. Ich mag Dirk. Er ist so ein netter, guterzogener und zuvorkommender junger Mann.« Tom wollte mehr über Frau Bergers Tochter Anja in Erfahrung bringen, doch in dem Moment, als er zu seiner ersten Frage ansetzte, brach die Mutter des Opfers in Tränen aus. Die Ermittler informierten den Arzt und begaben sich auf die direkte Suche nach dem Familienoberhaupt.

In der Cafeteria des Klinikums wurde sie schließlich fündig. Der Orthopäde saß mit einem Glas Bier allein am Tisch. In Anbetracht der Uhrzeit, es war gerade 09:50 Uhr, war es recht früh für Alkohol, doch wenn es sich nicht um ein alkoholfreies Bier handeln sollte, könnte Tom situationsbedingt sogar ein wenig Verständnis für den Familienvater aufbringen.

»Dürfen wir uns zu Ihnen setzen, Herr Berger?«, fing Hilpert das Gespräch an.

»Was wollen Sie denn wissen? Finden Sie lieber den Mörder meiner Tochter, als hier unnötig Ihre und meine Zeit zu vergeuden«, erwiderte Berger mit Blick auf sein halbvolles Glas. Nun übernahm der etwas angesäuerte Chefermittler selbst. »Herr Dr. Berger, können Sie mir sagen, warum Sie gestern Mittag die Medien informiert haben? Nicht nur, dass wir ab heute keine ruhigen Arbeitsverhältnisse mehr vorfinden, viel schlimmer ist aber, dass jetzt jeder, der etwas gesehen oder gehört haben will, sich zu Wort meldet, nur um an das verdammte Geld zu kommen. Ich bitte Sie, in Zukunft solche Aktionen zu unterlassen. Wenn Sie wieder auf derartige Ideen kommen, sprechen Sie es bitte vorher mit uns ab. Machen Sie unsere Arbeit nicht schwieriger als sie ohnehin schon ist. Haben Sie mich verstanden?« Ein leichtes Kopfnicken seitens des Orthopäden war die einzige Reaktion auf Toms deutliche Ansage. »Können Sie uns etwas über Dirk Stollmann sagen?«

Als Berger den Namen hörte, veränderte sich sein Gesichtsausdruck. Wenn es vorher ein gleichgültiger und müder Blick war, dann war er jetzt einem bösen und zornigen Gesichtsausdruck gewichen. »Wissen Sie, unsere Tochter kommt aus einem guten Haus. Sie war sportlich und wunderschön. Anja hätte fast jeden Mann haben können. Doch was hat sie uns mit nach Hause gebracht? Einen mittellosen, faulen Möchtegern-Casanova. Der wollte sich doch nur ein schönes Leben bei ihr machen. Er war mir schon immer etwas suspekt, aber meine Tochter wollte ja partout nicht auf mich hören. Hätte sie es doch lieber mal getan, vielleicht, nein, da ich bin mir fast sicher, würde sie noch leben.«

Tom wollte wissen, wie er das meinte. »Halten Sie ihn etwa für den Mörder Ihrer Tochter?«

»Es ist Ihre Aufgabe, das herauszufinden, und nicht meine.«

»Wie kommen Sie darauf, dass er etwas mit der Tat zu tun haben könnte?«, hakte Hilpert nach. »Na ja, Anja konnte ja zum Schluss nichts mehr allein unternehmen. Er ist ihr teilweise sogar in die Uni gefolgt, nur um sich zu überzeugen, dass sie wirklich dort war. Sie haben sich immer öfter gestritten, manchmal so laut, dass wir es bis nach unten hören konnten. Einmal hatte sie sogar ein kleines Hämatom am linken Jochbein. Anja versuchte es mit überschaubarem Erfolg zu überschminken. Sie meinte, es wäre beim Sport passiert. Und jetzt gehen Sie bitte, meine Herren. Ich möchte mich um meine Frau kümmern. Sie hat ja nur noch mich.«

»Bevor wir gehen, habe ich da eine letzte kurze Frage, Herr Dr. Berger. Können Sie mir etwas über den Verbleib des Handys Ihrer Tochter sagen? Wir konnten es bis jetzt leider nicht auffinden.« Peter Berger sah Tom mit einem ungläubigen Blick an und zischte fast schon bösartig: »Was habe ich denn mit dem Handy meiner Tochter zu tun? Es ist doch Ihre Arbeit, es ausfindig zu machen, oder?«

Im Auto angekommen, wies er Hilpert an, den Mobilfunkanbieter von Anja Bergers Handy zu kontaktieren, um das Gerät orten zu lassen. Im nächsten Augenblick nahm Tom sein Telefon und rief seinen Chef an. Er wollte ihm sagen, dass er nach Dirk Stollmann fahnden lassen solle. Wie ihm Mallgraf jedoch mitteilte, hatte der sich mittlerweile schon bei der Polizeistelle gemeldet und gemeint, er wolle mit dem leitenden Ermittler sprechen. Tom ließ sich die Adresse des Bekannten geben, bei dem der Exfreund des Opfers sich zeitweise aufhielt.

Am späten Vormittag traf sich das Ermittlerteam im Präsidium zur Lagebesprechung. Kommissar Mathias Ritter und sein Partner Stefan Lohfeld waren am Morgen in der Uni Heidelberg gewesen, um die Studienkollegen des Opfers zu befragen. Ritter begann ohne Umschweife mit seinem Bericht.

»Was fast alle Befragten als Erstes loswerden wollten, war, dass Anja Berger angesehen war. Sie war stets nett und fast immer gut gelaunt. Wenn einer ihrer Kommilitonen Hilfe brauchte, war sie sofort zur Stelle. Ihre beste Freundin Jasmin Kofler erzählte uns von Anjas Exfreund. So wie sie die Beziehung sah und wie sie Dirk Stollmann beschrieb, deckte sich ihre Aussage, im Gegenteil zu Frau Bergers Darstellung, mit der ihres Gatten. Sie kann durchaus verstehen, dass sich ihre Freundin von ihm trennte. Das Interessante kommt aber erst. Jasmin Kofler wird das Gefühl nicht los, dass da ein anderer Mann im Spiel gewesen sein muss. Sie ahnt sogar, wer es sein könnte. Als sie Anja Berger darauf ansprach, bekam sie nur ein Lächeln zurück, mit den Worten ›kann gut möglich sein‹. Auf Nachfrage von mir nach einem Namen meinte sie, dass es ihr zukünftiger Chef Dr. Jürgen Kolb sei. Anja

Berger hospitierte seit wenigen Wochen in seiner Rechtsanwaltskanzlei. Für Jasmin Kofler war es nicht verwunderlich, dass Anja Bergers zukünftiger Chef ein Auge auf sie geworfen hatte. Sie war einfach eine aufregend schöne und intelligente junge Frau. Wenn sie einen Raum betrat, hatte man das Gefühl, die Luft vibrierte. Ohne es zu wollen, zog sie sofort alle Männerblicke auf sich. Wenn Frau Kofler zusammen mit Anja ihre Stammkneipe ›Zur Waldeslust‹ besuchte, fühlte sich Jasmin Kofler oft wie ein hässliches Entlein neben ihr. Obwohl Frau Kofler selbst, eine gutaussehende und attraktive junge Frau ist.« Kommissar Stefan Lohfeld fügte unterdessen hinzu: »In Anbetracht dessen, dass die Freundinnen mindestens zwei- bis dreimal die Woche in der Kneipe aufschlagen, sollte man sich dieses Etablissement mal etwas näher betrachten.«

Tom nickte Lohfeld bestätigend zu. »Dann werden wir dieser Gaststätte heute Nachmittag einen Besuch abstatten. Wir sollten unbedingt herausfinden, wann das Opfer dort zum letzten Mal gesehen wurde und ob sie vielleicht jemand kennengelernt hat. Wir wissen bisher nicht, mit wem die Tote ihre letzten Stunden verbracht hat.«

Tom und Hilpert machten sich auf den Weg nach Heidelberg, um sich mit dem Exfreund der Ermordeten, Dirk Stollmann, zu unterhalten. Die Untere Straße war selbst um die Mittagszeit belebt. Sie lag im Touristenzentrum der Heidelberger Altstadt direkt am Neckar und war mit ihren zahlreichen Gaststätten nicht nur für Einheimische eine beliebte Gegend. Das Haus, in dem Dirk Stollmann sich zurzeit aufhielt, spiegelte das Bild einer Studentenbleibe wider. Der Eingang war mit einem riesigen Holztor versehen.

Tom drückte den Knopf, auf dem der Name Claus Baumann stand. So hieß der Kumpel, in dessen Wohnung sich Stollmann aufhielt. Nach dem ersten Läuten öffnete ihnen der Exfreund des Opfers die Tür. Da dieser noch mit seinem Schlafanzug bekleidet war und zerzauste Harre hatte, wirkte er auf die Ermittler wie ein zerstreuter und total übermüdeter Student. Mit einem kurzen »Hallo« gab er die Tür frei und bat Tom zusammen mit seinem Kollegen in das völlig unaufgeräumte und überladene Wohnzimmer.

An der Wand über der Couch hing ein überdimensional großes Leinwandbild, das, wie Stollmann bestätigte, Herrn Baumann in seiner ganzen Pracht zeigte. Nur das für einen Mann wohl wichtigste Organ deckte er gekonnt mit seinen Händen ab. Stollmann war sichtlich nervös und zappelte unruhig auf der Couch herum.

»Herr Stollmann, können Sie uns sagen, wo Sie am Samstagabend zwischen 20:00 und 24:00 Uhr gewesen sind?«, wollte Hilpert wissen. »Ich war hier« kam es zögerlich aus ihm heraus.

»Gibt es Zeugen dafür?«

»Nein, ich war allein hier und habe in die Flimmerkiste geschaut. Ich muss dann irgendwann eingeschlafen sein. So gegen halb drei bin ich ins Bett gegangen.«

»Herr Stollmann, finden Sie nicht, dass es etwas ungewöhnlich ist, an einem Samstagabend, dazu in einer der belebtesten Straßen Heidelbergs, allein bei einem Freund in der Wohnung zu sitzen?«, hakte Hilpert nach.

»Nein, finde ich gar nicht. Ich wollte einfach mal meine Ruhe haben und etwas chillen.«

Tom stand die ganze Zeit über zwischen Flur und Wohnzimmer und beobachtete den Verdächtigen. Wie er von der Personenabfrage wusste, war Dirk Stollmann ein angelernter Dachdecker, der zum jetzigen Zeitpunkt arbeitslos gemeldet war. Der Junge stammte aus normalen Verhältnissen und war Sohn der Eheleute Rita und Jens Stollmann. Jetzt schaltete er sich in die Befragung ein.

»Wie Sie sich ja denken können, haben wir uns natürlich mit dem Vater ihrer Exfreundin unterhalten, und der ist nicht gerade gut auf Sie zu sprechen. Können Sie sich vielleicht erklären, warum?« Der Befragte machte keinen Hehl daraus, dass die beiden keine Freunde waren. »Ach, wissen Sie, Herr Kommissar, Anja hätte seiner Meinung nach mindestens einen Akademiker mit nach Hause bringen müssen, um von ihm akzeptiert zu werden. Ich bin ja nur ein kleiner Dachdecker und hatte nie eine echte Chance bei ihm. Anjas Mutter dagegen akzeptierte mich. Wir haben uns immer gut verstanden und ich hatte das Gefühl, dass sie mich mochte.«

»Herr Berger traut Ihnen übrigens zu, dass Sie etwas mit dem Mord zu tun haben könnten«, entgegnete Hilpert. Stollmann überraschte diese Aussage nicht im Geringsten. Er lachte und schüttelte den Kopf. »Das glaube ich Ihnen aufs Wort, Herr Kommissar. Der Alte würde mir doch alles unterstellen, nur um mir zu schaden. Ich habe Anja wirklich geliebt und tue es noch heute. Ihr Vater ist der Meinung, ich wäre nur des Geldes wegen mit ihr zusammen gewesen. Glauben Sie mir, ich hätte Anja nie etwas Derartiges antun können.«

»Haben Sie Ihre Ex schon einmal geschlagen?«, kam Tom nun wieder zum Wesentlichen. Stollmann wich aus und meinte: »Wir haben uns ab und zu mal gestritten oder geschubst, ja. Aber sie geschlagen? Nein, das habe ich nicht.«

Tom begnügte sich erstmal mit der Antwort. »Das war es fürs Erste, aber halten Sie sich bitte für weitere Fragen zur Verfügung.«

Als die Ermittler wieder in ihrem Wagen saßen, rief Tom den Kollegen Ritter an. »Ich möchte, dass ihr ab sofort Dirk Stollmann observiert. Dass übliche Prozedere. Ich will wissen, was der Junge den ganzen Tag so anstellt. Wenn es sein muss, dann hängen wir die Nacht daran.«

Nach Beendigung des Telefonates schaute er zu Hilpert. »Ich denke, dass Du weißt, dass es nicht besonders klug gewesen ist, Stollmann von Bergers Verdacht zu erzählen, oder?« Hilpert schaute ihn wie ein ertappter kleiner Junge an und stimmte ihm durch ein leichtes Kopfnicken zu. Dabei kam ihm ein Spruch in den Sinn:

»Um etwas in Erfahrung zu bringen, sollte man schweigen, anstatt zu reden.«

Von der Straße aus sah die Gaststätte ›Zur Waldeslust‹ nicht gerade einladend aus. Die zwei Kommissare konnten auf den ersten Blick nicht verstehen, warum man sich so eine Location freiwillig aussuchte. Das Etablissement befand sich in Schlierbach. Dieser Stadtteil befand sich zwischen Heidelberg und dem Tatort in Neckargemünd. Es war ein altes, in die Jahre gekommenes Gebäude. Der Putz fiel von der Außenwand ab und gab den Blick auf die hässlichen Sandsteine frei. Die kleinen Fenster waren mit alten rostigen Eisenstäben versehen. Die mochten zwar gut gegen Einbruch schützen, ließen aber im Umkehrschluss eher vermuten, dass sich im Inneren ein Gefängnis befand. Direkt neben dem Eingang war hinter schmutzigem Plexiglas eine Karte angebracht. Sie war nicht besonders groß und wirkte veraltet. Neben diversen Getränken wurden kleinere Speisen für den schnellen Hunger angeboten.

Die schwer aussehende hölzerne Eingangstür ließ sich erstaunlicherweise leicht öffnen. Das Innere der Gaststätte gab den Beamten einen unerwartet positiven Anblick frei. Eine geschmackvolle, moderne, in schwarz und lila gehaltene Einrichtung zusammen mit dem in der hinteren rechten Ecke stehenden Tresen, rundeten die warme Atmosphäre ab. Der Boden war mit anthrazitfarbenen

Fliesen ausgelegt und das ganze Ambiente machte einen freundlichen und gemütlichen Eindruck.

Die Gaststätte bot für etwa 20 Personen Platz. Sie machte mehr den Anschein einer kleinen Bar als den einer Gaststätte. Hinter dem Tresen war ein junger Mann damit beschäftigt, Bier auszuschenken.

Tom zeigte seinen Dienstausweis. »Können Sie mir sagen, ob der Inhaber, Herr Maurice Keller, zu sprechen ist?«

»Tut mir leid, Sie enttäuschen zu müssen, aber nein, das ist er nicht. Ich bin Herr Kellers Sohn Jochen. Mein Vater hat mich am Samstagabend angerufen und mir gesagt, er müsse dringend für ein paar Tage weg und ich solle mich bitte um die Kneipe kümmern. Das kam bisher nie bei ihm vor. Er lebt für seine Gaststätte und ist normalerweise jeden Tag hier.«

»Haben Sie eine Idee, wo Ihr Vater hin wollte?« Der Sohn des abwesenden Gastwirtes zuckte nur kurz mit den Schultern.

»Ich kann Ihnen die Frage leider nicht beantworten, Herr Kommissar. Selbst für mich kam seine Entscheidung überraschend. Ich habe schon mehrmals ergebnislos versucht, ihn über sein Handy zu erreichen. Da sich sofort seine Mailbox einschaltet, denke ich, dass es ausgeschalten ist «

Hilpert zeigte dem Mann ein Foto der Ermordeten und fragte ihn, ob er sie kenne.

Jochen Keller erkannte Anja Berger sofort. »Ja sie war oft mit ihrer Freundin hier. Sie ist eine hübsche Frau und ich habe mich manchmal mit ihr unterhalten.«

»Können Sie mir sagen, wann sie zum letzten Mal hier war?«

»Na ja, wissen Sie, Herr Kommissar, ich bin nicht so oft hier. Aber ich schätze, dass ich sie vor etwa drei Wochen das letzte Mal gesehen habe. Ist Anja denn etwas passiert?«

»Ja, sie wurde am Samstagabend auf grausame Weise ermordet«, erwiderte Hilpert. Keller baute sich vor den Beamten auf und wurde etwas lauter. »Wenn Sie jetzt denken, mein Vater oder gar ich selbst hätten mit der Sache etwas zu tun, sind Sie komplett auf dem Holzweg. Er und ich, könnten niemandem etwas antun, und schon gar nicht jemanden umbringen.«

»Das haben wir ja gar nicht gesagt, Herr Keller«, entgegnete ihm Tom. »Wir machen nur unsere Arbeit und befragen alle, die mit Anja Berger zu tun hatten. Wenn Sie etwas von Ihrem Vater hören, sagen Sie ihm bitte, er möge sich unverzüglich bei uns melden.«

Mittlerweile war es später Nachmittag. Die Ermittler zogen sich in eine Ecke zurück. Tom ließ Hilpert an seinen Gedanken teilhaben. »Lass uns mal hier bleiben. Ich bin der Meinung, dass wir noch einige Zeit in der Gaststätte verbringen sollten. Es ist mit Sicherheit interessant zu beobachten, was für ein Publikum sich in den nächsten zwei Stunden hier einfindet. So können wir gleich die Gelegenheit nutzen, uns mit anderen Gästen, die das Opfer vielleicht kannten, zu unterhalten. Was mich aber primär beschäftigt, ist die Tatsache, dass Maurice Keller just an dem Abend verschwunden ist, an dem Anja Berger ermordet wurde.« Hilpert betrachtete die Zusammenhänge als Zufall. »Maurice Keller würde sich verdächtig machen, wenn er etwas damit zu tun hätte. Er müsste damit rechnen, dass er mit so einem Verhalten direkt in unseren Fokus geraten würde.«

Tom sah das Ganze nicht so wie sein Kollege. »Manchmal treffen Täter doch die falschen Entscheidungen, wenn sie unter Druck stehen. Rationales Denken ist da oft nicht mehr vorzufinden.«

Gegen 19:00 Uhr beendeten sie ihre Befragungen in der Gaststätte. Einigen Gästen war Anja Berger zwar bekannt, doch die weiteren Befragungen ergaben keine direkt verwertbaren Ergebnisse mehr. Es fiel jedoch auf, dass die junge Frau angeblich nie ohne ihre Freundin im Lokal gesehen worden war.

Tom war zurück ins Büro gefahren. Da auf dem Präsidium um diese Uhrzeit nur wenig los war, konnte er ungestört die bisherigen Ermittlungsergebnisse sortieren.

Er stand vor der Pinnwand, die mit Fotos von Anja Bergers Leiche gespickt war. Es war schlimm, die Bilder anzusehen. Die Brutalität des Täters war einfach unfassbar. Er stellte sich die Frage, ob es sich eventuell um einen Ritualmord handeln könnte. In einigen wenigen Fällen nahmen sich Täter Körperteile oder Organe als Trophäen mit. Am Tatort konnte zwar die abgetrennte Brust nicht aufgefunden werden, doch Hinweise auf eine rituelle Tötung konnte er hier nicht erkennen. Tom fasste in Gedanken zusammen, was sie bisher hatten.

»Da ist der Vater des Opfers, Dr. Peter Berger. Ein Mann, der auf mich nicht den Eindruck machte, als könne er bei den Ermittlungen hilfreich sein. Anja Bergers Exfreund Dirk Stollmann. Er hat für die Tatzeit kein Alibi und scheint ein windiger Typ zu sein. Da die Befragung des Anwalts Dr. Jürgen Kolb aussteht, wissen wir über ihn gar nichts. Und dann gibt es da den seit Samstagabend verschwundenen Kneipier, Maurice Keller. Kann es sich wirklich um einen Zufall handeln, dass er zur Tatzeit verschwunden ist?

Wir haben keinen Hinweis auf den Verbleib von Anjas Handy. Am meisten Sorgen macht mir aber, dass uns nicht bekannt ist, mit wem die Tote die letzten Stunden ihres Lebens verbracht hat.

Morgen werde ich als Erstes die Mutter des Opfers besuchen. Danach werden wir zu Dr. Jürgen Kolb in seine Kanzlei fahren.«

Tom hoffte, dass sich Simone Berger wieder etwas gefangen hatte und ihm mehr zu den Lebensgewohnheiten ihrer Tochter sagen konnte. Er fuhr nach Hause und versuchte die schrecklichen Bilder, die er vor ein paar Minuten auf der Pinnwand gesehen hatte, aus seinem Kopf zu verdrängen. Seit langer Zeit wünschte sich Tom mal wieder, zuhause würde jemand auf ihn warten. Nach so einem Tag sehnte er sich nach einer Schulter zum Anlehnen, einer Partnerin, wie es seine Gaby gewesen war, die ihn ohne viele Worte verstand und immer wusste, was ihm gerade gut tat. Doch er war, wie jeden Abend, mal wieder allein.

3.

In meinem Kopf sind immer wieder diese Bilder. Ich kann sie nicht abstellen, und ich wollte das nicht tun. Aber es tat mir gut, sie leiden zu sehen. Die Angst in ihren großen Augen, als ich das Messer an ihrer Brust ansetzte. Es war so wie in meinen Vorstellungen.

Der Genuss, sie beim Abtrennen ihrer Brust so wehrlos vor mir liegen zu haben. Ihr ganzer Körber vibrierte. Sie erkannte mich noch nicht. Es war ein gänzlich anderer Blick als der, den ich so gut von ihr kannte. Ihre Selbstsicherheit war verzweifelnder Panik gewichen.

Ich plante nicht, dass es schnell zu Ende gehen sollte. Sie sollte dafür bezahlen, was sie mit ihrer selbstgefälligen Art in mir ausgelöst hat. Doch ich konnte deutlich spüren, wie die Kraft ihren doch so perfekten Körper verließ. Fast hatte ihr Blick jetzt etwas von einer Bitte, sie zu erlösen. Ich musste ihr den Gefallen leider tun. Sie sollte durch eine gezielte Aktion von mir sterben, und nicht weil ihr Körper und ihre Seele das Martyrium nicht mehr ertragen konnten.

Das Messer fest in meiner Hand, drückte ich ihr den Knebel tiefer in den Mund. Ihre Augen traten hervor, als die Klinge langsam, aber gezielt in ihr Herz eindrang.

Es war vorbei, wir hatten es geschafft.

Ich fühlte mich schlecht. War es das, was mich die ganze Zeit angetrieben hatte? Nein, ganz sicher nicht, aber ich musste es tun. Es war so ein befriedigendes Gefühl, und ich wusste, dass es erst der Anfang war. Auch wenn der Gedanke krank und falsch ist, muss ich es zu Ende bringen. Jetzt aufzuhören, würde mich auf Dauer nicht zufrieden stellen.

Sie werden es nicht lösen können. Nicht jetzt. Und wenn sie darauf kommen, werde ich mein Werk vollendet haben. Es gibt noch viel zu erledigen. Vielleicht finde ich erst danach meinen seelischen Frieden.

Wie relevant eine Kleinigkeit doch sein kann, wenn man sie nicht sieht.

4.

Dienstag, 20.09.2022

Es war ein schöner warmer Dienstagmorgen. Die Sonne strahlt und spiegelt sich in den Fenstern. Lachende Kinderstimmen, die auf dem Weg zur Schulde Späße machten, waren zu hören. Tom hatte sich telefonisch bei Frau Berger im Klinikum Heidelberg angemeldet und es war ihr ausdrücklicher Wunsch, ihn im Garten der Klinik zu empfangen.

Der kleine Klinikgarten war schön angelegt. Die Wege wurden rechts und links von kleineren Sträuchern gesäumt. Drei Sitzgarnituren aus Holz verliehen dem Ganzen einen warmen und gemütlichen Gesamteindruck.

Tom sah schon von weitem Anjas Mutter in einem engen schwarzen Kleid neben einem großen Oleander mit rosafarbenen Blüten stehen. Für ihn war deutlich zu erkennen, dass ihre Körpersprache heute eine andere war. Sie sah gut aus und lächelte den näherkommenden Ermittler etwas verlegen an. Man sah ihr die 47 Jahre nicht im Geringsten an.

Frau Bergers Erscheinung war sportlich und interessant. Ihr langes dunkles Haar rundete ihre Attraktivität perfekt ab. Tom war von dem was er sah so fasziniert, dass ihm eine unüberlegte Begrüßung entglitt.

»Guten Morgen, Frau Berger. Ich hoffe, es geht Ihnen etwas besser und Sie haben sich ein wenig von dem tragischen Verlust Ihrer Tochter erholt.«

Schon in dem Moment, als er den Satz ausgesprochen hatte, wusste Tom, wie unangebracht seine Wortwahl war. »Entschuldigen Sie, Frau …«

»Nein, ist schon gut, Herr Kommissar«, ich freue mich, Sie zu sehen. Wissen Sie denn schon, wer die grausame Tat an meiner Tochter begangen hat, Herr Gerster?«

Tom nahm sich Zeit für seine Antwort. »Nein, wir haben im Moment leider keinen konkreten Verdacht. Wir sortieren Aussagen, vernehmen Personen und versuchen mehr über die Tatnacht zu erfahren.«

Er versuchte, dem enttäuschten Blick ihrer feuchten Augen Stand zu halten. Für eine Sekunde hatte er das Bedürfnis, sie einfach nur in den Arm zu nehmen. Doch er schob sein Verlangen gleich wieder zur Seite.

»Sie haben am Samstagabend gegen 19:00 Uhr das letzte Mal telefonisch mit Ihrer Tochter gesprochen. Ich weiß, dass es Ihnen schwerfallen muss, darüber zu reden. Aber ist Ihnen bei dem Gespräch irgendetwas Besonderes an Anja aufgefallen?«

Simone Berger runzelte ihre sonst so glatte Stirn und biss sich leicht auf ihre Unterlippe. »Jetzt, wo Sie mich fragen, ja. Anja sagte mir, dass sie zuhause sei und nicht mehr vorhatte, wegzugehen. Das war in Anbetracht dessen, dass es ein Samstagabend war, ungewöhnlich für sie.«

Tom hatte das Gefühl, dass Frau Berger diese Tatsache erst jetzt, während des Gespräches, auffiel. »Nannte sie Ihnen einen Grund, warum sie das Haus nicht mehr verlassen wollte?«

Wieder ein kurzes Nachdenken. »Es war seltsam, ich habe sie das gefragt. Sie meinte nur, dass sie auf einen Anruf warten würde und sich dann entscheide, wie der Abend weiter verläuft.«

»Erzählen Sie mir bitte mehr über Ihre Tochter. Was war sie für ein Mensch? Was mochte sie gerne und was nicht? Wie war das Verhältnis zu ihrem Vater?«

Als Tom diese letzte Frage stellte, sah ihn Simone Berger überrascht an. »Wieso fragen Sie mich denn so etwas, Herr Gerster?«

»Entschuldigen Sie, aber wenn es um Fragen zu Ihrer gemeinsamen Tochter ging, verhielt sich Ihr Mann uns gegenüber distanziert und abweisend.«

Wieder sahen sich beide lange in die Augen.

»Wenn ich ganz ehrlich bin, Herr Gerster. In den letzten Monaten war es schwierig zwischen den beiden. Peter hielt Anja immer mehr auf Abstand. Sie kam überhaupt nicht mehr an ihren Vater ran.«

»Wann fing das denn an?«, wollte Tom wissen.

»Mir ist es vor etwa vier Monaten zum ersten Mal aufgefallen. Anja wollte eines Abends seinen Rat, weil sie mit dem Gedanken spielte, sich eine kleine Eigentumswohnung zu kaufen. Wenn sie bei ihrem Vater einen Rat suchte, hatte das für ihn immer oberste Priorität. Deshalb überraschte mich seine Reaktion darauf so.« Frau Berger machte eine Pause und kämpfte sichtlich damit, ihre Tränen zu unterdrücken.

»Wenn es Ihnen zu viel wird, können wir morgen weiterreden.« Tom versuchte, so einfühlsam wie nur möglich zu sein.

»Wenn es Ihnen nichts ausmacht, Herr Kommissar, würde ich Ihr Angebot gerne annehmen.«

Sie reichte ihm zum Abschied die Hand. Er umschloss sie mit seinen beiden Händen und schaute ihr wiederholt tief in die Augen.

»Danke, Frau Berger, dass Sie sich die Zeit genommen haben. Ich melde mich bei Ihnen.«

Als Tom in seinem Auto saß, fragte er sich, wie Herr Berger zu so einer attraktiven Frau gekommen war. Anja Berger hatte zum

Glück die Gene ihrer Mutter geerbt. Doch leider half ihr das jetzt nicht mehr.

Im Büro wartete ungeduldig sein Kollege Hilpert auf ihn.

»Wo warst du denn heute Morgen? Ich habe versucht, dich zu erreichen, aber …«

Tom fiel ihm ins Wort. »Ich bin ins Krankenhaus zu Frau Berger gefahren, und bevor du dich jetzt gleich aufregst: Ja, ich hielt es für besser, sie allein zu besuchen. Sie ist sehr mitgenommen und ich dachte, da würden sie zwei Ermittler vielleicht ein wenig beunruhigen.«

Hilpert war sichtlich nicht erfreut über den Alleingang seines Vorgesetzten. »Es gibt übrigens keine Neuigkeiten, was den Verbleib von Maurice Keller betrifft.«

»Es ist schon wieder Mittag, lass uns in die Kanzlei von Dr. Jürgen Kolb fahren«, entgegnete Tom.

Während der 25-minütigen Fahrt meldete sich der Gerichtsmediziner Dr. Wagner telefonisch bei Tom.

»Wir haben jetzt die Ergebnisse der Druckstellen an Frau Bergers Hals. Der Täter muss durch einen gezielten Griff am Hals des Opfers den ›Karotis-Sinusreflex‹ ausgelöst haben.«

Tom und Dr. Reinhard Wagner kannten sich durch ihre gemeinsame Zeit aus Mainz schon etwas länger. »Reinhard, bitte drücke dich so aus, dass ich es verstehe, ja?«

»Also, pass auf, Tom: Der ›Karotis-Sinusreflex‹ ist ein Schutzmechanismus des Körpers zur Stabilisierung unseres Blutdrucks. Beim Aktivieren dieses Reflexes kann es zu einem vorübergehend starken Abfall des Blutdrucks mit folgender Bewusstlosigkeit und im ungünstigsten Fall sogar zum Herzstillstand kommen.«

Tom ließ die Information kurz wirken, bevor er interessiert nachfragte: »Reinhard, wenn du sagst, dass es durch einen Griff am Hals bewusst ausgelöst wurde, dann gehe ich davon aus, dass der Täter sich damit auskennen muss.«

»*Da liegst du richtig, Tom. Den Griff sollte man beherrschen, bevor man ihn in so einer Situation anwendet.*«

Die Kanzlei befand sich in der Bahnhofstraße, nicht weit von Anja Bergers Elternhaus in Neckargemünd entfernt. Es war eine schöne, in weiß gehaltene Villa, die sich etwa dreißig Meter von der Straße entfernt befand. Der Vorgarten zeigte sich in einem ungepflegten Zustand. Tom sah auf den ersten Blick, dass dieses schöne Anwesen lediglich als Bürohaus diente. An der Hauswand war ein überdimensional großes Messingschild mit der Aufschrift ›Rechtsanwalt Dr. Jürgen Kolb – Kanzlei für Wirtschaft und Sport‹ angebracht.

Hilpert konnte sich die mit einem Lächeln versehene Bemerkung »Na, der Anwalt für Wirtschaft kann uns bestimmt sagen, wo sich Maurice Keller zurzeit aufhält« nicht verkneifen.

Ohne ihn anzusehen, antwortete Tom mit ernstem Gesichtsausdruck. »Hör auf mit deinen blöden Kommentaren, das Ganze hier ist alles andere als lustig.«

Nach zweimaligem Läuten öffnete sich die große schwarze Tür mit einem lauten Summen automatisch. Dahinter befand sich ein Eingangsbereich, der der Größe einer Hotellobby in nichts nachstand. In der Mitte stand ein riesiger Schreibtisch aus Mahagoniholz. Von hier aus gingen fünf Türen ab und in der hinteren linken Ecke führte eine langgezogene Edelstahltreppe hinauf ins Obergeschoss. Als die zwei Ermittler die Vorhalle betraten, kam ihnen sofort eine freundlich lächelnde blonde und schlanke Frau entgegen.

»Guten Tag, meine Herren, ich bin Sophie Liebknecht. Man sagt, ich wäre die gute Seele hier im Haus. Was kann ich für Sie tun?«

Tom zeigte der adretten Sekretärin seinen Dienstausweis. »Ich bin Hauptkommissar Tom Gerster und das ist mein Kollege Kommissar Sven Hilpert. Wir ermitteln in einem Mordfall und hätten gerne Dr. Jürgen Kolb gesprochen.«

Frau Liebknecht schaute Tom irritiert an. »Er ist zurzeit leider außer Haus, meine Herren. Haben Sie denn einen Termin mit Herrn Dr. Kolb? Ich habe in meinem Terminkalender keinen Eintrag.«

»Nein den haben wir nicht«, erwiderte Hilpert forsch. »Wir waren gerade zufällig in der Nähe. Können Sie uns sagen, wann Herr Kolb wieder hier sein wird?«

»Ja, er sollte in etwa dreißig Minuten wieder anwesend sein. Wenn es Ihre kostbare Zeit zulässt, dürfen Sie gerne hier warten.«

Tom überlegt kurz und dachte, warum eigentlich nicht. Wir werden die Gelegenheit nutzen und uns ein wenig mit Frau Liebknecht unterhalten. Sie kannte ja Anja Berger und Frauen sehen und hören immer einiges mehr.

Gegen 16:15 Uhr traf Dr. Kolb wieder in der Kanzlei ein. Die Beamten mussten dennoch über eine Stunde ausharren, bis der Herr Anwalt die Muse besaß, die beiden zu empfangen. Scheinbar ohne die Ermittler wahrzunehmen, lief er hektisch durch eine offenstehende Glastür. Frau Liebknecht meldete die zwei Beamten bei ihm an und nach weiteren 10 Minuten standen sie dann endlich in seinem Büro.

»Oh, was verschafft mir denn die Ehre, dass das Kommissariat Heidelberg mir gleich zwei ihrer wertvollen Beamten schickt?«, fiel Kolbs zynische Begrüßung aus.

»Lassen wir das, Herr Dr. Kolb. Sie wissen, weshalb wir hier sind. Oder haben Sie schon vergessen, dass Ihre Praktikantin Frau Berger vor drei Tagen ermordet wurde?«, setzte Tom ihn mit erhobener Stimme unter Druck.

Der Anwalt schaute teilnahmslos auf seinen Schreibtisch und sagte: »Wenn es darum geht, weiß ich nicht, warum Sie sich den Weg hieraus gemacht haben. Ich kann Ihnen dazu leider nichts sagen.«

Tom wurde etwas aggressiver in seinem Tonfall. »Wir machen unsere Arbeit, und Sie Ihre. Ob und wie Sie uns in diesem Fall weiterhelfen können, entscheiden wir ganz allein. Wir fragen und Sie antworten. So einfach ist das.«

Der Anwalt hob beschwichtigend die Arme. »Na dann, schießen Sie mal los mit Ihren Fragen.«

»Wo waren Sie am Samstagabend zwischen 20:00 und 24:00 Uhr?«

»Da war ich zuhause bei meiner Frau. Wir haben uns einen Film auf DVD angesehen. Ich denke, dass ich hiermit ein Alibi für die Tatzeit habe, Herr Kommissar.«

Tom war von der schnellen Antwort und der Überheblichkeit dieses Anwaltes mehr als nur genervt. »Ich denke mal, Ihre Frau kann uns das bestätigen?«

»Ja, natürlich. Haben Sie noch eine Frage, oder darf ich jetzt wieder meine Arbeit erledigen, meine Herren?«

Jetzt übernahm Hilpert. »Wir haben gehört, Sie und Anja Berger sollen sich etwas näher gestanden haben, als es normalerweise zwischen Anwalt und Praktikantin der Fall ist.«

Dr. Kolb stand jetzt hinter seinem Schreibtisch. »Was soll das, Herr …? Ach, egal. Wollen Sie damit unterstellen, ich hätte ein Verhältnis mit Frau Berger gehabt?«

»Hatten Sie?«

Der Jurist wurde jetzt deutlich unruhiger. »Was heißt näher gekommen? Wir sind ab und zu mal etwas zusammen essen gegangen. Aber mehr ist da definitiv nicht gewesen. Hören Sie, ich bin fast doppelt so alt wie Anja, und zudem glücklich verheiratet.«

Tom verringerte den Abstand zwischen sich und dem Anwalt. »Herr Dr. Kolb, wenn Sie kein Verhältnis mit dem Opfer hatten, warum sind Sie dann des Öfteren zusammen essen gegangen? Machen Sie das mit all Ihren Angestellten?«

»Nein, natürlich nicht. Wir haben uns eben gut verstanden. Mehr aber nicht. Tut mir leid, meine Herren, ich hätte mich gerne weiter mit Ihnen unterhalten, aber leider habe ich jetzt gleich einen Klienten.«

Tom ging in Richtung Tür, ohne sich von dem Juristen zu verabschieden. Dort angekommen drehte er sich um und fauchte: »Wir sehen uns wieder, Herr Dr. Kolb, und dann rechnen Sie bitte damit, dass die Unterhaltung etwas länger dauert. Auf Wiedersehen.«

Am späten Abend hatte Tom eine Nachricht von Gaby auf seinem Handy.

»Hallo Tommy, ich habe gelesen, dass ihr in Heidelberg einen brutalen Mordfall habt. Du weißt, wenn du reden magst, bin ich für dich da.«

Gaby spürte immer, wenn Tommy, wie sie ihn gerne nannte, mal wieder Stress in seinem Beruf hatte, Dann brauchte er immer jemand Neutrales, mit dem er darüber reden konnte. Als die beiden zusammen waren, war sie für ihn immer die Insel auf unruhiger, stürmischer See gewesen.

Tom hielt sein Telefon in der Hand, und zu gerne hätte er einfach Gabys Nummer gewählt. Doch er dachte, wenn er nach so langer Zeit mal wieder mit ihr sprechen würde, dürfte der Grund nicht seine Arbeit sein. Dass sie an ihn gedacht hatte, schmeichelte ihm. So fühlte er sich nicht ganz so allein.

Er mixte sich einen Protein-Drink und setzte sich auf seinen kleinen Balkon. Der Fall Berger ging ihm näher als er gedacht hatte. Was ihm am meisten Kopfzerbrechen bereitete, war die Gewissheit, dass sie bisher keine konkreten Hinweise darauf hatten, wie die letzten Stunden in Anja Bergers kurzem Leben abgelaufen waren. Er musste sich persönlich mit ihrer besten Freundin Jasmin Kofler unterhalten. Aber diesmal würde er sie bitten, ins Büro zu kommen.

5.

Freitag, 23.09.2022

Die letzten beiden Tage hatten die Ermittler der ›Soko Anja Berger‹ damit verbracht, Aussagen und Hinweise zu bearbeiten. Oberkommissar Sven Hilpert war in der Zwischenzeit bei Frau Kolb gewesen, um das Alibi ihres Mannes zu überprüfen. Sie bestätigte zwar, dass ihr Mann an dem Abend mit ihr zu Hause gewesen sei, konnte sich aber nicht mehr daran erinnern, wie der Abend abgelaufen war. Nervös wurde sie, als Hilpert nach dem Titel des Filmes fragte, den die beiden nach Aussage des Anwaltes gesehen haben wollten. Sie meinte nur: »Ich kann mich nicht mehr richtig daran erinnern, was für ein Film es gewesen ist.«

Die Observation von Dirk Stollmann ergab nichts Konkretes. Er ging morgens mit Freunden Kaffee trinken und besuchte danach seine Eltern in Mühlhausen. Am späten Nachmittag machte er einen Abstecher zum Schützenverein. Durch Befragungen anderer Vereinsmitglieder erfuhren die Ermittler, dass Dirk Stollmann demnach ein ausgezeichneter Schütze sei. Abends machte er in der unteren Straße eine Kneipentour. Sonst war nichts Auffälliges zu beobachten.

Am späten Freitagvormittag erschien Jasmin Kofler, welche Tom extra vorgeladen hatte, im Büro.

»Schönen guten Tag, Frau Kofler, schön, dass Sie es einrichten konnten. Nehmen Sie bitte Platz.« Er konnte Anja Bergers bester Freundin deutlich anmerken, dass ihr der Besuch auf einem Polizeipräsidium unangenehm war.

»Ich hatte doch Ihren Kollegen schon alles gesagt, was ich weiß, Herr Kommissar.«

Tom spürte deutlich die Unsicherheit in ihrer Stimme. »Das ist richtig, Frau Kofler. Ich habe da nur ein paar weitere Fragen an Sie. Wann haben Sie Ihre Freundin zum letzten Mal gesehen?«

»Hm? Das war am Samstagmorgen. Wir haben wie immer zusammen den Zumba-Kurs in unserem Fitnessstudio besucht.«

Tom war erstaunt und gleichzeitig etwas erzürnt. Er fragte sich, warum seine Kollegen das nicht schon in Erfahrung gebracht hatten. Schließlich hatten sie doch erst vor ein paar Tagen ihre Befragung mit Jasmin Kofler durchgeführt. »Wann begann der Kurs und wie lange ging er?«

»Der Kurs beginnt immer morgens um 10:00 Uhr und endet kurz nach 11:00 Uhr. Danach sind wir duschen gegangen und haben einen Kaffee an der Studiobar getrunken. Das ist bei uns beiden so ein Ritual. Später haben wir das Fitnessstudio gegen halb eins erlassen.«

Tom warf Ritter und Lohfeld, die mittlerweile ebenfalls an ihren Schreibtischen saßen, einen ernsten Blick zu. »Ist Ihnen an diesem besagten Morgen etwas Besonderes aufgefallen? Auch wenn es für Sie vielleicht unbedeutend erscheinen mag, kann es für unsere Ermittlungen wichtig sein.«

»Nein …oder warten Sie. Es war nicht das erste Mal, dass es vorkam, aber an diesem Tag fand ich es schon etwas unangenehm.«

Tom wurde ungeduldig. »Was kam nicht das erste Mal vor, Frau Kofler?«

Die Freundin des Opfers rutschte nervös auf ihrem Stuhl herum. »Na ja, unser Trainer Ramon stand ein wenig auf Anja. Er wollte sie schon das ein oder andere Mal zum Essen einladen, aber

Anja blockte das immer ab. Sie fand Ramon zwar nett, aber mehr konnte sie sich echt nicht vorstellen.«

»Und was war an diesem Samstag unangenehm für Sie, Frau Kofler?«

»Ich möchte ja nicht, dass Ramon Schwierigkeiten bekommt, aber als er zu uns an den Tisch kam und Anja seine Einladung zum wiederholten Male ablehnte, wurde er laut. Er schrie sie an und sagte: »Versuche nicht, mit mir zu spielen, Anja. Ich merke doch, dass du auf mich stehst. Du wirst es bereuen! Andere wären glücklich, wenn sie an deiner Stelle wären!«

Ramon sah Anja an diesem Morgen richtig bösartig an. Er schnappte seine Tasche und rannte aus dem Studio. Anja lachte nur darüber, aber mir hat das Ganze schon etwas Angst gemacht, Herr Kommissar.«

»Haben Sie Ihre Freundin an dem Tag noch einmal gesehen?«

Jasmin Kofler hatte jetzt Tränen in den Augen und schüttelte vehement ihren Kopf. »Nein, das war das letzte Mal, dass ich Anja gesehen oder gehört habe.«

Tom bedankte sich bei Frau Kofler für die Informationen und begleitete sie zur Tür. Als die Freundin des Opfers das Büro verlassen hatte, nahm er sich Ritter und Lohfeld zur Brust. So eine Schlamperei bei laufenden Ermittlungen in einem Mordfall war für ihn als leitenden Ermittler der ›Soko‹ nicht akzeptabel.

Er wies Hilpert an, im Fitnessstudio anzurufen und sich den vollständigen Namen und die Adresse dieses Ramon geben zu lassen. Dann druckte er sich an seinem PC alles aus, was sie für den Moment im Fall Anja Berger gesammelt hatten. Um 14:00 Uhr sollte er seinem Chef die bisherigen Ermittlungsergebnisse vortragen.

Nachdem Tom bereits nach fünf Minuten seine Ergebnisse vorgetragen hatte und daraufhin das Büro seines Vorgesetzten Kriminalrat Rainer Mallgraf verließ, konnte er sich an dessen Gesichtsausdruck erinnern. Er interpretierte die Mimik so, dass dieser über den Verlauf der Untersuchungen alles andere als zufrieden schien. Bevor Tom um das weitere Vorgehen zu besprechen, sich das gesamte Team an einen Tisch holte, winkte ihm Hilpert mit einem Fax in der Hand zu.

»Komm mal bitte rüber, Tom, und schau dir das an. Ich habe von Anja Bergers Mobilfunkanbieter erfahren, dass ihr Handy von der SIM-Karte getrennt sein muss und sie es deshalb nicht orten können. Die Ermordete war am Samstag nicht sehr aktiv mit ihrem Handy. Sie wurde um 14:23 Uhr und um 16:41 Uhr von ihrem Exfreund Dirk Stollmann angerufen. Die Dauer der beiden Gespräche war nicht länger als ein paar Sekunden. Um 18:26 Uhr hatte sie einen Anruf mit unterdrückter Nummer. Das Gespräch dauerte sechs Minuten und dreiundzwanzig Sekunden. Um 19:07 Uhr bekam sie den besagten Anruf ihrer Mutter.

Sie selbst tätigte um 19:51 Uhr ihren einzigen Anruf an diesem Tag. Die Nummer gehört zu Jürgen Kolb, der das Gespräch aber nicht angenommen hat. Den letzten Anruf erhielt sie um 21:44 Uhr ebenfalls mit unterdrückter Nummer. Der Anruf dauerte vier Minuten und dreiunddreißig Sekunden. Das war alles für den besagten Tag.«

Tom überlegte kurz. »Fällt dir etwas auf, Sven?«

Hilpert schüttelte verneinend den Kopf.

»Schau mal: Anja bekommt zwei Anrufe mit unterdrückter Nummer. Die Dauer beider Gespräche betrug insgesamt fast elf Minuten. Wenn sie den Anrufer nicht gekannt hat, warum telefoniert sie dann so lange mit ihm? Und wenn er kein Fremder für sie war, warum unterdrückt er dann seine Nummer? Setz dich bitte mit dem Mobilfunkanbieter in Verbindung. Ich möchte wissen, ob es in der Zeit vor dem Samstag schon unterdrückte Anrufe gegeben hat.«

Tom nahm sich vor, bei den Bergers vorbeizufahren. Das Krankenhaus hatte vor einer Stunde angerufen, um mitzuteilen, dass Simone Berger am frühen Morgen nach Hause entlassen wurde. Doch vorher würde er Dirk Stollmann einen Besuch abstatten.

Gegen 17:15 Uhr parkte Tom seinen Dienstwagen im Parkhaus am Kornmarkt. Die wenigen Meter zu Herrn Baumanns Wohnung ging er zu Fuß. Frau Moser hatte ihn bereits telefonisch angekündigt.

»Oh, heute ganz allein?«, fragte Dirk Stollmann selbstsicher, als er Tom die Tür öffnete. Er lief voraus in Richtung Wohnzimmer.

»Ich habe nicht viel Zeit, Herr Stollmann. Lassen Sie uns gleich zum Wesentlichen kommen. Warum haben Sie am Samstag gleich zweimal Anja Berger angerufen?«

Stollmann wirkte verlegen. »Ich wollte nur mal wieder mit ihr plaudern und wissen, wie es ihr geht. Ist das ein Verbrechen?«

»Nein, das ist es natürlich nicht«, erwiderte Tom. »Ihr erster Anruf dauerte nur wenige Sekunden, und als Sie Ihre Exfreundin knapp zweieinhalb Stunden später neuerlich angerufen haben, dauerte es nicht wesentlich länger. Um was ging es bei den kurzen Gesprächen?«

Stollmann setzte sich an den kleinen Wohnzimmertisch. Er stützte seine Ellenbogen auf den Tisch und atmete tief durch. »Ich wollte echt nur ein wenig mit ihr plaudern. Sie meinte aber, dass sie keine Lust hätte, mit mir zu reden, und hat aufgelegt. Aus Frust bin ich dann zwei oder drei Bier trinken gegangen. Danach habe ich es wiederholt versucht, ihre Reaktion darauf war aber leider die gleiche.«

Tom ging hinüber zu dem Tisch und blieb an der gegenüberliegenden Seite stehen. Er stütze seine Hände am Tisch ab und beugte sich zu Stollmann hinunter. Mit ernster Miene und deutlichen Worten beendete er das Gespräch. »Gut, das war es dann erstmal. Aber passen Sie auf, Herr Stollmann, ich werde Sie im Auge behalten.«

Am frühen Abend fuhr Tom von Heidelberg in Richtung Neckargemünd. Es war ein schöner und warmer Spätsommerabend. Die Strecke führte ihn durch das traumhafte Neckartal. Die Sonne stand schon tief und das Wasser des wunderschönen Flusses spiegelte die atemberaubende Kulisse Heidelbergs mit ihren warmen Farben wider.

Beim Einbiegen in die Straße Am Kastanienberg sah er schon von weitem, wie Simone und Peter Berger sich wild gestikulierend vor dem Haus unterhielten. Auf Tom machte die Unterhaltung keinen friedlichen Eindruck. Er parkte sein Auto auf der gegenüberliegenden Straßenseite. Während er ausstieg, sah er im Augenwinkel, wie Peter Berger in seinen Mercedes stieg und zügig davonbrauste.

»Guten Abend, Frau Berger. Ich hoffe, mein Besuch kommt nicht ungelegen.«

Tom registrierte, dass Anjas Mutter ihn erst spät bemerkte. »Hallo, Herr Gerster. Nein, überhaupt nicht. Schön, Sie zu sehen. Kommen Sie doch bitte herein.«

Erst jetzt sah Tom, was für ein weitläufiges und großartiges Anwesen die Bergers ihr Eigen nennen durften. Frau Berger führte ihn direkt in das geräumige Wohnzimmer. Es war modern eingerichtet. Tom fielen sofort drei Bilder der Künstlerin Sarah Dudley auf, die an den Wänden hingen. Durch köstliche Farben und sensuelle Pinselstriche brachte Dudley das Thema ›Verfall und

Wiederauferstehung‹ meisterlich zum Ausdruck. Durch seine Zeit mit Gaby, die von Beruf Galeristin war, kannte er die Werke der Künstlerin und wusste, dass ein Original nicht unter 700€ zu bekommen war.

Die klaren Linien in dem anthrazitfarbenen Möbelstück und eine cremefarbene Ledercouch rundeten den Raum zusammen mit dem in schwarz gehaltenen Fliesenboden geschmackvoll ab. Von einer großen Glasfront ging es direkt in einen hellen, geräumigen Wintergarten. Der angrenzende Garten besaß annähernd die Ausmaße eines Fußballfeldes.

»Setzen Sie sich doch bitte. Darf ich Ihnen etwas Kühles zu trinken anbieten, Herr Gerster?«

Tom nahm das Angebot gerne an. Simone Berger ging in die Küche und kam kurze Zeit später mit zwei Gläsern Apfelschorle zurück.

»Ich möchte Sie gar nicht lange aufhalten, aber mir ging unser letztes Gespräch einfach nicht aus dem Kopf.«

Simone Berger sah ihn traurig an. »Sie meinen bestimmt das Verhältnis zwischen Anja und ihrem Vater, richtig?«

Tom nickte. »Haben Sie vielleicht eine Idee, warum es vor ein paar Monaten einen Bruch in der Vater-Tochter-Beziehung gegeben hat?«

Frau Berger sah verlegen auf ihr Glas. »Ja, es gibt da etwas, was das vielleicht erklären könnte. Aber ich kann mir nicht vorstellen, dass …« Die Mutter des Opfers stockte mitten im Satz und konnte ihre Tränen nicht zurückhalten.

Tom rutschte etwas näher an sie heran und legte seine Hände auf ihre. »Ich weiß, dass es Ihnen schwerfallen muss, aber versuchen Sie es bitte trotzdem. Jede Kleinigkeit kann unsere Ermittlungen weiterbringen.«

Simone Berger atmete tief durch. »Ich dachte, ich könnte diese furchtbare Geschichte von damals vergessen, und müsste niemals mehr darüber sprechen.«

Toms Stimme war leise und einfühlsam. »Frau Berger, ich muss wissen, was damals passiert ist.«

Simone Berger nahm einen großen Schluck aus ihrem Glas, bevor sie antwortete. »Ich weiß gar nicht, wie ich anfangen soll. Es ist schon so lange her, Herr Gerster. Vor sehr langer Zeit haben wir viel mit Peters Bruder Wolfgang und seiner damaligen Frau Hilde unternommen.«

Tom merkte, wie schwer ihr das Weiterreden fiel, aber er wollte sie jetzt auf keinen Fall unterbrechen.

»Sie müssen wissen, dass das brüderliche Verhältnis zwischen Peter und seinem drei Jahre jüngeren Bruder einfach perfekt war. Wir sind damals alle zusammen nach Sizilien geflogen und haben uns dort ein Ferienhaus gemietet. Am ersten Abend hatten wir etwas viel getrunken, und Peter ist auf dem Sofa eingeschlafen. Ich wollte ihn nicht mehr wecken und bin allein zu Bett gegangen. In der Nacht bemerkte ich, wie jemand zu mir ins Bett kroch. Ich war im Halbschlaf und dachte, es wäre Peter, deshalb habe ich erstmal nicht reagiert. Als mich dann eine Hand am Busen berührte, wurde ich wach und merkte, dass es nicht mein Mann, sondern Wolfgang war. Er hielt mir sofort mit der anderen Hand den Mund zu und meinte: »Wenn du schreist oder versuchst, dich zu wehren, werde ich dir weh tun müssen, und ich glaube nicht, dass du das möchtest.«

Ich war wie gelähmt und wusste nicht, was ich tun sollte. Ich zitterte am ganzen Körper. Er hat mich dann ohne zu zögern von hinten genommen. Zum Glück ist er ziemlich schnell zum Abschluss gekommen. Als er ging, drohte er mir wieder. »Ein Wort von dir zu Peter oder zu Hilde, und ich werde euer Glück zerstören, das schwöre ich dir.«

Am nächsten Morgen saßen wir alle beim Frühstück und Wolfgang tat so, als wäre nichts gewesen.«

Tom war erstaunt über diese neuen Erkenntnisse. »Haben Sie es später Ihrem Mann erzählt?«

»Nein, das habe ich nicht, Herr Gerster. Selbst als ich erfahren habe, dass ich…«, wieder kam Simone Berger ins Stocken.

Tom ahnte, was er jetzt zu hören bekommen würde.

»Sechs Wochen später habe ich dann erfahren, dass ich schwanger bin.«

Tom stutze. »Sagen Sie mir jetzt nicht, dass Anja das Kind Ihres Schwagers Wolfgang ist.«

Die Mutter des Opfers legte ihre Hände auf ihr Gesicht. »Doch. Ich wusste es sofort, denn ich konnte mit Peter danach nicht mehr schlafen.«

Tom biss sich auf die Unterlippe und überlegte. »Sie hatten doch bestimmt kurz vor Ihrem Urlaub Sex mit Ihrem Mann, oder?«

»Ja, hatten wir tatsächlich. Deshalb begann ich nach einiger Zeit zu hoffen, dass Peter eventuell doch der Vater sein könnte. Als Anja ein Jahr alt war, ließ ich dann heimlich einen Vaterschaftstest machen, und es stellte sich heraus, dass meine schlimmsten Befürchtungen war geworden waren.«

»Warum haben Sie nicht spätestens nach dem Test Ihrem Mann die Wahrheit erzählt oder Ihren Schwager angezeigt?«

Simone Berger schien jetzt einigermaßen gefasst. »Glauben Sie mir, Herr Gerster. Ich wollte es tun. Als Anja etwa dreizehn Monate alt war, wurde Wolfgang eines Morgens tot in seinem Auto gefunden. Er hatte seinen Wagen in die Garage gefahren und einen Schlauch am Auspuff befestigt. Wie Sie sich ja denken können, starb er an einer Kohlenmonoxidvergiftung.

Er hinterließ seiner Frau Hilde einen kurzen Abschiedsbrief mit den Worten: »Es tut mir leid, aber ich kann so nicht mehr weitermachen. Macht euch keine Gedanken. Mir geht es an dem Ort, an dem ich mich jetzt befinde, viel besser.«

Von seiner Frau erfuhren wir danach, dass Wolfgang schon längere Zeit unter depressiven Störungen litt und deshalb Antidepressiva nehmen musste. Für Peter brach damals eine Welt zusammen. Er hat seinen Bruder geliebt, und ich wollte das Bild der perfekten Bruderliebe in ihm nicht zerstören.«

»Haben Sie Ihrem Schwager vor seinem Tod erzählt, dass Anja seine Tochter ist?«

Frau Berger nickte. »Ja, ich habe es ihm gesagt, als Anja geboren wurde. Er wollte aber nichts davon wissen und drohte mir erneut.«

Tom versuchte, diese neuen Informationen zu sortieren, und hatte sofort einen Verdacht. »Kann es sein, dass Ihr Mann durch irgendeinen Zufall erfahren hat, dass Anja nicht seine leibliche Tochter ist?«

Frau Berger überlegte kurz. »Daran dachte ich auch schon, aber woher sollte er es wissen? Ich sprach bisher mit niemandem darüber.«

»Existiert der damalige Vaterschaftstest noch?«

»Ja, den habe ich oben bei meinen privaten Unterlagen.«

Tom bat Frau Berger, den Test zu holen. Kurze Zeit später kam sie mit dem Schriftstück zurück und zeigte es ihm.

»Wäre es möglich, dass Ihr Mann den Test gefunden hat?«, wollte er wissen.

»Nein, das sind meine persönlichen Unterlagen, und da geht er so wenig ran, wie ich an seine.«

Tom stand mit ernster Miene auf. »So leid mir das Ganze tut, aber Sie wissen, dass ich mit Ihrem Mann darüber reden muss?«

Anjas Mutter begann zu zittern. »Ja, ich weiß. Ich hoffe, dass er mir irgendwann verzeihen kann.« Tom legte sanft seine Hände auf Frau Bergers Schultern. »Da gibt es nichts zu verzeihen. Sie sind absolut schuldlos.«

Tom wollte sich gerade verabschieden, da fiel ihm etwas ein. »Auf der Haut Ihrer Tochter wurde die Zahl Einhundertfünfzig hinterlassen. Hat Anja diese Zahl etwas bedeutet oder können Sie etwas damit anfangen?«

Frau Berger kniff die Augen zusammen, bevor sie reagierte. »Nein, ich habe leider keine Ahnung, was die Zahl bedeuten könnte.«

Nach kurzer, aber doch herzlicher Verabschiedung begab sich Tom auf den Heimweg nach Schwetzingen. Die Frage, wie Herr Berger die Neuigkeit auffassen würde, ließen ihn nicht zur Ruhe kommen. »Erst verliert er durch einen bestialischen Mord seine Tochter und nach ihrem Tod muss er dann noch erfahren, dass es nicht sein leibliches Kind war.«

Tom schloss die Augen und hatte einen Gedanken im Kopf:

»Der Grund, warum Mütter ihre Kinder oft mehr lieben, als Väter es tun, ist die Gewissheit, dass es ihre sind.«

6.

Ich habe dich gesehen. Dein zauberhaft erotischer Anblick versetzt mich schon jetzt in Ekstase. Wie elegant du es verstehst dich zu bewegen. Pure Erotik bei jedem deiner Schritte. Was für eine atemberaubende Frau du doch bist! Dein Busen macht mich schon wieder wahnsinnig, doch ich darf die Kontrolle nicht verlieren.

Es wird schöner als beim ersten Mal. Ich hoffe, dass dein Körper stärker ist als der von Anja, und wir mehr Zeit miteinander verbringen dürfen. Meine Augen können einfach nicht von dir lassen. Es trennen uns nur wenige Meter und doch darf ich dir nicht näherkommen.

Bald, bald werde ich dich haben. Du musst dich mir ergeben, so, wie ich es bei dir tun musste. Erst ganz am Schluss, wenn du es geschafft hast, wirst du erkennen, wer ich bin. Aber dann wird es für dich zu spät sein.

Bei dir werde ich es etwas anders machen als bei Anja. Aber sie werden erkennen, dass sie es wieder mit demselben Täter zu tun haben. Ich werde ihnen wieder etwas zum Nachdenken geben, aber es wird ihnen nicht weiterhelfen. Noch nicht.

Nein, ich möchte diese abscheulichen Gedanken nicht haben. Vielleicht sollte ich wieder zu ihm gehen. Er hat gesagt, ich leide unter einer chronischen ›Schizophrenie‹ mit psychischen Erregungszuständen. Ich weiß, dass er mich verstehen würde. Ich sollte es ihm erzählen.

Die Hypnose bei ihm hat mir geholfen. Er hat gesagt, dass er dadurch eine positive Veränderung in meinem Leben hervorrufen kann. Ich fühle mich danach so leicht und bin voller Tatendrang. Er weiß, was gut für mich ist. Ja, ich statte ihm einen Besuch ab, doch zuerst muss ich es zu Ende bringen. Wenn ich es nicht tue, wäre alles umsonst gewesen.

Obwohl das mit Anja und mir nicht so lange her ist, werden die Bilder in meinem Kopf immer verschwommener. Wir waren beide wie in Trance. Ich hoffte, dass dieses befriedigende Gefühl länger anhielte, doch es ist alles schon so weit weg. Ich sollte noch ein wenig warten, aber der Zeitpunkt ist perfekt. Nur ein paar wenige Vorbereitungen, dann ist es so weit. Es wird schwieriger als bei Anja, denn du bist nicht allein. Ich muss dieses Mal vorsichtiger sein. Viel vorsichtiger. Es muss erstklassig werden. Man darf das Glück nicht zu oft herausfordern.

7.

Samstag, 24.09.2022

Jetzt war es eine Woche her, als Anja Berger auf brutalste Weise aus dem Leben gerissen wurde. Die ›Soko‹ hatte bisher nur wenige Anhaltspunkte und tappte völlig im Dunkeln. Am späten Samstagvormittag machten sich die Kommissare Ritter und Lohfeld kurz vor 11:00 Uhr auf den Weg ins Fitnessstudio in der Speyrer Straße, um sich mit Anjas Zumba-Trainer Ramon Pereira zu unterhalten.

Natürlich hatten sie den Namen Pereira schon durch ihren Computer gejagt. Daher wussten sie, dass er brasilianischer Abstammung war und vor 34 Jahren in Deutschland geboren wurde. Verheiratet war er mit der 31-jährigen Rosabella Pereira. Mit ihr zusammen hatte er drei Kinder.

Wie sie von der Studioleitung in Erfahrung gebracht hatten, gab er heute um 10:00 Uhr wieder seinen Kurs. Um nicht unnötig unter Zeitdruck zu geraten, hatten sich die Ermittler dazu entschlossen, ihn erst nach Kursende zu befragen. Eine junge Angestellte, die an der Rezeption arbeitete, machte den Trainer kurz nach seinem Kurs auf die Ermittler aufmerksam. Da Ritter und Lohfeld die einzigen waren, die an einem der Tische im Empfangsbereich saßen, kam der Sportler direkt auf die Beamten zu.

Pereira gab das klassische Bild eines Fitnesstrainers ab. Mit seiner zweifellos durchtrainierten Figur fiel er in das Klischee. »Ich habe gehört, Sie möchten sich mit mir unterhalten. Machen Sie es bitte kurz, ich habe nur wenig Zeit.«

Ritter zog eine Augenbraue hoch, bevor er ihm die passende Antwort gegen den Kopf knallte. »Wie lange das hier dauert, hängt ganz von Ihnen und Ihrer Mitarbeit ab, Herr Pereira.«

Dem Zumba-Trainer war die ganze Situation sichtlich unangenehm. »Hören Sie zu, können wir die Unterhaltung bitte an einem anderen Ort weiterführen? Ich möchte nicht, dass im Studio geredet wird.«

Ritter hielt kurz Blickkontakt mit Lohfeld. »Okay, Herr Pereira, entweder wir befragen Sie jetzt hier oder wir sehen uns in zwei Stunden bei uns auf dem Präsidium.«

Pereira atmete auf. »Alles klar, einverstanden.«

Gegen 13:30 Uhr saßen sich die Kommissare Mathias Ritter und Stefan Lohfeld sowie der Verdächtige, Ramon Pereira im Polizeipräsidium Heidelberg gegenüber. Der Fitnesstrainer wirkte auf die Beamten unruhig. Er zappelte unentwegt auf seinem Stuhl herum. Ritter kam sofort zur Sache.

»Wie wir in Erfahrung brachten, haben Sie Anja Berger am Morgen vor ihrem tragischen Tod lautstark gedroht, Herr Pereira.«

Der Trainer lachte. »Sie wollen damit aber nicht sagen, dass ich deshalb etwas mit ihrem Tod zu tun habe, oder? Ja, ich wurde an dem Morgen etwas laut, das stimmt. Sie sollten wissen, dass Anja mich während des Kurses öfter mal angelacht hat. Sie hatte schon einen verdammt heißen Körper. Anja spielte gern mit den Blicken der Männer. Sie setzte dabei gerne ihre perfekt geformten Brüste in Szene. Und ich bin mir sicher, dass sie mehr von mir wollte. Ich habe ein paarmal versucht, sie zum Essen einzuladen, doch ich bekam immer nur ein Nein, von ihr zu hören. An diesem Morgen war ich einfach wütend auf sie, und zugegeben, da wurde ich vielleicht etwas zu laut ihr gegenüber.«

»Wo waren Sie am letzten Samstag zwischen 20:00 Uhr und 24:00 Uhr?«, wollte Lohfeld wissen.

Pereira grinste und meinte mit seiner selbstsicheren Art: »Ich hatte von 18:00 bis 19:00 Uhr einen Kurs im Studio. Danach bin ich duschen gegangen und anschließend direkt nach Hause gefahren. Sie können gerne meine Frau fragen, wir waren den ganzen Abend zusammen.«

Lohfeld nickte mit verengten Augen. »Darauf können Sie sich verlassen, Herr Pereira.«

Als der Zumba-Trainer das Büro der Ermittler verlassen hatte, schlug Ritter mit der Faust auf den Tisch. »Vergiss es, Stefan. Das ist nicht unser Mann. Meiner Meinung nach ist der Junge zu so einer Tat gar nicht fähig.«

Lohfeld wollte gerade auf Ritters Aussage reagieren, als die Tür aufgestoßen wurde und Tom mit ernstem Gesichtsausdruck vor ihnen stand. »Ich möchte, dass wir uns alle in zehn Minuten in meinem Büro treffen. Hilpert und Mallgraf habe ich bereits informiert.«

Kriminalrat Rainer Mallgraf hatte seinem Ersten Kriminalhauptkommissar Gerster mitgeteilt, dass er ein paar Minuten später dazu stoßen würde. Nachdem sich die ›Soko‹ fast vollständig in Gersters Büro versammelt hatte, berichtete Tom ausführlich, was er gestern Abend Neues von Simone Berger in Erfahrung gebracht hatte. Danach herrschte eine seltsame Stille im Raum. Die Nachricht, dass Dr. Peter Berger nicht der leibliche Vater des Opfers war, mussten die Anwesenden erst einmal verarbeiten.

»Ich habe später einen Termin mit Herrn Berger in der orthopädischen Klinik in Schlierbach. Da werde ich ihn auf das Thema ansprechen müssen«, unterbrach Tom die Stille. »Wie wir durch Befragungen der Nachbarschaft wissen, kam Anja Berger am Tattag gegen 13:00 Uhr zu Hause in Neckargemünd an. Das bedeutet, dass sie gleich nach dem Besuch im Fitnessstudio die Heimreise angetreten hat. Ihre direkte Nachbarin Frau Reichert will gesehen haben, wie sie gegen 16:40 Uhr das Haus zu Fuß wieder verließ. Frau Reichert teilte uns mit, dass Anja Berger ihr Telefon am Ohr hatte. Laut Verbindungsnachweis des Mobilfunkanbieters wissen wir, dass sie zu diesem Zeitpunkt mit ihrem Exfreund Dirk Stollmann telefonierte.«

»Übrigens, ich habe mich nochmals beim Mobilfunkanbieter erkundigt«, sagte Hilpert. Er legte eine Liste auf den Tisch. »Es hat in den letzten zwölf Monaten vier unterdrückte Anrufe für Anja Berger gegeben. Alle vier Anrufe erhielt sie in der Woche vor ihrem Tod.«

Sven Hilpert war mit seinem kurzen Bericht gerade fertig, als Kriminalrat Rainer Mallgraf das Büro betrat. Er teilte den Anwesenden gleich den Grund seiner Verspätung gepaart mit den neuesten Erkenntnissen mit.

»Die Gaststätte ›Zur Waldeslust‹ hat ihren Besitzer wieder. Maurice Keller hat laut eigener Aussage am Samstagabend einen Anruf von seiner Exfrau Lena bekommen. Sie teilte ihm mit, dass sie von ihrem Freund geschlagen worden war, und bat ihn, zu ihr nach Rüsselsheim zu kommen, weil sie Angst hatte, dass sich die körperliche Entgleisung ihres Freundes wiederholen könnte. Maurice Keller pflegt mit seiner Exfrau immer ein gutes und freundschaftliches Verhältnis. Er hat am selben Abend seinen Sohn angerufen und ihn gebeten, für einige Zeit die Stellung in der Gaststätte zu halten. Herr Keller hat seinem Sohn den wahren Grund seines spontanen Aufbruchs verschwiegen. Keller Junior sollte nicht wissen, wie schlecht es seiner Mutter geht. Auf Nachfrage von mir, warum sein Handy ausgeschaltet war, sagte er, dass sein Akku auf der Fahrt nach Rüsselsheim zur Neige ging. Er wollte sich vor Ort ein Ladekabel besorgen, hat es aber in der ganzen Hektik schlichtweg vergessen. Ich habe zwei Kollegen in Rüsselsheim gebeten, zu Frau Keller zu fahren und die Angaben ihres Exmannes zu überprüfen. Ich erwarte den Bericht in Kürze.«

Jetzt übernahm Tom wieder. Er ließ sich von Ritter und Lohfeld auf den neuesten Stand der Observation von Dirk Stollmann bringen. Da es leider nichts nennenswertes zu berichten gab, wies er die beiden an, die Observation fortzuführen. Danach wandte er sich an Hilpert. »Bevor wir den Termin mit Dr. Berger in Schlierbach wahrnehmen, werden wir nochmals zu diesem Dr. Kolb fahren.«

Tom ließ sich telefonisch bei Dr. Kolb anmelden. Um 16:45 Uhr standen sie vor dem stattlichen Anwesen der Familie Kolb in Kleingemünd.

»Gar nicht so übel für einen gewöhnlichen Anwalt«, konnte sich Hilpert mal wieder nicht verkneifen.

»Wenn du deine Recherchen gründlich erledigt hättest, wüsstest du, dass der Herr Anwalt einige bekannte Sportler unter Vertrag hat. Denn durch die Kombination von Wirtschaft und Sport hat er sich eine breit gefächerte Klientel aufgebaut«, erwiderte Tom etwas genervt.

Der Eingang der kleinen Villa führte durch einen schön angelegten Steingarten. Verschiedene Skulpturen aus Metall umrandeten einen in der Mitte thronenden Steinbrunnen. Der Garten spiegelte zwar nicht Toms Geschmack wider – er fand ihn etwas spießig, – doch wenn man nur wenig Arbeit in seinen Garten investieren wollte, war das eine interessante Möglichkeit, ihm eine moderne, zeitlose Linie zu verpassen. An der Eingangstür wartete schon ungeduldig die Gattin des Anwalts auf die zwei Beamten. Mit vor der Brust verschränkten Armen und den Kopf leicht nach oben gerichtet stand sie provokativ in der Tür. Tom spürte, dass man sie hier nicht mit offenen Armen empfangen würde. Deshalb kam er gleich auf den Punkt.

»Guten Tag, Frau Kolb, mein Name ist Tom Gerster, meines Zeichens Erster Kriminalhauptkommissar, und das ist mein Kollege Oberkommissar Hilpert, den Sie ja bereits kennen gelernt haben. Wir hätten da ein paar Fragen an Sie und Ihren Gatten. Dürfen wir eintreten?«

Natalie Kolb gab leicht zögernd und mit genervter Miene den Weg frei.

Mit den Worten »Und ich dachte, wir hätten bei unserer letzten Begegnung alles geklärt, meine Herren«, kam Dr. Jürgen Kolb auf die beiden Ermittler zu.

»Erst, wenn der Mörder Ihrer ehemaligen Mitarbeiterin überführt ist, wird alles geklärt sein, Herr Dr. Kolb«, entgegnete Tom. »Sie sagten uns, dass Sie mit Anja Berger des Öfteren etwas essen waren. Was mich brennend interessieren würde: Warum sind Sie mit ihr essen gegangen und um was ging es bei Ihren Gesprächen an diesen Abenden?«

Dr. Kolb schaute Tom irritiert an. »Warum möchten Sie das Wissen, Herr Kommissar? Es ging dabei um reine Geschäftsessen, und bei den Themen der Unterhaltungen ging es meistens um Anjas Studium.«

»Wir haben Ihr Alibi überprüft, Herr Dr. Kolb. Ihre Frau hat uns bestätigt, dass Sie den Tatabend hier mit ihr und einem netten Film zusammen verbracht haben. Können Sie uns vielleicht sagen, um was für einen Film es sich handelte?«

Natalie Kolb wich Hilperts Blick aus.

»Das weiß ich leider nicht mehr, Herr Gerster. Das tut doch nichts zur Sache. Meine Frau hat Ihnen doch meine Aussage bestätigt, oder? Mehr gibt es dazu nicht zu sagen.«

Bevor Tom antwortete, ließ er ein paar Sekunden verstreichen und wiegte den Anwalt somit in Sicherheit. »Ich finde es etwas seltsam, dass Sie an dem Abend, an dem eine Ihrer engsten Mitarbeiterinnen umgebracht wurde, zu Hause waren und sich beide nicht mehr erinnern können, welchen Film Sie geschaut haben. Glauben Sie mir, Herr Dr. Kolb, ein wasserdichtes Alibi sieht da ganz anders aus. Mir reicht das bisweilen nicht aus.«

Tom und Hilpert saßen gerade wieder in ihrem Auto, als der Anwalt auf Höhe seines Vorgartens erschien und den Ermittlern ein Handzeichen gab, dass sie warten sollten.

»Herr Kommissar, das ist mir jetzt unangenehm, aber können Sie mir bitte versichern, dass das, was ich Ihnen jetzt sage, unter uns bleibt?«

»Wenn es für die Ermittlungen nicht relevant ist, kann ich es.«

Der Anwalt stand jetzt dicht neben Tom. »Sie hatten Recht mit Ihrer Vermutung. Ich war an dem Samstagabend wie meine Gattin auch, nicht zu Hause.«

Jetzt war Tom verärgert. »Warum haben Sie uns das nicht gleich gesagt und uns stattdessen so einen verdammten Bären aufgebunden? Sie wissen schon, dass Sie sich damit verdächtiger machen?«

»Ja, ich weiß. Ich wollte meiner Frau unangenehme Fragen ihrer Freundinnen ersparen.«

»Und wo waren Sie stattdessen zu dem Zeitpunkt?«

Dr. Kolb schluckte und holte tief Luft, bevor er mit der Wahrheit rausrückte. »Wir haben so eine Vorliebe, müssen Sie wissen. Normaler Sex ist uns einfach zu langweilig geworden. Wir nehmen seit einiger Zeit verschiedene Spielzeuge mit dazu, wenn Sie wissen, was ich meine. An dem Samstag waren wir gemeinsam zu einer Art Dildoparty bei Bekannten eingeladen. Wie Sie wissen, bin ich ein angesehener Anwalt, und das könnte meinem Ruf gewaltig schaden.«

Tom konnte sich ein Grinsen nicht verkneifen und dachte: »Der große Anwalt Dr. Jürgen Kolb ist auf einmal ganz kleinlaut.«

»Es tut mir leid, aber ich muss Ihre Angaben natürlich überprüfen. Bitte lassen Sie mir die Kontaktdaten der Bekannten zukommen.«

Der Anwalt sah Tom an wie ein kleiner Junge und nickte ihm verlegen zu, bevor er wieder im Haus verschwand.

Während der Fahrt von Kleingemünd nach Schlierbach telefonierte Hilpert mit Natalie Kolb und ließ sich Adresse und Telefonnummer der Gastgeber dieser Dildoparty geben.

Bei der altehrwürdigen, aber schönen Institution in Schlierbach angekommen, bemerkte Tom seit langer Zeit wieder, in welcher idyllischen Umgebung die orthopädische Klinik Heidelberg errichtet worden war. Das Klinikgebäude wurde vor etwa neunzig Jahren erbaut und war mit modernster Technik ausgestattet.

Nach nur zehn Minuten Wartezeit empfing Herr Dr. Berger die zwei Ermittler in seinem spartanisch eingerichteten Büro. »Guten Tag, meine Herren, es muss ja schon einen wichtigen Grund geben, wenn Sie mich bei der Ausführung meiner Arbeit unterbrechen«, begrüßte der Arzt die Beamten.

Hilpert konnte sich mal wieder nicht zurückhalten und meinte: »Ich denke, uns zu helfen, den Mord an Ihrer Tochter aufzuklären, ist doch wohl Grund genug, Herr Berger.«

Diesmal gab Tom seinem Kollegen im Stillen recht. Er wählte seine nächsten Worte so vorsichtig, wie es nur möglich war.

»Ich habe vor ein paar Tagen mit Ihrer Frau gesprochen, Herr Dr. Berger. Bei dem Gespräch kam eine delikate Geschichte ans Licht, und darüber würde ich mich gerne mit Ihnen unterhalten.«

Dr. Berger setzte sich an seinen Schreibtisch und schien nicht besonders überrascht zu sein. »Sie sind bestimmt gekommen, um mir zu sagen, dass Anja nicht meine leibliche Tochter ist, oder sollte ich besser sagen war?«

Tom war irritiert. »Hat Ihre Frau doch mit Ihnen darüber gesprochen?«

Dr. Berger lachte und schüttelte energisch den Kopf. »Nein, ich weiß es seit ein paar Monaten. Meine Schwägerin Hilde hat mich vor längerer Zeit angerufen und bat mich um ein Treffen. Ich sollte aber meiner Frau Simone nichts davon erzählen. Ich ging darauf ein und wir trafen uns bei ihr zu Hause in Weinheim. Sie erzählte mir, dass mein Bruder ihr seine Tat am Abend vor seinem Freitod gebeichtet hatte, und sie hat darum gebeten, es für mich zu behalten. Sie meinte, dass sie es einfach nicht mehr ausgehalten hätte, mit diesem Geheimnis zu leben, und ich schließlich das Recht hätte, endlich die ganze Wahrheit zu erfahren.«

Tom lehnte sich an den Türrahmen. Er konnte das alles nicht einordnen. »Warum haben Sie ab diesem Zeitpunkt Ihre Tochter mit Ablehnung bestraft? Sie konnte doch am wenigsten für die Situation.«

Jetzt zeigte Dr. Peter Berger zum ersten Mal Gefühle. Unter Tränen sagte er: »Ich konnte ihr einfach nicht mehr in die Augen schauen. Ich weiß, dass es ein Fehler war, aber ich war mit der Situation völlig überfordert. Wenn ich die Zeit zurückdrehen könnte, würde ich mit ihr darüber reden.«

Die zwei Kommissare ließen sich die Adresse der Schwägerin von Herrn Berger geben und verabschiedeten sich von ihm.

Mittlerweile war es kurz nach 18:00 Uhr. Nachdem sie das Klinikgelände verlassen hatten, entschloss sich Tom nach Weinheim zu Wolfgang Bergers Witwe, Hilde Berger zu fahren.

Dem Acht-Parteien-Haus im Schlehdornweg sah man schon von außen an, dass es sich um Sozialwohnungen handelte. Hilde Berger öffnete nach dem ersten Klingeln die Tür. Starker Zigaretten- und Alkoholgeruch drangen durch die offenstehende Tür. Das äußere Erscheinungsbild der Witwe spiegelte diesen Eindruck wider.

»Ich hätte nich jedoch, dass Sie leich herjommen, mein Herrn. Hab ja grade mit däm Peter gesprochn. Kommse doch rein«, lallte sie Tom und Hilpert entgegen.

In der Wohnung sah es verheerend aus. Überall lagen leere Schnaps- und Bierflaschen herum. Die zahlreichen, überfüllten Gefäße dazwischen konnte man nur mit viel Wohlwollen als Aschenbecher erkennen.

Hilpert schien von Frau Bergers Zustand sichtlich genervt und legte direkt los. »Warum haben Sie das Geheimnis all die Jahre für sich behalten und es erst vor kurzem ihrem Schwager erzählt?«

Die betrunkene Witwe hatte einen bitterbösen Blick aufgesetzt. »Ich wollte, dass es endlich rauskommt. Diese leine Göre war doch alles fürn Peter. Dabei war se janich seine Tochter. Wär Sie nich jewsn, dann wär alles gut und mein Wolfgang wär noch bei mir. Deshalb gehe ich nicht zu ihrer Beerdigung.«

Bevor Hilpert zur nächsten Frage ansetzen konnte, schaltete sich Tom ein.

»Das war es dann schon, Frau Berger. Wir werden in den nächsten Tagen bestimmt wieder auf Sie zukommen.«

»So betrunken, wie die war, hätte das heute zu nichts mehr geführt, Sven«, erklärte Tom später seinem Kollegen. »Eines war aber deutlich zu erkennen: Sie gibt Anja Berger die Schuld an ihrer jetzigen Situation.«

Gegen 19:45 Uhr machten sie sich auf den Rückweg nach Heidelberg. Tom beschloss, es für heute gut sein zu lassen. Er fuhr Hilpert zu seinem Auto am Präsidium und machte dann Feierabend. Er hatte das Bedürfnis, mit jemandem zu reden, und verspürte den Drang, sich heute bei Gaby zu melden. Doch zuvor entschied er sich, ein wenig im Fitnessstudio zu trainieren.

8.

Nadine riss ihre Augen auf. Sie sah die Gestalt vor sich und versuchte zu schreien, doch sie spürte ein dickes Stück eklig schmeckenden Stoff in ihrem Mund.

»Oh, du hast es aber eilig, mein Schatz. Kannst es wohl kaum erwarten. Nur einen kurzen Augenblick, und du wirst sehen und spüren, dass sich das Warten gelohnt hat. Ruh dich noch etwas aus.«

Bevor Nadine realisieren konnte, in was für einer schrecklichen Situation sie sich befand, wurde sie zum wiederholten Mal bewusstlos. Als sie erwachte, stand ihr Peiniger direkt vor ihrem nackten Körper und grinste. Doch sie konnte sein Gesicht nicht erkennen.

»Ich wollte dich noch nicht, aber ich musste den Plan ändern. Du bist um einiges schöner als sie. Deine Brüste sind schöner anzusehen als ihre. Dein Busen wird einen ganz besonderen Platz bei mir bekommen. Ich bin erregt, doch ich darf und will dich nicht haben. Nicht dich. Ich kann die Freude in deinen Augen sehen.«

Nadine spürte, wie die kalte Klinge ihre linke Brustwarze sanft umkreiste. Dann schoss ein tiefer, heißer und brutaler Schmerz durch ihren Körper. Sie wollte schreien, versuchte sich loszureißen, doch sie war an Armen und Beinen an ihr großes Bett gefesselt. Sie spürte, wie das warme, klebrige Blut über ihren Bauch hinunter bis zu ihrem Bauchnabel lief.

Nadines Blick fiel auf ihre abgetrennte Brust, die er wie einen gewonnenen Pokal in seiner Hand hielt. Dann verlor sie das Bewusstsein.

»Nein, bitte nicht. Du sollst es mitbekommen, wenn es zu Ende geht. Komm, Schatz, wach noch einmal auf. Nur für mich.«

Er schlug ihr ins Gesicht und Nadine öffnete die Augen. Sie konnte seine Umrisse nur verschwommen erkennen. Dann sah sie fast deutlich das glänzende Messer über sich. Sie sah ihm mit feuchten Augen flehend ins Gesicht. Ihr Körper schwitzte vor panischer Angst.

»Du wirst mir fehlen, Nadine. Ich werde dich in meinen Erinnerungen behalten. Immer!«

Nadine kannte diese Worte, und obwohl sie sehr schwach war, erkannte sie ihn plötzlich. Nein, bitte nicht, dachte sie und riss ihre Augen weit auf. Nadine sah, wie er ausholte und ihr das Messer in ihre rechte Brust stieß. Sie spürte jeden Zentimeter, den die Klinge tiefer in Richtung ihres Herzens glitt. Ihre letzten Gedanken galten ihrem Mann und ihren Kindern. Sie konnte für einen Augenblick keinen Schmerz mehr wahrnehmen. Bilder ihres Lebens rasten durch ihren Kopf. Nadine wusste, dass sie ihre beiden Söhne nie wieder in die Arme nehmen durfte.

Mit einem kräftigen Ruck rammte er ihr das Messer tief ins Herz. Sie spürte einen letzten quälerisch bohrenden Schmerz und ihr Kopf sank nach hinten. Der letzte Funken Leben verließ ihren Körper. Sie atmete ein letztes Mal aus. Dann hatte sie es geschafft.

Nadine hatte bis zum Schluss durchgehalten, wie er es sich gewünscht hatte. Aber er war trotzdem nicht zufrieden.

9.

Sonntag, 25.09.2022

Toms innere Uhr ließ ihn an diesem Sonntagmorgen recht früh erwachen. Nach einem frischen Kaffee und einer Schüssel Hafermüsli begann er kurz nach sieben damit, seine Wohnung mal wieder in Schuss zu bringen. Die letzten Tage über hatte sich doch etwas Unordnung breit gemacht.

Gegen halb zehn zog er seine Laufschuhe an und ging am nahe gelegen idyllischen ›Schlosspark‹ eine Runde joggen. Er versuchte, den Kopf ein wenig freizubekommen, was aber leider nur bedingt funktionierte. Immer wieder sah er Anja Bergers schrecklich zugerichteten Leichnam vor sich und wusste, dass dieser Dreckskerl weiter auf freiem Fuß war. Es gab viele Ungereimtheiten in diesem Mordfall, aber sie hatten bisher keine konkreten Anhaltspunkte.

Tom war gerade im Begriff, seine zweite Runde zu starten, als sich sein Handy meldete. Der Klingelton verriet ihm, wer am anderen Ende der Leitung auf ihn wartete. Tom hatte schlagartig ein ungutes Gefühl in der Magengegend, was sich leider bewahrheiten sollte.

»Guten Morgen, Herr Gerster. Kommen Sie bitte sofort nach Neuenheim in die Albert-Ueberle-Straße 18. Wir haben einen weiteren barbarischen Mord. Informieren Sie bitte die Kollegen«, sagte Kriminalrat Rainer Mallgraf aufgeregt.

Tom rannte so schnell es ging nach Hause und zog sich, ohne zu duschen um. Nur wenige Minuten später schwang er sich in sein Auto. Da es von Schwetzingen nach Neuenheim keine kurze

Strecke war, entschied er sich unter Blaulicht mit eingeschaltetem Martinshorn auf schnellstem Weg zum Tatort zu fahren.

Tom überquerte in hohem Tempo die Theodor-Heuss-Brücke und bog dann rechts in die Neuenheimer Landstraße ein. Als er etwa zweihundert Meter weiter zum Tatort abbiegen wollte, musste er schon an der ersten Polizeisperre vorbei.

Es war ein sonniger und warmer Sonntagvormittag, und um diese Uhrzeit waren viele Spaziergänger und Radfahrer unterwegs. Tom hatte bisher nie so viele Schaulustige an einem Tatort gesehen. Seine uniformierten Kollegen hatten jede Menge damit zu tun, die neugierige Bevölkerung auf Distanz zu halten.

Am Haus Nummer 18 standen neben mehreren Streifenwagen, zwei Sanitätsautos, ein Notarzt und drei Fahrzeuge der Berufsfeuerwehr Heidelberg. Tom parkte seinen Wagen etwa fünfzig Meter entfernt, als er seinen Kollegen Hilpert mit Ritter und Lohfeld vor dem Haus stehen sah.

Sobald Hilpert ihn bemerkte, kam er hektisch auf ihn zu. Er raufte sich die wenigen Haare und schrie: »Verdammte Scheiße, Tom! Ich hoffe, du hast nicht gefrühstückt. Das war der gleiche Mistkerl wie vor einer Woche! Komm mit rein und schau dir das Gemetzel selbst an.«

Tom ging mit Hilpert Richtung Eingang des noblen Hauses. Im Eingangsbereich angekommen, sah er seinen Chef Rainer Mallgraf kopfschüttelnd auf einem Stuhl sitzen.

»Eines ist sicher, Herr Gerster«, sagte Mallgraf mit zerbrechlicher Stimme, »wir haben es hier definitiv mit einem Serienmörder zu tun. Es ist mit einem kleinen Unterschied die gleiche Vorgehensweise. Aber schauen Sie bitte selbst.«

Bevor Tom den Raum des Geschehens betrat, gab Hilpert ihm schnell die ersten Informationen.

»Bei dem Opfer handelt es sich um die 29-jährige Nadine Riethmayr, geborene Walter. Sie war verheiratet und Mutter von zwei Kindern. Ihren Mann haben wir informiert. Er befindet sich auf einer Geschäftsreise in Rotterdam und müsste in etwa zwei Stunden hier sein.«

Als Tom in Richtung Schlafzimmer ging, begegnete ihm der ganz in Weiß gekleidete Pathologe, Dr. Wagner. Er klopfte ihm aufmunternd auf die Schulter. »Das sind diese Momente, in denen ich meinen Job hasse.«

Dann war der Blick auf Nadine Riethmayr frei. Sie lag nackt und gefesselt auf ihrem Bett. Tom dachte, er hätte ein Déjà-vu. Eisblaue leblose Augen blickten trüb ins Leere. Man konnte in ihnen das unfassbare Grauen dieser Tat erkennen. Das einst so scheinbar hübsche Gesicht sah jetzt fahl und blass aus. Ihre langen schwarzen Haare waren wie bei Anja Berger neben ihrem Kopf zurechtgelegt worden. Tom fiel auf, dass die Tote, wie das erste Opfer große und gut geformte Brüste hatte. Zumindest betraf das die eine, die sich am Körper der Toten befand.

Er erkannte sofort, von welchem kleinen Unterschied sein Chef gesprochen hatte. Bei Nadine Riethmayr war anders als bei Anja Berger nicht die rechte, sondern die linke Brust auf bestialische Weise abgetrennt worden. Es war nicht zwingendermaßen notwendig, ein Medizinstudium absolviert zu haben, um zu erkennen, dass es sich hier um eine nicht fachgerechte Amputation handelte. Ganz im Gegenteil, man bekam den Eindruck, dass der Täter die Brust mit mehreren Schnitten und roher Gewalt abgetrennt hatte. An der Stelle, wo sich Nadines linke Brust befand, steckte jetzt ein langes Messer tief im Herzen der jungen Frau.

Tom wollte wissen, wer die Tote gefunden hatte.

»Es war ihr sechsjähriger Sohn«, antwortete Hilpert. »Er kam gegen neun Uhr aus seinem Zimmer und wollte sich ins Bett seiner Eltern legen. Wie uns sein älterer Bruder Tobias erzählte, macht er das jeden Sonntag so. Der dreizehnjährige Tobias wurde wach, weil er seinen Bruder laut hatte weinen hören. Als er nachschaute, fand er den kleinen Nils heulend neben dem Bett seiner toten Mutter. Die Kinder sind völlig verstört. Nils hat es besonders schwer erwischt. Er hat bis jetzt kein Wort gesprochen. Sie haben beide rüber in die Kinderklinik gebracht.«

Tom richtete sich an Dr. Wagner, der mittlerweile wieder im Raum war. »Kannst du mir schon etwas sagen, Reinhard?«

Der Pathologe sah ihn ernst an und meinte: »Es ist zu früh, Tom. Aber es handelt sich hier definitiv um das gleiche Muster. Hast du das Zeichen gesehen, das dieser Dreckskerl uns hinterlassen hat?«

Tom schaute überrascht zu Hilpert, doch der zuckte nur mit den Schultern.

»Du musst näher an die Tote herangehen, um es zu sehen«, sagte Dr. Wagner.

Jetzt stand Tom ganz nah am fürchterlich zugerichteten Oberkörper der Toten Frau. Ihm wurde übel und er wäre am liebsten sofort aus dem Zimmer gelaufen. Doch dann erkannte er das schwache Zeichen unterhalb der linken Brust des Opfers. Der Täter hatte die Zahl ›Dreihundert‹ in die Haut eingeritzt.

Gegen 13:15 Uhr versammelten sich alle Ermittler der ›Soko‹ auf dem Polizeipräsidium Heidelberg. Kriminalrat Mallgraf ergriff als Erster das Wort. Er gab bekannt, was bisher an Informationen zur Verfügung stand.

»Laut ersten Ergebnissen der Gerichtsmedizin war das Opfer zum Zeitpunkt des Auffindens bereits etwa neun bis zehn Stunden tot. Wir erwarten jeden Moment den Ehemann des Opfers. Ich habe mit ihm telefoniert und ihn direkt ins Präsidium gebeten. Es ist ihm aber verständlicherweise wichtiger, zuerst bei seinen Kindern im Krankenhaus vorbeizuschauen. Im Übrigen wurde auf der Haut der Leiche die Zahl Dreihundert in Ziffern hinterlassen. Unsere Spezialisten sind schon dabei, einen Zusammenhang mit der Zahl Einhundertfünfzig, die auf Anja Bergers Körper hinterlassen wurde, zu finden.«

Tom wartete, bis sein Chef mit seinen Ausführungen fertig war, und fügte hinzu: »Wir haben bei Nadine Riethmayr, wie bei unserem ersten Opfer Anja Berger kein Handy sicherstellen können. Wir müssen hier davon ausgehen, dass der Täter es ebenfalls mitgenommen hat.«

Gegen 16:10 Uhr erschien der Ehemann des Opfers dann endlich auf dem Präsidium. Er teilte den Beamten mit, dass es seinem Sohn Nils ziemlich schlecht ginge. »Die Ärzte diagnostizierten bei meinem Jungen einen schweren traumatischen Schock. Er schreit immer wieder unkontrolliert auf, dann fängt er unter fürchterlichen Tränen an zu krampfen. Es ist sogar so schlimm, dass er sich danach mehrmals übergeben musste. Die Ärzte haben ihm jetzt ein Medikament zur Angstlösung gegeben. Es muss für den Kleinen ein schrecklicher Anblick gewesen sein, Nadine so zu sehen. Ich würde Sie bitten, es kurz zu machen. Ich möchte so schnell es geht wieder zu meinen zwei Jungs.«

Tom sah den Chemiker verständnisvoll an. »Wann haben Sie zum letzten Mal mit Ihrer Frau gesprochen?«

Herr Riethmayr musste nicht lange nachdenken. »Das war gestern Abend gegen 20:45 Uhr. Es war ein anstrengender Tag und ich hatte es auch ein wenig eilig, da ich noch an einer Telefonkonferenz teilnehmen musste.« Riethmayr stockte kurz und schüttelte den Kopf. »Vielleicht hätte ich nicht an dieser Konferenz teilnehmen sollen. Ich wollte vorher aber unbedingt Nadines Stimme hören. Wir haben uns über die Kinder unterhalten und einfach ein wenig über meine Arbeit in Rotterdam geplaudert.«

»Ist Ihnen etwas Besonderes an Ihrer Frau aufgefallen? Hat sie etwas gesagt, was vielleicht ungewöhnlich war?«

Riethmayr legte seine Hand ans Kinn und dachte kurz nach. »Ja, jetzt, wo Sie danach fragen, Herr Kommissar, fällt es mir wieder ein. Nadine meinte, sie hätte um kurz vor sieben Uhr einen etwas seltsamen Anruf bekommen. Sie sagte, dass sie zuerst nicht wusste, wer am Telefon war. Doch als der Anrufer seinen Namen nannte, erinnerte sie sich an ihn.«

Tom wurde hellhörig und hoffte, endlich eine richtige Spur zu haben. »Hat sie Ihnen den Namen des Anrufers genannt?«, fragte Tom hoffnungsvoll.

»Ich hatte sie gefragt, wer es denn sei, daraufhin meinte Nadine, das wäre eine längere Geschichte. Sie wollte gerade anfangen zu erzählen, als ich sie unterbrach. Ich musste zur Telefonkonferenz und bat sie darum, es mir heute Abend, wenn ich wieder zu Hause wäre, ausführlich zu erzählen.«

Auf einmal war es still im Raum. Man konnte bei jedem der anwesenden Ermittler die Enttäuschung sehen. Bevor Tom den Ehemann des Opfers fürs Erste gehen ließ, wollte er von ihm in Erfahrung bringen, um was für eine Geschäftsreise es sich handelte.

»Ich bin Chemiker von Beruf und leite bei einer großen, hier ansässigen Chemiefirma die Entwicklungsabteilung. Ab und zu muss ich einige Termine bei unseren Geschäftspartnern im Ausland wahrnehmen. Deshalb war ich seit Montag in Rotterdam und wäre heute Abend wieder zurückgekommen.«

»Gut, Herr Riethmayr, dann gehen Sie mal wieder zu Ihren Jungs ins Krankenhaus. Für weitere Fragen werde ich mich bei Ihnen melden. Mit Ihrem Einverständnis würde ich Ihren beiden Söhnen morgen gerne einen Besuch abstatten.«

Der Chemiker wirkte irritiert. »Es wäre mir recht, wenn ich dann dabei sein könnte, Herr Gerster.«

Tom fand, dass das nicht unbedingt von Vorteil wäre. Er wollte sich lieber selbst ein Bild des kleinen Nils machen. »Okay, ich werde mich morgen erst einmal mit den Ärzten in Verbindung setzen, und dann sehen wir weiter. Sagt Ihnen eigentlich der Name Anja Berger etwas?«

Herr Riethmayr nickte. »Ja natürlich, das ist doch die Frau, die vor einer Woche in Neckargemünd ermordet wurde, oder? Ich habe davon in der Zeitung gelesen.«

Jetzt schaltete sich Hilpert in die Befragung ein. »Haben Sie oder Ihre Frau das Opfer gekannt?«

»Nein. Ich habe mich am Mittwoch kurz mit Nadine am Telefon über den Mord unterhalten, und da hätte sie es mir bestimmt erzählt, wenn sie Frau Berger gekannt hätte. Herr Kommissar, wie mir Herr Mallgraf in kurzen Zügen am Telefon mitteilte, wurde meine Frau doch auf die gleiche Weise umgebracht wie Frau Berger. Handelt es sich dabei eventuell um denselben Täter?«

Tom holte tief Luft und fuhr sich wieder einmal durch die Haare. »Ja, wir müssen nach jetziger Lage leider davon ausgehen.«

Mittlerweile war es früher Sonntagabend. Die Ermittler der ›Soko Anja Berger/Nadine Riethmayr‹ konnten für heute nicht mehr viel tun. Sie mussten auf den ausführlichen Bericht der Gerichtsmedizin warten. Wie bei Anja Berger benötigten sie hier die Aufzeichnungen des Mobilfunkanbieters von Frau Riethmayr.

Am Abend saß Tom wie immer allein zu Hause auf seiner Couch. Er spürte, dass die zwei Fälle ihm seine ganze Kraft und Energie abverlangten. Als er vor ein paar Jahren zur Kripo gewechselt war, hatte er nicht im Geringsten daran gedacht, dass er es jemals mit so einer unmenschlichen und barbarischen Bluttat zu tun bekommt würde. Am meisten setzte ihm der Gedanke an den kleinen Nils zu. Er mochte Kinder, aber es war ihm leider bis heute nicht vergönnt gewesen, selbst Vater zu werden. Es war Tom ein großes Bedürfnis, gleich morgen früh ins Krankenhaus zu fahren. Er nahm sein Handy in die Hand und scrollte, bis auf seinem Display der Name Gaby erschien. Bisher war es ihm nicht gelungen, die damalige Trennung zu verarbeiten. Zweifel durchzogen seine Gedanken.

»Es ist schon spät, soll ich sie jetzt wirklich noch anrufen? Ich würde sehr gerne mal wieder ihre Stimme hören. Einfach so. Nein, ich glaube, es ist besser, wenn ich damit warte. Sie schläft bestimmt schon.«

Schließlich lehnte er sich erschöpft zurück, fuhr sich mit beiden Händen durchs Gesicht und schloss seine übermüdeten Augen.

10.

Montag, 25.09.2017

Am Montagmorgen um 11:30 Uhr fand Anja Bergers Beerdigung in Neckargemünd statt. Mallgraf wies alle Ermittler, die mit dem Fall betraut waren, an an der Beisetzung teilzunehmen. Dazu hatte er zahlreiche Kollegen des Polizeipräsidiums Mannheim zur Verstärkung angefordert. Grund dafür war Toms Bauchgefühl. Er hatte eine Ahnung, dass sich der Täter auf dem Friedhof zeigen könnte. Sollte sich seine Vermutung bewahrheiten, wollte die ›Soko‹ auf jeden Fall zugriffsbereit sein.

Als die Ermittler zusammen mit den angeforderten Beamten aus der Nachbarstadt etwa eine Stunde vor der Trauerfeier auf dem Friedhofsgelände eintrafen, teilte Tom die Einsatzkräfte in Zweiergruppen auf und wies ihnen ihre Positionen zu. Das Ganze stellte für alle Beteiligten eine schwierige Situation dar. Es war höchste Konzentration gefordert.

Der Friedhof von Neckargemünd war ein weitläufiges Gelände, mit einigen Hügeln versehen, und machte den ganzen Einsatz dadurch nicht gerade einfacher. Außerdem war es schwierig, bei den unübersichtlichen Gegebenheiten einen Verdächtigen auszumachen. Immerhin hatten sie bis jetzt kein Gesicht des Täters.

Tom war überrascht, wie viele Trauergäste sich schon so früh einfanden. Er ahnte zu diesem Zeitpunkt nicht, was für ein Ausmaß das Ganze annehmen sollte.

Die Friedhofsglocke läutete Anja Bergers letztes Geleit ein. Die Kapelle war völlig überfüllt. Die Trauergäste, die draußen bleiben mussten, konnten über die Außenlautsprecher die Trauerrede des

Pfarrers verfolgen. Für Tom und seine Kollegen schien es in diesem Moment fast unmöglich zu sein, eine Person aufgrund ihres vielleicht auffälligen Verhaltens zu erkennen.

Nach einer knapp vierzigminütigen Zeremonie bewegte sich der ganze Trott in Richtung Anjas letzter Ruhestätte. Da in diesem Augenblick alle Trauergäste in Zwei- oder Dreierreihen hintereinander liefen, war es für die Ermittler etwas einfacher, die anwesenden Personen kontrolliert zu beobachten. Mathias Ritter meldete sich unerwartet über sein Funkgerät.

»Ein Mann mittleren Alters hat direkt, nachdem der Sarg des Opfers aus der Kapelle gefahren wurde, das Friedhofgelände zügig verlassen.«

Tom schoss eine Szene durch den Kopf, die er erst vor einigen Minuten beobachtet hatte. »Jetzt sag aber nicht, dass es dieser Typ mit dem schwarzen Hut war, der als Einziger den Sarg berührte, als er an ihm vorbeirollte?«

Ritter bestätigte Toms Verdacht und meinte euphorisch:

»Ich bleibe an ihm dran.«

Der Sarg mit den sterblichen Überresten von Anja wurde in ihr Grab hinabgelassen. Nachdem Herr und Frau Berger ihrer Tochter am Grab die letzte Ehre erwiesen hatten, gingen die Trauergäste, einer nach dem anderen, ebenfalls direkt zur Grabstätte und verweilten dort einen Moment der Stille. Dirk Stollmann war der Letzte, der sich am Grab einfand. Er kniete sich auf die mittlerweile verschmutze Holzplatte und faltete die Hände. Mit dem, was dann folgte, hatte wohl niemand gerechnet. Er richtete die letzten verzweifelten Worte an seine Exfreundin.

»Anja, mein Engel, du wurdest mir genommen, ohne dass ich mich richtig von dir verabschieden konnte, und hinterlässt eine unendliche Leere in mir, die niemand füllen kann. Ich ersticke an dem Schmerz und der tiefen Trauer. Niemand, so scheint es, kann diesen Schmerz mildern oder mir gar nehmen. Denn niemand wird dich je für mich ersetzen können.«

Ein leises Raunen, gepaart mit feuchten Augen, ging durch die anwesenden Trauergäste. Darauf folgte vereinzelter Applaus. Selbst Tom lief es eiskalt den Rücken runter. Dirk Stollmann stand auf und nahm Simone Berger weinend in seine Arme. Die Mutter des Opfers erwiderte Stollmanns innige Umarmung. Nach einem kurzen Innehalten verließ dieser, ohne einen Blick oder ein Wort an Dr. Peter Berger zu richten, den Ort der Trauer.

»Wenn das, was Dirk Stollmann soeben an Anja Bergers Grabstätte sagte, nicht wirklich so gemeint war, dann ist er ein verdammt guter Schauspieler«, waren Toms erste Gedanken. Da aber seine Observation sich in vollem Gange befand, erinnerte er sich, dass ihn Lohfeld kurz vor der Beerdigung in Kenntnis setzte, dass Stollmann zur Tatzeit des Mordes an Nadine Riethmayr mit Freunden aus dem Schützenverein in einer Kneipe in der Unteren Straße feuchtfröhlich zusammen saß. Sie feierten dort Dirk Stollmanns zweiten Platz bei der deutschen Meisterschaft im Großkaliberschießen.

Erst jetzt viel Tom eine Ungereimtheit auf.

»Seltsam, Stollmanns Exfreundin wurde vor ein paar Tagen ermordet, doch statt zu trauern, geht er lieber feiern«

Ritter meldete sich über sein Handy und teilte Tom mit, dass er den verdächtigen Mann in einer Einkaufspassage in Neckargemünd verloren habe.

»Konntest du sein Gesicht sehen, damit wir wenigstens wissen, wie er aussieht?«, wollte Tom wissen.

»Nein, ich konnte ihn nur kurz von der Seite sehen. Er trägt einen Bart, ist kräftiger Statur und nicht sonderlich groß.«

Auf dem Friedhofgelände konnte die ›Soko‹ nichts mehr tun. Der ganze Aufwand, der betrieben wurde, lief erst einmal ins Leere.

Gegen 13:15 Uhr stand Tom vor dem großen bunten Glaskasten der Heidelberger Kinderklinik. Von außen sah das Klinikum freundlich und warm aus, doch der Chefermittler spürte eine für ihn ungewohnte Nervosität in sich aufsteigen, als er den Eingang betrat. Er erkundigte sich am Empfang, auf welchem Stockwerk Nils Riethmayr untergebracht sei. Nach einem kurzen Blick auf ihren Computer teilte ihm die freundliche Frau mit, dass Nils heute Morgen in die Klinik für Kinder und Jugendpsychiatrie in der Heidelberger Weststadt verlegt worden war. Tom verspürte eine innerliche Unruhe.

»Können Sie mir die Gründe für die Verlegung nennen? Hat sich sein Zustand verschlechtert?«

Die Frau am Empfang konnte ihm nicht weiterhelfen und verwies ihn an den behandelnden Arzt. Sie meldete ihn oben an und fünf Minuten später saß er im Besprechungszimmer von Dr. Schegl. Der Arzt sah besorgt aus und eröffnete Tom mit ruhiger Stimme: »Sie müssen wissen, Herr Kommissar, dass wir hier nur bedingt traumatisierte Kinder behandeln können. Tobias Riethmayr konnten wir heute Morgen zu seinem Vater nach Hause entlassen. Er ist stabil und hat den ersten Schock einigermaßen überwunden. Bei dem kleinen Nils dagegen ist die Situation leider viel ernster. Der Junge hat trotz Medikamenten die ganze Nacht nicht geschlafen. Er war zwischenzeitlich aggressiv und bekam dann wieder fürchterliche Weinkrämpfe. Deshalb haben mein Team und ich heute Morgen entschieden, dass es für das Wohl des Kleinen besser ist, wenn wir ihn in eine Spezialklinik verlegen. Dort bekommt er eine intensivere Betreuung als wir sie ihm hier bieten können. Die Einrichtung in der Weststadt hat schon einige Erfolge bei schwer traumatisierten Kindern vorzuweisen.«

»Macht es den Sinn dem Jungen einen Besuch abzustatten, Herr Dr. Schegl?« wollte Tom wissen.

»Im Augenblick würde ich davon abraten, Herr Gerster. Ich stehe mit den behandelnden Kollegen in regem Austausch und sobald wir es für einigermaßen unbedenklich halten, werde ich Sie umgehend benachrichtigen.«

Am späten Nachmittag machte sich Tom zusammen mit Kollege Hilpert auf den Weg ins Präsidium. Sie kamen gerade dort an, als Ritter direkt auf ihn zulief.

»Die Jungs von der Spurensicherung haben sich gemeldet. Sie haben akribisch, aber leider vergeblich nach Einbruchspuren gesucht. Schuh- oder Fingerabdrücke konnten nicht sichergestellt werden. Übrigens hat sich dein Freund Dr. Wagner aus der Gerichtsmedizin angemeldet. Er müsste in ein paar Minuten hier eintreffen.«

Eine halbe Stunde später saßen sie zusammen im Büro des Ermittlerteams. »Ich habe leider keine guten Nachrichten für dich«, seufzte Dr. Wagner. »Der Täter hat wieder keine Spuren von Hautpartikeln, Schweiß oder Speichel hinterlassen. Es war bei beiden Frauen ein Verbrechen, bei dem viel Blut geflossen ist. Dennoch fanden wir nur Blut der Opfer in den jeweiligen Taträumen. Das bedeutet, dass der Täter die abgetrennten Brüste direkt in ein Gefäß gegeben haben muss. Sonst hätte er beim Verlassen der Wohnung Spuren hinterlassen. Es gab bei Nadine Riethmayr, wie bei Anja Berger keine Anzeichen von sexueller Gewalt. Wir haben bei der Toten die gleichen Druckstellen am Hals wie beim ersten Opfer finden können. Nadine wurde ebenfalls durch Auslösen des ›Karotis-Sinusreflexes‹ fürs Erste außer Gefecht gesetzt.«

Dr. Wagner trank hektisch einen großen Schluck Wasser und konzentrierte sich dann wieder auf seinen Bericht. »Nadine Riethmayr starb wie Anja Berger durch einen gezielten Stich ins Herz. Die Todeszeit liegt zwischen 23:00 und 23:30 Uhr. Das bedeutet, dass sie gelebt hat, als ihr der Täter die rechte Brust abtrennte. Die schwach eingeritzte Zahl Dreihundert in Ziffern habt ihr ja bereits am Tatort gesehen.«

Tom überlegte scharf, was es mit den beiden Zahlen auf sich haben könnte. Er wusste, dass es einen Zusammenhang geben musste, aber erklären konnte er es sich zu diesem Zeitpunkt nicht.

»Mathias, Du und Stefan, ihr observiert bitte Dirk Stollmann ein paar Tage weiter und hört euch in der Nachbarschaft von Anja Bergers und Nadine Riethmayrs Wohnung um«, wies er seine Kollegen an.

Tom gab gerade die letzten Anweisungen, als Kriminalrat Mallgraf aufstand und ihn bat, ihm in sein Büro zu folgen. Die Tür fiel ins Schloss und Toms Chef mahnte ihn mit ernster Stimme: »Wir benötigen so schnell es geht erste verwertbare Ergebnisse, Herr Gerster. Die Presse hat natürlich nicht nur durch Dr. Peter Bergers unnötigen Aufruf Wind davon bekommen und die Bevölkerung hat inzwischen berechtigte Angst vor einem Serienmörder. Sie treten seit über einer Woche auf der Stelle. Der Präsident des Landeskriminalamts hat mich schon ins Gebet genommen. Also halten Sie sich bitte ran.«

Als Tom das Büro seines Vorgesetzten verließ, wusste er, dass Mallgraf Recht hatte. Er stellte sich ans Fenster und machte sich ernste Gedanken.

»Alle Ermittlungen im Fall Anja Berger führten bisher ins Leere. Und jetzt liegt schon der nächste brutale Mordfall auf dem Tisch. Aber vielleicht ist genau das unsere Chance, neue Spuren zu finden. Immerhin ist es der gleiche Täter. Er hat uns wieder ein Zeichen hinterlassen, was aber im Umkehrschluss bedeuten kann, dass er vielleicht weitere Morde plant. Wir müssen dringend herausfinden, ob sich die Opfer in irgendeiner Art gekannt haben.«

Hilpert riss ihn aus seinen Gedanken. »Hey, träumst du oder können wir los?«

»Nein, wir können los. Lass uns zum Tatort nach Neuenheim fahren.«

Neuenheim war eine der attraktivsten Wohngegenden Heidelbergs. Das Neckarvorland, das Philosophengärtchen sowie der einzigartige Südhang des Heiligenbergs mit dem aussichtsreichen Philosophenweg trugen zum hohen Erholungswert Neuenheims bei.

Als Tom von der Neuenheimer Landstraße in die Albert-Ueberle-Straße einbog, wurde ihm wieder bewusst, wie schön dieses kleine verträumte Örtchen doch war. Das große Einfamilienhaus der Riethmayrs stach durch seine toskanischen Farben wunderschön hervor. Es wurde von drei Meter hohen Zypressen umgeben und erweckte dadurch einen traumhaft malerischen Eindruck.

Die beiden Ermittler konnten den Ehemann der ermordeten schon von der Einfahrt aus, die auf das Grundstück führte, sehen. Er stand mit verschränkten Armen am großen Wohnzimmerfenster und schaute in den Garten. Dass er dabei weinte, war selbst aus dieser Entfernung nicht zu übersehen.

Nach mehrmaligem Klingeln öffnete der völlig übermüdete und sichtlich gezeichnete Familienvater die Tür. Er bat die Kommissare mit einer Handbewegung hinein, ohne sie zu begrüßen. Das Innere des Hauses spiegelte die äußerliche toskanische Atmosphäre wider. Tom bekam das Gefühl, mitten in Florenz, der Metropole der Toskana zu sein.

Der Fliesenboden, der sich im gesamten Erdgeschoss zeigte, war in einem, traditionellen Terrakotta gehalten. Die hohen Wände waren in warmen Erdtönen gestrichen und Rattan-Elemente mit schönen Glastischplatten rundeten den Wohnstil harmonisch ab. Tom hatte einen Anflug von Urlaubsgedanken und überlegte kurz, wie lange er sich schon keine Auszeit mehr genommen hatte.

Im Wohnzimmer saß Tobias auf einem Korbsessel und starrte emotionslos in den Fernseher.

»Hallo Tobias, wie geht es dir?« Hilpert versuchte die unangenehme Stille, die trotz des Fernsehers herrschte, zu unterbrechen. Der Junge sprang auf und rannte in sein Zimmer. Es war nur ein lautes Zuschlagen der Tür zu hören.

»Sie müssen die Reaktion meines Sohnes entschuldigen, meine Herren, aber ihm fehlt seine Mutter sehr. Schließlich hat er sie so schrecklich zugerichtet gesehen. Ich habe schon versucht, mit ihm darüber zu reden, aber er blockt einfach alles ab.«

Tom hob verständnisvoll die Hand. »Sie müssen sich nicht entschuldigen. Tobias benötigt aber dringend Hilfe durch einen Fachmann. Wenn Sie möchten, können wir uns darum kümmern.«

Der Chemiker hatte wieder Tränen in den Augen und sagte mit dünner Stimme: »Danke, Herr Gerster, wir nehmen Ihre Hilfe gerne an.«

Tom warf Hilpert einen kurzen Blick zu. Daraufhin verließ der das Zimmer, um einen fingierten Anruf zu tätigen. Tom bat den Familienvater, kurz zu warten, und ging hoch zum Schlafzimmer der Riethmayrs. Er öffnete die versiegelte Tür und sah sich im

Raum um. Hier war wie bei Anja Berger alles ordentlich aufgeräumt. Es hatte definitiv kein Kampf zwischen Täter und Opfer stattgefunden. Zahlreiche Familienfotos zierten die Wände. Auf der Staffelei in der Ecke befand sich ein großes Bild in Öl. Tom ging davon aus, dass es sich um die Eltern des Opfers handeln könnte.

Direkt neben dem elterlichen Schlafzimmer lag das Kinderzimmer des kleinen Nils. Tom betrat den Raum und stellte sich in die hinterste Ecke. Direkt neben der Tür fiel ihm ein kleines elektronisches Kinderhandy und direkt daneben eine Schachtel mit Pflaster und Kinderschere darin ins Auge. Er nahm das Handy und stellte fest, dass es eine Funktion zur Sprachaufnahme besaß. Als Tom die Wiedergabetaste drückte, bekam er zittrige Knie und musste sich vor Schreck setzen. Die Stimme des kleinen, leise schluchzenden Nils war dort zu hören: »Hallo Polizei, der Mann macht meiner Mami weh! Sie blutet, weil der böse Mann sie mit dem Messer geschnitten hat. Kommen Sie schnell und …«

Dann brach die Aufzeichnung ab. Tom hatte sofort einen schrecklichen Verdacht.

»Der Junge hat nicht nur seine tote Mutter gefunden, er hat wahrscheinlich sogar den fürchterlichen Mord an ihr beobachtet.«

Er beschloss, diese neue und wichtige Information Herrn Riethmayr erstmal zu verschweigen, und steckte das Kinderhandy in seine Hosentasche. Danach begab er sich auf direktem Weg wieder nach unten ins Wohnzimmer. Ihm war klar, dass sie den Jungen ab dieser Sekunde Tag und Nacht bewachen mussten. Sollte der Täter herausfinden, dass er bei der Tat beobachtet worden war, wäre das Leben von Nils in großer Gefahr.

Der Chemiker stand wie besprochen wartend am Fenster.

»Hören Sie. Für uns ist es wichtig, dass Sie sich an jede Kleinigkeit beim letzten Telefonat mit Ihrer Frau erinnern. Hat sie Ihnen vielleicht erzählt, was sie an dem Samstag gemacht hat?«, kam Tom direkt zur Sache.

Riethmayr legte eine Hand an die Stirn. »Nein, ich sagte Ihnen ja, dass wir nur kurz gesprochen haben. Ich erinnere mich aber, dass sie über Schmerzen in der Leistengegend klagte. Sie meinte, dass sie sich wahrscheinlich am Freitagabend beim Sport eine leichte Zerrung geholt hätte.«

Tom verengte die Augen. »Welchen Sport hat Ihre Frau denn am Freitag gemacht, und wo waren Ihre Söhne in der Zeit?«

Der Familienvater winkte ab und erwiderte: »Ach, das ist nichts Besonderes. Nadine ging jeden zweiten Freitagabend in so einen Zumba-Kurs in ihrem Fitnessstudio. Normalerweise bin ich ja dann hier. Aber wir hatten mit Tobias ausgemacht, dass er ausnahmsweise auf Nils aufpasst, wenn Mama beim Sport ist. Wir sind erst vor einem Jahr hierhergezogen und haben bisher nicht so viele Kontakte geknüpft.«

»Wo haben Sie vorher gewohnt?«, fragte Hilpert nach, der zwischenzeitlich wieder in den Raum gekommen war.

»Wir kommen beide aus Köln im Rheinland. Aber dann habe ich dieses beruflich interessante Angebot hier in Ludwigshafen bekommen. Da Nadines Eltern leider vor eineinhalb Jahren bei einem Autounfall in Frankreich tödlich verunglückt sind, fand meine Frau es sogar eine gute Idee, vielleicht mal woanders hinzugehen.«

Tom brannte eine Frage unter den Nägeln. »Können Sie mir sagen, in welchem Studio Ihre Frau diesen Kurs besucht hat?«

Riethmayr klang sicher und überzeugend. »Ja, das ist drüben in dem neuen Stadtteil Bahnstadt.«

Tom überlegte kurz:

»Es war zwar nicht das gleiche Fitnessstudio wie das, in dem Anja Berger trainierte, aber es könnte ja trotzdem sein, dass …«

Dann holte er sich selbst aus seinen Gedanken zurück.

»Hat Ihre Frau vielleicht einmal den Namen Anja erwähnt?«, richtete er seine nächste Frage wieder an Riethmayr.

»Nein. Nadine war ein ruhiger, in sich gekehrter Mensch. Sie fand es oft selbst traurig, dass sie nach knapp einem Jahr hier fast niemanden kannte. Sie steckte ihre ganze Zeit und Energie in unsere Kinder. Dabei stellte sie ihre eigenen Interessen immer zurück, wie es ja fast jede Mutter macht. Einmal hatten wir Werbung von diesem Fitnessstudio im Briefkasten, und Nadine sah darin eine gute Möglichkeit, neue Leute zu treffen. Denken Sie, dass meine Frau dort ihren Mörder kennengelernt hat, Herr Kommissar?«

Tom beruhigte den verunsicherten Witwer. »Nein, das denken wir nicht. Wir müssen nur jeder Information nachgehen. Nicht, dass wir etwas übersehen. Ich habe da eine vorerst letzte Frage an Sie. Auf dem Körper Ihrer Frau wurde die Zahl ›Dreihundert‹ hinterlassen. Bedeutet Ihnen oder Ihrer Frau diese Zahl etwas?«

Riethmayr dachte lange nach. Tom wurde innerlich schon etwas ungeduldig.

»Im Moment kann ich Ihnen da leider nicht weiterhelfen. Das sagt mir gar nichts.«

Der Familienvater begleitete die Kommissare zur Tür. Als sie sich verabschiedeten, fiel Tom in der oberen Ecke des Eingangsbereichs eine kleine Kamera auf, die in einer Hängepflanze positioniert war. »Warum haben Sie uns nicht gesagt, dass Sie Ihr Grundstück videoüberwachen lassen?«

Als ob Riethmayr das nicht wüsste, schaute er die Ermittler überrascht an. »Die Kamera leitet nur ein Livebild an unseren

Fernseher. Wenn es klingelt, können wir sehen, wer an der Tür steht. Das war für Nadine wichtig, aber die Kamera zeichnet leider nichts auf.« Tom nickte resigniert. »Gut, das war es dann erstmal.«

Es war früher Abend geworden. Wieder war ein Tag ohne konkrete Hinweise auf diesen kranken Mörder vergangen. Von den Kollegen, die sich mit den auf den Opfern hinterlassenen Zahlen befassten, gab es bisher nichts Verwertbares. Durch die Vorgehensweise des Täters und die Hinweise, die er hinterlassen hatte, wusste man zwar, dass es sich um denselben Täter handeln musste, aber sonst gab es bisher keine Verbindungen zu den beiden Opfern. Die Tatorte lagen nur wenige Kilometer voneinander entfernt. Beide Opfer hatten das fast identische Alter. Tom war sich sicher, dass es eine Verbindung geben musste. Er konnte sich nicht vorstellen, dass dieses Schwein seine Opfer zufällig auswählte. Die beiden Fälle gingen jedem Einzelnen von ihnen an die Substanz.

Bevor Tom aber resigniert und müde nach Hause fuhr, entschied er sich, seinen Eltern einen spontanen Besuch abzustatten. Einfach mal nicht über die schrecklichen Taten reden zu müssen, das war es, was er jetzt nach Feierabend benötigte. Im gleichen Augenblick bemerkte er, dass es in Bezug auf diese prekären Mordfälle keinen Feierabend gab. Schon gar nicht für einen leitenden Ermittler.

11.

Es war wieder nicht perfekt. Ich hatte es so gut geplant, aber dann tauchte plötzlich dieser kleine Junge auf. Er hat unsere Zweisamkeit ein wenig gestört. Du sahst so schön aus. Das mit Anja war gut, aber nicht im Geringsten so erotisch wie mit dir, Nadine. Wir wollten uns doch Zeit lassen und es in vollen Zügen genießen. Du hattest dich doch auf unser Wiedersehen mindestens genauso gefreut wie ich.

Dieses verdammte Hämmern und Klopfen in meinem Kopf macht mich wahnsinnig. Ich war bei ihm, aber ich habe ihm nichts erzählt. Ich habe mich bei ihm wieder unter Hypnose begeben. Er hat gesagt, ich solle dieses ›Haloperidol‹ weiter einnehmen. Ich weiß, wenn ich alles erledigt habe, werde ich es nicht mehr brauchen.

Es machte mich wahnsinnig geil, deine sinnliche Stimme am Telefon zu hören. Du warst erst irritiert, aber dann hast du mir zugehört. Ich durfte zwar nicht zu dir kommen, aber du hast mir dann doch die Tür geöffnet.

In dem Augenblick, als du mich gesehen hast, hättest du am liebsten deine Entscheidung rückgängig gemacht und die Tür wieder geschlossen. Doch es war zu spät für dich. Plötzlich bist du in meine Arme gefallen und deine großen, festen Brüste an meinem Körper haben mich unwahrscheinlich erregt. Ich habe dich ausgezogen und auf dein Bett gelegt. Am liebsten hätte ich deine prallen Rundungen geküsst, aber das durfte ich auf keinen Fall tun.

Du bist zu früh aufgewacht und hast nach deinem Jungen gerufen. Doch er hat dich nicht gehört. Ich habe dafür gesorgt, dass du wieder etwas zur Ruhe kamst, doch dann hast du mich mit deinen hübschen blauen Augen angesehen. Ich spürte, dass du mir etwas sagen wolltest, aber ich konnte dich nicht verstehen. Du warst stärker als Anja. Trotzdem musste ich mich wieder beeilen, denn ich wusste, dass wir nicht allein waren. Du hast immer wieder zur Tür geschaut und gehofft, dass dein Sohn dich doch gehört hätte und dir zur Seite stünde. Aber nein, vielleicht wolltest du das ja auch gar nicht.

Du solltest eigentlich mein absoluter Höhepunkt sein. Das Beste sollte man sich doch immer bis zum Schluss aufheben.

Ich merke, wie ich schwächer und unkonzentrierter werde. Die bösen Phasen nehmen immer mehr Platz in mir ein. Aber ich bin noch immer nicht ganz fertig. Niemand kann mir dabei helfen, das muss ich allein zu Ende bringen. Sie werden es mich beenden lassen, denn ich ganz allein bestimme den Zeitpunkt.

Wie relevant eine Kleinigkeit doch sein kann, wenn man sie nicht sieht.

12.

Dienstag, 27.09.2022

An diesem frühen Dienstagmorgen konnte Tom nicht im Geringsten ahnen, dass ihm die nächsten Stunden in Erinnerung bleiben sollten.

Gegen 09.30 Uhr erhielt er einen Anruf von Dr. Röttger aus der Kinderpsychiatrie in der Weststadt. Er teilte ihm mit, dass der kleine Nils heute Morgen in einen komaähnlichen Zustand gefallen sei und sich zum jetzigen Zeitpunkt wieder in der Kinderklinik im Neuenheimer Feld befände. Dr. Röttger fügte hinzu, dass er gegen 11:00 Uhr ein Gespräch mit dem leitenden Arzt Dr. Schegl im Klinikum haben würde.

Tom ließ diese schreckliche Nachricht nicht los, und er entschied sich direkt zum Neuenheimer Feld zu fahren. Da alle Parkplätze am Klinikgelände besetzt waren, parkte er seinen Wagen am gegenüberliegenden Tiergarten. Er legte seine Dienstkarte ins Auto und erkundigte sich an der Pforte, auf welcher Station Nils Riethmayr lag.

Am Zimmer angekommen verharrte Tom unfreiwillig einen kurzen Moment. Durch die Glasscheibe konnte er sehen, wie der kleine Junge verkabelt auf seinem Bett lag und schlief. Neben einem in weiß gekleideten Arzt befanden sich zwei Krankenschwestern im Raum, die die Monitore nicht aus den Augen ließen.

Hilpert hatte durch Kriminalrat Mallgraf von dem Anruf erfahren und war ebenfalls ins Krankenhaus geeilt. Er stand plötzlich und für Tom unerwartet mit zwei Bechern frischem Kaffee neben ihm.

»Warum hast du mir nicht Bescheid gegeben, dass du …?
Ach, vergiss es, ist ja egal«, winkte Hilpert ab.

Im gleichen Augenblick tauchte Dr. Schegl auf und fragte, ob er den Herren denn behilflich sein könne.

Tom drehte sich zu dem Arzt um. »Guten Morgen, Herr Dr. Schegl.« Der Arzt machte einen überraschten Eindruck. »Gut, dass Sie hier sind, Herr Kommissar. Ich komme gerade von Dr. Röttger und würde Ihnen gerne den Zustand von Nils erklären. Wollen wir uns vielleicht kurz setzen, Herr Gerster?«

Hilpert klopfte Tom bestätigend auf die Schulter und sie nahmen an einem kleinen Holztisch in der Ecke des Flures Platz.

»Zuerst muss ich sagen, dass das, was dem kleinen Nils passiert ist, nicht gerade selten vorkommt. Es handelt sich hier um eine traumatische Belastungsreaktion auf extremen Stress, der nicht bewältigt werden kann. Das ist eine primitive Reaktion des Körpers auf Gefahr. Wir Spezialisten sprechen hier von einer Ohnmacht. Sollte Nils aber nicht spätestens morgen wieder erwachen, müssen wir tatsächlich von einem Koma ausgehen.«

»Wie lange hält so etwas denn an? Und besteht für den Jungen die Gefahr auf bleibende Schäden?«, wollte Hilpert wissen.

»Nein«, entgegnete ihm der Arzt. »Solange das Hirn mit Sauerstoff versorgt wird, brauchen wir uns darum keine Sorgen zu machen. Allerdings können wir zum jetzigen Zeitpunkt nicht abschätzen, was es psychisch mit dem Jungen anstellt.«

Ohne dass Tom bisher nur ein Wort mit Nils gesprochen hatte, fühlte er sich dem kleinen Kerl nahe. »Herr Dr. Schegl, ich würde Sie bitten, mich persönlich zu informieren, wenn sich am Zustand des Kleinen etwas ändert, ganz egal, zu welcher Uhrzeit.«

Der Arzt versprach Tom, ihn umgehend zu benachrichtigen.

Telefonisch hatte Kriminalrat Mallgraf die Ermittler der ›Soko Berger/Riethmayr‹ um 14:00 Uhr zu einer Besprechung ins Präsidium geladen. Da bis dahin etwas Zeit war, teilte Tom seinem Kollegen mit, dass er ein Bedürfnis verspüre, noch einmal zum Friedhof nach Neckargemünd zu fahren.

Die Beamten hatten Anja Bergers letzte Ruhestätte fast erreicht, als Hilpert stehen blieb.

»Na schau mal, wen wir hier haben.«

Tom sah sofort, was sein Kollege meinte. Am Grab von Anja standen der Anwalt Dr. Jürgen Kolb und ihr ehemaliger Fitnesstrainer Ramon Pereira. Sie unterhielten sich in einer Lautstärke, die für den Besuch eines Friedhofes nicht angebracht war. Die Entfernung zu den beiden schien aber zu groß zu sein, sodass die Ermittler nicht hören konnten, worum es ging. Tom entschied sich, ein wenig zu warten und die Szenerie erst einmal weiter zu beobachten. Er überlegte, was die beiden miteinander zu tun haben könnten. Es sprach nichts für ein zufälliges Treffen. Herr Pereira gestikulierte ziemlich aggressiv und der Anwalt versuchte ihn immer wieder zu beruhigen. Dr. Kolb schaute sich in regelmäßigen Abständen auf dem Gelände um. Es machte auf die Ermittler den Eindruck, als hätte er Angst, gesehen zu werden.

Kurz bevor sich beide ohne Händedruck verabschiedeten, machte der Anwalt mit erhobenem Zeigefinger eine drohende Geste in Richtung des Zumba-Trainers und schrie ihn an:

»Du hast nichts gesehen! Verstanden?«

Tom überlegte, woher die beiden sich kennen und was sie miteinander zu tun haben könnten. Er hielt es für besser, die zwei Protagonisten in Sicherheit zu wiegen und sie erst einmal ziehen zu lassen. Hilpert hatte natürlich mal wieder seine eigene Interpretation der Unterhaltung.

»Vielleicht ist unser Herr Anwalt ja ebenfalls in diesem Zumba-Kurs und hat dort eine Affäre. Es würde mich nicht wundern, wenn Pereira ihm gedroht hat, es seiner Frau zu erzählen, und ihn jetzt damit erpresst.«

»Ja«, fuhr Tom ihn energisch an. »Deshalb treffen sie sich ausgerechnet hier auf dem Friedhof und reden darüber. Komm, lass uns mal weitergehen.«

Das Grab von Anja Berger war mit Blumen und Kränzen überladen. Es war gut, dass sich rechts und links keine weiteren Gräber befanden, so hatte der Friedhofsgärtner keine Platzprobleme und konnte alles gut unterbringen.

Unter den vielen Blumen, Stofftieren, Schriftbändern und Grablichtern stach Tom sofort ein Gegenstand ins Auge, und es lief ihm ein eiskalter Schauer den Rücken herunter. Er zog ein paar Einweghandschuhe aus seiner Hosentasche und bat seinen Kollegen Hilpert, im Auto einen Beutel aus der Asservatentasche zu holen. Als Hilpert nach zwei Minuten zurückkam, stand Tom unverändert in der gleichen Position vor dem Grab.

Er hielt ein etwa zwanzig mal zwanzig Zentimeter großes Blechschild mit einem eingravierten Text in seiner Hand:

»*Wer nicht hinsieht, kann es nicht sehen.*«

Darunter befand sich die ebenfalls eingravierte Botschaft:

»*Wie relevant eine Kleinigkeit doch sein kann, wenn man sie nicht sieht.*«

Tom war aufgebracht. »Verdammt, er war hier und er weiß, dass wir hier waren. Ich bin mir sicher, dass er schon bei der Beerdigung anwesend war. Er liebt die Gefahr und er braucht diese Anspannung. Dieser Mistkerl fängt an mit uns zu spielen. Wir müssen los. Lass uns zurück ins Büro fahren.« Tom und Hilpert waren die letzten, die kurz vor 14:00 Uhr auf dem Präsidium eintrafen.

Mallgraf saß schon ungeduldig an dem großen Tisch und klopfte nervös mit den Fingern gegen die Tischplatte. Seine Miene verhieß nichts Gutes, und das sollten die Anwesenden in Kürze zu spüren bekommen.

»Wir haben zwei tote Frauen. Seit dem ersten Mord vor über einer Woche habe ich bisher keine konkreten Ermittlungsergebnisse auf meinem Schreibtisch vorgefunden. Die Nachricht über den zweiten Mord hat sich wie ein Lauffeuer verbreitet. Die Presseleute stürzen sich auf alles, was sie bekommen können, und in der Bevölkerung steigt die Angst immer mehr. Frau Moser kann sich vor Anrufen aus der besorgten Bevölkerung kaum retten. Alle wollen wissen, wann und wo der Serienkiller als nächstes zuschlagen könnte. Ich habe für morgen Mittag um 12:30 Uhr eine Pressekonferenz anberaumt. Herr Gerster, ich möchte von Ihnen bis spätestens morgen früh um 09:00 Uhr auf den neuesten Stand der Ermittlungen gebracht werden. Jetzt will ich aber vorab wissen, was wir haben.«

Tom holte Luft und startete dann seinen Bericht. Er erzählte von dem gefundenen Kinderhandy und dass er es der Spurensicherung übergeben hatte. Auch das Blechschild, das sie am Grab sichergestellt hatten, war inzwischen im Besitz der Spurensicherung.

»Das Auffinden des Schildes könnte die erste richtig heiße Spur sein. Wir müssen alle Schildermacher in Heidelberg und Umgebung befragen, ob sie sich daran erinnern können, wer es produziert hat und wer der Auftraggeber war.«

Ebenfalls hatte er auf der Fahrt ins Präsidium kurz mit Simone Berger telefoniert, um herauszufinden, ob ihr der Name Nadine Riethmayr etwas sagte. Doch die Mutter von Anja Berger konnte mit dem Namen leider nichts anfangen.

Dann war da die Szene auf dem Friedhof zwischen dem Zumba-Trainer Ramon Pereira und dem Rechtsanwalt Dr. Jürgen Kolb.

Um den Anwalt wollte sich Tom persönlich kümmern und überließ deshalb den Kommissaren Ritter und Lohfeld die Vernehmung von Ramon Pereira.

»Fragt in dem Fitnessstudio in der Bahnstadt nach, wer dort den Zumba-Kurs leitet, den Nadine besucht hat. Sollte es wider Erwarten dieser Pereira sein, möchte ich umgehend davon in Kenntnis gesetzt werden.«

Hilpert hatte ebenfalls Neuigkeiten zu vermelden. Er hatte die Auflistung der Anrufe von Nadine Riethmayrs Telefonanbieter bekommen. »Sie hat an ihrem Todestag nur wenige Anrufe geführt. Um 10:21 Uhr bekam sie einen Werbeanruf ihres eigenen Telefonanbieters. Um 13:34 Uhr versuchte sie vergeblich, ihren Mann in Rotterdam zu erreichen. Dann passierte lange nichts mehr. Um 18:53 Uhr wurde sie von einer unterdrückten Nummer angerufen. Das Gespräch dauerte drei Minuten und sechsundvierzig Sekunden. Mit ihrem Mann sprach sie um 20:39 Uhr, und dann bekam sie um 22:28 Uhr einen weiteren Anruf mit ebenfalls unterdrückter Nummer. Dieses letzte Gespräch dauerte zwei Minuten und vierzehn Sekunden. Es waren wie bei Anja Berger zwei identische Anrufe mit unterdrückter Nummer. Nadine bekam wie Anja, zwei unterdrückte Anrufe in der Woche, bevor sie ermordet wurde.«

Tom wollte von Ritter wissen, was die Befragung der Nachbarschaft ergeben hatte.

»Es gibt da eine Frau Ursula Kronau, die scheinbar nichts Besseres zu tun hat, als den lieben langen Tag ihre Nachbarn zu beobachten – was sich für unsere Ermittlungen als positiv herausstellte. Frau Kronau sagte uns, dass das Opfer mindestens vier Mal an diesem Tag das Haus verlassen hat. Sie hatte immer ihre zwei Kinder dabei. Was sie aber seltsam fand, war die Beobachtung, die sie gegen 22:15 Uhr machte. Sie sah, wie das Opfer am offenen Fenster stand und immer wieder nach rechts und links schaute«, erwiderte Ritter.

»Wahrscheinlich hat sie in dem Moment auf ihren Mörder gewartet«, stellte Tom fest und hakte nach: »Hat diese Frau Kronau gesehen, ob jemand das Haus betrat oder verließ?«

»Nein«, enttäuschte ihn Ritter. »Sie hat ihr Fenster geschlossen und ging dann schlafen.«

Mallgraf schaltete sich nun mit ein. »Ist Ihnen eigentlich aufgefallen, dass der Täter beide Morde an einem Samstag verübt hat? Die Tötungen wurden immer zwischen 22:00 und 23 Uhr begangen. Heute ist schon wieder Dienstag und ich brauche am kommenden Wochenende nicht ein drittes Opfer. Also machen Sie sich an Ihre Arbeit, meine Herren.« Tom saß gerade an seinem Schreibtisch und wollte für die morgige Pressekonferenz einige Unterlagen sortieren, als er einen Anruf von Dr. Schegl aus der Klinik bekam.

»Ich wollte Ihnen nur mitteilen, dass Nils die Augen geöffnet hat. Er ist bei Bewusstsein, aber sein psychischer Zustand ist kritisch. Sein Blick ist starr zur Decke gerichtet, als ob da ein Film für ihn abliefe.«

Tom konnte erahnen, was für Bilder der kleine Junge sah, aber er wollte nicht am Telefon mit Dr. Schegl darüber sprechen. Er bedankte sich für den Anruf und bat ihn, Nils' Vater zu informieren.

Kurze Zeit später standen Tom und Hilpert auf der Intensivstation der Kinderklinik in Heidelberg vor dem Zimmer des kleinen Nils. Dr. Röttger bemerkte die beiden Ermittler und trat zu ihnen hinaus. Er erklärte ihnen den Gesundheitszustand des Jungen und bat sie, mit ins Zimmer zu kommen.

Nils lag bewegungslos in seinem Bett und blickte starr zur Decke. Seine Arme lagen seitlich am Körper. Tom beugte sich weit über ihn, dass er seine weit geöffneten Augen betrachten konnte. Er blickte in zwei gebrochene Kinderaugen. So etwas sah er sonst nur bei Toten. Sie wirkten leblos und leer. Nur an der Seite konnte er eine Art Träne erkennen.

Auf Nachfrage bei Dr. Schegl, was diese leblosen Augen zu bedeuten habe, antwortete der mit einer leicht resignierten Stimme: »Das ist schwer zu sagen, Herr Gerster, aber ich werde versuchen, es Ihnen so unkompliziert wie nur möglich zu erklären. Seit einiger Zeit wissen wir, dass es eine kleine Struktur tief in der Schläfenregion unseres Gehirns gibt. Dieses Gebiet speichert Gedächtnisinhalte, verarbeitet und steuert aber gleichzeitig Emotionen. Bei einem traumatischen Erlebnis kann das schlimme Folgen haben. Vor den Augen des kleinen Nils laufen immer wieder dieselben schrecklichen Bilder ab. Was immer er gesehen haben mag, es wird ihn für den Rest seines Lebens nicht mehr loslassen.«

Für Tom war diese Nachricht wie ein Faustschlag ins Gesicht. Dieser Scheißkerl hatte nicht nur Nils' Mutter auf brutalste Weise ermordet, er hatte gleichzeitig das Leben dieses unschuldigen Jungen zerstört.

Hilpert stand regungslos am Fußende des Bettes und streckte sich, um aus sicherer Entfernung einen Blick auf das Gesicht von Nils werfen zu können. Tom bemerkte eine gewisse Unsicherheit seines Kollegen und ging ein Stück auf ihn zu. Er fasste ihn am Arm und flüsterte: »Du kannst ruhig ein wenig näher ran gehen.«

Als Hilpert sich ebenfalls über den Oberkörper des Kleinen beugte und den uneingeschränkten Blick auf sein Gesicht hatte, geschah das Unfassbare.

In der Sekunde, als Nils' Blick ihn einfing, riss er seine Augen weiter auf und schrie ihn hysterisch an:

»Nein, bitte nicht! Tun Sie mir nicht weh!«

Dann fing er fürchterlich an zu weinen.

Dr. Röttger schob Hilpert unsanft zur Seite und versuchte, den Kleinen vergeblich zu beruhigen.

»Ganz ruhig, Nils. Es tut dir keiner etwas. Wir sind hier, um dir zu helfen.«

Alle Worte des Arztes halfen nichts. Nils fing an zu krampfen und schrie lauter unverständliche Worte. Sein Blick fokussierte dabei ständig die Person, die diese Reaktion ausgelöst hatte: »Kommissar Sven Hilpert«.

Dr. Röttger zog eine Spritze auf und injizierte sie in den angelegten Zugang am Handgelenk des Jungen. Im gleichen Moment fasste Tom den Kleinen an seinen schmalen Schultern und drückte ihn sanft auf sein Bett. Mit den Worten:

»Hab keine Angst, Nils. Alles wird gut« versuchte er, ihn sanft zu beruhigen.

Jetzt sah Nils zum ersten Mal direkt in Toms Augen und beruhigte sich schlagartig. Er seufzte kurz, schloss seine Augen und schlief erschöpft ein.

Hilpert stand völlig neben sich und verließ mit wackeligen Beinen fluchtartig das Zimmer. Tom war von den Geschehnissen der letzten paar Minuten sichtlich mitgenommen.

»Können Sie mir sagen, wie ich diese Reaktion deuten soll?«, richtete er seine Frage an den Arzt.

»Es tut mir leid, Herr Gerster, aber Ihr Kollege hat etwas in Nils ausgelöst, was für mich im Moment nicht zu erklären ist. Er hatte definitiv Angst vor Kommissar Hilpert, das konnte man klar erkennen. So hart es sich jetzt anhören mag, aber seine Reaktion war zumindest ein Schritt in die richtige Richtung für den Kleinen.«

Tom ging vorsichtig zurück an Nils' Bett und legte ihm eine Hand auf seine feuchte Stirn. »Ich komme morgen wieder, mein Junge. Du schaffst das.«

Er verabschiedete sich von Dr. Röttger und machte sich auf die Suche nach seinem Kollegen. Auf dem Klinikparkplatz fand er Hilpert angelehnt und mit einer Zigarette im Mund am Dienstwagen stehend. Er hob unschuldig seine Hände und kam mit schnellen Schritten auf Tom zu. Er versuchte sofort, sich und das eben Geschehene zu rechtfertigen.

»Wenn du jetzt glaubst, ich hätte mit der ganzen Sache etwas zu tun, dann liegst du völlig falsch. Ich bin Polizist aus Leidenschaft. Ja, zugegeben, ich reagiere ab und an mal etwas übereifrig, aber ich wäre zu so einer grausamen Tat niemals fähig. Das musst du mir glauben.«

Tom legte den Arm um ihn. »Hör mir mal zu, Sven. Niemand denkt, dass du etwas damit zu tun hast, und schon gar nicht ich. Nils hat einfach eine Reaktion gezeigt, und das hätte ebenso gut bei mir geschehen können.«

Er hörte sich zwar diese beruhigenden Worte zu Hilpert sagen, wusste aber, dass hier gewaltiger Klärungsbedarf bestand. »Und jetzt, lass uns zurückfahren, es ist schon spät«, fügte er hinzu.

Gegen 18:30 Uhr war der tägliche Betrieb im Präsidium fast zum Erliegen gekommen. Die Kollegen hatten für heute Schluss gemacht, und so konnte Tom ungestört seine Unterlagen für die morgige Pressekonferenz auf den neuesten Stand bringen und sich selbst auf seine Ausführungen vorbereiten.

Trotz der Ruhe schien sein Vorhaben nicht unbedingt von Erfolg gekrönt zu sein. Das Geschehene an diesem Tag hatte ihm zugesetzt und er konnte sich nicht konzentrieren. Seine Gedanken kreisten ständig um Nils.

Eine knappe halbe Stunde später schnappte er seine Tasche und fuhr frustriert nach Hause. Er duschte und setzte sich mit einem Espresso auf die Couch. In ihm kamen Zweifel auf, ob die Strategie, die sie fuhren, die richtige war. Das Verlangen, mit jemandem zu reden, stieg sekündlich in ihm an. Tom war sich sicher, dass hierfür nur eine Person in Frage kam. Er nahm sein Handy und musste nicht lange scrollen, bis er die Anruftaste betätigen konnte.

»*Nein, damit habe ich ja überhaupt nicht mehr gerechnet! Aber schön, dass du dich meldest. Hallo Tommy.*«

»Hey Gaby, schön, dass ich dich antreffe. Hast du etwas Zeit? Ich würde gerne auf das Angebot deiner letzten WhatsApp zurückgreifen. Natürlich nur, wenn es noch steht.«

»*Na klar, was ist denn das für eine Frage, Tommy? Ich bin im Moment bei einer Freundin zu Besuch und möchte dich auf keinen Fall abwürgen. Deshalb mache ich dir einen Vorschlag: Ich habe morgen Abend um 17:00 Uhr einen Geschäftstermin in Darmstadt. Ich könnte danach auf einen Sprung nach Heidelberg kommen. Was hältst du davon?*«

»Das hört sich gut an, Gaby. Lass uns morgen Abend telefonieren, und dann machen wir etwas aus, okay?«

»*Ja, super! Ich wünsche dir einen schönen Abend, Tommy. Mach dir nicht so viele Gedanken und sei mir bitte nicht böse, ja? Pass auf dich auf! Bye-bye, bis morgen. Ich freue mich.*«

»Ich freue mich auch, Gaby. Dir viel Spaß heute Abend. Ciao, ciao.«

13.

Mittwoch, 28.09.2022

Um 06:30 Uhr klingelte Toms Wecker. Er setzte sich erschrocken auf und hatte nur einen Gedanken:

»Es ist Mittwoch und es sind genau sechs Stunden bis zu dieser verdammten Pressekonferenz. Wenn ich diese unnötige Veranstaltung nur schon hinter mich gebracht hätte!«

Als Ermittler hatte er in seiner beruflichen Karriere schon des Öfteren mit Mordfällen zu tun gehabt, aber ein Serienmörder war nie dabei gewesen. Außerdem hatte er bisher an keiner Pressekonferenz teilnehmen müssen.

Er machte sich einen schnellen Kaffee und fuhr zügig ins Büro. Sein Chef wollte ja bis spätesten 09:00 Uhr alle bisherigen Ermittlungsergebnisse der zwei Mordfälle auf seinem Tisch haben.

Kommissar Ritter und sein Kollege Lohfeld erwarteten Tom schon ungeduldig. Sie hatten sich gestern Abend mit diesem Zumba-Trainer unterhalten.

»Vorab muss ich sagen, du hattest mal wieder Recht, Tom. Ramon Pereira leitet tatsächlich auch den Kurs, den Nadine fast jeden Freitag besucht hat«, sprudelte es aus Ritter heraus. »Von ihrem Tod hatte er angeblich durch die Zeitung erfahren. Er meinte, dass er sie nie persönlich gesprochen habe. Interessant war die Reaktion seiner Frau Rosabella. Nachdem wir ihren Mann mit Nadine Riethmayr konfrontierten, drehte sie sich zu ihm um und sagte:

»Hörst du denn nie damit auf?« Auf Nachfrage von mir, was sie damit meinte, antwortete sie, dass es eine Sache zwischen ihr und ihrem Mann sei. Auf dem Küchentisch konnten wir ein Prepaid-Handy erkennen. Kriminalrat Mallgraf hat schon einen richterlichen Beschluss zur Beschlagnahmung angefordert.«

»Habt ihr ihn auf die gestrige Unterhaltung an Anja Bergers Grab angesprochen?«, hakte Tom nach.

»Ja, klar haben wir das. Er war sichtlich überrascht, weil wir davon wussten. Pereira wollte uns glauben machen, dass sich die beiden erst bei der Beerdigung von Anja kennengelernt hätten und das Treffen gestern rein zufälliger Art gewesen sei. Als wir ihn auf die Drohung des Anwalts ansprachen und fragten, was er damit meinte, sprang er erzürnt auf. Er reagierte ein wenig aggressiv und fragte uns, ob wir ihn beschatten würden und ob er gar unter Verdacht stehe, etwas mit den Morden zu tun zu haben. Er bestritt vehement, dass die besagten Worte auf dem Friedhof gefallen wären. Sie hätten sich nur ganz normal über Anja Berger unterhalten, und darüber, wie traurig das Ganze doch sei.« Ritter wollte gerade mit seinem Bericht fortfahren, als plötzlich Kriminalrat Mallgraf mit dem Präsidenten des Landeskriminalamts Dr. Konrad Ellrich in der Tür stand.

»Guten Morgen, meine Herren.« Sein düsterer Blick erfasste seine Sekretärin. »Frau Moser, kommen Sie bitte in mein Büro und bringen Sie Hauptkommissar Gerster und Kommissar Ritter mit.«

Kurze Zeit später saßen sich die vier Herren in Mallgrafs Büro gegenüber. Dr. Ellrich stellte sofort klar, wer hier das Sagen hatte, und ergriff dementsprechend das Wort.

»Meine Herren, in knapp zwei Stunden beginnt die wichtige Pressekonferenz. Für uns ist es eine Chance, die Presse zu beruhigen, aber dafür brauchen wir stichhaltige Ergebnisse, und ich habe große Zweifel, dass wir diese zum jetzigen Zeitpunkt liefern können. Oder möchten Sie mich eines Besseren belehren, Herr Hauptkommissar? Ich würde jetzt gerne in kurzen Zügen den aktuellen Ermittlungsstand von Ihnen erfahren.«

Tom fühlte sich trotz seiner Selbstzweifel einigermaßen gut vorbereitet und fasste die Erkenntnisse der letzten Tage für alle zusammen.

Dr. Konrad Ellrich sah Tom nach seinen Ausführungen lange in die Augen, bevor er fragte: »Und damit sollen wir vor die Presse treten, Herr Gerster? Die werden uns zerreißen und wir stehen dann hilflos da. Sie haben nichts, was wir denen hinwerfen können, und das nennen Sie gute Polizeiarbeit?«

Tom hatte in der Vergangenheit schon einiges über den Präsidenten des Landeskriminalamts gehört und war deshalb nicht besonders überrascht über dessen Aussage. Deshalb nutzte er kurzerhand seine größte Stärke: Er ging in die Offensive.

»Bei allem Respekt, Herr Dr. Ellrich, aber ich bin nicht Ihrer Meinung, dass wir der Presse etwas hinwerfen sollten oder gar müssten. Selbst wenn wir mehr Informationen hätten, wäre es nicht gut, diese zum jetzigen Zeitpunkt preiszugeben. Aber das wissen Sie ja bestimmt selbst. Mein Vorschlag wäre, wir warten erst einmal ab, wie sich das Ganze entwickelt.«

Dr. Ellrichs Miene wurde jetzt ernster, und Tom wusste, dass er ihn verstanden hatte. »Wir sehen uns später. Und glauben Sie mir, sollte sich das Ganze in eine für die Polizei unangenehme Richtung wenden, werde ich nicht davon absehen, meine Konsequenzen zu ziehen«, polterte er zum wiederholten Mal los, bevor er den Raum verließ.

Pünktlich um 12:30 Uhr begann die Pressekonferenz im Heidelberger Polizeipräsidium. Das Interesse der schreibenden Zunft war riesengroß. Der Presseraum in der Römerstraße hatte fast nicht ausgereicht, um alle Journalisten unterzubringen. Zwei regionale Fernsehsender hatten sich ebenfalls angemeldet.

Am meisten interessierte die Anwesenden, wann der Täter wieder zuschlagen würde und ob es schon einen Verdächtigen gab. Wider Erwarten, lief alles ruhig und respektvoll ab. Tom navigierte das Kriminalschiff der Polizei souverän durch einige aufkommende Wellen und konnte so den Gegenwind, den er am Anfang der Konferenz deutlich wahrnahm, um einiges abschwächen. Nach fünfzig Minuten war das Ganze überstanden und die ›Soko‹ konnten sich endlich wieder auf ihre eigentliche Arbeit konzentrieren.

Tom ließ sich von Frau Moser telefonisch bei Rechtsanwalt Dr. Jürgen Kolb anmelden. Gegen 16:30 Uhr empfing ihn der Anwalt wie einen lästigen Vertreter.

»Ich war der Meinung, dass alles so weit geklärt sei, Herr Kommissar Gerster. Nun bin ich auf den Grund Ihres Besuches gespannt.«

Tom ignorierte die Überheblichkeit seines Gegenübers und kam ohne förmliche Begrüßung direkt zum Wesentlichen seines Besuches. »Was haben Sie mit Herrn Pereira zu tun?«

Dr. Kolb machte eine abweisende Handbewegung und schien nicht besonders überrascht. »Ach, Sie meinen unser zufälliges Treffen auf dem Friedhof gestern? Herr Pereira hat mich deshalb schon angerufen. Wir unterhielten uns nur darüber, was für ein toller Mensch Anja war. Mehr war da nicht. Woher wissen Sie eigentlich davon?«

»Jetzt ist Schluss mit dem Smalltalk. Hören Sie auf, mich zu verschaukeln, Herr Kolb. Sie haben mich schon einmal belogen, also gebe ich Ihnen jetzt den guten Rat, mir zu sagen, was ich wissen möchte. Ich kann auch anders, und Sie als Anwalt wissen, was ich damit meine. Sie haben Herrn Pereira mit den Worten »Du hast nichts gesehen! Verstanden?« gedroht. Ich stelle Ihnen die Frage jetzt nur einmal. Überlegen Sie, was Sie mir darauf antworten. Was haben Sie damit gemeint?« Die Selbstsicherheit, die der Anwalt Tom signalisierte, nervte ihn.

»Ich habe Herrn Pereira nicht gedroht. Dirk Stollmann hatte mir vor längerer Zeit erzählt, dass Pereira versucht haben soll, Anja ins Bett zu bekommen. Und als er mir dann auf dem Friedhof mitteilte, dass er das zweite Opfer ebenfalls kannte und sie auch bei ihm im Kurs gewesen sei, fragte ich ihn, ob er bei ihr mehr Glück hatte als bei Anja. Er wurde danach ungehalten und meinte, er könnte der Polizei ja mal von seiner Beobachtung erzählen. Ich wollte von ihm wissen, was es mit dieser angeblichen Beobachtung auf sich hat. Dann wurde er laut und warf mir vor, dass ich Anja gevögelt und er gesehen hätte, wie wir uns geküsst haben.«

Tom wusste, dass er den sauberen Anwalt da hatte, wo er ihn haben wollte ›in der Defensive‹.

»Und, haben Sie?«

An Dr. Kolbs Blick konnte Tom ablesen, dass sein Gegenüber wusste, dass es vorbei war und er aus dieser Nummer nicht mehr herauskommen würde. »Ja, verdammt. Wir hatten Sex miteinander, und das ging schon eine ganze Weile so. Anja war etwas ganz Besonderes für mich und ich merkte, dass es nicht nur einseitig war. Ist es das, was Sie hören wollten, Herr Gerster? Wollen Sie es jetzt meiner Frau erzählen oder mich gar festnehmen?« Tom spürte eine leichte Genugtuung in sich aufsteigen, und ließ Dr. Kolbs Frage kommentarlos stehen. »Ich kann Ihnen nur eines sagen, Herr Dr. Kolb: Beten Sie zu Gott, dass nicht weitere Ungereimtheiten ans Tageslicht kommt, wovon Sie mir nichts erzählt haben.«

Auf diese Ansage hin schluckte der Anwalt einmal kurz und schüttelte verneinend den Kopf.

Tom ging zu seinem Wagen. Er hatte einige Informationen beisammen. Dr. Kolb, Ramon Pereira sowie Dirk Stollmann besaßen ein Motiv, um Anja Berger etwas anzutun. Aber was war mit Nadine Riethmayr? Außer diesem Zumba-Trainer gab es bis jetzt kein weiteres Puzzlestück zu ihrem Fall. Ihm war klar, dass Dr. Ellrich, Recht hatte. Sie hatten nicht nur wenig, nein, sie hatten fast gar nichts.

Es war kurz vor 18:00 Uhr und Tom wusste, zu wem ihn sein nächster und für heute letzter Besuch führen würde. Eine halbe Stunde später stand er im Zimmer des kleinen Nils in der Heidelberger Kinderklinik. Der Vater des Jungen saß am Bett seines schlafenden Sohnes und hielt seine kleine Hand.

»Guten Abend, Herr Riethmayr. Wie geht es Nils heute?«

Der Witwer schaute zu Tom auf. »Ich bin selbst erst vor zehn Minuten hergekommen, Herr Kommissar. Es war bisher kein Arzt hier.«

Kaum hatte der Familienvater es ausgesprochen, stand Dr. Schegl in der Tür.

»Schön, Sie zu sehen, meine Herren. Nils war heute zweimal für längere Zeit wach, hat aber leider zu keinem Zeitpunkt der Wachphase auf uns reagiert.«

Dr. Schegl gab Tom ein Zeichen, und er verstand, dass der Arzt dem Vater den Vorfall mit Hilpert und dem kleinen Nils bisher verschwiegen hatte. Riethmayr erkundigte sich bei Tom über den Ermittlungsstand zur Aufklärung des Mordes an seiner Frau.

»Im Moment gehen wir einigen Hinweisen nach, aber etwas richtig Konkretes haben wir nicht. Wie geht es eigentlich Tobias?«, versuchte Tom das Thema zu wechseln.

»Er scheint einigermaßen damit klarzukommen. Danke, dass Sie so schnell den Kontakt zudem Psychologen hergestellt haben. Ich glaube, mit einem Fremden über das schreckliche Erlebnis zu reden, tut Tobias gut. Ich muss jetzt nach Hause zu ihm. Ich hatte gehofft, wenn ich Nils besuche, wäre er wach und ich könnte mich ein wenig mit ihm unterhalten. Sie müssen wissen, das Verhältnis zwischen mir und meinen Kindern ist nicht so innig wie es vielleicht sein sollte. Ich hatte nie viel Zeit für die Jungs, weil ich immer nur gearbeitet habe. Heute weiß ich, dass das ein Fehler war. Die verlorene Zeit mit seinen Kindern kann man niemals wieder aufholen.«

Dr. Schegl sah den Familienvater mitfühlend an. »Das Geschehene kann man leider nicht mehr ändern. Sie sind jetzt der einzige Halt den Ihre Kinder haben. Versuchen Sie, ihnen Kraft zu geben. Nur als starke Familie kommen Sie durch diese schwere Zeit. Sobald Ihr Junge wieder aufwacht, werde ich Sie informieren.«

Als Nils Vater das Zimmer verließ, kam Dr. Schegl direkt auf Tom zu. »Ich muss Ihnen etwas Wichtiges erzählen, Herr Kommissar. Als Nils heute Morgen die Augen öffnete, zeigte er mit ausgestrecktem Arm, auf die Stelle am Fußende des Bettes, an dem ihr Kollege gestanden hat. Er fing zum wiederholten Male an laut zu schreien:

»Nein, bitte gehen Sie weg!«

Danach brach er in Tränen aus. Was mir an der Situation Kopfzerbrechen bereitet, ist, dass zu diesem Zeitpunkt an der Stelle niemand stand.«

Tom konnte die Fragen in Dr. Schegls Augen lesen. »Ich verspreche Ihnen, dass wir herausfinden werden, was es damit auf sich hat, Herr Doktor. Ich würde Sie darum bitten, das Ganze weiterhin für sich zu behalten und mich ebenfalls anzurufen, wenn Nils einigermaßen ansprechbar ist.«

»Ja, wir bleiben in engem Kontakt, Herr Gerster.«

Allein der Gedanke, dass Hilpert in die Sache verstrickt sein könnte, ließ Toms Gliedmaßen zucken. Erste Zweifel kamen in ihm auf. Er schob den fürchterlichen Verdacht fürs Erste beiseite, doch er wusste, dass er schnellstmöglich Gewissheit brauchte.

Er stieg in sein Auto und versuchte seine Gedanken zu sortieren. Kurze Zeit später tätigte er den für ihn schon längst überfälligen Anruf.

Das Restaurant ›Zum Anker‹ lag direkt am malerischen Neckarfluss. Es lud durch ein gemütliches und zwangloses Ambiente ein. Die traumhafte Lage zwischen Neckarufer und der Heidelberger Altstadt bot eine atemberaubende Kulisse und zeichnete sich durch ein ganz besonderes Flair aus.

Gegen 20:30 Uhr saß Tom frisch geduscht und sportlich-elegant gekleidet auf dem wunderschönen Sonnendeck an einem stilvoll eingedeckten Tisch endlich seiner Gaby gegenüber. Sie sah einfach klasse und wie immer sehr sexy aus. Sie trug die Haare mittlerweile etwas kürzer, doch Tom empfand das als positive Veränderung.

»Hey, Tommy. Ich finde es toll, dass wir uns nach so langer Zeit mal wiedersehen. Sorry, dass ich dir das sagen muss, aber du siehst sehr müde und traurig aus.«

Er wusste, dass er Gaby nicht täuschen konnte, und versuchte erst gar nicht, ihr etwas vorzuspielen. »Ach Gaby, du hast dir bestimmt heute Mittag die Pressekonferenz angesehen, oder?

Es ist einfach unglaublich, was hier gerade abläuft. Ich bin ja inzwischen erfahren genug und müsste das eigentlich an mir abprallen lassen, aber das funktioniert nicht so einfach.«

»Ja, ich habe sie gesehen, und nein, das muss es auch nicht, Tommy. Es klingt zwar banal, aber du bist auch nur ein Mensch, und du wärst nicht du, wenn das spurlos an dir vorübergehen würde. Wenn ich dir bei irgendetwas helfen kann, lass es mich bitte wissen, ja?«

Die beiden unterhielten sich eine Weile über die alten Zeiten, ehemalige gemeinsame Freunde, und versuchten die Gründe herauszufinden, warum ihre Beziehung letztendlich gescheitert war. Sie hatten den Nachtisch gerade verspeist, als Tom in Gabys Augen etwas wahrnahm, was ihn unruhig machte. Immer wenn sie ihn so ansah, wollte sie ihm etwas Wichtiges sagen.

»Was ist los, Gaby? Ich merke schon den ganzen Abend, dass du etwas loswerden möchtest. Also, was möchtest du mir sagen?«

Gaby beugte sich zu ihm vor, nahm seine Hände in ihre und lächelte. »Du bist eben durch und durch Bulle, mein lieber Tommy. Ich weiß, dass dich das, was ich dir jetzt sage, treffen wird. Doch ich möchte, dass du es als Erster erfährst.«

Toms Glieder fingen wieder an zu zucken, und er wusste, dass das nicht gut für ihn war.

»Ich bin schwanger, Tommy.«

Es herrschte eine kurze Stille am Tisch, die ihm wie eine Ewigkeit vorkam. Toms Gedanken spielten verrückt. Er wusste nicht, welche Frage er zuerst stellen sollte.

»Ich dachte immer, du willst keine Kinder, Gaby. Du sagst, du wolltest, dass ich es als Erster erfahre? Was ist mit dem Vater?«

Gaby hielt immer noch seine Hände fest. »Dass ich keine Kinder wollte, stimmt nicht ganz, Tommy, und das weißt du auch. Es war überhaupt nicht so geplant, und der Vater wird es nie von mir erfahren, aber über diese Geschichte möchte ich ein anderes Mal mit dir sprechen. Ich wollte nur, dass du es weißt, bevor du es von jemand anderem erfährst. Du hast im Moment selbst genug um die Ohren. Ich muss mich jetzt so langsam auch auf den Heimweg machen. Ich habe noch eine lange Strecke vor mir.«

Tom bot ihr an, dass sie bei ihm übernachten könne, aber das lehnte Gaby dankend ab. Sie verabschiedeten sich zärtlich voneinander und versprachen gegenseitig, sich zu melden.

Am späten Abend saß Tom bei lauem Spätsommerwind noch kurz auf seinem kleinen Balkon und ließ das Essen mit Gaby Revue passieren. Er kannte Gaby genauso gut wie sie ihn. Er wusste, dass an der Geschichte mit der Schwangerschaft etwas nicht stimmte. Auch ihr schneller Aufbruch passte nicht zu ihr. Tom zweifelte an Gabys Worten, doch das musste für den Moment warten.

14.

Verdammt, wo bist du? Warum kann ich dich nicht finden? Hätte ich gewusst, dass ich dich vielleicht nie wiedersehe, hätte ich dich erst gar nicht gehen lassen. Ich weiß nicht, wo ich dich suchen soll. Sie haben gesagt, du seist hier in der Stadt. Du bist bei mir, auch wenn du ganz woanders bist. Gib mir nur ein Zeichen und ich werde es verstehen.

Meine Gedanken sind im Moment wie Ranken. Sie wachsen übereinander und verheddern sich ineinander. Ich möchte es beenden und nicht länger warten. Diese Gedankengänge werden immer schlimmer. Ich kann sie nicht mehr kontrollieren.

Wir haben über Anja und Nadine gesprochen. Es hat Spaß gemacht, ihm zuzuhören und Verständnis für die Opfer zu zeigen. Ich habe ihm gesagt, dass die Zwänge immer größer werden und ich mein Verhalten nicht mehr richtig steuern kann. Ich nehme jetzt mehr von diesem ›Haloperidol.‹ Er sagt, ich solle die Dosis nicht erhöhen, aber ich lasse mir nichts mehr befehlen. Was gut für mich ist, entscheide nur ich selbst. Ganz allein.

Gut, dass es diese Pressekonferenz gab. Gerster hat keine Ahnung. Er sagte, sie hätten Anhaltspunkte. Er war aufgeregt und hat nichts und niemand um sich herum wahrgenommen. Ich habe die Angst zu Versagen in seinem Blick gesehen.

Ich bin fast am Ziel angekommen und keiner wird mich aufhalten. Nur ich selbst kann es stoppen. Meine Kraft schwindet und der Plan scheint mir zu entgleiten. Aber das wissen sie nicht. Mir bleibt nicht mehr viel Zeit. Die Menschen sind gewarnt und passen jetzt mehr auf. Ich muss auf Gerster achten. Auch wenn er noch immer im Dunkeln tappt, darf ich ihn nicht unterschätzen. Ich weiß, dass er gut ist.

Verdammt, ich habe diesen Jungen vergessen. Ich muss etwas tun. Verdammt, Verdammt, Verdammt! Wie konnte mir das passieren?

Es könnte alles einstürzen, was ich so mühevoll aufgebaut habe. Ist es vielleicht besser, jetzt aufzuhören und die Konsequenzen daraus zu ziehen? Ich habe in meinen Gedanken das Szenario des Scheiterns oft durchgespielt und mir geschworen, es mit einem Paukenschlag zu beenden, wenn es so weit ist. Im Gegensatz zu Gerster, weiß ich, was zu tun ist. Denn sie können die Zeichen nicht deuten. Niemand kann das.

15.

Donnerstag, 29.09.2022

Ein fast perfekter Donnerstagmorgen. Es war ein milder und sonniger Start in den Tag. Der Verkehr war für kurz vor 08:00 Uhr vergleichsweise ruhig, und so kamen Tom und Hilpert pünktlich und ohne Probleme am Heidelberger Präsidium an.

Als die beiden Ermittler im Gemeinschaftsbüro der ›Soko‹ eintrafen, wurden sie schon erwartet. Die Stimmung im Raum war angespannt.

»Habt ihr heute schon die Zeitung gelesen? Wenn nicht, dann solltet ihr euch einen Kaffee holen und es schleunigst tun«, zischte Kommissar Lohfeld.

Tom entdeckte sofort die aufgeschlagene Tageszeitung auf dem Tisch. Er las den Artikel über die Pressekonferenz am Vortag sorgfältig durch. Dann richtete er seinen Blick wieder auf Lohfeld, der mittlerweile am Fenster stand, und fauchte ihn an: »Wegen diesem Artikel veranstaltest du hier so ein Theater? Er ist doch ausnahmsweise mal ganz sachlich und neutral geschrieben.«

In der Zwischenzeit hatte sich Rainer Mallgraf dazugesellt und fauchte jetzt Tom an: »Es geht nicht um den Artikel der Pressekonferenz, Herr Gerster. Schauen Sie sich doch mal die Anzeige unter dem Bericht an.«

Tom brauchte nicht lange, um zu erkennen, warum Lohfeld und Mallgraf so aufgebracht waren.

In einer in schwarz gerahmten Anzeige stand:

»Das Ende naht.
Verlierer hören auf, wenn sie müde sind.
Gewinner hören auf, wenn sie gewonnen haben.
Sie sehen meine Zeichen, doch sie sind nicht in der Lage, sie zu deuten. Die Ahnungslosigkeit ist schon die vorweggenommene Niederlage.«

Hilpert schlug mit der Faust auf den Tisch und schrie in die Runde: »Jetzt haben wir dieses Schwein! Endlich hat der Scheißkerl einen Fehler gemacht. Wir müssen nur bei der Zeitung nachfragen, wer diese Mitteilung geschaltet hat. Die haben mit Sicherheit den passenden Namen für uns.«

Kommissar Ritter hob resigniert die Hand. »Das haben wir schon versucht, Sven. Die Anzeige wurde von einem Internetcafé hier in Heidelberg aus geschaltet. Das haben wir über die IP-Adresse herausgefunden. Bezahlt wurde das Ganze mittels einer Bareinzahlung bei einer Bank in der Hauptstraße. Die Überwachungsbänder haben wir schon angefordert. Wenn wir schon keinen Namen haben, dann bekommen wir vielleicht wenigstens ein Bild.«

Tom teilte Ritters Meinung nicht und erstickte die aufkommende Euphorie sofort im Keim. »Nein, überleg doch mal, Mathias: Der Typ geht in ein Internetcafé, um unerkannt diese Anzeige zu schalten, und du denkst, dass er dann so blöd ist und sich bei der Bezahlung der Rechnung in einer Bank filmen lässt? Wir werden ein Bild des Einzahlers bekommen, aber darauf wird mit Sicherheit nicht unser Mörder zu sehen sein.«

Nach Toms Bericht zitierte ihn Mallgraf zu einem persönlichen Gespräch in sein Büro. Keine Zwei Minuten später beugte sich Mallgraf über seinen Schreibtisch und blickte Tom tief in die Augen.

»Ich weiß, dass dieser Fall bei jedem von uns Spuren hinterlässt, Herr Gerster, und ich haben volles Verständnis dafür, wenn Sie gegenüber Ihren Kollegen mal einen härteren Ton anschlagen. Schließlich sind Sie der Leiter dieser ›Soko‹. Aber ich habe das Gefühl, dass Sie etwas anderes bedrückt. Wenn Sie mit mir darüber reden möchten, dann tun Sie das bitte jetzt.« Tom überlegte lange, ob er seinem Chef von dem Vorfall mit Hilpert und dem kleinen Nils Riethmayr erzählen sollte, entschied sich aber dann erstmal dagegen. »Nein, ich bin nur etwas angespannt, weil wir einfach nicht weiterkommen. Dieses ewige Auf der Stelle treten, zerrt ein wenig an meinen Nerven. Heute ist schon wieder Donnerstag, und wenn dieser Wahnsinnige seinen Plan beibehält, schlägt er übermorgen wieder zu.«

»Ja, daran habe ich auch schon gedacht.«

»Was halten Sie davon, wenn wir die Bevölkerung warnen? Wir könnten ihnen sagen, dass sie am Samstagabend niemandem die Tür öffnen sollen. Vor allem nicht die Frauen, die allein zu Hause sind.«

Tom versuchte, bei seinen nächsten Worten so ruhig wie nur möglich zu bleiben. »Bei allem Respekt, ich bin davon überzeugt, dass wir mit so einer Aktion eine Massenhysterie auslösen würden.«

Mallgraf stimmte seinem Untergebenen erstaunlicherweise sofort zu und beließ es dabei.

Um kurz vor 11:30 Uhr trafen Tom und Hilpert in der Spezialklinik für Traumatisierte in der Heidelberger Weststadt ein. Dr. Schegl hatte in einem Fax mitgeteilt, dass sich der Zustand von Nils Riethmayr gebessert habe und sie die Entscheidung getroffen hätten, ihn wieder zurückzuverlegen.

Toms Gedanken hielten ihn fast die komplette Fahrt ins Klinikum davon ab, sich mit seinem Kollegen auszutauschen. Er haderte mit sich, ob es richtig wäre Hilpert mit zu dem Jungen nach oben zu nehmen.

»Was wenn Nils wieder so verängstigt auf Sven reagiert und ein weiteren psychischen Rückfall bekommt? Ich werde das Risiko eingehen. Es kann sich nur um eine Verwechslung seitens des Jungen handeln.«

Das verklinkerte, freistehende Haus sah von außen warm und gemütlich aus. Man konnte nicht auf Anhieb erkennen, dass es sich um eine Klinik handelte.

Der kleine Junge saß traurig auf seinem Bett und starrte gegen die Wand. Immer wieder kullerten Tränen über seine Wangen. Tom beobachtete ihn lange, bevor er sich langsam näherte.

»Hallo, Nils! Magst du dich ein wenig mit mir unterhalten?«

Nils drehte sich zu ihm um und blickte an ihm vorbei in Richtung Hilpert, der hinter Tom in der Ecke stand.

»Nein, er ist böse. Der Mann hat meiner Mami weh getan«, waren die einzigen Worte, die der Junge sagen konnte, bevor er weinend auf seinem Bett zusammenbrach.

Jetzt hatte Tom Gewissheit. Nils Riethmayr hielt seinen Kollegen für den Mörder seiner Mutter. Mit einer deutlichen Kopfbewegung schickte er Hilpert aus dem Zimmer und versuchte den kleinen, verstörten Jungen wieder zu beruhigen. Er streichelte ganz behutsam über sein unschuldiges Köpfchen.

»Ganz ruhig, mein Junge. Alles wird gut. Ich bin hier, um dir zu helfen. Keiner wird dir weh tun, das verspreche ich dir.«

Nils nahm Toms Hände und flehte ihn unter Tränen an: »Lassen Sie den Mann bitte nicht mehr zu mir! Er hat mir meine Mami weggenommen! Ich habe es gesehen.«

Tom spürte, wie sich seine Nackenhaare aufrichteten. »Was hast du gesehen, Nils? Du kannst mir alles erzählen, wenn du möchtest.«

Bevor der Junge antworten konnte, stand plötzlich ein in weiß gekleideter großer und übergewichtiger Mann im Zimmer. Er stellte sich als Klinikleiter Dr. Leipold vor.

»Sie müssen Hauptkommissar Gerster sein. Ich würde Sie gerne kurz allein sprechen.«

Tom war der Arzt auf Anhieb unsympathisch. Er zückte seinen Ausweis und kurze Zeit später standen sich beide auf dem Flur der Klinik gegenüber.

»Bei allem Verständnis für Ihre Arbeit, aber so geht das nicht, Herr Gerster. Nils Riethmayr hat ein schweres Trauma erlitten und ist gerade auf dem Weg, alles zu verarbeiten. Da können Sie ihn nicht vernehmen, ohne Rücksprache mit mir zu halten. Der Junge ist zu labil. Man muss aufpassen, was man wie zu ihm sagt oder welche Fragen man ihm stellt. Ich hoffe, Sie verstehen, was ich meine.«

Natürlich verstand er, aber hier ging es um mehr als eine Vernehmung. »Ich mag den Jungen und er tut mir leid. So wie es aussieht, glaubt Nils, dass er den Mörder seiner Mutter kennt. Das könnte uns in diesem Fall helfen, und ich werde alles dafür tun, herauszufinden, was der Junge wirklich gesehen hat. Ich hoffe, Sie haben dafür Verständnis, Herr Dr. Leipold.«

»Geben Sie Nils etwas Zeit. Wenn Sie ihn zu sehr drängen, kann es sein, dass er sich ganz verschließt, und dann wird er Ihnen mit Sicherheit gar nichts erzählen.«

Tom wusste, dass dieser in seinen Augen arrogante Arzt Recht hatte. Er verabschiedete sich von Nils und ging zu seinem Wagen.

»Und? Nimmst du mich jetzt fest? Der Junge weiß doch nicht, was er sagt. Ich habe nichts mit diesen Morden zu tun.« Tom registrierte Hilperts angespannte Körperhaltung. »Jetzt beruhige dich erstmal, Sven! Als Erstes fahren wir ins Büro und sprechen mit Mallgraf darüber. Er muss entscheiden, wie wir weiter vorgehen.«

Polizeirat Rainer Mallgraf war von der Richtung, die dieser Fall gerade einschlug, nicht besonders begeistert. »Wenn das nach draußen durchsickert, haben wir ein echtes Problem, meine Herren. Das ist eine heikle Situation. Bevor wir ein Phantombild des Täters anfertigen lassen, müssen wir ganz sicher gehen, dass sich Nils Riethmayr nicht nur einbildet, das alles gesehen zu haben. Herr Gerster, wer weiß bis jetzt von den Verdächtigungen des kleinen Jungen?«

Tom ahnte, was sein Chef vorhatte, und antwortete nur kurz. »Die hier Anwesenden und Dr. Röttger.«

Mallgraf kniff die Augen zusammen und stand vom Tisch auf. »Ich stehe voll hinter Ihnen, Herr Hilpert, aber eigentlich müsste ich Sie von dem Fall abziehen. Da wir durch diese Maßnahme ein großes Fass aufmachen würden, mache ich Ihnen einen Vorschlag. Sie gehen nach unserer Unterhaltung direkt zum Arzt und lassen sich arbeitsunfähig schreiben. So werden wir es nach außen kommunizieren, Herr Gerster.« Hilpert verließ wutentbrannt den Raum. »Eigentlich müssten wir Herr Hilpert in U-Haft nehmen, doch ich bin überzeugt davon, dass er nichts damit zu tun hat, aber wir werden ihn sicherheitshalber beschatten lassen. Ich kann und darf kein Risiko eingehen. Um hier einigermaßen weiter ruhig arbeiten zu können, denke ich, dass das für den Moment die beste Lösung ist. Für die Zeit, die Ihr Kollege ausfällt, stelle ich Ihnen Kommissar Ritter zur Seite, Herr Gerster.«

Tom stand die Begeisterung nicht gerade ins Gesicht geschrieben, aber er konnte sich mit der Lösung seines Chefs arrangieren. Er wusste, dass Mathias Ritter ein guter und gewissenhafter Kommissar war. Die Art und Weise, wie Ritter an anfallende Aufgaben heranging, schätzte er an ihm. Menschlich passte der sportliche Kollege ebenfalls gut zu ihm. Nur dass er sich jetzt an einen neuen Partner an seiner Seite gewöhnen musste, nagte etwas an ihm.

Nachdem Mallgraf die Unterredung beendet hatte, schaute Tom auf sein lautlos geschaltetes Handy. Er entdeckte sofort eine WhatsApp-Nachricht auf seinem Display:

»*Hallo, Herr Gerster. Entschuldigen Sie bitte die Störung. Ich habe vergeblich versucht, Sie anzurufen. Mir ist gestern Abend etwas Seltsames passiert. Vielleicht können Sie mich kurz zurückrufen. Grüße Simone Berger*«

Tom entschied sich, direkt nach Neckargemünd zu fahren. Er wollte ohnehin zu Anja Bergers Grab, um nachzusehen, ob der Wahnsinnige ihm vielleicht wieder eine Nachricht hinterlassen hatte.

Was für ein Zufall, dachte er, als er auf dem Friedhofsgelände ankam. Simone Berger stand weinend am Grab ihrer Tochter. Sie trug ein figurbetontes schwarzes Kleid. Trotz ihrer Trauer sah sie erotisch aus und Tom verspürte zum wiederholten Male ein innerliches Kribbeln, das er schon lange nicht mehr erlebt hatte. Er versuchte, sich so lautlos wie möglich zu nähern, als er ihre leise, schluchzende Stimme vernahm.

»Kommen Sie ruhig näher, Herr Kommissar. Ich habe auf Ihren Rückruf gewartet und bin ein wenig überrascht, Sie hier zu sehen.«

Er sah ihr trauriges Gesicht direkt vor sich und nahm sie spontan in den Arm. Tom spürte, dass Simone Berger die Umarmung nicht unangenehm war. Ganz im Gegenteil, sie genoss sie und legte beide Arme fest um seine starken Schultern.

»Ich war ganz in der Nähe und versuchte einfach mal mein Glück.«

Er wusste, dass es nicht ganz die Wahrheit gewesen war, aber etwas Plausibleres fiel ihm situationsbedingt nicht ein.

»Wenn Sie möchten, können wir ein Kaffee trinken gehen. Dann erzählen Sie mir alles in Ruhe.«

Frau Berger willigte mit einem schüchternen Lächeln ein und verabschiedete sich von ihrer Tochter. Als beide sich vom Grab entfernten, sah Tom etwas konzentrierter hin, doch zu seiner Erleichterung konnte er keine weitere Botschaft entdecken.

Zwanzig Minuten später fanden sie sich auf der gemütlichen Terrasse von ›Ninas Café‹ in Kleingemünd wieder. Tom genoss die Anwesenheit seines Gegenübers.

»Was meinten Sie damit, dass Ihnen gestern Abend etwas Seltsames passiert sei?«

Simone Berger rutschte nervös auf ihrem Stuhl herum. »Ich weiß nicht, ob es überhaupt wichtig ist, Herr Gerster. Es war gestern Abend kurz nach halb acht, als ich einen Anruf von einem gewissen Herrn Pereira bekam. Er meinte, dass er der ehemalige Zumba-Trainer von Anja wäre, dass ihm leid tue, was Anja zugestoßen sei und dass er das alles schrecklich traurig fände.«

Toms Anspannung stieg. »Wurde er konkreter?«

»Er meinte, dass er Anja mochte und das Gefühl hatte, dass mehr daraus hätte entstehen können. Er behauptete, dass er sich in meine Tochter verliebt hätte und es einfach nicht ertragen konnte, dass sie ihn abblitzen ließ. Ich fragte ihn, ob er etwas mit Anjas Tod zu tun hätte. Es entstand eine lange Pause, bevor er, ohne zu antworten, einfach auflegte. Da mich das ganze Telefonat aufgewühlt hatte, wollte ich Gewissheit, aber ich konnte ihn nicht zurückrufen, denn er hatte seine Nummer unterdrückt. Das hat mir die ganze Nacht keine Ruhe gelassen, deshalb wollte ich mit Ihnen darüber sprechen.«

Tom ließ sich nicht anmerken, dass er das eben Gehörte nicht richtig einordnen konnte. »Sie haben vollkommen richtig gehandelt, Frau Berger. Jede kleine Information kann von immenser Wichtigkeit für uns sein.«

Nachdem beide ihren Cappuccino ausgetrunken hatten, verabschiedeten sie sich mit einer herzlichen, innigen Umarmung.

Auf der Rückfahrt nach Heidelberg versuchte Tom die neuen Informationen zu sortieren, doch er wurde aus seinen Gedanken gerissen, als sein Handy läutete. Sein neuer Partner Kommissar Mathias Ritter hatte Neuigkeiten.

»Wir haben die Auswertungen von Ramon Pereiras Mobilfunkanbieter bekommen. Er hat Anja Berger in der Woche vor ihrem Tod tatsächlich zweimal angerufen. Die Anrufe, die das Opfer am Tattag erhielt, stammten allerdings nicht von ihm.«

Tom wusste, dass diese Erkenntnis sie nicht unbedingt weiterbringen würde. »Dafür können wir uns…«

»Warte«, unterbrach ihn Ritter. »Das Beste kommt ja erst. Pereira hat auch mit Nadine Riethmayr telefoniert. Er hat sie dreimal angerufen, und das ebenfalls in den Tagen vor ihrem Tod. Aber hier gab es wie beim ersten Opfer keine Gespräche mehr am Tattag. Komisch ist nur, dass er uns gegenüber behauptete, Nadine sei zwar in seinem Kurs gewesen, aber er hätte zu keinem Zeitpunkt mit ihr persönlich gesprochen. Warum lügt er uns an? Es muss ihm doch klar sein, dass wir es in Erfahrung bringen werden. Und deshalb hat er jetzt ein viel größeres Problem.

Ich habe vorhin mit Herrn Riethmayr telefoniert und ihn gefragt, ob er davon wusste, dass seine Frau und der Fitnesstrainer außerhalb des Kurses Kontakt hatten, was er nach einigem Zögern bejahte. O-Ton:

»Wissen Sie, Herr Kommissar, ich war ja immer viel unterwegs und meine Frau opferte sich für unsere Kinder auf. Sie erzählte mir, dass die beiden ein- oder zweimal einen Kaffee zusammen tranken. Es tat ihr einfach gut, und mehr war da nicht. Das hatte sie mir versprochen.«

Wenn du mich fragst, steckt Pereira viel tiefer in der Sache drin als wir glauben.«

Mittlerweile war es kurz nach 19:00 Uhr und Tom hatte das gute Gefühl, dass endlich etwas Bewegung in die fürchterliche Geschichte kam. »Wir werden morgen früh gleich als Erstes diesem Pereira einen Besuch abstatten und ihm mal so richtig auf den Zahn fühlen. Wenn er der Meinung ist, uns etwas verheimlichen zu müssen, werde ich ihn auf meine ganz eigene Art eines Besseren belehren.«

16.

Freitag, 30.09.2022

»Nun ist es schon wieder Freitag, und wenn dieser Wahnsinnige seinen Gewohnheiten treu bleibt, wird er morgen Abend wieder auf grausame Weise zuschlagen,«

schoss es Tom durch den Kopf, als er am frühen Morgen aufgewühlt von der vergangenen, unruhigen Nacht erwachte. Er wusste, dass sie nichts dagegen tun konnten. Alle Hinweise, die sie bisher hatten, verliefen ins Leere, und so mussten sie hoffen, dass der Täter seinem eventuell vorhandenen Plan untreu wurde.

Um 08:30 Uhr beraumte Kriminalrat Mallgraf eine Sondersitzung ein. Grund dafür war eine Information am vergangenen Abend von Herrn Riethmayr. Er hatte Mallgraf telefonisch mitgeteilt, dass die Beerdigung seiner Frau am Samstagmorgen um 10:30 Uhr auf dem Friedhof in Neuenheim stattfinden würde. Sie wollten diesmal auf jeden Fall besser vorbereitet sein als bei Anja Bergers Beisetzung.

Das Friedhofgelände in Neuenheim war kleiner und längst nicht so hügelig wie das in Neckargemünd. Sie konnten sich daher besser positionieren und die Trauergäste kontrollierter beobachten. Man wollte für einen schnellen Zugriff bereit sein. Tom war sich sicher, wenn der Täter seinen Plan beibehielt, würde er mit großer Wahrscheinlichkeit bei der Beerdigung auftauchen. Eines war allen Ermittlern klar: Sie würden selbst unter Beobachtung stehen, denn das Medieninteresse würde riesengroß sein.

Als alles besprochen war, hatte Kommissar Lohfeld zwei weitere wichtige Informationen: »Bei der ersten handelt es sich um die

Videoaufzeichnung aus der Bank. Der Vorteil am Digitalzeitalter ist der, dass man auf die Sekunde nachschauen kann, wann eine Einzahlung getätigt wurde, und so war es für die Mitarbeiter der Bank ein Leichtes, den passenden Mitschnitt zu finden. Der kurze Film zeigte eine um die siebzig Jahre alte Frau. Der Mitarbeiter, der die Einzahlung entgegengenommen hat, konnte sich gut an die Situation erinnern. Er meinte, dass die Frau selbst keine Kundin der Bank sei. Auf Nachfrage des Bankangestellten, für wen sie die Einzahlung tätigte, antwortete sie:

»Ich mache das für einen sehbehinderten älteren Mann. Er hat mich vor der Bank angesprochen, ob ich ihm den Gefallen tun könnte.«

Das Problem ist nur, dass wir bis auf das Bild nichts von der Frau wissen.«

Die zweite und durchaus heiklere Information wollte er aber erst einmal persönlich mit Kriminalrat Mallgraf und Tom besprechen. Kurze Zeit später saßen sie im Büro ihres Chefs.

»Tom, bei dem Blechschild, das du an Anja Bergers Grab gefunden hast, handelt es sich um eine Internetbestellung. Die Ware wurde wie bei der Zeitungsanzeige per Barüberweisung bezahlt. Und jetzt haltet euch fest: Das Schild wurde auf den Namen Sven Hilpert bestellt. Die Lieferadresse stimmt mit dem Wohnsitz unseres Kollegen überein. Ich habe es zweimal persönlich überprüft, aber es gibt leider keinen Zweifel. Kannst du dich an den Verdächtigen auf dem Friedhof in Neckargemünd erinnern, den ich bei Anja Bergers Beerdigung verfolgt habe? Mir ist es die ganze Zeit über nicht aufgefallen, aber da ist eine gewisse Ähnlichkeit mit Sven zu erkennen.«

Ungläubige Blicke trafen sich im Raum und niemand der Anwesenden wirkte für kurze Zeit in der Lage, nur ein Wort zu sagen.

»Verdammt, das darf doch alles nicht wahr sein!«, unterbrach Mallgraf die Stille. »Wo hatten Sie Kommissar Hilpert bei Frau Bergers Beerdigung eingeteilt, Herr Gerster?«

Tom musste intensiv nachdenken, bevor er antworten konnte. »Ich hatte ihn zusammen mit einem jungen Kollegen aus Mannheim auf der Nordseite eingeteilt. Ich werde bei den Kollegen in Mannheim anrufen und mit dem Jungen sprechen.«

»Herr Gerster, ich möchte in spätestens einer Stunde Herrn Hilpert hier sehen. Da treibt jemand ein ganz miserables Spiel mit uns.«

Eigentlich wollte Tom ja zu diesem Pereira fahren und ihn in die Mangel nehmen, aber das musste fürs Erste hintanstehen.

Es dauerte tatsächlich keine dreißig Minuten, bis Kommissar Sven Hilpert zusammen mit Kriminalrat Mallgraf und Tom im Präsidium saß. Nachdem Tom ihm erklärt hatte, was aktuell gegen ihn vorlag, übernahm sein Chef die folgende Befragung persönlich.

»Haben Sie eine Erklärung dafür, Herr Hilpert? Oder möchten Sie uns vielleicht etwas sagen? Der Zeitpunkt wäre jetzt nicht schlecht«, fauchte Mallgraf ihn an.

»Ja, ich weiß selbst, dass einiges gegen mich spricht. Es gibt nur eine logische Erklärung dafür: Der wahre Täter muss mir verdammt ähnlich sehen, anders kann ich mir das Ganze nicht erklären. Denken Sie wirklich, ich wäre so dämlich und würde Beweismaterial zu mir nach Hause schicken lassen?«

»Herr Gerster hatte vor ein paar Minuten ein interessantes Gespräch mit einem jungen Kollegen aus Mannheim. Er war mit Ihnen zusammen bei Anja Bergers Beerdigung auf der Nordseite eingeteilt. Der Kollege erinnerte sich, dass Sie ihn nach etwa zwanzig Minuten allein ließen. Als Begründung gaben Sie an, Sie hätten auf der anderen Seite des Friedhofes eine Beobachtung gemacht.«

Tom konnte Hilpert seine Nervosität jetzt deutlich ansehen. Er schwitzte stark und zappelte unruhig mit den Beinen. Tom bemerkte, dass er sich in unregelmäßigen Abständen, immer dreimal, auf seinen Oberschenkel klopfte. Von dem einst so selbstsicheren und vorlauten Kommissar war nicht viel übrig. Mit zitternder Stimme versuchte Hilpert zu antworten.

»Ja, ich hatte mich etwa dreißig Meter Abseits gestellt, weil ich zwei Männer gesehen habe, die verdächtig um die Gräber herumschlichen. Als die beiden nach der Beerdigung ohne weiteres Aufsehen den Friedhof wieder verließen, ging ich zum Einsatzwagen zurück. Da ich gemerkt hatte, dass ich mich irrte, hielt ich es nicht für notwendig, Meldung darüber zu machen. Ich weiß, dass mein Verhalten nicht den Dienstvorschriften entsprach.« Und schlagartig war der alte Sven Hilpert wieder da. »Verdammte Scheiße, ich habe nichts mit der Sache zu tun. Ich muss mich hier erklären, während da draußen ein Wahnsinniger herumläuft und Frauen tötet!«, schrie er so laut, dass man es im gesamten Stockwerk hören musste.

»Jetzt beruhigen Sie sich erstmal, Herr Hilpert. Offiziell sind Sie ja arbeitsunfähig geschrieben. Dabei belassen wir es fürs Erste. Sie halten sich bitte für weitere Fragen zu unserer Verfügung.« Mit diesen energischen Worten beendete Kriminalrat Mallgraf die Anhörung.

Kurze Zeit später machte sich Tom zusammen mit seinem neuen Partner auf den kurzen Weg nach Bergheim zu Ramon Pereira.

»Wundere dich nicht über die Behausung dieses Fitnesstrainers. Es ist zwar ein Fünf-Personen-Haushalt, aber wenn man es nicht weiß, könnte man denken, es würden mindestens doppelt so viele dort wohnen. Wo du hinschaust, überall nur Unordnung und Chaos«, versuchte Ritter ihn auf den Zustand der Wohnung vorzubereiten.

»Wie er lebt, ist mir sowas von egal, aber wenn ich nur im Anflug erkenne, dass er uns wieder an der Nase herumführen möchte, nehmen wir ihn mit und er erfährt, was es heißt, auf einem Polizeipräsidium vernommen zu werden.«

Pereira wohnte im dritten Stock eines großen Eckhauses. Von außen spiegelte es Ritters ausführliche Schilderungen wider. Es wirkte schmutzig und heruntergekommen. Der schöne Neckarfluss, der unterhalb des Hauses lag, konnte leider nicht über das hässliche Gebäude hinwegtrösten.

Nach mehrmaligem, vergeblichem Klingeln wollten die Ermittler gerade wieder abziehen, als sich die stark verzogene Eingangstür öffnete. Ein kleiner, etwa achtjähriger Junge stand leicht erschrocken mit einem Fußball in der Hand vor ihnen.

»Kannst du mir sagen, ob dein Papa zuhause ist?«, sprach Ritter ihn sofort an.

»Nein, ich weiß nicht, wo er ist. Mama sucht ihn schon. Sie ist oben.«

Ohne zu zögern, liefen die Beamten über das Treppenhaus in den dritten Stock. Sie drückten den Klingelknopf und mussten erstaunt feststellen, dass dieser nicht funktionierte. In dem Moment, als Ritter ansetzte, an der Tür zu klopfen, öffnete Frau Pereira diese. Sie sah schrecklich müde und ausgelaugt aus. Tiefe Augenränder zeichneten Spuren von Übernächtigung in ihrem Gesicht. Rosabella Pereira sah aber in erschöpftem Zustand wunderschön aus. Ihre langen dunklen Haare und ihr sportlich geformter Körper stellten ein erotisches Gesamtbild dar.

»Entschuldigen Sie, meine Herren, aber die Klingel ist leider defekt. Ich habe Sie schon unten auf der Straße mit meinem Jungen reden sehen. Kommen Sie doch bitte rein.«

Diesmal war die Wohnung aufgeräumt und machte einen insgesamt gemütlichen Eindruck.

»Wir würden uns gerne mit Ihrem Mann unterhalten, Frau Pereira. Können Sie uns sagen, wo und wann wir ihn antreffen können?«, wollte Ritter wissen, nachdem sie am Küchentisch Platz genommen hatten.

»Wenn ich das wüsste, Herr Kommissar! Er ist gestern Abend nach seinem Kurs nicht nachhause gekommen. Weil sein Handy ausgeschaltet ist, habe ich gegen 22:30 Uhr im Fitnessstudio angerufen und nach ihm gefragt. Dort teilte man mir mit, dass er nicht zum Kurs erschienen ist. Bis jetzt hat er sich nicht bei mir gemeldet. Ich mache mir ernsthafte Sorgen, Herr Ritter.« Man konnte Rosabella die Verängstigung vom Gesicht ablesen.

»Womit ist Ihr Mann denn unterwegs, Frau Pereira?«, schaltete sich Tom in das Gespräch ein.

»Wissen Sie, das ist ebenfalls seltsam. Normalerweise fährt er mit dem Fahrrad zur Arbeit, aber heute Morgen wollte ich die Kinder zur Schule bringen, und da stellte ich fest, dass unser Auto weg ist.« Ihr Blick war weiterhin auf Ritter gerichtet.

»Wir werden den Kollegen vorsichtshalber Bescheid geben, dass sie die Augen nach dem Wagen offenhalten sollen. Wenn sich Ihr Mann bis heute Abend nicht bei Ihnen gemeldet hat oder Sie irgendein anderes Lebenszeichen von ihm bekommen haben, melden Sie sich bitte umgehend bei uns.«

Im Treppenhaus warf Tom einen fragenden Blick in Richtung Ritter und grinste dabei. »Hast du gemerkt, dass sie mich völlig ignorierte? Sie war nur auf dich fixiert, Mathias. Muss ich mir Sorgen machen?«

Ritter schmunzelte. »Nein, nein, alles in bester Ordnung, Kollege. Du musst nicht überall auf Spurensuche gehen.«

Während sie ins Auto stiegen, konnten sich beide ein Lachen nicht verkneifen.

»Weißt du, was ich mich die ganze Zeit schon frage, Tom?«, wechselte Ritter schlagartig das Thema. »Wenn dieser Irre die Brüste seiner Opfer als Trophäe mitnimmt, was macht er damit? Habe mir schon überlegt, ob er kannibalisch veranlagt ist, aber das würde ja keinen Sinn ergeben, oder?«

Vor ein paar Tagen war Tom dieser Gedanke schon einmal durch den Kopf gegangen. »Na ja, wenn er seine Errungenschaften ganz für sich allein und in Ruhe genießen möchte, ergibt es schon Sinn. Er tötet ja nicht, weil er hungrig ist, sondern um sich in irgendeiner Art zu befriedigen. Wenn er die Brüste aber nicht verspeist, sondern wie einen gewonnenen Preis behandelt, muss er sie ordnungsgemäß aufbewahren, sonst verwesen sie ziemlich schnell. Ich werde gleich mal meinen Freund Reinhard in der Gerichtsmedizin anrufen.«

Kurze Zeit später versuchte der Pathologe Dr. Wagner ihm telefonisch etwas Fachwissen zu vermitteln.

»Vorab mal das Wichtigste, Tom: Die Konservierung eines Körperteils kann durch das natürliche Vorkommen günstiger Gegebenheiten oder durch bewusst eingeleitete künstliche Maßnahmen herbeigeführt werden. Sie verhindern oder verzögern auf physikalische und chemische Weise jene natürlichen Zerfallsprozesse, die nach Eintreten des Todes durch verschiedene Faktoren hervorgerufen werden. Die Dauerhaftigkeit der erreichten Konservierung ist dabei stark unterschiedlich.«

Tom lachte und rieb sich mit der Hand über das Gesicht. »Danke für deine umfangreiche Ausführung, Reinhard. Aber kannst du es bitte so erklären, dass ein kleiner Kommissar wie ich es versteht?«

»Entschuldige bitte. Aber du kennst mich ja. Ich werde versuchen, es dir in kurzen Zügen zu erklären. Ich gehe davon aus, dass der Täter Formaldehyd verwendet. Die Desinfektionswirkung dieser Chemikalie führt dazu, dass Bakterien, die ebenfalls an dem Verwesungsprozess beteiligt sind, abgetötet werden. Damit ist ein in Formaldehyd getränkter Körper oder, wie in eurem Fall, eine abgetrennte Brust nicht mehr verwesungsgefährdet. Ich hoffe, das war jetzt selbst für dich kurz und verständlich genug.«

Tom musste zum wiederholten Male lachen. Er schloss die Unterhaltung mit den Worten: »Danke dir, Reinhard. Das habe sogar ich verstanden. Wir bleiben selbstverständlich in Kontakt.«

Da es mittlerweile schon kurz nach 17:30 Uhr war, machte Kommissar Ritter den Vorschlag, eine Kleinigkeit essen zu gehen. Nach fünfminütiger Autofahrt saßen die beiden im beliebten Sushi-Restaurant ›Sakura‹ in der Bergheimerstraße.

»Glaubst du, an der Sache mit unserem Kollegen Hilpert ist etwas dran? Ich kann mir das ehrlich gesagt nicht vorstellen. Es muss sich dabei um einen großen Irrtum handeln.«

Tom hatte mit dieser Frage schon viel früher gerechnet und war deshalb keineswegs überrascht. »Nein, ich kenne Sven mittlerweile gut genug. Zugegeben, die Reaktion des kleinen Nils Riethmayr ihm gegenüber, sein Verhalten bei Anja Bergers Beerdigung und die wohl verblüffende Ähnlichkeit mit dem Mann, den du verfolgt hattest, spricht nicht gerade für ihn. Wir sind nicht immer auf einer Wellenlänge, aber so eine bestialische Ader hat er definitiv nicht. Es wird sich alles aufklären, und zwar ziemlich zeitnah, da bin ich mir sicher.«

Nachdem sie ihre asiatischen Köstlichkeiten verspeist hatten, machten sich die Ermittler auf den Weg ins Präsidium. Bevor sie für heute Feierabend machten, wollten sie die letzten Details für Nadine Riethmayrs Beerdigung durchsprechen.

In Tom stieg eine innerliche Unruhe auf. Durch seine Erfahrung konnte er sich so gut wie immer darauf verlassen, von seinem Gefühl nicht enttäuscht zu werden. Es war einfach zu ruhig. Die Zeitungen schrieben seit zwei Tagen so gut wie nichts mehr über die Mordfälle. Fortschritte bei den Ermittlungen waren leider nicht in Sichtweite. Sein Kollege Hilpert stand unter dem dringenden Verdacht, mit den Fällen etwas zu tun zu haben. Es gab im Moment einfach keinen Lichtblick.

Tom beschloss, nach der Beerdigung direkt wieder zu dem kleinen Nils ins Krankenhaus zu fahren. Er war zum jetzigen Zeitpunkt der einzige lebende Zeuge, der den Täter gesehen hatte. Als er an den Jungen dachte, erhöhte sich sein Puls schlagartig. Viele Fragen brandeten wie ein gezündetes Feuerwerk in ihm auf.

»Kommt Nils mit auf die Beerdigung seiner Mutter, oder haben die Ärzte davon abgeraten? Wenn er dabei ist, müssen wir besondere Vorkehrungen treffen. Der Täter könnte wissen, dass Nils ihn gesehen hat. Verdammter Mist, warum habe ich nicht schon früher daran gedacht?«

Der Abend war bereits fortgeschritten, aber dennoch versuchte er den Klinikleiter, Dr. Leipold in der Privatkinderklinik telefonisch zu erreichen. Er hatte Glück. Der Arzt versicherte ihm, dass Nils definitiv nicht am Begräbnis seiner Mutter teilnehmen würde. Sein psychischer und physischer Zustand sei nicht stabil genug. Das Risiko für einen traumatischen Rückfall wäre zu groß. Tom atmete erleichtert durch.

17.

Ich spüre, es ist vorbei. Meine Kräfte schwinden und ich habe das Gefühl, dass Gerster doch schneller dahinter kommt, als es von mir gewünscht war. Ich bin mir nicht sicher, ob ich es bis zu Nadines Beerdigung schaffe. Vielleicht ist das Risiko einfach zu groß geworden. Sie werden noch genauer hinsehen als bei Anjas Beisetzung, und mir fehlt einfach die Konzentration dafür. Mein Körper streikt und mein Gewissen möchte das alles nicht mehr tun.

Soll ich es wirklich beenden? Die ganze Arbeit wäre umsonst gewesen. Mein Plan war so bombensicher, doch jetzt bringt sie den zeitlichen Ablauf völlig durcheinander. Das hatte ich so nicht eingeplant.

Dieser Junge ist eine große Gefahr für mich. Ich ahnte schon, dass er mich gesehen hat, aber er wird rund um die Uhr bewacht. Ich komme einfach nicht an ihn heran.

Für einen Moment dachte ich, dass ich dich gesehen hätte. Aber du warst es nicht. Du sollst mein absolutes Meisterstück werden, doch du versteckst dich vor mir. Ich bin ein großes Risiko eingegangen, als ich überall nach dir gefragt habe, doch keiner wusste, wo ich dich finden kann. Du bist in der Stadt bekannt. Deshalb kann ich nicht verstehen, warum mir niemand sagen kann, wo du wohnst. Wenn ich dich nicht bekomme, ist es nicht perfekt und ich habe versagt. Ich habe keine Angst mehr vor dem Sterben, und keine Angst noch etwas weiterzuleben. Das Einzige, wovor ich Angst habe, ist, dich nicht zu finden.

Die Schmerzen in meinem Kopf und in meinen Muskeln werden immer unerträglicher. Sie sind jetzt unkontrollierter da. Die

Anzeichen, die ich die ganze Zeit über wahrgenommen habe, gibt es nicht mehr. Ich nehme jetzt schon die doppelte Dosis von diesem ›Haloperidol‹, doch es wird nicht mehr besser. Nein, ganz im Gegenteil. Meine Zeit rückt im Eiltempo näher, doch ich kann die Geschwindigkeit nicht mehr selbst kontrollieren. Ich bin bereit, mich von dem Leben zu lösen, das ich geplant habe.

Bei der letzten Sitzung hat der Psychiater gemerkt, dass bei mir etwas anders ist als sonst. Doch ich habe ihm zum wiederholten Male nicht erzählt, dass ich meine abartigen und kranken Gedanken auslebe. Er sagte, dass er mir nicht mehr von diesem ›Haloperidol‹ verschreiben darf. Ich müsse mich exakt an seine angegebene Dosis halten. Aber das reicht mir nicht mehr. Ich muss Nachschub besorgen.

Gestern war ich zum letzten Mal bei ihm. Das Mittel würde jetzt nicht mehr bis zu meinem totalen Triumph reichen, doch das finale Ende naht. Aber die Hoffnung schwindet, dass ich meinen Plan vollenden kann. Ich muss leider eine kleine Änderung vornehmen. Ich gebe ihnen etwas Zeit zum Nachdenken.

18.

Samstag, 01.10.2022

Sollte dieser Tag ein ähnlich schreckliches Ende nehmen, wie die vergangenen zwei Samstage, hätte die romantische Kleinstadt Heidelberg spätestens morgen früh den dritten bestialisch ausgeführten Mord zu verkraften. Über diese Tatsache waren sich alle Beteiligten der

›Soko Berger/Riethmayr‹ einig. Nur, wie dieser Tag beginnen würde, hatte beim besten Willen niemand vorhersehen können. Alle Vorbereitungen, die sie getroffen hatten, wurden durch diese dramatische Wendung über den Haufen geworfen.

Als Tom gegen halb acht im Präsidium erschien, gab er als Erstes eine Personenfahndung nach Ramon Pereira und seinem blauen Opel Astra heraus. Pereiras Frau Rosabella hatte ihm am späten Abend mitgeteilt, dass sich ihr Mann bisher nicht bei ihr gemeldet hatte. Daran änderte sich auch auf Rückfrage am frühen Morgen nichts.

Als Kommissar Ritter kurz vor acht die Tür zum Büro öffnete, hörte Tom den wütenden Kriminalrat Mallgraf schon durch das gesamte Treppenhaus fluchen. Einen Augenblick später stand er schwer atmend und mit rot angelaufenem Kopf vor den anwesenden Ermittlern.

»Nadine Riethmayrs Leichnam ist verschwunden.«

Tom, Ritter und Lohfeld glaubten nicht, was sie da zu hören bekamen. Fragende Blicke trafen aufeinander.

»Was heißt, er ist verschwunden? Das ist doch gar nicht möglich«, stellte Lohfeld fest.

»Wenn Sie mich ausreden lassen würden, bräuchten Sie nicht zu fragen, Herr Lohfeld«, zischte Mallgraf energisch. »Der Chef des Bestattungsinstitutes fand seinen Mitarbeiter heute Morgen gefesselt, geknebelt und halb nackt im Leichenzimmer, in dem Frau Riethmayr aufgebahrt war. Nachdem er ihn befreit hatte, schilderte er ihm den Vorgang vom gestrigen Abend. Der Mitarbeiter wollte den Leichnam gerade für die heutige Fahrt zum Neuenheimer Friedhof fertig machen, als er die Klingel hörte. Durch das milchige Glas der Eingangstür konnte er eine männliche Gestalt wahrnehmen. Nach dem Öffnen der Tür, begrüßte ihn der Mann mit den Worten:

»Guten Abend, ich bin ein sehr guter Freund von Nadine Riethmayr. Da ich bis heute im Urlaub war, würde ich mich jetzt gerne noch persönlich von ihr verabschieden. Wäre das ein Problem für Sie?«

Ohne dass sich der Mitarbeiter den Ausweis des Herrn zeigen ließ, bat er ihn herein und führte ihn zum Leichnam ins Zimmer. An das, was danach geschah, konnte er sich nicht mehr erinnern. Irgendwann erwachte er und stellte fest, dass man ihn an einen Stahlträger angebunden hatte. Es gab keine Chance, sich zu befreien oder gar nach Hilfe zu rufen. So musste der Mann bis zu seiner Befreiung am frühen Morgen ausharren. Der Mitarbeiter befindet sich jetzt mit einer leichten Unterkühlung zur Beobachtung im Krankenhaus. Laut den Aussagen des behandelnden Arztes kann er am späten Nachmittag das Klinikum wieder verlassen. Danach habe ich ihn hierher bestellt, damit wir eventuell ein Phantombild erstellen können. Ebenso hat der Täter den vor der Tür stehenden Leichenwagen entwendet.«

Tom hatte eine Vermutung. »Ich werde gleich mit Reinhard telefonieren. Er soll sich den Mitarbeiter mal etwas näher anschauen.

Es würde mich wundern, wenn ich mit meinem Verdacht falsch liegen würde.«

Ritter, der die ganze Zeit seitlich auf seinem Schreibtisch gesessen hatte, sprang ruckartig auf. »Wisst ihr, was mir nicht in den Kopf gehen will? Der Dreckskerl hat doch schon sein sogenanntes Souvenir mitgenommen, was will er denn jetzt mit der Leiche?«

Tom versuchte Ritters Gedanken zu folgen. »Was, wenn es ihm gar nicht um den Leichnam geht? Ich denke, er möchte die Beerdigung verhindern. Er will oder muss Zeit gewinnen. Irgendetwas läuft gerade gewaltig schief in seinem kranken Kopf. Haben wir eigentlich Herrn Riethmayr schon informiert?«

Kriminalrat Mallgraf bestätigte Tom, dass er informiert worden war.

Es blieben neunzig Minuten Zeit bis zur eigentlichen Beerdigung von Nadine. Doch dazu benötigte man den Leichnam. Alle Streifenwagen sowie Zivilfahrzeuge der Polizei waren angewiesen, nach dem gestohlenen Leichenwagen zu suchen. Tom und Ritter machten sich auf den Weg zum Friedhof nach Neuenheim. Sie vermuteten, dass die ersten Trauergäste in etwa dreißig Minuten eintreffen würden. Es war schlichtweg unmöglich, jeden einzelnen vorher über die neue Sachlage zu informieren.

Die Ermittler trafen gegen 09:20 Uhr am Friedhofsgelände ein. Nach einem kurzen Rundumblick sah Tom einen schwarzen Wagen direkt vor der Leichenhalle stehen. Bei näherer Betrachtung stellten sie fest, dass es sich um den gestohlenen Leichenwagen handelte. Ritter forderte sofort Verstärkung an.

Gerade, als sie sich den Wagen etwas näher ansahen wollten, rannte eine jüngere Frau mit Kinderwagen hysterisch weinend auf sie zu. »Bitte rufen Sie die Polizei! Da vorne liegt eine tote Frau neben dem Grab.«

Tom wies sich aus und beruhigte die Frau. »Zeigen Sie mir bitte die Stelle, an der Sie die Entdeckung gemacht haben.«

Tom sah sofort, um welchen Leichnam es sich handelte. Es war Nadine Riethmayr, die neben der eigens für sie ausgehobenen Grabstätte platziert worden war. Was Tom dann entdeckte, ließ ihm die Zornesröte ins Gesicht steigen. Zwischen ihren Händen hielt sie ein Blechschild, das er in dieser Art nicht zum ersten Mal sah. Ein Unterschied gegenüber dem Schild, das er bei Anja Berger am Grab gefunden hatte, war auf den ersten Blick nicht erkennbar.

»Wer nicht hinsieht, kann es nicht sehen.«

Auch diesmal hatte der Täter die gleiche Botschaft hinterlassen.

»Wie relevant eine Kleinigkeit doch sein kann, wenn man sie nicht sieht.«

Tom fing allmählich an, das Ganze persönlich zu nehmen.

Sollte der Täter wirklich diese für ihn gefährliche Aktion durchgeführt haben, nur um ihm diese Nachricht zu hinterlassen?

Das Friedhofgelände war jetzt mit Einsatzkräften übersäht. Psychologen und Sanitäter waren mittlerweile ebenfalls eingetroffen. Als vier Mitarbeiter des Bestattungsunternehmens den Sarg mit dem Leichnam in die Halle trugen, stach Ritter etwas Wichtiges ins Auge.

»Siehst du das, Tom? Es hat doch bis in die frühen Morgenstunden geregnet. Aber die Stelle, an der der Sarg bis eben stand, ist trocken. Was bedeutet, dass er den Leichnam schon in der Nacht hierhergebracht haben muss.«

Ritters Beobachtung erwies sich als völlig richtig. Doch für die Ermittler ergab das alles keinen wirklichen Sinn.

»Warum macht der Täter sich diese ganze Arbeit? Er hätte das Schild einfach woanders platzieren können«, stellte Ritter fest.

»Ich habe es ja vorhin schon einmal gesagt. Irgendetwas läuft gerade gewaltig schief in seinem kranken Kopf«, war das Einzige, was Tom zum wiederholten Male dazu einfiel.

Eine andere wichtige Frage drängte sich auf: Wie ging es jetzt weiter? Die Überreste von Nadine waren schließlich wieder da, und nach Rücksprache mit Herrn Riethmayr, dem Einsatzkommando und dem Pfarrer entschied Tom, den Trauergästen mitzuteilen, dass die Beerdigung auf 14:30 Uhr verschoben wurde. Diese Zeit brauchten die Leichenbestatter, um Nadines Überreste wieder einigermaßen zu präparieren.

Kurz nach zwölf schaute Rechtsmediziner Dr. Wagner persönlich im Präsidium vorbei. Nach kurzer Begrüßung und einem großen Schluck Kaffee legte er seine neuesten Erkenntnisse dar.

»Die gute Nachricht zuerst: Sascha Plöger, so heißt übrigens der Mitarbeiter des Bestattungsunternehmens, geht es so weit gut. Er hat einen kleinen Schock, aber sonst ist von der nächtlichen Gefangenschaft nichts hängen geblieben. Übrigens, Sascha Plöger hat die gleichen Druckstellen am Hals wie eure zwei Mordopfer. Der Täter hat ihn tatsächlich, wie du ganz richtig eingeschätzt hast, über den ›Karotis-Sinusreflex‹ außer Gefecht gesetzt. Ich erwähnte ja schon einmal, dass es gefährlich ist, diesen Griff anzusetzen. In vereinzelten Fällen könnte die Anwendung dieser Methode zum sofortigen Tod führen. Wir können, oder richtiger gesagt, müssen davon ausgehen, dass der Täter Fachwissen besitzt.«

Tom bedankte sich persönlich bei Dr. Wagner dafür, dass er sie umgehend informiert hatte. Sie hielten einen kurzen Smalltalk und dann verabschiedete sich Dr. Wagner so zügig, wie er gekommen war.

Bevor die Ermittler sich wieder auf den Weg nach Neuenheim machten, hatte Kriminalrat Mallgraf ein wichtiges Anliegen.

»Meine Herren, ich bitte Sie, sich für heute Abend nichts Besonderes vorzunehmen. Falls dieser Irre heute wieder zuschlägt, wovon wir ausgehen müssen, brauche ich Sie alle taufrisch.«

Die gesamte ›Soko‹ war somit in Alarmbereitschaft versetzt.

Kurz vor 14:00 Uhr trafen die Beamten am Neuenheimer Friedhof ein. Diesmal erwartete sie ein anderes Bild als am frühen Morgen. Der gesamte Parkplatz war mit Fahrzeugen der regionalen Presse belegt. Zwei Kamerateams waren auch am Start. Die Nachricht der Ereignisse hatte sich natürlich schnell herumgesprochen. Es war fast unmöglich geworden, eine sichere Überwachung der Beisetzung zu gewährleisten.

Tom hatte wieder so eine Vorahnung. Er war sich sicher, dass die Zeremonie ohne Zwischenfall über die Bühne gehen würde. Der Täter hatte schon in der Nacht seinen großen Auftritt gehabt und würde deshalb der Beerdigung nicht beiwohnen. Er erinnerte sich:

»Sei seltener als vermutet. Und erst recht nicht da, nur weil andere das gerne hätten.«

Die Beisetzung lief in der Tat so ruhig ab wie Tom es vorhergesagt hatte. Was auffiel, war, dass sich die Anwesenden oft miteinander unterhielten. Es lag ständig etwas Unruhe über dem Gelände. Natürlich hatten viele Trauergäste den tatsächlichen Grund der zeitlichen Verlegung erst am Mittag erfahren. Dennoch herrschte eine merkwürdige Atmosphäre auf dem Friedhofsgelände.

Gegen 15:45 Uhr hatte Nadine ihre Ruhestätte bezogen. Der Friedhof leerte sich zügig und ohne nennenswerte Vorkommnisse. Die zahlreichen Vertreter der schreibenden Zunft sowie die Mitarbeiter der Fernsehanstalten hatten ihre Zelte schnell wieder abgebaut. Der Einzige, der zurückblieb, war Roland Riethmayr mit seinem Sohn Tobias. Beide harrten eine ganze Weile am Grab aus.

Tom verspürte das dringende Bedürfnis, ein paar Worte an die beiden zu richten. Er gab seinem Kollegen Ritter ein lautloses Zeichen, dass er vor dem Friedhof auf ihn warten solle.

»Ich kann wirklich nicht im Geringsten einschätzen, was Sie gerade durchmachen, aber wenn ich Ihnen in irgendeiner Art helfen kann, lassen Sie es mich wissen«, hörte Tom sich mitfühlend sagen.

»O ja, das können Sie, Herr Gerster. Finden Sie endlich dieses Schwein, das meinen Kindern die Mutter genommen hat.«

In tiefer Trauer hatte der Familienvater diese zwei Sätze gerade zu Ende gesprochen, als Tom überraschend Kommissar Ritter neben sich registrierte. Er teilte ihm aufgeregt mit, dass er eine Person abseits der Grabstelle beobachtet hatte, die ihm eventuell nicht unbekannt sei. Bei dem Mann könne es sich um Ramon Pereira handeln.

Ohne dass Tom auf das Gesagte von Roland Riethmayr einging, liefen sie mit schnellen Schritten dem Mann entgegen. Bei ihm angekommen, hatten die zwei Ermittler Gewissheit. Ritter hatte sich nicht getäuscht. Vor ihnen stand de facto der vermisste Zumba-Trainer Ramon Pereira. Tom sprach ihn geradewegs an.

»Was ist eigentlich los mit Ihnen, Herr Pereira? Ihre Frau macht sich riesige Sorgen um Sie. Wir haben nach Ihnen fahnden lassen, und jetzt besitzen Sie die beispiellose Frechheit, einfach hier aufzutauchen? Hatten Sie uns nicht gesagt, dass Sie Frau Riethmayr so gut wie gar nicht kannten? Ich glaube, hier herrscht Ihrerseits enormer Erklärungsbedarf.«

Mit so einer Reaktion des Ermittlers hatte Pereira wohl nicht gerechnet. Er musste sich sichtlich sammeln, bevor er antworten konnte. »Das ist alles etwas kompliziert, Herr…«

»Na, dann würde ich sagen, Sie kommen mit uns aufs Präsidium und versuchen, es uns zu erklären«, unterbrach ihn Tom.

Fünfundzwanzig Minuten später hatten sie sich zu viert im Gemeinschaftsbüro der ›Soko‹ eingefunden. Mallgraf, Tom und Ritter saßen nebeneinander an einem der Tische. Pereira nahm gegenüber Platz. Die Szenerie hatte etwas von der Bekanntgabe des Tauglichkeitsgrades nach einer Musterung bei der Bundeswehr.

»Dann legen Sie mal los, Herr Pereira. Und versuchen Sie uns nicht wieder hinters Licht zu führen,« fauchte Ritter ihn ungeduldig an.

»Okay, ich gestehe es ja ein. Nadine und ich kannten uns etwas näher. Aber deshalb …«

»Was heißt, Sie kannten sich näher? Geht es vielleicht etwas deutlicher, Herr Pereira?«, hakte Ritter eindringlich nach.

»Ja, wir hatten seit ein paar Wochen ein Verhältnis. Hätte ihr Mann sich lieber mal mehr um Nadine gekümmert, statt immer nur an seine Arbeit zu denken, dann wäre es doch gar nicht so weit gekommen.«

Ritter holte tief Luft, um für einen verbalen Schlag auszuholen. »Was wäre nicht so weit gekommen? Dass Sie Nadine Riethmayr auf brutalste Weise ermordet haben? Und was war dann der Grund bei Anja?«

»Nein, hören Sie auf damit! Ja, vielleicht war es ein Fehler, sich auf diese Liaison einzulassen. Das bedeutet aber nicht, dass ich für den Tod der beiden Frauen verantwortlich bin!«, wurde jetzt Ritter wutentbrannt von Pereira unterbrochen.

Tom gefiel die Art, wie Ritter die Befragung führte, ganz und gar nicht. Bevor sein Kollege die nächste Frage formulieren konnte, übernahm er selbst. »Nennen Sie mir doch bitte mal den Grund, warum Sie die letzten zwei Tage abgetaucht sind«, versuchte er, mit ruhiger Stimme die gegenwärtig angespannte Atmosphäre zu lösen.

»Ich war einfach mit der Situation überfordert. Die Angst, dass Sie hinter unser Verhältnis kommen, wuchs immer stärker in mir. Ich hätte Sie, was Nadine und mich betrifft, nicht anlügen dürfen. Doch ich bekam eine scheiß Panik, dass ich mich dann richtig verdächtig machen würde. Jetzt weiß ich, dass ich es mit dieser bescheuerten Aktion viel schlimmer gemacht habe«, gab Pereira sichtlich entspannter zurück.

»Hatten Sie mit Anja Berger ebenfalls ein Verhältnis?« Tom hatte es geschafft. Es herrschte wieder ein ruhiges angenehmes Klima im Raum. »Nein, das hatte ich nicht. Zugegeben, Anja erregte mich total und löste wann immer ich sie sah, den Wunsch in mir aus sie zu berühren. Doch das beruhte leider nicht auf Gegenseitigkeit. Sie hat mich zu meinem Leidwesen des Öfteren eiskalt abblitzen lassen.« Tom glaubte Pereira, und er wusste, dass sie nichts gegen ihn in der Hand hatten. Seine Frau Rosabella verschaffte ihm für beide Morde ein perfektes Alibi. Es blieb ihnen für den Moment nichts anderes übrig, als den Zumba-Trainer ziehen zu lassen.

»Sie können davon ausgehen, dass wir Sie weiter im Blick haben, also versuchen Sie nicht, wieder zu verschwinden. Es könnte gut sein, dass wir zu einem späteren Zeitpunkt weitere Fragen an Sie haben«, gab ihm Tom zum Abschied mit auf den Weg.

Gegen 18:30 Uhr hielten die Ermittler ein Brainstorming. Die Nerven bei einigen Beamten waren zum Zerreißen angespannt. Jeder wusste, die Wahrscheinlichkeit, dass heute Abend eine weitere unschuldige Frau auf barbarische Weise aus dem Leben gerissen wurde, war hoch. Und sie konnten nicht im Geringsten etwas dagegen tun. Es gab keine Spur, bei der man nur den Funken einer Chance sah, eine weitere Tat zu verhindern. Eines war ihnen bewusst: Ausnahmslos allen Beamten stand eine unruhige Nacht bevor. Sie mussten zu jedem Zeitpunkt damit rechnen, abgerufen zu werden. Wenn dieser Wahnsinnige tatsächliche heute Nacht wieder zuschlagen würde, wollten sie so schnell wie möglich am Tatort sein.

Mallgraf entließ alle in einen hoffentlich ruhigen Sonntag. Nur so richtig daran glauben wollte keiner der Anwesenden.

Tom fand an diesem Abend wider Erwarten keine Ruhe. Er wanderte ständig in seiner kleinen Wohnung auf und ab. Für ihn war es eine grausige Vorstellung, zu Hause zu sitzen, während dieser Geisteskranke draußen wütete. Zweifel daran, alles Erdenkliche getan zu haben, um vielleicht doch ein weiteres Blutbad zu verhindern, krochen durch seine Adern. Er setzte sich und versuchte ein wenig herunterzukommen. Dabei kam ihm etwas in den Sinn.

»Wenn Ungeduld und Hilflosigkeit sich vereinen, ist das Ergebnis meistens Aggression.«

19.

Sonntag, 02.10.2022

In manchen Nächten findet man einfach nicht in den Schlaf. Diese Erkenntnis wurde Tom in der Nacht von Samstag auf Sonntag vor Augen geführt. Immer wieder drehte er sich ohne Erfolg von einer Seite auf die andere. Gegen 05:40 Uhr wurde er durch sein Handy aus seinem zwischenzeitlichen Schlaf gerissen. Bevor er nach seinem Telefon griff, stand er schon neben dem kleinen Nachtisch. Im gleichen Moment registrierte er eine angenehme Stille im Raum. Nein, sein Handy war es nicht gewesen, das ihn aus dem Schlaf gerissen hatte. Es waren keine entgangenen Anrufe oder Nachrichten auf dem Display zu erblicken. Die Erleichterung war groß. Er bildete sich doch tatsächlich ein, im Halbschlaf sein Handy gehört zu haben. Nach diesem Erlebnis begriff er, dass für ihn dringend eine Auszeit angesagt war, sobald dieser Fall abgeschlossen war. Er stieß langsam, aber sicher an seine Grenzen.

Zwei Stunden später saß er in der Morgensonne bei einer Tasse Kaffee und einem Müsli auf seinem kleinen Balkon. Genießen konnte er von alldem jedoch nichts. Fragen kreisten in seinem übermüdeten Kopf.

»Ist es zu früh, um ein Fazit zu ziehen? Kommt der verheerende Anruf, den wir alle befürchten, noch? Oder ist er fertig und hat aufgehört zu töten? Was, wenn er seinen Plan geändert hat und nur eine kurze Pause einlegt? Es bleibt uns nichts anderes übrig als abzuwarten, was für Überraschungen dieser Sonntag im Gepäck hat.«

Tom suchte seine Unterlagen zusammen und sortierte die gesammelten Informationen. Eigentlich sollte er hinaus an die Luft gehen und das schöne Wetter genießen. Doch das war unmöglich für ihn. Um sich zu beschäftigen, sammelte er ein weiteres Mal seine Gedanken.

»Zwei tote Frauen, die nur wenige Kilometer voneinander wohnten und sich dennoch nicht kannten. Beide wurden auf die gleiche Art und Weise getötet, oder besser gesagt, abgeschlachtet. Gemeinsamkeiten konnten wir bisher leider keine finden. Auf jedem der Opfer wurde ein Hinweis hinterlassen. Die Kollegen der Spurensicherung konnten ein eventueller Zusammenhang bisher nicht deuten. Ich bin mir sicher, dass beide Frauen sich gekannt haben müssen. Zugegeben, Nadine wurde in Köln geboren und wohnte bis vor einem Jahr in der Fastnachtshochburg. Was nicht unbedingt für meine Theorie spricht. Simone Berger weiß mit dem Namen Nadine Riethmayr nichts anzufangen, und für Herrn Riethmayr ist Anja Berger auch kein Begriff.

Ein konkreter Hinweis liegt zu meinem Bedauern leider nicht vor. Die Ähnlichkeit zwischen dem Täter und meinem Kollegen Sven ließ sich nicht mehr von der Hand weisen. Obwohl ich auf diese Erkenntnis gerne verzichtet hätte. Das Phantombild, das wir dank des Mitarbeiters des Bestattungsunternehmens, Sascha Plöger, anfertigen konnten, hielt es uns deutlich vor Augen: Ja, sie sehen sich zum Verwechseln ähnlich. Oder tun sie das vielleicht gar nicht? Ist es eventuell doch ein und dieselbe Person? Nein, diesen Gedanken darf ich nicht zulassen. Sven hat für mich unwiderruflich nichts mit der Sache zu tun.«

Den restlichen Sonntagvormittag verbrachte Tom unruhig in seiner Wohnung, sein Handy stets griffbereit in der Hosentasche. Doch zum Glück blieb es ungeahnt ruhig.

Um 13.00 Uhr entschloss er sich, den kleinen Nils in der Heidelberger Weststadt zu besuchen. Er war erstaunt, wie sich das Verhalten des Jungen geändert hatte. Als Nils ihn durch die Glasscheibe sah, schenkte er ihm ein kleines Lächeln. Mit der Reaktion von Nils, nachdem Tom das Zimmer betrat, war dennoch nicht zu rechnen. Freudestrahlend rannte er auf ihn zu und umschlang ihn mit seinen Armen.

»Oh, wie habe ich denn so eine großartige Begrüßung verdient, Nils? Schön, dich so freudig zu sehen.«

Nils schaute überglücklich zu Tom hoch. »Du hast den bösen Mann nicht mitgebracht. Das finde ich so toll von Dir! Schau mal, ich habe dir ein Bild gemalt.« Der Junge holte von seinem Tisch ein Blatt Papier und übergab es Tom.

Was er darauf erblickte, ließ ihm das Blut in den Adern gefrieren. Er hatte bis zum heutigen Tag keine so detaillierte Zeichnung eines Sechsjährigen gesehen. Die Zeichnung spiegelte unzweifelhaft das Konterfei von Kommissar Sven Hilpert wider. Tom versuchte, seine Anspannung nicht auf den Jungen zu übertragen.

»Ich werde dir jetzt eine Frage stellen, Nils. Ist das der Mann, der deiner Mama weh getan hat, oder ist es der Mann, der mit mir hierhergekommen ist?«

Nils biss sich auf die Lippe, bevor er antwortete. »Der Mann, der immer bei dir war, hat mir meine Mama weggenommen. Das habe ich gesehen.«

Jetzt war es unwiderlegbar. Der kleine Junge hatte den schrecklichen Mord an seiner Mutter mit eigenen Augen gesehen. Nach dieser neuen Kenntnislage wollte Tom sich am folgenden Tag zuerst mit Dr. Leipold kurzschließen, bevor er die Befragung über den Hergang der Tatnacht mit Nils Riethmayr fortsetzte. Das Risiko, dass der Junge durch eine sofortige Befragung vielleicht zurück in sein altes Verhaltensmuster fallen könnte, war ihm einfach zu groß.

Bei der Verabschiedung schaute ihm Nils traurig in die Augen. Er fragte schluchzend, ob er ihn denn bald wieder besuchen würde. Tom versprach Nils, schnellstmöglich wiederzukommen.

Der Rest des Tages verlief im Gegensatz zu den zwei vergangenen Sonntagen ruhig. Kein neuer Mord und keine neuen Vermisstenmeldungen. Tom nahm sich vor, am Abend seinen Kollegen Hilpert anzurufen, um ihm etwas Mut zuzusprechen. Er konnte zu diesem Zeitpunkt nicht ahnen, dass sein Versuch vergebens sein sollte.

20.

Montag, 03.10.2022

Das vergangene Wochenende brachte, zur großen Erleichterung aller, keinen weiteren Mord ans Tageslicht. Die ›Soko‹ fand sich um 08:30 Uhr an diesem Montagmorgen im Präsidium ein. Zu Beginn stelle Tom den neuen Kollegen, Kommissar Andy Gröbler vor. Er war ab sofort ebenfalls Mitglied im Team und würde Kommissar Stefan Lohfeld unterstützen. Gröbler war zuvor im Innendienst tätig gewesen und hatte sich durch seine Qualifikationen empfohlen.

Kriminalrat Rainer Mallgraf lag, wie Frau Moser den Beamten mitteilte, mit einem grippalen Infekt flach. Ab diesem Moment trug Tom bis auf unbestimmte Zeit die gesamte Verantwortung für das Ermittlerteam. Die momentane Situation war schwer einzuschätzen. Sollte dieser kranke Mensch wirklich aufgehört haben zu töten oder legte er nur eine kleine Pause ein? Nach dem jetzigen Stand der Sachlage schien es unmöglich zu sein, ein Täterprofil zu erstellen. Tom dachte laut über die vom Täter geschaltete Zeitungsanzeige vor ein paar Tagen nach. »Wie waren seine ersten Worte in der Anzeige?

»Das Ende naht. Verlierer hören auf, wenn sie müde sind. Gewinner hören auf, wenn sie gewonnen haben.«

Die Frage, die ich mir stelle, ist: Wen meint der Täter damit? Ich unterstelle ihm mal, dass er mit

»Gewinner hören auf, wenn sie gewonnen haben«

sich selbst reflektiert. Im Gegensatz dazu steht die gewagte Behauptung,

»Verlierer hören auf, wenn sie müde sind«.

Wer sind die Verlierer? Er kann ja nicht ernsthaft der Meinung sein, dass wir aufhören zu ermitteln. Dementsprechend gehe ich davon aus, dass er mit dieser Äußerung seinen psychischen oder physischen Zustand widerspiegelt. Vielleicht kann er aus irgendeinem Grund nicht mehr weitermachen. Könnte der Täter seinen abscheulichen Plan vollenden, hätte er uns nicht diese Nachrichten zukommen lassen. Daher ist es für mich unstrittig, dass ihm etwas Unvorhergesehenes dazwischengekommen sein muss.«

Kommissar Lohfeld war von Toms Denkweise nicht wirklich überzeugt. »Sei mir bitte nicht böse, aber ich habe eine andere Sichtweise auf das Ganze. Wir haben zwei tote Frauen, die sich bis zum jetzigen Zeitpunkt nicht kannten und nichts miteinander zu tun hatten. Was, wenn dieses Subjekt sie nur zufällig auswählt? Anja sowie auch Nadine waren attraktive und gutaussehende Frauen. Zudem hatten sie schöne, große und wohlgeformte Brüste. Ebenso wurde bei beiden eine Brust abgetrennt und als Erinnerungsstück mitgenommen. Aus meinem Blickwinkel haben beide Morde einen sexuellen Hintergrund. Auf die…«

»Okay, Stefan, aber wie erklärst du dir dann, dass es weder bei Frau Berger sowie bei Frau Riethmayr einen sexuellen Missbrauch gegeben hat?«, unterbrach ihn Tom etwas irritiert.

»Ich werde versuchen, es euch zu veranschaulichen. Ich halte die Konstellation, dass unser Täter asexuell ist, für nicht ausgeschlossen. Asexuelle Menschen haben keine Abneigung gegen Sex oder sind gar verklemmt. Sie verspüren nur kein Bedürfnis danach. Sie finden andere Menschen, egal welches Geschlechts, meist durchaus attraktiv. Dennoch würden diese Personen keine selbst gewollten sexuellen Handlungen unternehmen, um sich selbst zu befriedigen. Das bedeutet aber im Umkehrschluss nicht, dass sie keine Nähe, Körperkontakt oder Zärtlichkeiten brauchen. Dementsprechend fühlte sich unser Täter schon zu den Opfern hingezogen, nur das Bedürfnis oder Verlangen sich an ihnen sexuell zu befriedigen, hatte er nicht. Das würde erklären, warum er sich nicht an ihnen vergangen hat. Meiner Meinung nach dürfen wir diese Konstatierung auf keinen Fall außer Acht lassen.«

Aus dieser Perspektive hatte Tom es bisher gar nicht gesehen. »Sehr gut, Stefan. Wir sollten uns mal umhören, ob es im Bekanntenkreis der Opfer derartig auffällige Personen gibt.«

Tom beauftragte Stefan Lohfeld und seinen neuen Kollegen Andy Gröbler mit der Aufgabe. Er selbst würde versuchen, den behandelnden Arzt von Nils Riethmayr, Herrn Dr. Leipold, zu erreichen.

Am frühen Mittag wurde Tom durch einen Streifenpolizisten in die Emil-Maier-Straße im Heidelberger Stadtteil Bergheim gerufen. Grund dafür war ein Mann, der leblos in seinem Auto aufgefunden wurde. Auf Nachfrage, wer der Tote sei, gab der Kollege ihm zu seiner Verwunderung keine konkrete Antwort. Doch die brauchte er nicht, denn er wusste, wer unmittelbar in der Nähe des Fundortes wohnte. In seinem Geiste sah er die Leiche von Ramon Pereira vor sich. Zahlreiche Gedanken schossen ihm gleichzeitig durch den Kopf.

»Hatte dieser Fitnesstrainer doch etwas mit den Morden zu tun? Ist er eventuell schon seit geraumer Zeit tot? Gab es deshalb am Wochenende kein neues Opfer? Okay, es würde ins bisherige Bild passen, wenn der Zumba-Trainer die Taten verübt hätte.«

Kurze Zeit später machten sie sich gemeinsam auf den Weg zum Ort des Auffindens. Ein paar Minuten später nahmen sie schon von weitem jede Menge Signallichter wahr. Gleich nachdem sie die Absperrung der Kollegen von der Schutzpolizei passiert hatten, fiel ihnen das aufgefundene Fahrzeug ins Auge. Tom kannte das Auto, und er hätte sich gewünscht, dass seine Augen ihn täuschten. Ritter entglitt schlagartig die Gesichtsfarbe. Keiner der beiden war in der Lage, nur einen vernünftigen Ton, geschweige denn ein Wort herauszubringen. Mit einer Vollbremsung kam ihr Dienstfahrzeug zum Stehen.

Tom sprang aus dem Auto und rannte so schnell es ging auf das am Straßenrand geparkte Fahrzeug zu. Er stieß einen an der Beifahrertür stehenden Polizisten zur Seite und beugte sich in den Innenraum des Wagens. Jetzt konnte er ihn deutlich erkennen. Tief in seinem Inneren verspürte er ein Gefühl der Ohnmacht. Tom schaffte es nicht den Anblick länger zu ertragen. Er entfernte sich ein paar Meter und schrie seinen ganzen Zorn in den Tag hinein. Nur mit viel Mühe konnte er dem Zwang, sich übergeben zu müssen, widerstehen. Mit allem hätte er gerechnet, aber nicht damit, dass er hier seinen Kollegen Kommissar Sven Hilpert tot auffinden würde.

Ritter eilte zu ihm. »Was passiert hier gerade, Tom? Denkst du, er wurde umgebracht?«

Tom sammelte sich ein wenig, bevor er seinem Kollegen antwortete: »Aktuell weiß ich gar nichts mehr. Ich muss zuerst mit Dr. Wagner sprechen. Wie ich gesehen habe, ist er soeben eingetroffen.«

Beide harrten in unmittelbarer Nähe des Einsatzortes aus. Gerichtsmediziner Dr. Reinhard Wagner brauchte nur wenig Zeit, bis er seine erste Schlussfolgerung ziehen konnte. Mit langsamen Schritten bewegte er sich auf die zwei etwas entfernt stehenden Beamten zu. Nach einem kurzen Kopfnicken in Richtung Kommissar Ritter richtete er geradewegs seine Worte an Tom. »Das Ganze tut mir richtig leid, Tom. Ich kenne zwar nicht den aktuellen Stand eurer Ermittlungen, aber das mit Hilpert übertrifft sogar mein Denkmuster.«

»Möglicherweise nicht, Reinhard. Es gibt da etwas, was du nicht wissen kannst. Darüber möchte ich dich aber erst in Kenntnis setzen, wenn du deinen vorläufigen Bericht zur Todesursache von Sven fertig hast. Kannst du mir denn schon etwas zu den Umständen sagen?«

Tom war bemüht, in Anwesenheit von Dr. Wagner kühl und abgeklärt zu wirken.

»Du kennst ja meine Standardantwort auf diese Frage. Aber ich konnte Folgendes erkennen: Anzeichen für ein Fremdverschulden gibt es nach jetzigem Stand nicht. Weder Kampfspuren oder Würgemale waren zu finden. Detailliertes aber erst, wie du ja weißt, nach der Obduktion.«

»Wer hat eigentlich unseren Kollegen gefunden?« wollte Ritter von Tom wissen. »Das kann ich dir nicht sagen. Ich bekam von einem Kollegen der Streifenpolizei lediglich einen Anruf, dass man eine leblose Person aufgefunden hatte.« Kontrolliert, aber dennoch zügig, bewegten sich die beiden Ermittler in Richtung des geparkten Fahrzeugs. Der Polizist, den Tom vor ein paar Minuten unsanft zur Seite stieß, drehte sich weg, als er die beiden Ermittler sah. Der mittlerweile eingetroffene Leichenwagen parkte mit eingeschalteten Warnlichtern direkt neben dem Wagen des toten Sven Hilpert. Die offenstehende Beifahrertür gab Tom einen letzten Blick auf den Innenraum und die darin befindliche Leiche seines Kollegen frei. Wieder durchzog ihn eisige Kälte.

Ritter, der sich in der Zwischenzeit etwas umgehört hatte, trat mit großen Schritten an Tom heran. »Ich weiß jetzt, wer Sven gefunden hat. Es war kein geringerer als unser Zumba-Trainer

Ramon Pereira. Wenn er jetzt behauptet, dass er mit dieser Sache ebenfalls nichts zu tun hat, dann...«

»Ganz langsam, Mathias. Wir werden schon herausfinden, warum ausgerechnet er es war, der Sven entdeckt hat«, versuchte Tom den aufkommenden Zornesausbruch in Ritter zu zügeln. »Die interessantere Frage ist doch, was hat Sven hier gemacht? Sein Auto ist, soweit ich sehen kann, unbeschädigt und ordnungsgemäß abgestellt. Da liegt es nahe, dass er–«

Tom unterbrach sich selbst, als er auf der anderen Seite der Straße die Ehefrau seines toten Kollegen, Jessica Hilpert, erkannte. Sie stand wie paralysiert am Straßenrand und starrte auf den Wagen ihres Mannes.

Den Leichnam ihres Gatten hatte man mittlerweile in den bereitstehenden Leichenwagen verlegt. Jessica Hilpert bewegte sich kaum merklich und sichtlich abwesend in dessen Richtung. Tom, der die Szene weiterhin beobachtete, eilte ihr entgegen und bekam sie in letzter Sekunde zu fassen, bevor sie schließlich in seinen Armen zusammenbrach. Zwei Rettungssanitäter sprinteten herbei und übernahmen Jessica Hilpert in ihre Obhut.

Tom kannte Svens Frau nur flüchtig, doch gut genug, um zu wissen, dass sie diesen brutalen Schicksalsschlag nicht so einfach verpackt bekommen würde.

Der anwesende Notarzt entschied sich, Jessica Hilpert zur weiteren Untersuchung mit ins Krankenhaus zu nehmen. Zwischenzeitlich nahm der Abschleppdienst das Fahrzeug des toten Sven Hilpert an den Haken, um es in die Zentrale der Spurensicherung zu bringen.

So langsam leerte sich der Einsatzort und es wurde deutlich ruhiger in der abgesperrten Emil–Maier–Straße. Es waren zwei Polizeihubschrauber zu hören, die die Umgebung absuchten.

»Sag mal Tom, hörst du auch das schwache Wimmern?« Wollte Ritter von seinem Kollegen wissen. Bevor er eine Antwort auf seine Frage bekam, schrie ein Kollege der Schutzpolizei: »Hier sitzt ein kleines Mädchen, das weinend nach seiner Mama sucht!«

Tom, der das Ganze aus der Distanz betrachtete, sprintete in Richtung des aufgefundenen Mädchens. Sehen konnte er die Kleine nicht, doch er sah den Polizisten, der ihm kniend den Blick auf das Kind versperrte. Nach nur wenigen Sekunden erreichte er die Stelle, an dem das Mädchen auf dem Boden saß. Sie weinte heftig und schluchzte immer wieder die gleichen Worte: »Meine Mami ist einfach mit dem Krankenwagen weggefahren!«

Tom glaubte zu wissen, wer die Kleine war. Er hatte zwar Sven Hilperts sechsjährige Tochter Emely zuvor nie gesehen, doch die Ähnlichkeit mit ihrem Vater war unübersehbar. Jessica Hilpert hatte offensichtlich einen schweren Schock und deshalb nicht mehr an ihre Tochter gedacht.

Ein herbeigerufener Kinderpsychologe kümmerte sich umgehend um die kleine Emely Hilpert. Nach einigen Telefonaten konnte man die Schwester von Jessica Hilpert ausfindig machen. Sie erklärte sich bereit, Emely, nach ihrer Betreuung durch den Psychologen, zu sich zu holen.

Ritter teilte Tom mit, dass er Ramon Pereira für morgen früh zur Befragung aufs Präsidium geladen hat. Kurz bevor der letzte Streifenwagen den Einsatzort verließ, stand unvermittelt der stark verschnupfte Kriminalrat Rainer Mallgraf vor den Ermittlern.

»Wenn man glaubt, es geht nicht mehr schlimmer, setzt irgendjemand einen oben drauf. Wissen wir denn schon etwas über die Todesursache, Herr Gerster?«

»Nein, Chef. Das Einzige, was Dr. Wagner in der Kürze feststellen konnte, war die Tatsache, dass Kommissar Hilpert, natürlich unter Vorbehalt, ohne Fremdeinwirkung verstorben ist. Äußerliche Spuren eines gewaltsamen Todes waren zum aktuellen Zeitpunkt nicht festzustellen. Mehr weiß er natürlich erst nach der Obduktion. Wir machen hier Schluss und treffen uns morgen früh auf dem Revier. Ich möchte kurz mit Dr. Leipold telefonieren. Es ist mir wichtig, noch einmal mit Nils Riethmayr zu sprechen. Er scheint gegenwärtig die einzige Person zu sein, die etwas Licht ins Dunkle bringen kann.«

Tom fand es beängstigend, dass ein kleiner Junge der einzige Strohhalm war, an den sie sich klammern konnten. Doch was blieb ihm anderes übrig, als danach zu greifen?

Das war aber definitiv nicht der einzige Grund, warum Tom den kleinen Nils besuchen wollte. Er mochte ihn und wollte unbedingt wissen, wie es ihm ging. Das Leid dieses Jungen ging ihm ziemlich nah.

Nach zahlreichen vergeblichen Versuchen, Dr. Leipold zu erreichen, gab er schließlich genervt auf. Womöglich sollte es heute nicht mehr sein. Er entschied sich, nach Hause zu fahren.

Auf der Fahrt nach Schwetzingen versuchte sich Tom in den Kopf des Mörders zu versetzen. Seine Gedanken rollten wie ein Tsunami wellenartig durch sein Hirn.

»Seine Absonderlichkeit muss doch schon früher aufgefallen sein. Warum blieb seine Gefährlichkeit so lange unbemerkt? Sieht er in den Opfern nur ein Objekt, an dem er sich austoben möchte? Ich denke, er legt es darauf an, irgendwann gefasst zu werden. Deshalb seine Hinweise an uns. Er ist nicht der Typ, der einfach zur Polizei geht und sich stellt.«

Tom musste an einen Serienmörder vor über dreißig Jahren denken. Der Täter vergewaltigte damals acht Frauen. Drei von ihnen tötete er danach. Auf bestialische Art und Weise quälte er seine Opfer. Er weidete sich an ihrer Angst, an ihrer Hilflosigkeit und Verzweiflung. Er handelte wie im Rausch. Die Fachleute beschrieben den damaligen Täter als gemeingefährlich. Sie bescheinigten ihm eine ›signifikante Persönlichkeitsstörung bei dissozialer Entwicklung und sadomasochistischer Dominanz.«

Man konnte die beiden Täter natürlich nur bedingt vergleichen. Bei dem jetzigen Täter waren es keine sexuellen Hintergründe, die ihn antrieben. Dafür mordete er brutaler. Er schnitt den Opfern die Brüste ab und behielt sie als Trophäe. Sein Todesstoß erfolgte immer direkt ins Herz des jeweiligen Opfers. Er verfolgte ein Ritual. Tom spürte, dass er müde wurde. Er fühlte sich leer und emotional angeschlagen. Der Fall hinterließ bei dem erfahrenen Ermittler seine ersten Spuren. Zuhause angekommen, ließ er sich erschöpft auf seiner Couch nieder. Tom lehnte sich zurück und schloss die Augen. Er versuchte vergebens, ein wenig abzuschalten. Die Erinnerung an etwas gehörtes, ließ ihn nicht zur Ruhe kommen:

»Bei einer gebrochenen Seele hilft nur eine Therapie, Geduld und Hoffnung.«

Geduld? Nein, die konnte sich Tom in diesem Fall beileibe nicht leisten. Geduld, könnte gleichbedeutend mit einem weiteren Mord sein. Und das mussten sie zwingend verhindern.

Hoffnung? Ja, die hatte er sicherlich. Hoffnung, dass sie diesen Wahnsinnigen bald schnappen würden.

21.

Dienstag, 04.10.2022

Die Behauptung, dass Tom in den letzten fünfzehn Tagen seinem Dienst nicht gerne nachgekommen wäre, wäre schlichtweg falsch. Doch an diesem Dienstag wäre er am liebsten zu Hause geblieben. Er hatte nur wenige Stunden geschlafen. Immer wieder rissen ihn die Gedanken und Bilder, die er tags zuvor am Einsatzort aufgesammelt hatte, aus dem Schlaf. Das Wetter tat sein Übriges dazu. In der Nacht fing es an, ununterbrochen zu regnen. Doch ihm war klar, dass der heutige, wie der vergangene Tag, ein besonderer in der Heidelberger Polizeigeschichte werden würde. Gestern Abend war sein Kollege, Kommissar Sven Hilpert, tot in seinem Wagen aufgefunden worden.

Nach einer schnellen Dusche und einem Pott Kaffee im Stehen packte er seine Unterlagen zusammen. Kurz bevor Tom sein Auto erreichte, spürte er seine weichen Knie. Das letzte Mal, dass er so etwas wie Zweifel mit verbundener Unsicherheit bei sich festgestellt hatte, war vor seiner Abi-Prüfung gewesen.

Kurz vor 08:00 Uhr parkte er seinen Dienstwagen auf dem Parkplatz des Präsidiums. Heute wünschte er sich, dass auf der Fahrt ein wenig Stau gewesen wäre. Seine Gedanken rasten wirr durch seinen Kopf. Doch als Leiter der ›Soko‹ durfte er sich keine Schwäche erlauben, geschweige denn diese seinen Untergebenen zeigen.

Im Treppenhaus herrschte viel Trubel. Kleine Gruppen bildeten sich, und natürlich war nur ein Thema allgegenwärtig. Die Tür zum Büro stand weit offen. Schon vom Flur aus sah er, dass sich alle am großen Tisch versammelten. Mit dazu hatte Kriminalrat, Mallgraf wieder den Präsidenten des Landeskriminalamts Dr. Konrad Ellrich im Schlepptau. Tom atmete einmal tief durch und betrat nach außen hin selbstsicher den Raum.

»Guten Morgen, meine Herren. Lassen Sie uns gleich anfangen. Wir haben einen langen und anstrengenden Tag vor uns.«

Mit dieser kurzen Ansprache wollte er seine Entschlossenheit demonstrieren und eventuelle Fragen zu seinem Gemütszustand sofort im Keim ersticken.

»Uns gleitet diese Mordserie mit rasender Geschwindigkeit aus den Händen, Herr Gerster. Wir müssen dringend Erfolge vorweisen. Ich habe mich gefragt, ob bei Ihnen hier in Heidelberg mit allerletzter Konsequenz ermittelt wird. Wenn Sie nicht weiterkommen oder Hilfe benötigen, muss ich es wissen, sonst ist es mir unmöglich, Ihnen zu helfen. Können Sie mir schon etwas über die Todesursache Ihres Ex-Kollegen Kommissar Sven Hilpert sagen?« Dr. Konrad Ellrich war beim besten Willen kein einfühlsamer Mensch. Böse Zungen behaupten, seinen rasanten Aufstieg hätte er nur seinem überaus harten und unfairen Charakter zu verdanken. Er wollte nie wissen, wie es seinen Untergebenen ging oder ob sie sich in ihrem Job wohl fühlten. Nein, es ging ihm nur um den schnellen Erfolg, womit er sich danach brüsten konnte.

Tom war zum wiederholten Male nicht über die Art und Weise von Dr. Ellrichs Taktgefühl überrascht. Nur wusste er gleichzeitig, dass die Aussage seines Vorgesetzten inhaltlich völlig den Tatsachen entsprach.

»Nein, ich bin ganz und gar nicht der Meinung, dass wir hier Hilfe von außerhalb benötigen. Wir sind jeder einzelnen Spur und jedem Hinweis, den wir bekommen haben, nachgegangen. Doch leider verliefen sie alle im Sand. Was Ihre letzte Frage betrifft, da warte ich minütlich auf einen Anruf von Dr. Wagner aus der Pathologie.«

Tom war gerade damit fertig, Herrn Dr. Ellrich den Wind aus den Segeln zu nehmen, als sich unvermutet Ramon Pereira vor dem Ermittlerteam präsentierte.

»Herr Pereira, ich habe Sie für heute Morgen um 10:30 Uhr geladen. Jetzt ist es kurz vor neun. Welchen Teil meiner gestrigen Vorladung haben Sie nicht verstanden?«, zischte ihn Ritter energisch an.

»Ich habe Sie wohl verstanden, Herr Kommissar. Das Problem ist, dass ich um 10:00 Uhr einen Kurs abhalten muss und mir deshalb dachte, ich komme einfach früher. Wie ich sehe, sind Sie ja ohnehin hier, also können wir anfangen, oder?«

Die überhebliche Art dieses Zumba-Trainers ging Ritter sichtlich gegen den Strich. Er stand abrupt auf und stellte sich nur wenige Zentimeter vor Pereira. »Hören Sie mir zu: Sie verlassen jetzt so schnell dieses Büro, wie Sie es betreten haben, und ich möchte Sie vor 10:30 Uhr hier nicht mehr sehen. Was Sie in der Zwischenzeit machen, ist mir so egal wie Ihr Kurs, der später definitiv ausfallen wird. Ich hoffe, dass ich mich klar und deutlich ausgedrückt habe.«

Pereira verließ wortlos den Raum. Nach kurzem Blickkontakt mit Tom nickte der mit einem leichten Grinsen im Gesicht seinem neuen Kollegen bestätigend zu.

Kriminalrat Mallgraf konnte man seinen grippalen Infekt deutlich anmerken. Er sah blass aus und die Nase lief ihm ununterbrochen. Tom bemühte sich, ihm auf seine Art klarzumachen, dass sein Vorgesetzter hier besser nicht sein sollte. »Ich würde vorschlagen, dass Sie sich vielleicht besser etwas schonen sollten Herr Mallgraf. In Ihrem jetzigen Zustand sind Sie uns keine große Hilfe. Zudem besteht durchaus die Gefahr, dass sich Kollegen eventuell bei Ihnen anstecken könnten. Die Begeisterung nach der deutlichen Ansage seines Untergebenen stand Mallgraf nicht gerade ins Gesicht geschrieben. Nach kurzer Absprache mit Dr. Ellrich verabschiedete er sich. Der Präsident des Landeskriminalamtes folgte ihm. Doch eine kleine Ansage hatte Dr. Ellrich noch.

»Ab sofort möchte ich zweimal am Tag von Ihnen persönlich über den Stand Ihrer Ermittlungen informiert werden, Herr Gerster.«

»Aber natürlich«, bestätigte Tom ihm diesen Wunsch.

Kommissar Lohfeld, der die ganze Zeit geschwiegen hatte, saß angespannt am Tisch. »Das ist so ein Wichtigtuer. Den sollte man…«

»Ich weiß, was du meinst, Stefan. Wir haben aber Wichtigeres zu tun, als uns mit ihm herumzuschlagen«, warf Ritter ein, bevor Lohfeld etwas sagen konnte, für das er sich zu einem späteren Zeitpunkt eventuell rechtfertigen müsste.

Frau Moser betrat das Büro, um den Beamten mitzuteilen, dass Jessica Hilpert das Krankenhaus am frühen Morgen wieder verlassen durfte. Ihre kleine Tochter Emely sei jetzt wieder bei ihr. Ihre Schwester Judith Kramer würde im Laufe des Tages für einige Zeit bei Jessica Hilpert einziehen, um sie seelisch und moralisch zu unterstützen.

Den Ermittlern blieb für den Moment nichts anderes übrig, als auf den Bericht des Gerichtsmediziners zu warten. Gemeinsam tauschten sie die Eindrücke des gestrigen Tages aus.

Um Punkt 10:00 Uhr klopfte ein sichtlich gereizter Ramon Pereira an die Tür. Kommissar Ritter wusste natürlich, wer auf der anderen Seite der Tür stand, und ließ es sich nicht nehmen, persönlich zu öffnen.

»Guten Morgen, Herr Pereira. Schön, dass Sie es einrichten konnten, uns mit Ihrer Anwesenheit zu beglücken«, begrüßte er ihn auf eine zynische Art. Ritters Empfang löste ein stilles Lachen unter den Ermittlern aus. Tom hatte seinem Partner kurz vor Pereiras Erscheinen mitgeteilt, dass er die Befragung des Zumba-Trainers übernehmen sollte. Da Kommissar Ritter Pereira schon von der ersten Vernehmung kannte, wusste er inzwischen, wie er ihn verbal angehen musste. »Eine Frage interessiert mich brennend, Herr Pereira. Wie kam es dazu, dass ausgerechnet Sie unseren Kollegen, Hauptkommissar Sven Hilpert, tot aufgefunden haben?«

Da war es wieder. Ein provokatives Grinsen, das dem Gegenüber alles an Selbstbeherrschung abverlangte. »Ich werde zuerst Ihnen eine Frage stellen, Herr Ritter. Warum hat dieser suspendierte Kommissar sich zwei Tage lang vor unser Haus gestellt und uns beobachtet?«

Toms und Ritters fragende Blicke trafen sich. Wie konnte Pereira von Hilperts Suspendierung erfahren haben? Es wussten doch nur sie beide und Mallgraf persönlich Bescheid. Ein Raunen unter den anderen Ermittlern war nicht zu überhören.

»Was soll das Ganze bedeuten? Ich dachte, Hilpert sei krankgeschrieben«, polterte Lohfeld los.

Tom bat Frau Moser, für ein paar Minuten mit Herrn Pereira in Mallgrafs Büro zu warten. Danach unterrichtete er Lohfeld und seinen Kollegen Gröbler über die Hintergründe von Sven Hilperts dienstlicher Abwesenheit vor seinem Tod. Kurze Zeit später fuhren sie mit Ramon Pereiras Befragung fort. Entgegen seiner Entscheidung, dass Ritter die Vernehmung Pereiras leiten sollte, übernahm Tom jetzt selbst das weitere Verhör.

»Woher wissen Sie von Kommissar Hilperts angeblicher Suspendierung?«

»Er hat es mir gestern Morgen selbst erzählt, Herr Gerster. Er stand schon einen Tag vorher so gegen 10:30 Uhr für eine Stunde unten auf der Straße. Es liefen zu diesem Zeitpunkt gerade die Nachrichten im Radio. Deshalb weiß ich es so genau. Ich habe ihn vom Fenster aus gesehen. Kurz bevor ich hinunter gehen wollte, um ihn auf den Grund seines Erscheinens anzusprechen, konnte ich beobachten, wie er aus dem Auto stieg, um zu telefonieren. Das Gespräch dauerte nur ein paar Sekunden. Im Anschluss schlug er mit der Faust auf das Dach seines Wagens, stieg wieder ein und fuhr zügig los. Am nächsten Tag, also gestern, stand er dann wieder zur gleichen Zeit an der gleichen Stelle. Schon nach wenigen Minuten sah ich, wie ein anderer Mann zu ihm ins Auto stieg und ihm etwas übergab. Die Übergabe dauerte nur einen Wimpernschlag, dann verließ der Mann schon wieder das Auto. Infolgedessen ging ich sofort nach unten, um ihn anzusprechen. Er schien ziemlich überrascht darüber zu sein, mich zu sehen. Auf meine Frage hin, was er hier mache, und ob er nichts Besseres zu tun habe, als mich zu beobachten, reagierte Ihr Kollege angriffslustig. Er zeigte mit dem Finger auf mich und erhob seine Stimme.

»Was ich in meiner Freizeit mache, geht Sie einen feuchten Scheiß an, okay? Kümmern Sie sich um Ihre Angelegenheiten!«

Ich unterbrach ihn, um ihm mitzuteilen, dass ich nichts mit den Morden zu tun habe. Er solle lieber den wahren Täter suchen, statt seine wertvolle Dienstzeit vor unserem Haus zu vergeuden. Daraufhin schrie er mich an:

»Es gibt für mich keine Dienstzeit mehr! Diese Idioten haben mich suspendiert, aber sie werden bald merken, dass es ein sehr großer Fehler war!«

Der Kommissar kam mir ein wenig durcheinander vor und benahm sich meines Erachtens etwas seltsam. Ich kannte ihn ja nicht, aber dass mit ihm etwas nicht stimmte, konnte ich deutlich erkennen. Ich sagte daraufhin nichts mehr zu ihm und ging wieder nach oben.«

»Wie kam es dann dazu, dass Sie Kommissar Hilpert tot aufgefunden haben, Herr Pereira?«, fragte Tom hartnäckig nach.

»Bevor ich die Straße überquerte, hörte ich, wie Ihr Kollege seinen Wagen startete. Ich ging davon aus, dass er jede Sekunde losfahren würde. Nachdem ich geduscht hatte, schaute ich wieder aus dem Fenster und konnte zu meinem Erstaunen das Auto des Kommissars immer noch unten stehen sehen. Sein linker Arm hing aus der Fahrertür und sein Kopf war nach vorne gefallen. Ich dachte erst, er wäre eingeschlafen. Einige Minuten später ließ mir das Ganze keine Ruhe mehr. Ich ging wieder nach unten, um nachzusehen. Den Rest kennen Sie ja.«

Pereiras anfängliche Überheblichkeit schien sichtlich verschwunden zu sein. Tom merkte deutlich, dass die Aufarbeitung des Geschehenen etwas Demut in Ramon Pereira auslöste.

»Können Sie den Mann beschreiben, der ins Auto unseres Kollegen eingestiegen ist?«, fragte Kommissar Ritter vorsichtig nach.

»Nein, ich hatte keine Chance, etwas von seinem Gesicht zu sehen. Er trug eine Jeans und ein Kapuzenshirt. Die Baseballmütze hatte er tief ins Gesicht gezogen. Das Einzige, was mir auffiel, war seine große schwarze Brille.«

»So langsam wird es eng für Sie, Herr Pereira. Beide Opfer trainierten in Ihrem Kurs. Anja Berger haben Sie versucht, ins Bett zu bekommen, und mit Nadine Riethmayr hatten Sie sogar ein Verhältnis. Jetzt sind zufälligerweise Sie es, der Kommissar Sven Hilpert tot in seinem Wagen fand. Es ist schon seltsam, dass, egal was passiert, immer wieder Ihr Name damit in Verbindung steht. Verstehen Sie, wie ich das meine?«, setzte Tom den Zumba-Trainer ein wenig unter Druck.

»Nein, Herr Kommissar, das verstehe ich nicht. Klar kannte ich Anja und Nadine, aber das bedeutet überhaupt nichts. Warum sich Ihr Kollege unsere Straße aussucht, um das Zeitliche zu segnen, ist mir schleierhaft. Doch das herauszufinden, ist schließlich Ihr Job und nicht meiner. Und wenn Sie mal nicht nur etwas für Ihre Muckis, sondern für Ihre Ausdauer tun wollen, wissen Sie ja, wo Sie mich finden.« Plötzlich war Pereira wieder ganz der Alte. In Tom wuchs der Ärger, dass er nichts gegen diesen aufgeblasenen, arroganten Möchtegerntrainer in der Hand hatte.

»Sie können fürs Erste gehen, Herr Pereira. Doch eines möchte ich Ihnen mit auf den Weg geben: Überlegen Sie die nächste Zeit, was Sie tun. Machen Sie dabei einen Fehler, werde ich da sein. Das verspreche ich Ihnen.«

Pereira stand auf und verspürte offensichtlich das Bedürfnis, etwas loszuwerden. »Bitte glauben Sie mir, ich bin es nicht gewesen! Ja, manchmal kann ich etwas aggressiv rüberkommen, aber ein Mörder? Nein, das bin ich nicht.«

Pereira schloss die Tür hinter sich und Tom schoss etwas durch den Kopf:

»Überheblichkeit und Angst im selben Mund.«

Ein Anruf der Spurensicherung holte Tom wieder aus seinen Gedanken zurück in die Gegenwart. Die Kollegen hatten Kommissar Hilperts Dienst- und Privathandy in seinem Wagen gefunden und ausgewertet. Dabei waren sie auf etwas Interessantes gestoßen. Hilpert hatte in den letzten Tagen vor seinem Tod viermal mit seinem Privathandy eine ganz bestimmte Nummer gewählt. Bei der Rückverfolgung dieser Nummer meldete sich kein Unbekannter.

Tom versuchte, die Zusammenhänge zu verstehen. Doch egal, in welche Richtung er dachte, es gab für ihn keine plausible Erklärung dafür, warum sein verstorbener Kollege kurz vor seinem Ableben mehrmals mit Rechtsanwalt Dr. Jürgen Kolb telefoniert hatte. Doch das würde er ziemlich schnell in Erfahrung bringen.

Gegen 15:20 Uhr machte er sich ohne Ankündigung mit Ritter auf den Weg nach Neckargemünd. Tom wollte das Überraschungsmoment nutzen und dem Anwalt keine Chance geben, sich auf den Besuch vorzubereiten. Frau Liebknecht sah die beiden Ermittler schon, als sie im Begriff waren, aus ihrem Auto zu steigen. Doch bevor einer der beiden den Klingelknopf drücken konnte, hörten sie den Summer der Tür. Frau Liebknecht kam ihnen mit ihrer bekannten Freundlichkeit entgegen.

»Na, das ist ja eine Überraschung, Sie hier zu sehen, Herr Kommissar Gerster! Wie ich sehe, haben Sie einen neuen Partner.« Tom tat so, als hätte er den zweiten Teil von Liebknechts Begrüßung nicht gehört. »Ich freue mich, Sie zu sehen. Wir müssen uns dringend mit Ihrem Chef, Herrn Dr. Kolb, unterhalten. Wären Sie so nett und würden uns bei ihm anmelden?«

»Das ist im Moment schlecht, Herr Gerster. Dr. Kolb befindet sich seit vorgestern mit seiner Gattin in Urlaub. Die Kanzlei wird in dieser Zeit von Herrn Bernau vertreten. Dr. Kolb steht Ihnen gerne ab Montag in acht Tagen wieder zur Verfügung.«

Tom runzelte die Stirn. »Er hat Ihnen doch mit Sicherheit eine Nummer hinterlassen, auf der Sie ihn in dringenden Fällen erreichen können, oder? Und glauben Sie mir, es ist wirklich dringend.«

»Ja, natürlich hat er das. Warten Sie kurz, ich hole sie Ihnen.«

In Sekundenschnelle stand Frau Liebknecht mit einem Zettel in der Hand wieder vor den Beamten. Tom wählte mit seinem Handy die Nummer und wartete auf den Klingelton am anderen Ende der Leitung. Leider nahm Dr. Kolb das Gespräch nicht an. Bevor sich die Mailbox einschalten konnte, trennte er die Verbindung.

»Ich werde es weiter versuchen. Sollten Sie eventuell vorher mit ihm sprechen, richten Sie ihm bitte aus, dass er sich umgehend bei uns melden soll.«

Nachdem Ritter Frau Liebknecht seine Karte überreicht hatte, verließen die Ermittler die Kanzlei.

»Das passt mir jetzt überhaupt nicht«, fluchte Tom, als sie vor dem Grundstück standen. »Seine Sekretärin kontaktiert ihn bestimmt, und dann kann er sich in Ruhe ausdenken, was er uns erzählen wird. Wenn wir schon einmal hier sind, lass uns bei den Bergers vorbeischauen. Vielleicht kann uns Frau Berger etwas über diesen Dr. Kolb erzählen.«

Ein kleines Detail hatte sich durch die Zusammenarbeit mit seinem neuen Partner geändert: Nicht Tom selbst, sondern Kommissar Mathias Ritter fuhr jetzt den Dienstwagen. Tom fuhr nicht gerne Auto, aber sein verstorbener Kollege, Kommissar Hilpert, war ein hektischer Fahrer gewesen, und da hatte er es vorgezogen, sich selbst hinter das Steuer zu setzen.

Schon beim Hochfahren der Straße Am Kastanienberg sah Tom Simone Berger in ihrem schön angelegten Vorgarten stehen. Sie trug eine Gärtnerhose und Handschuhe. Selbst in diesem etwas sportlichen Look, machte sie, wie Tom feststellen musste, eine traumhafte Figur. Frau Berger stellt in seinen Augen eine wahnsinnig erotische Erscheinung dar.

»Guten Tag, Frau Berger. Ich hoffe, Sie nicht bei Ihrer Gartenarbeit zu stören.«

Simone Berger schien sichtlich erschrocken über Toms unerwartete Anwesenheit zu sein. »Hallo, Herr Gerster. Nein, ganz und gar nicht. So habe ich wenigstens Grund, eine kleine Pause einzulegen. Warten Sie bitte kurz. Ich ziehe mich schnell um, und dann bin ich für Sie da.«

Nach einigen Minuten bat Frau Berger die zwei Kommissare ins Haus. »Darf ich fragen, was der Grund Ihres überraschenden Besuches ist, Herr Gerster?«

»Wir wollten uns nur mal erkundigen, wie es Ihnen geht«, schwindelte er. »Aber zuerst möchte ich Ihnen meinen Kollegen Kommissar Mathias Ritter vorstellen. Ich glaube, Sie hatten bisher nicht das Vergnügen.«

»Nein, hatte ich nicht. Es ist eher selten, dass ich gleich zwei so gutaussehende, stattliche Männer hier begrüßen darf«, gab Simone Berger zurück.

»Zuerst muss ich zugeben, dass wir im Fall Ihrer Tochter sowie bei Nadine Riethmayr leider keine Erfolge vermelden können. Doch ich verspreche Ihnen, dass wir alles Erdenkliche unternehmen werden, um den Mörder Ihrer Tochter zu finden. Hat Anja vielleicht einmal den Namen Dr. Jürgen Kolb erwähnt?«, kam Tom direkt zum Punkt.

»Ja, natürlich hat sie das. Anja arbeitete manchmal bei ihm in der Kanzlei. Sie hat in letzter Zeit oft von ihm gesprochen, fast schon geschwärmt. Ich wäre ja keine gute Mutter, wenn ich da nicht mehr rausgehört hätte«, schmunzelte Simone Berger. »Natürlich wollte ich mehr über diesen Anwalt wissen. Dementsprechend habe ich mich etwas schlau gemacht. Ich konnte in Erfahrung bringen, dass er glücklich mit einer Apothekertochter verheiratet ist. Wenn Sie hören möchten, dass er ein schlechter Umgang für Anja war, kann ich das nicht bestätigen. Einmal durfte ich ihn persönlich kennen lernen. Er fuhr Anja eines Abends nachhause, und ich habe gerade in dem Moment, als sie mit dem Wagen vorfuhren, meine Freundin an der Tür verabschiedet. Herr Kolb stieg direkt aus und begrüßte mich freundlich. Der Mann weiß, was sich gehört. Auf mich machte er einen recht netten Eindruck.«

»Sonst ist Ihnen nichts Besonderes aufgefallen?«

»Nein. Aber warum wollen Sie das denn wissen, Herr Gerster? Denken Sie, er hat etwas mit den Morden zu tun?« Simone Berger sah jetzt besorgt aus. Ihre zuvor aufgeschlossene und lockere Art verwandelte sich schlagartig in Unsicherheit. So spiegelte es zumindest ihr jetzt ängstlicher Blick.

»Nicht im Geringsten, Frau Berger. Wir müssen nur in alle Richtungen ermitteln. Jede Winzigkeit kann uns weiterhelfen. Danke für Ihre Zeit. Ich wünsche Ihnen einen schönen Abend.« Tom merkte, dass er Frau Berger durch seine Fragen verunsichert hatte. Es tat ihm leid, doch darauf konnte er keine Rücksicht nehmen. Auf dem Weg zurück nach Heidelberg versuchten Tom und Ritter herauszufinden, ob sie etwas Verwertbares aus den Informationen, die sie von Frau Berger über den Anwalt bekommen hatten, herausziehen konnten. Doch leider ohne Erfolg. Sie entschlossen sich, es für heute dabei zu belassen, und fuhren Richtung Feierabend.

22.

Mittwoch, 05.10.2022

»Gut, dass Sie hier sind, Herr Gerster. Wenn ich mit meiner Einschätzung der neusten Erkenntnisse richtig liege, haben wir hier ein großes Problem«, lautete die Begrüßung, die Tom an diesem Mittwochmorgen von dem erholt wirkenden Polizeirat Rainer Mallgraf entgegengebracht wurde.

Der Rechtsmediziner Dr. Reinhard Wagner hatte den Ermittlern heute Morgen seinen vorläufigen Bericht überreicht. Sven Hilperts Obduktion ergab, dass der Kommissar tatsächlich ohne Fremdeinwirkung verstorben war. Im Wageninneren konnten die Kollegen der Spurensicherung keine Anhaltspunkte auf ein gewalttätiges Verbrechen finden. Die Todesursache war, nach Aussage der untersuchenden Ärzte, Herzversagen.

Es war Dr. Wagner ein dringendes Bedürfnis, den Ermittlern ein kleines, aber durchaus wichtiges Detail persönlich mitzuteilen. Dementsprechend erschien der Gerichtsmediziner gegen 11:30 Uhr im Heidelberger Präsidium. Aufgrund der Brisanz der Fälle verzichtete man auf eine ausführliche Begrüßung und kam ohne Umschweife zum eigentlichen Thema.

»Fangen wir mit dem Wesentlichen an. Bei der Obduktion haben wir festgestellt, dass Kommissar Hilpert an einem angeborenen Herzfehler litt.«

Toms ungläubiger Blick fiel direkt auf seinen Chef Mallgraf.

»Im Blut von Herrn Hilpert konnten wir außerdem eine hohe Konzentration eines Neuroleptikums finden. Im Handschuhfach des Kommissars haben die Kollegen drei Packungen dieses

Neuroleptikums entdeckt. Der Nachweis, ob es sich um dieselbe Substanz handelt, die wir in Hilperts Körper nachweisen konnten, liegt uns spätestens am frühen Nachmittag vor. Die Antwort auf die Frage, ob die Einnahme dieses Präparates mit Herrn Hilperts Herzversagen zusammenhängt, steht aus. Ich werde mich sofort melden, wenn mir die Untersuchungsergebnisse vorliegen.«

Dr. Wagner begab sich ohne große Abschiedsworte zurück in die Gerichtmedizin. In Tom brannte eine Frage, und er richtete sie direkt an Mallgraf.

»Wussten wir von Hilperts Herzerkrankung?«

»Meinerseits ist da nichts bekannt. In seiner Akte steht nichts davon. Ich glaube, wenn es bekannt gewesen wäre, hätte Herr Hilpert den Polizeiberuf eventuell nicht ausüben beziehungsweise gar nicht erst erlernen dürfen. Unterhalten Sie sich umgehend mit seiner Frau Jessica, vielleicht kann sie uns in dieser Sache weiterhelfen.«

Unversehens griff sich Tom seinen Schlüsselbund und lief aus dem Büro. Anhand der Entschlossenheit, die sein Chef ausstrahlte, wusste Ritter sofort, dass er ihm folgen sollte. Die zwanzigminütige Fahrt zum Wohnort von Jessica Hilpert führte sie nach Edingen-Neckarhausen. Die Familie Hilpert hatte sich dort vor acht Jahren ein schickes Reihenendhaus gekauft. Sven Hilpert erzählte immer mit viel Stolz, dass seine Jessica eine Hausfrau sei, die sich jeder Mann wünsche. Sie putze von morgens bis abends und dazwischen hatte sie immer genug Zeit für Kind und Garten. Für ihn selbst blieb auch immer etwas Zeit übrig. Und so war er voll und ganz zufrieden.

Tom hatte sich schon einmal selbst davon überzeugen können, wovon Sven immer so schwärmte. Nur heute war nicht alles wie geleckt. Der Vorgarten, den sie immer traumhaft in Szene setzte, sah fürchterlich verwildert aus. Die Fenster hatten schon lange kein Putzwasser mehr gesehen. Man konnte deutlich erkennen, dass die Pflege von Haus und Garten im Allgemeinen schon seit einiger Zeit vernachlässigt worden war. Tom war sich sicher, dass da nicht erst seit dem gestrigen Tod seines Kollegen etwas im Argen lag.

Jessica Hilpert sah mitgenommen und übernächtigt aus. Sie hatte am Vorabend ihren Ehemann und Vater ihrer kleinen Tochter verloren. Trotz alledem musste Tom mit ihr über ihren Mann sprechen. Im Haus sah alles aufgeräumt aus. Frau Hilpert bat die Ermittler ins Wohnzimmer. Tom sah die Verzweiflung in ihren Augen. Trotz der Brisanz und Eile versuchte er, die richtigen Worte zu finden.

»Da ich gestern nicht mehr die Möglichkeit bekam, möchte ich es auf keinen Fall versäumen, Ihnen mein allertiefstes Beileid auszusprechen, Frau Hilpert. Wir wollen natürlich herausfinden, weshalb Ihr Mann sterben musste. Doch dafür benötigen wir Ihre Mithilfe. Bei der Obduktion des Leichnams Ihres Mannes stellten die Kollegen der Rechtsmedizin einen Herzfehler fest. Ich gehe davon aus, dass Sie von Svens angeborenem Herzfehle wussten.« Jessica nickte. »Ja, selbstverständlich war er mir bekannt. Sven kam die ganzen Jahre gut damit klar. Als Kind und später als Jugendlicher musste er immer höllisch aufpassen, sich nicht zu überanstrengen.«

»Hat er Medikamente dagegen genommen?«, schoss es aus Ritter heraus.

»Am Anfang ja. Er musste täglich dieses ›Crataegutt‹ einnehmen. Vor drei Jahren wurde dann das Loch in seinem Herz mittels eines Katheders verschlossen. Danach brauchte er keine Medikamente mehr.«

»Wenn er, wie Sie eben sagten, seit drei Jahren keine Medikamente mehr zu sich nahm, wie erklären Sie sich dann, dass in seinem Blut eine hohe Dosis eines Neuroleptikums nachgewiesen wurde?«, hakte Tom mit ruhiger Stimme nach.

»Vielleicht liegt es daran, dass Sven an einer Art von ›Tourette‹ litt. Das erste Mal, als es seinen Eltern auffiel, war er gerade mal sechs Jahre alt. Sven fing an, unkontrolliert zu schreien und musste danach immer mit seiner flachen Hand viermal auf irgendeinen Gegenstand schlagen. Am Anfang diagnostizierten die Ärzte ›ADHS‹ doch mit der Zeit kristallisierte sich das ›Tourette–Syndrom‹ heraus. Zu Beginn hatte Sven diese sogenannten Anfälle nur selten, doch mit der Zeit wurden die Abstände immer geringer. Damit die Zeitspanne zwischen den Anfällen wieder etwas größer wurde, verschrieben ihm die Ärzte ein Medikament. Sven war deshalb vor ein paar Monaten bei einem Psychiater, um sich behandeln zu lassen. Ich glaube, der Name war Dr. Grüner. Er erhoffte sich, dadurch besser mit seiner Krankheit umgehen zu können. Aber warum fragen Sie mich das alles, Herr Gerster? Ich habe Ihnen doch bestimmt nichts Neues erzählt, oder? Ich dachte, Sven hat seine Erkrankung bei seinem Arbeitgeber angegeben.«

»Es ist alles gut, Frau Hilpert. Selbstverständlich kennen wir den Krankheitsverlauf Ihres Mannes. Machen Sie sich keine Gedanken, das waren reine Routinefragen«, log Tom die Witwe seines Ex-Kollegen an. »Wie geht es denn Ihrer kleinen Tochter?«

»Sie denkt, ihr Papa ist bei der Arbeit. Sie versteht nicht, was passiert ist. Ich bin froh, dass meine Schwester für den Moment bei uns wohnt. Sie ist mir eine große Hilfe.«

»Wenn wir etwas für Sie tun können, lassen Sie es uns bitte wissen. Das war es dann schon. Und wie gesagt, wir sind für Sie da.«

Bevor die Ermittler ihren Wagen erreichten, warf Ritter einen verständnislosen Blick in Toms Richtung. »Warum hast du ihr bestätigt, dass wir von Svens Herzproblemen wussten? Von seinem angeblichen ›Tourette‹ war uns doch ebenfalls nichts bekannt, oder?« Tom hatte gewusst, dass sein Kollege dieses Thema ansprechen würde. »Natürlich war uns von alledem nichts bekannt. Was hätte ich ihr deiner Meinung nach denn antworten sollen, Mathias? Die Wahrheit hätte sie nur noch mehr verunsichert. Die momentane Situation und die letzten tragischen Ereignisse sind schon schlimm genug für sie. Solange wir nicht die Hintergründe über Svens Ableben wissen, belassen wir es dabei.«

Um kurz nach 13:00 Uhr nahmen die beiden Beamten eine kleine Mahlzeit im ›Café Rossi‹ am Heidelberger Bismarckplatz zu sich. Ritter trank den letzten Schluck seines Espresso.

»Mal ganz ehrlich, Tom. Meinst du, Sven könnte wirklich unser Täter sein?«

Tom schaute zum Himmel und rollte dabei die Augen.

»Nein, mit Sicherheit nicht. Ja, er hat sich mit seinem Verhalten schon ein wenig verdächtig gemacht, aber das reicht mir auf … «

Toms Telefon ließ ihn seinen Satz nicht aussprechen. Sein Display zeigte ihm die Nummer von Dr. Wagner an

»Hallo Reinhard, ich hoffe, du hast wichtige Neuigkeiten für mich.«

»Ja, die habe ich allerdings. Ich bin gerade auf dem Weg zu euch ins Präsidium. Können wir uns dort kurz treffen?«

»Ja, das passt. Wir sind in fünf Minuten da. Bis gleich.«

Gerichtsmediziner Dr. Reinhard Wagner, saß bereits mit ernstem Blick am Besprechungstisch, als Tom zusammen mit Ritter im Büro eintraf. Neben seinen Akten lag eine Schachtel mit Tabletten. Den Namen des Medikamentes konnte Tom aus der Entfernung aber nicht erkennen.

»Sind das die Tabletten, dessen Wirkstoff ihr in Svens Blut nachgewissen habt?«, wollte Tom ohne Umschweife wissen.

»Ja, es handelt sich hier um ein Neuroleptikum, dies wird auch als Antipsychotikum bezeichnet. Von diesen Neuroleptika gibt es einige. Euer Kollege hat sich für eine ›Haloperidolmedikation‹ entschiedenen. Hier bei uns in Deutschland ist dieses Mittel zur Behandlung von akuten und chronischen schizophrenen Syndromen, organisch bedingten Psychosen, akuten manischen Syndromen und akuten psychomotorischen Erregungszuständen zugelassen. Von Kriminellen wird ›Haloperidol‹ oft als K.-o.-Tropfen eingesetzt. Zur Linderung der von mir genannten Syndrome liegt die maximale Dosis eines Erwachsenen bei täglich zehn bis zwanzig Milligramm. Im Blut von Kommissar Sven Hilpert konnten wir leider das Zweieinhalbfache dieses Wirkstoffs nachweisen.«

Tom stand die Verwirrtheit deutlich ins Gesicht geschrieben. »Reinhard, wenn ich dich richtig verstanden habe, würde ich dieses Medikament in erster Linie bei einer bestehenden schizophrenen Psychose und Verwirrtheitszuständen zu mir nehmen, richtig? Sven war aber weder schizophren noch hatte er sogenannte Verwirrtheitszustände. Erkläre es mir bitte.«

»Ich kann dir leider nur das sagen, was wir bei den Untersuchungen herausgefunden haben, Tom. Was ihr mit den Informationen macht und was sich daraus für neue Erkenntnisse ergeben, kann und will ich nicht kommentieren.«

Ritter trug einen ganz anderen Gedanken in sich.

»Herr Dr. Wagner, wie verhält sich dieses ›Haloperidol‹ bei einem ›Tourette-Syndrom‹?«

»Geben Sie mir bitte eine Minute, Herr Ritter. Ich schlage es mal kurz nach.«

Ritters Frage war für den Pathologen sichtlich überraschend gekommen. Doch schon nach wenigen Sekunden hatte er eine plausible Antwort parat. »Bingo, Herr Ritter. ›Haloperidol‹ kann nach Ausschöpfung aller anderen Behandlungsmöglichkeiten zur Behandlung von ›Tic- Erkrankungen‹, wie dem ›Tourette-Syndrom‹ genutzt werden.«

Tom nickte seinem Kollegen anerkennend zu. Kommissar Ritter hatte voll ins Schwarze getroffen.

»Die Menge, die wir von diesem ›Haloperidol‹ im Auto von Herrn Hilpert sicherstellten, lässt auf eine illegale Beschaffung schließen. Wenn wir davon ausgehen, dass Ihr toter Kollege über mehrere Tage eine so hohe Dosis einnahm, dann geht das über die verschreibungspflichtige Menge mehr als deutlich hinaus.«

Diese Steilvorlage nahm Frau Moser gerne an. »Herr Gerster, ich habe Ihnen für heute Nachmittag um 17:00 Uhr einen Termin bei Herrn Hilperts Psychiater, Dr. Grüner, gemacht.«

Tatsächlich wollte Tom diesen Schritt als nächstes gehen.

Das Gebäude am Brückenkopf der Theodor-Heuss-Brücke konnte man schon von Weitem erkennen. Neben einer Schönheitsklinik befanden sich eine physiotherapeutische Praxis, ein Orthopäde und eine Zahnarztpraxis in einem imposanten, direkt am Neckarufer liegenden Objekt. Die Praxis von Dr. Grüner lag im zweiten Obergeschoss. Schon beim Betreten der Räumlichkeiten registrierte Tom eine angenehme, ruhige Atmosphäre.

Die Wände waren in einem warmen Sandton gehalten. Die zahlreichen Bilder zeigten auf verschiedene Arten kommunizierende Menschen. Natürlich fiel Tom dazu etwas passendes ein. Er erinnerte sich daran, seine ganz eigene Meinung über Psychologie zu haben.

»Die Psychologie ist eine Wissenschaft, die uns über den Menschen Dinge, die jeder weiß, in einer Sprache lehrt, die keiner versteht.«

Sie mussten nur wenige Minuten warten, bis Dr. Grüner sie mit einem breiten Lächeln empfing. Das Arztzimmer, oder besser gesagt der Behandlungsraum, versprühte den Charme einer Wohlfühloase. Als Tom diese Räumlichkeit betrat, fühlte er sich auf Anhieb wie im Wellnessbereich eines der größten Luxushotels. Hier konnte der Patient mit Sicherheit einfach mal die Seele baumeln lassen, die stressigen Probleme vergessen und neue Kraft für den Alltag tanken. Der ausgeleuchtete Raum wurde durch moderne Einbauten und Formen perfekt in Szene gesetzt, sodass ein atemberaubendes Flair entstand. Einige saftgrüne Palmen gaben dem Raum einen wunderschönen Kontrast. Stimmungsvolle Hintergrundmusik und gedämmtes Licht sorgten dafür, dass man seine innerliche Ruhe wiederfinden konnte.

»Meine Rezeptionistin erklärte mir, was es mit Ihrem Besuch auf sich hat. Als Erstes möchte ich Ihnen meine herzlichste Anteilnahme zum Tod von Kommissar Hilpert bekunden. Die Nachricht vom Ableben Ihres Kollegen hat mich zutiefst erschüttert.«

Die Art, wie sich Dr. Grüner artikulierte, löste in Tom Unbehagen aus. Der Arzt verhielt sich dominant und territorial. Auf ihn wirkte das Verhalten des Seelenklempners gekünstelt.

»Uns interessiert, aus welchem Grund Kommissar Hilpert bei Ihnen in Behandlung war. Seine Frau Jessica setzte uns davon in Kenntnis, dass ihr Mann Ihre Dienste seit einiger Zeit in Anspruch nahm.«

Dr. Grüners Stirn lag jetzt in tiefen Falten. Er versuchte durch einen Schluck aus seinem Wasserglas offenbar etwas Zeit zu gewinnen. »Sie wissen doch, dass ich Ihnen darüber keine Auskunft geben darf, Herr Kommissar. Doch bevor Sie mir mit irgendwelchen richterlichen Verfügungen kommen, erkläre ich mich bereit, Ihnen behilflich zu sein.

Herr Hilpert litt seit einigen Monaten unter stärker werdenden Angstzuständen. Am Anfang konnte er sie einigermaßen steuern, wenn er zum Beispiel arbeitete. Doch die Zustände vermehrten sich und es fiel ihm immer schwerer, sie zu verbergen. Immer, wenn er das Gefühl bekam, dass sie wieder da wären, versuchte er sie mit aggressivem Verhalten zu überspielen.«

»Was denken Sie, woher diese Angstzustände plötzlich kamen?«, schaltete sich Ritter mit ein.

»Das ist schwer zu beantworten. Oftmals trägt man diese Zustände schon einige Zeit mit sich herum, und dann muss nur ein besonders negatives Ereignis eintreten, um sie ans Tageslicht zu bringen. Die Betroffenen selbst können mit der neuen Situation erstmal nicht umgehen. Es kann manchmal Wochen bis Monate dauern, bevor sie sich an einen Spezialisten wenden.«

Tom spürte, dass der Arzt redselig war, und versuchte deshalb seine nächste Frage kurz zu halten. »Hat er Ihnen gegenüber erwähnt, was bei ihm der Auslöser war?«

»Nein, das konnte er nicht. Er wusste nicht einmal, wann die Panikattacken zum ersten Mal auftraten. Wir haben viele Gespräche miteinander geführt, und ich wurde das Gefühl nicht los, dass Herr Hilpert vor jeder Sitzung unsicherer wurde.« Tom sah den Psychiater erwartungsvoll an, doch der setzte zu einer etwas längeren Pause an. Er stand auf und rieb sich mit den Händen über das Gesicht.

»Herr Grüner, Sie haben doch bestimmt von den zwei fürchterlichen Mordfällen gehört, an denen wir arbeiten. Hat Herr Hilpert in Ihrer Gegenwart etwas davon erwähnt?«, versuchte Tom sein Gegenüber wieder ins Gespräch zurückzuholen.

»Ja, wir haben bei der letzten Sitzung vor seinem Tod darüber gesprochen. Er schien mir sehr aufgebracht darüber, dass Sie und Ihre Kollegen nicht in der Lage waren, die Fälle aufzudecken. Er wirkte ziemlich enttäuscht. Er meinte, es würde doch genug Hinweise geben, die in Richtung des Täters führten.«

Tom ging jetzt voll in die Offensive. »War Ihnen bekannt, dass Kommissar Hilpert von seiner Arbeit freigestellt wurde?«

Dr. Grüner wirkte über diese Information ehrlich überrascht. Seine zugekniffenen Augen trugen etwas überraschendes in sich. »Nein, davon hat er mich nicht unterrichtet. Darf ich nachfragen, warum?«

»Nein, darüber darf ich mit Ihnen leider nicht sprechen«, konterte Tom knapp, aber präzise.

»Sie haben ihm dann dieses ›Haloperidol‹ gegen seine Angstzustände verschrieben, richtig?«, fügte Ritter hinzu.

»Ja, das habe ich. Doch Herr Hilpert litt zudem an einer abgeschwächten Form des ›Tourette-Syndroms‹. Er deutete mir an, dass er es lange unter Kontrolle hatte, doch als die Angstzustände dazu kamen, wurden die ›Tics‹ in ihrer Häufigkeit und Intensität ausgeprägter. Da dieses Medikament bei beiden Erkrankungen zur Therapie herangezogen werden kann, hielt ich es für den Augenblick für die beste Lösung.«

Ritter ergriff die Gelegenheit, den Arzt unter Druck zu setzen. »Wir haben mehrere Packungen ›Haloperidol‹ im Wagen unseres Kollegen gefunden. Für uns erschließen sich daraus nur zwei Möglichkeiten: Entweder Herr Hilpert hat die Medikation nicht eingehalten, oder Sie haben ihm mehr verschrieben als Sie eigentlich dürften.«

»Das muss ich energisch verneinen. Ich habe Ihrem Kollegen sogar ausdrücklich mitgeteilt, dass es wichtig ist, die Dosis der verschriebenen Arznei penibel einzunehmen. Doch Herr Hilpert brauchte von Mal zu Mal mehr. Warten Sie kurz, ich schaue mal nach.«

Dr. Grüner öffnete an seinem PC die Maske mit der Akte Sven Hilpert. »Hier ist es. Ich habe Herrn Hilpert vor zweieinhalb Wochen, am Montag, den 19.09.2022, das letzte Rezept ausgestellt. Er teilte mir mit, dass ihm die bisherige Medikation nicht mehr ausreiche. Ich machte ihm daraufhin den Vorschlag, dass es die Möglichkeit einer stationären Behandlung gäbe, und dass er es vielleicht damit mal versuchen sollte. Doch das lehnte Herr Hilpert vehement ab. Herr Ritter, wenn Sie mir sagen, dass Sie im Wagen Ihres Kollegen mehrere Packungen ‚Haloperidol' gefunden haben, muss sich Herr Hilpert das Medikament auf anderem Wege beschafft haben. Und jetzt entschuldigen Sie mich bitte. Mein nächster Termin wartet schon.«

Die Beamten verabschiedeten sich knapp von Dr. Grüner.

Kurz bevor Tom die Tür zur Straße erreichte, fiel ihm ein, dass er dem Arzt seine Visitenkarte geben wollte. Als er sich in Richtung Behandlungsraum umdrehte, nahm er im Augenwinkel eine ältere Frau wahr, die gerade die Tür zum Arztzimmer hinter sich schloss. Diese Frau hatte verdammte Ähnlichkeit mit jemandem, den Tom vor kurzem besucht hatte. Er reichte seine Karte an Dr. Grüners Sekretärin weiter und ergriff die Gelegenheit beim Schopf.

»Entschuldigen Sie, aber können Sie mir sagen, wer die Frau war, die eben zu Herrn Dr. Grüner ins Zimmer geeilt ist?«

Die Sekretärin, auf deren Namenschild ›Melanie Polter‹ stand, lächelte Tom verschmitzt an. »Sie wissen, dass ich das eigentlich nicht darf, aber da Sie ja ein echter Kommissar sind, mache ich mal eine Ausnahme. Das war Hilde Berger. Sie ist schon lange Patientin von Dr. Grüner. Sogar unseren Praxisumzug von Weinheim hier ins schöne Heidelberg hat sie mitgemacht. Sie müssen wissen, Frau Berger ist eine nette, aber zugleich traurige Person. Sie hat in ihrem Leben schon viel Leid ertragen müssen.«

Ohne weitere Fragen zu stellen, verließen die zwei Ermittler die Praxis.

Am späten Abend saß Tom mal wieder auf seinem kleinen Balkon und versuchte eine Verbindung zwischen seinem Kollegen, Hilde Berger und Dr. Grüner herzustellen. Oder sollte es sich hierbei gar um einen Zufall handeln?

23.

Donnerstag, 06.10.2022

Heute war es so weit. Der kleine Nils durfte die Klinik für traumatisierte Kinder in der Heidelberger Weststadt verlassen. Es war vor elf Tagen gewesen, als er vermutlich mitansehen musste, wie seine Mutter auf brutalste Weise ermordet wurde. Tom erfuhr am frühen Morgen von Nils Vater, Roland Riethmayr, dass er gestern Nachmittag mit Dr. Leipold telefoniert habe und er ihm mitgeteilt hätte, dass er seinen Sohn heute nach Hause holen dürfe. Für Tom war es eine Selbstverständlichkeit, dass er bei der Entlassung des Jungen anwesend sein wollte.

Nils sah für seinen psychischen Zustand gut aus. Tom betrat das Krankenzimmer als Letzter, und als der Junge ihn sah, lief er strahlend an seinem Vater vorbei und direkt in seine Arme. »Bringst du mich nach Hause?« Mit dieser Frage überfiel er Tom. Er zögerte kurz, um seine Antwort in Gedanken zu formulieren, und packte die Gelegenheit gleich beim Schopf. »Wenn dein Papa nichts dagegen hat, begleite ich dich gerne. Vielleicht möchtest du mir dann ja mal dein Zimmer zeigen, Nils«, legte er clever nach.

Nach einem bestätigenden Blick von Roland Riethmayr machten sie sich zu dritt auf den Weg nach Neuenheim in die Albert-Ueberle-Straße 18. Im Haus angekommen, bemerkte Tom sofort, dass alles, was an die ermordete Nadine Riethmayr erinnerte, verschwunden war. Die Familienfotos an der Wand fehlten sowie sämtliche Utensilien, wie Hausschlüssel, Handtasche und Schmuck einer im Haus lebenden Frau. Der ältere Sohn, Tobias Riethmayr, saß wieder im Wohnzimmer vor dem laufenden Fernseher. Normalerweise sollte der Junge um diese Uhrzeit in der Schule sein und nicht vor dem Fernseher sitzen.

»Na, Tobias? Hast du denn heute keine Schule?«, sprach Tom ihn direkt an.

Tobias drehte sich erschrocken zu ihm um. Er fauchte ihn mit ernster Miene an: »Sind Sie mein Vater? Nein, sind Sie nicht! Also geht Sie das nichts an.« Dann blickte er zu seinem Vater, um gleich darauf die nächste Ansage zu tätigen. »Schön, dass du mal hier bist, Papa. Der Kühlschrank ist leer und ich habe Hunger.«

Roland Riethmayr winkte ab und richtete seine Worte an Tom. »Er reagiert im Moment auf alles etwas gereizt. Lassen wir ihn und gehen nach oben.«

Tom war bewusst, dass der Dreizehnjährige am Anfang seiner Pubertät stand, trotz alledem konnte und durfte er diese Reaktion nicht tolerieren. Er nahm sich vor zu einem späteren Zeitpunkt mit dem sichtlich überfordertem Vater, noch einmal über Tobias' situatives Verhalten zu sprechen. Tom hatte im Augenwinkel gesehen, dass Nils schon nach oben gegangen war. Er wusste natürlich, wo sich das Kinderzimmer des Jungen befand. Im gleichen Augenblick, als er im Obergeschoss ankam, sah er den Jungen an der Schwelle zum elterlichen Schlafzimmer stehen. Nils schluchzte und Tränen kullerten ihm über seine roten Wangen. Tom konnte erahnen, was für schreckliche Bilder gerade vor Nils' Augen abliefen. Er handelte instinktiv und legte seinen kräftigen Arm um die schmalen Schultern des Jungen.

»Komm mit mir, Nils. Du wolltest mir doch dein Zimmer zeigen, oder?«

Der kleine, zerbrechlich wirkende Junge nickte ihm weinend zu. Beide setzten sich auf das Kinderbett und verharrten ein paar Sekunden schweigend.

»Möchtest du mir irgendetwas erzählen, Nils?«

Der jetzt wieder merklich verängstigte Sechsjährige blickte Tom tief in die Augen. »Ich habe den Mann gesehen. Er hat meiner Mami mit dem Messer wehgetan.«

»Hat er dich gesehen, Nils?«

»Hm. Ich habe mich hinter der Tür versteckt und durch den Schlitz geschaut. Soll ich es dir zeigen?«

»Ja, Nils, zeig mir bitte, wie du dich versteckt hast.« Tom hoffte, jetzt endlich mehr über die Tatnacht zu erfahren. Doch er wusste, dass er behutsam mit Nils umgehen musste.

Der Junge positionierte sich so hinter der Tür, dass er zwischen Türzargen und Türblatt durchsehen konnte. Tom stellte sich hinter den Jungen. Und tatsächlich, von dieser Position aus sah er über den kleinen Flur auf die Stelle, an der das Ehebett der Eltern stand.

Tom befand sich jetzt in einer für ihn und vor allem für den Jungen ziemlich gefährlichen Situation. Sollte er Nils fragen, was er gesehen hatte? Nein, der Junge war gefährdet, einen traumatischen Rückfall zu bekommen, und das könnte er vor sich selbst nicht verantworten. Doch er war sich darüber im Klaren, dass es wohl die einzige Chance war, alles über den qualvollen Tod von Nadine Riethmayr zu erfahren. Und nicht nur das. Es war wahrscheinlich die gleiche Abfolge wie bei dem Mord an Anja Berger. Also könnte er durch nur eine Frage Einzelheiten über die beiden Morde erfahren. Er war sich sicher, dass er das Risiko eingehen musste. Er versuchte, Nils die Frage so vorsichtig wie nur möglich zu stellen. Ihm war bewusst, dass er sich mit Nils anders unterhalten musste als mit einem Erwachsenen.

»Möchtest du mir...«

»Der Mann, den du immer mitgebracht hast, hat meiner Mami wehgetan«, unterbrach ihn Nils. »Er hat sie mit dem Messer geschnitten. Sie hat geweint, ich habe es gesehen. Er hat zu ihr Schatz gesagt, und dann hat sie geblutet. Mami war am Bett festgebunden, und ich habe mit der Polizei geredet.«

Tom dachte sofort an das gefundene Spielzeughandy. Im Geiste hörte er wieder Nils Hilferuf.

»Hallo Polizei, der Mann macht meiner Mami weh! Sie blutet, weil der böse Mann sie mit dem Messer geschnitten hat. Kommen Sie schnell!«

»Hat der Mann etwas zu deiner Mami gesagt, mein Junge? Kannst du dich an seine Stimme erinnern?«

Nils biss sich nachdenklich auf die Unterlippe. »Ja, er hat gesagt, dass Mami schön ist, und dass sie nicht einschlafen soll. Mami ist aber eingeschlafen, und dann hat der Mann ihr ins Gesicht geschlagen. Mami ist aufgewacht und hat wieder geweint.«

»Hatte der Mann die gleiche Stimme wie der Mann, den ich immer mitgebracht habe?«

Bevor Nils antworten konnte, stand unvermittelt Roland Riethmayr in der Tür. Er schien ziemlich aufgebracht zu sein. Tom hatte sich so auf Nils konzentriert, dass er nicht wusste, was Herr Riethmayr von den Aussagen seines Sohnes mitbekommen hatte.

»Verlassen Sie bitte umgehend mein Haus, Herr Gerster! Sie wissen, was der Junge durchgemacht hat, und trotzdem besitzen Sie die Frechheit, ihn auf die Mordnacht anzusprechen. Gehen Sie!«

Tom hatte für die forsche Reaktion des Vaters Verständnis, doch er erinnerte sich an Tobias Riethmayrs vorheriges Verhalten und holte diesbezüglich zu einer Gegenansage aus.

»Kommen Sie bitte morgen gegen 16:00 Uhr bei mir im Büro vorbei. Ich möchte mich mit Ihnen über Ihren Sohn Tobias unterhalten. Eines möchte ich Ihnen mit auf den Weg geben: Sie haben zwei Söhne, die jetzt Ihre volle Aufmerksamkeit benötigen.«

Tom war gerade im Begriff, die Treppe hinunterzugehen, als Nils weinend hinter ihm herrannte.

»Lass mich bitte nicht allein! Ich möchte, dass du hier bleibst!«

Tom war von der Aktion des Jungen gerührt. Er kniete sich zu ihm hinunter, nahm seine kleinen unschuldigen Hände in seine und flüsterte: »Ich werde woanders gebraucht, aber ich verspreche dir, dass ich dich wieder besuchen komme.«

Am liebsten hätte er den kleinen Kerl einfach gepackt und mit nach Hause genommen.

Tom verließ das Haus mit feuchten Augen. In diesem Moment spürte er, wie gerne er sich doch eigene Kinder wünschte. Ohne dass er es wollte, fiel ihm etwas Passendes dazu ein.

»Wenn wir einem Kind zuhören, ist es das Gleiche, als wenn wir in einem Buch lesen.«

So emotional anstrengend hatte sich Tom den Vormittag nicht vorgestellt. Er ging ein hohes Risiko ein. Doch jetzt hatte er die Gewissheit: Nils hatte unwiderruflich mit eigenen Augen den auf bestialische Weise ausgeführten Mord an seiner geliebten Mutter beobachtet. Diese schrecklichen Bilder würden den Jungen sein ganzes Leben lang nicht mehr loslassen.

Tom fühlte sich leer. Obwohl es erst 13:20 Uhr war, verspürte er den Drang für heute Schluss zu machen. Doch nein, das durfte er nicht. Die Zeit drängte. Er hatte zwei Mordfälle auf seinem Tisch. Dann war da sein toter Kollege, der in dringendem Verdacht stand, etwas mit den Verbrechen zu tun zu haben. Er musste sich eingestehen, dass sich nach dem Gespräch mit dem Jungen die Verdachtsmomente verhärteten.

Tom musste dringend herausfinden, wer der Mann gewesen war, den Ramon Pereira an Sven Hilperts Wagen beobachtet hatte.

Tom versuchte gerade seine Gedanken zu sortieren, als sein Handy summte. Das Display zeigte eine ihm unbekannte Nummer an.

»Hauptkommissar Tom Gerster.«

Es entstand eine Pause. Er hörte ein Rauschen am anderen Ende der Leitung.

»*Ja, hier ist Dr. Jürgen Kolb. Meine Sekretärin teilte mir mit, dass Sie Sehnsucht nach mir haben. Was kann ich denn Gutes für Sie tun?*«

Tom fing an, den Anwalt zu hassen. Diese Selbstherrlichkeit ging ihm auf die Nerven, und er verspürte ein großes Verlangen, seinem Unmut am Telefon Luft zu verschaffen. Doch er riss sich zusammen und setzte stattdessen den Rechtsverdreher sofort unter Druck.

»Klären Sie mich bitte mal auf, was es damit auf sich hat, dass mein Kollege Hilpert Sie letzte Woche viermal via Telefon kontaktiert hat. Und Sie kennen mich mittlerweile, Herr Dr. Kolb. Ich möchte keine Geschichte hören, die sich am Ende wieder als Märchen entpuppt. Wenn ich will, kann ich Sie direkt aus dem Urlaub hierher aufs Präsidium zitieren. Demnach sollten Sie sich Ihre Antwort auf meine Frage gut überlegen.«

Wieder entstand eine kleine Pause. Tom vernahm das laute und unruhige Atmen seines Gegenübers. Der Anwalt schien angezählt zu sein.

»*Ist ja schon gut, Herr Gerster. Die Wahrheit werden Sie nicht gerne hören, aber Ihr doch so feiner Herr Kollege hat mich erpresst. Er meinte ...*«

»Ich habe Sie gewarnt Herr Dr. Kolb. Sie sollten sich über die eventuellen Folgen Ihrer nächsten unverschämten Worte im Klaren sein.« Tom war regelrecht angepisst. Versuchte dieser Anwalt jetzt im Ernst, den Ruf seines toten Kollegen in den Dreck zu ziehen?

»Nein, hören Sie mir doch einfach kurz zu, Herr Kommissar. Herr Hilpert fand irgendwie heraus, dass mein Schwiegervater eine Apotheke in Mannheim besitzt. Er erpresste mich damit, meiner Frau von meinem sexuellen Verhältnis zu Anja Berger zu erzählen, wenn ich ihn nicht mit einem ganz bestimmten Medikament versorgen würde.«

Tom ahnte auf Anhieb, um welches Medikament es sich handelte. »Nennen Sie mir bitte den Namen des Präparates, das Sie Herrn Hilpert besorgt haben.«

Dr. Kolb brauchte ein paar Sekunden, bevor er Tom Gewissheit verschaffte.

»Auf der Packung stand ›Haloperidol‹. Ich habe mich natürlich von meinem Schwiegervater aufklären lassen, worum es sich bei diesem Zeug handelt. Na ja, gesund scheint Ihr Kollege nicht zu sein.«

Am letzten Satz bemerkte Tom, dass der Anwalt die Information über Sven Hilperts Tod nicht besaß. »Dann liege ich mit meiner Annahme richtig, dass Sie die Ware persönlich an Herrn Hilpert übergeben haben?«

Die Antwort ließ dieses Mal nicht lange auf sich warten.

»Ja, das war seine Bedingung.«

Die Erklärung des Anwalts klang plausibel und einleuchtend.

Das war für Tom der zweite Nackenschlag an diesem Tag. Nach dem Telefonat mit Dr. Kolb musste er nachdenken, und das konnte er am besten beim Sport. Er beschloss, sich mal wieder im Fitnessstudio auszupowern.

Nach neunzig Minuten intensivem Training war sein Kopf ein wenig freier. Sein Handy hatte er dabei wie immer in der Umkleide gelassen. Nach dem Duschen erspähte er gleich mehrere Anrufe seines Chefs Rainer Mallgraf auf dem Display.

Eine Stunde später saßen sie sich im Präsidium an Mallgrafs Schreibtisch gegenüber. Tom schilderte die neuesten Ermittlungsergebnisse und war gespannt darauf, wie sein Vorgesetzter das Ganze einschätzte.

»Ist es wirklich so, Herr Gerster? Hat Kommissar Hilpert die Morde begangen? Immerhin war er in die Ermittlungen involviert und konnte uns damit immer einen Schritt voraus sein. Dass es keine weitere Tat mehr gab, spricht dafür. Aber warum das Ganze? Ich habe gestern Herrn Ritter angewiesen, eine Verbindung zwischen Hilpert und den Opfern zu suchen. Doch bisher blieb diese Recherche ergebnislos.«

Tom schlug sich mit beiden Händen auf die Oberschenkel. »Nein, verdammt. Ich glaube das nicht! Ja, Sven war krank und ja, er hat sich durch sein Verhalten und die Fehler, die daraus entstanden sind, ziemlich verdächtig gemacht. Doch das ergibt für mich alles keinen Sinn. Er war es nicht!«

»Ich bin da ganz bei Ihnen, Herr Gerster. Übrigens, die Beisetzung unseres Kollegen ist für Montagmittag um 14:00 Uhr angesetzt. Mittlerweile ist natürlich einiges über Herrn Hilperts überraschendes Ableben an die Presse durchgesickert. Wir werden dazu, vor und nach der Beisetzung, keine Stellungnahme beziehen. Ich persönlich werde am Grab eine kurze Ansprache halten und würde meine Worte gerne vorher mit Ihnen absprechen.«

Tom fühlte sich geehrt und sicherte Mallgraf seine volle Unterstützung zu.

Am Freitag sichteten die Ermittler der ›Soko Anja Berger/Nicole Riethmayr‹ sämtliche Erkenntnisse und Informationen. Zudem nahmen die Vorbereitungen für die Beerdigung ihres Kollegen einige Zeit in Anspruch. Schließlich war es nicht alltäglich, dass ein junger Kommissar, der mitten in den Ermittlungen zweier Morde steckte, zu Grabe getragen wurde.

24.

Montag, 10.10.2022

Dieser Montag sollte der härteste Tag in Toms bisheriger beruflicher Karriere werden. Heute musste er seinem Partner das letzte Geleit geben. Doch bevor er den schweren Gang auf den Friedhof in Edingen-Neckarhausen antrat, brannte in ihm das dringende Verlangen, sich wiederholt mit einer ganz bestimmten Person zu unterhalten.

Sie sah heute deutlich besser aus als bei Toms erstem Besuch. Ihre Wohnung war aufgeräumt und Alkohol schien sie keinen verkostet zu haben. Ihr Blick signalisierte eine gewisse Unsicherheit.

Nachdem Tom seinen Dienstausweis gezogen und sich vorgestellt hatte, zeigte Hilde Berger eine gewisse Verunsicherung.

»Was möchte denn die Polizei von mir? Sie hätten Ihren Besuch ruhig anmelden können. Gerster war Ihr Name, richtig?«

Anhand ihres ernsten Blickes und der Art, wie Hilde Berger ihre Fragen formulierte, bekam Tom den Verdacht, dass sie sich an den ersten Besuch vor ein paar Tagen nicht mehr erinnern konnte oder vielleicht sogar wollte. »Wenn ich es recht in Erinnerung habe, waren Sie nicht so gut auf Ihre Nichte zu sprechen. Woher kommt Ihr Groll auf Anja? Sie konnte doch am wenigsten für die ganze Sache. Finden Sie nicht, dass Sie ihr Unrecht tun?«

»Nein, ganz und gar nicht. Wäre dieses Mädchen nicht geboren worden, wäre unser Leben mit Sicherheit anders, ja besser, verlaufen. Ich habe mir viele Gedanken über Wolfgangs Verhalten vor seinem Freitod gemacht. Er war des Öfteren bedrückt und lustlos. Wolfgang hatte den Spaß am Leben verloren. Wir haben viel über die etwaigen Gründe gesprochen, doch ich ahnte nicht, was ihn wirklich bedrückte. Erst, als Wolfgang mir sein Geheimnis anvertraute, sah ich vieles klarer. Deshalb gebe ich ja dieser Göre Anja die Schuld.« Hilde Berger schien absolut verbittert.

»Haben Sie jemals darüber nachgedacht, dass Ihr verstorbener Mann Wolfgang an Ihrer Situation schuld sein könnte?«

»Das ist doch Quatsch, Herr Gerster. Es war damals einvernehmlicher Sex zwischen den beiden. Klar ist mir Wolfgang fremdgegangen. Doch hätte Simone, dieses elende Miststück, ihre Pille damals regelmäßig genommen, wäre sie erst gar nicht schwanger geworden.«

Tom bemerkte, dass Hilde Berger nicht die wahre Geschichte kannte. »Sie möchten mich jetzt nicht ernsthaft glauben machen, dass Sie von der damaligen Vergewaltigung durch Ihren doch so braven Mann nichts wussten? Ihr Mann hatte Ihrer Schwägerin gedroht, dass er ihr Leben zerstören würde, wenn sie irgendjemandem von der Vergewaltigung erzählte.«

Hilde Berger war sichtlich schockiert. Natürlich glaubte sie Tom kein Wort. »Ach, hören Sie doch auf, Herr Gerster. Dieses Biest versucht ihre Hände nur in Unschuld zu waschen. Sie war doch schon immer scharf auf meinen Wolfgang. Ich bin mir sicher, dass sie das alles nur erfunden hat.«

Tom spürte, dass er hier nicht weiterkam. Deshalb ging er direkt zum Grund seines Erscheinens über. »Wir haben herausgefunden, dass Sie bei Herrn Dr. Grüner in Behandlung sind. Dürfte ich den Grund dafür erfahren?«

»Ja, das dürfen Sie. Dr. Grüner praktizierte früher hier in Weinheim. Der damalige Umzug war kein Grund, mich einem anderen Therapeuten anzuvertrauen. Ich brauche ab und zu jemanden zum Reden, und von Dr. Grüner fühlte ich mich von Anfang an verstanden. Ich hatte es seit Wolfgangs Selbstmord nicht leicht. Damals veränderte sich schlagartig alles für mich. Nichts war mehr wie vorher. Warum wollen Sie das denn alles wissen?«

»Das sind nur Routinefragen, Frau Berger. Nehmen Sie zur Unterstützung Medikamente ein?«

»Nein, das brauche ich nicht. Mir tut das Reden einfach gut. Es ist schon wesentlich besser als vor ein paar Jahren.«

Tom sah keinen Zusammenhang zwischen seinem toten Kollegen und Hilde Berger. Es schien sich tatsächlich um einen puren Zufall zu handeln. Er beließ es dabei und verabschiedete sich von Hilde Berger.

Um kurz nach 13:00 Uhr machte sich Tom zusammen mit Ritter auf den Weg zum Friedhof in Edingen-Neckarhausen. Polizeirat Rainer Mallgraf begab sich ebenfalls mit den anderen Kollegen der ›Soko‹ zum Ort der Beisetzung.

Vor dem Friedhofsgelände versammelte sich eine Heerschar an Journalisten. Man rechnete geradezu mit zahlreichem Erscheinen der schreibenden Zunft. Doch was sich den Ermittlern dort für ein Bild auftat, damit hatten sie beim besten Willen nicht rechnen können.

Das mächtige Tor am Eingang des Friedhofes schien durch die zahlreich anwesenden Vertreter der hiesigen Presse versperrt zu sein. Ein Durchkommen schien ohne Ellenbogeneinsatz fast unmöglich. Ein etwas untersetzter Mann in einer Uniform des hiesigen Bestattungsunternehmens stand am Seiteneingang und winkte Tom mit seinen Kollegen herbei. Es dauerte einen kurzen Moment, bis Tom verstand, dass der Mann ihnen den Eintritt auf das Gelände erleichtern wollte. Die schmale Seitentür gab den Blick auf den überfüllten Haupteingang frei. Kommissar Lohfeld erzählte beiläufig, dass er vor einer Minute beobachtet hatte, wie mehrere Trauergäste versuchten, ebenfalls durch die Tür zu gehen. Doch sie schien da verschlossen zu sein.

»Verdammter Mist!«, schrie Tom.

Er erntete verständnislose Blicke seiner Kollegen. Der herbeigeilte Kriminalrat Mallgraf verstand Toms Reaktion nicht.

»Sind Sie noch bei Sinnen, Herr Gerster? Was ist los mit Ihnen? Reißen Sie sich bitte zusammen.«

Tom ignorierte die Ansage seines Chefs völlig. Er hatte mit seinen Vermutungen die ganze Zeit richtig gelegen.

»Ich möchte, dass wir mit aller Kraft nach dem Mann suchen, der uns eben hierher gewunken hat. Ausschwärmen, jeder für sich! Und ich will sofort kontaktiert werden, wenn ihr ihn habt.«

Ohne die Situation einschätzen zu können, begab er sich in Richtung Leichenhalle. Hier wimmelte es nur so von Presseleuten. An der Glastür zum Einlass in die Halle hatten sich zwei, in Zivil gekleidete Beamte positioniert. Sie sorgten dafür, dass nur diejenigen Trauergäste Einlass bekamen, die weder Fotoapparat, Stift oder andere Schreibutensilien bei sich trugen. Natürlich schien es fast unmöglich, alle Journalisten zu erkennen. Diese arbeiteten mittlerweile mit Tricks. Von den Fotohandys ganz zu schweigen.

Tom entging nicht, dass Mallgraf sich für einen kurzen Moment neben seine Frau setzte und dann wieder aufstand, um zu dem für alle sichtbar aufgebahrten Leichnam zu gehen. Er sandte ein stilles Gebet ab und bekreuzigte sich respektvoll vor dem Toten. Tom Gerster ging jede Reihe einzeln ab. Sein Gesichtsausdruck ähnelte einer Raubkatze, die zum Sprung auf ihre Beute ansetzte.

Dann war es so weit. Leise Musik setzte ein. Pfarrer Welberg betrat durch die Hintertür den Raum. Wie auf Kommando erschienen die restlichen Ermittler zur Trauerfeier. Anhand ihrer

Reaktionen erkannte Tom schnell, dass sie keinen Erfolg vorzuweisen hatten. Die Feier verlief ruhig und emotionsreich. Der Pfarrer gab die von Svens Frau Jessica ausgewählten Worte mit gewohnter Anteilnahme an die Trauergäste weiter. Dann begab sich Kriminalrat Rainer Mallgraf auf das Podium. Er faltete seine Notizen, die er in Absprache mit Tom niedergeschrieben hatte, auseinander und holte sichtbar tief Luft. Selbst für ihn war es keine alltägliche Situation.

»Liebe Trauergäste und vor allem liebe Jessica Hilpert! Wir haben uns hier zusammengefunden, um uns von unserem geschätzten Kollegen, Ehemann, Vater, Bruder und Freund, Sven Hilpert zu verabschieden. Durch seinen plötzlichen und für uns alle unvorhersehbaren Tod wurde seiner jungen Familie und deren Angehörigen ein liebenswerter Mensch und uns ein immer verlässlicher Kollege entrissen. Ein Augenblick des Schicksals nahm uns das, was uns Jahre gaben. Es ist für alle so unsagbar schwer, tröstende Worte zu finden. Immer wieder stellen wir uns alle die Frage nach dem Warum. Letztlich ist niemand in der Lage, diese Frage zu beantworten. Weil wir das Geschehene nicht erklären oder gar begreifen können, bleibt uns oft nur die fassungslose Aussage: Das darf doch alles gar nicht wahr sein.«

Mallgraf informierte die Trauergäste über Sven Hilperts beruflichen Werdegang und seine Verdienste bei der Polizei, bevor er mit bewegenden Worten seine Rede beendete.

»Was uns bleibt, ist zum einen unsere Arbeit in seinem Sinne fortzuführen, und zum anderen, Ihnen, liebe Frau Hilpert, und Ihrer Tochter auf Ihrem schweren Weg unsere volle Unterstützung zusagen zu wollen.

›Die Zeit heilt nicht alle Wunden, sie lehrt uns nur, mit dem Unbegreiflichen umzugehen.‹ (Rainer Maria Rilke)*

Wir, die Angehörigen der Polizeidirektion Heidelberg, werden unserem Kollegen und Freund Kommissar Sven Hilpert stets ein ehrendes Andenken bewahren. Ruhe in Frieden!«

Nach Mallgrafs Trauerrede ergriffen der Kommandant der Feuerwehr sowie der Vorsitzende des Kleingartenvereins, denen Sven Hilpert lange Jahre angehörte, das Wort. Die Reden fielen standesgemäß etwas kürzer aus als die des Kriminalrats.

Gegen 14:50 Uhr läutete die kleine Friedhofsglocke den Gang zur Grabstätte des Verstorbenen ein. Die Einsatzkräfte waren nach dem Vorfall am Nebeneingang des Friedhofes weiterhin hochkonzentriert. Tom ließ seinen Blick wie den eines Adlers aus großer Höhe über das Gelände streifen. Er versuchte jeden Winkel des Friedhofes abzuscannen. Nichts, keine Kleinigkeit sollte ihm entgehen. Doch es blieb ruhig. Es gab keinen Hinweis seiner Kollegen auf verdächtige Personen.

Und so traf die Trauerkolonne an der ausgehobenen Grabstätte ein. Der Sarg mit dem Leichnam von Sven Hilpert wurde herabgelassen und Pfarrer Welberg richtete die letzten Gebete an die Trauergesellschaft. Dann war es so weit. Svens Witwe Jessica Hilpert trat, gestützt von ihrem Vater, an die Grabstätte heran. Bevor sie weinend nur einen Ton aussprechen konnte, erfasste ihr Blick in der Ferne eine Gestalt. Sie brach schreiend zusammen. Das Letzte, was jeder der Anwesenden deutlich vernehmen konnte, war ihr hysterischer Schrei nach ihrem soeben beigesetzen Mann Sven.

Toms Blick schnellte über das Gelände. Er sah eine Person, die sich zügig entfernte. Obwohl die Entfernung ziemlich groß war, erkannte Tom, dass es sich um den gleichen Mann handelte, der ihnen vorhin den Weg zum Seiteneingang des Friedhofes angezeigt hatte. Er gab Ritter und Lohfeld ein Zeichen, dass sie sich in seine Blickrichtung bewegen sollten. Die Situation war jetzt sehr heikel, und Tom musste mit Bedacht handeln. Auf der einen Seite wollte er mit allen Mitteln herausfinden, um wen es sich bei dieser Person handelte. Doch da war noch die am Grab zusammengebrochenen Jessica Hilpert. Gut, dass sich unter den Trauergästen ein Arzt befand, der blitzartig Erste Hilfe leisten konnte.

Der Blick auf Jessica Hilpert wurde jetzt von Unmengen an herbeigeeilten Journalisten verdeckt. Tom ahnte schon, welche Schlagzeilen es am nächsten Tag in den Tageszeitungen geben würde. Und er konnte beim besten Willen nichts dagegen tun.

Von einem der herbeigerufenen Sanitätern erfuhr er, dass Jessica mit ins Krankenhaus genommen wurde. Sie habe einen schweren Nervenzusammenbruch und sei zwar bei Bewusstsein, reagiere aber auf keine direkte Ansprache.

Aufgrund des tragischen Zwischenfalls verließ die Trauergemeinde zügig die Grabstätte. Nur eine Person stand noch direkt vor dem offenen Grab und war offensichtlich der Meinung, er müsse ein paar unangebrachte Worte an den Verstorbenen richten.

»Na, Sven, das hättest du dir sicher anders vorgestellt, oder? Jetzt, wo du ein letztes Mal die ganze Aufmerksamkeit auf dich gezogen hast, übernimmt ausgerechnet deine eigene Ehefrau die Hauptrolle in deiner letzten Szene. So ist das eben. Es läuft oft anders als der Regisseur es geplant hat. Und jetzt ruhe in Frieden.«

Tom kannte diesen Mann nicht. Er wollte gerade etwas näher herantreten, als ihn Kriminalrat Mallgraf am Arm fasste und zurückhielt.

»Nein, lassen Sie ihn, Herr Gerster. Das ist Herr Kronberg, ein alter Kollege von Herrn Hilpert. Er hat mit ihm damals die Ausbildung gemacht. Verstanden haben sie sich aber nicht. Laut Aussage ihres damaligen Ausbilders krachte es öfter zwischen den

Männern. Am Ende ihrer polizeilichen Ausbildung hätten beide hier am Polizeipräsidium Heidelberg ihren Dienst antreten sollen. Doch Herr Kronberg zog es vor, sich nach Karlsruhe versetzten zu lassen. Ob die beiden seit dieser Zeit Kontakt hatten, entzieht sich meiner Kenntnis.«

Obwohl es Tom Sorgen machte, ließ er auf Rat seines Chefs Herr Kronberg ziehen, ohne ihn auf sein unmögliches Verhalten anzusprechen. »Ich möchte trotzdem alles über diesen Kronberg wissen. Wo er wohnt, wie er lebt, ob er bis zum heutigen Zeitpunkt den Polizeiberuf ausübt, alles.«

Dann war es vorbei. Die Grabstätte lag verlassen da. Toms Bedürfnis, sich persönlich von seinem Kollegen zu verabschieden, war groß. Sie waren keine wirklichen Freunde gewesen, doch irgendwie mochte er Sven. Er hatte sich an seine vorlaute Art gewöhnt, und manchmal waren ja ganz coole Sprüche dabei gewesen.

Tom stand vor dem geöffneten Grab und blickte fassungslos hinunter auf Svens Sarg. Er suchte in seinen Gedanken nach einer der Situation entsprechenden Redewendung. Doch bevor er fündig wurde, machten sich zwei Mitarbeiter der Friedhofsgärtnerei daran, die Blumenkränze aus der Leichenhalle zur Grabstätte zu transportieren. Tom fühlte sich in seiner Andacht gestört. Er setzte ein stilles Gebet ab und trat dann den Weg Richtung Ausgang an.

Bevor er sein Ziel erreichte, lief er an einem der Rollwägen mit den Blumenkränzen vorbei. Tom stoppte abrupt und blickte wie versteinert auf einen der Kränze. Weiße Nelken mit einer in ebenfalls weiß gehaltenen Schleife zierten den Kranz. Es war nicht der Kranz selbst, der ihm den Atem stocken ließ, sondern der goldfarbene Text auf der Schleife.

»Wie relevant eine Kleinigkeit doch sein kann, wenn man sie nicht sieht. Ruhe in Frieden.«

Eine Statue aus Marmor stand auf ihrem Sockel nicht regungsloser als Tom es in dieser Sekunde tat. Er hatte schon vorher keinen Beweis mehr benötigt, doch als er diese Zeilen las, wusste er es. In ihm machte sich Erleichterung und zur gleichen Zeit Angst breit. Zum einen schien sein Kollege Sven Hilpert definitiv nicht der Täter der beiden Morde zu sein. Doch das bedeutete im Umkehrschluss, dass der wahre Mörder weiter auf freiem Fuß war und jederzeit wieder grauenvoll zuschlagen konnte. Die Psychospielchen, die dieser Wahnsinnige mit den Ermittlern trieb, wurden immer intensiver. Der Täter ging dafür ein hohes Risiko ein. Doch das schien es ihm wert zu sein.

Bevor Tom ging, wies er einen der Friedhofsgärtner an, den Kranz bis zum Eintreffen der Spurensicherung nicht mehr weiter zu transportieren oder gar zu berühren. Beim Gang in Richtung Auto versuchte er das Handeln des Täters zu deuten.

»Was will er uns damit sagen? Er spielt uns Anhaltspunkte und handfeste Indizien zu. Vielleicht will er die Verantwortung für die Morde mit uns teilen? Wenn wir die Indizien nicht rechtzeitig entschlüsseln, haben wir Blut an den Händen. Und wenn wir die Opfer nicht rechtzeitig finden, sind wir genauso verantwortlich für diese wie er."

25.

Ich rechnete nicht mehr damit, dich zu finden. Was für ein grandioser Zufall! Ich hatte schon aufgegeben. Meine Kraft hätte nicht mehr lange gereicht. Du saßt mit einer Decke auf dem großen Parkplatz vor dem Friedhof und hast mich um ein paar Cent angebettelt.

Deshalb wusste keiner, wo du lebst. Es war kein schöner Anblick, dich so zu sehen. Deine einst so tolle Erscheinung hat sich in eine armselige, schmutzige Gestalt verwandelt. Was ist nur aus dir geworden? Anja und Nadine waren bis zu ihrem Ableben wunderschön. Das Einzige, was geblieben ist, sind deine traumhaft geformten Brüste. Allein die sind es wert, dass wir uns wiedersehen.

Du bist doch immer die charakterlich Stärkste von euch gewesen. Alle hörten auf dein Kommando. Deine Meinung wollte jeder hören, und meistens wurde dann danach gehandelt. Fast könnte ich Mitleid mit dir bekommen, doch das wäre den anderen gegenüber nicht fair. Ich habe dir zwei Euro in deine Dose geworfen. Dein Blick verriet es mir: Du hast mich erkannt.

Den großen Hund, der zu deinen Füßen liegt, werde ich vorher ruhigstellen. Es wird schwerer sein als bei den anderen beiden. Du lebst auf der Straße. Unser Rendezvous könnte eventuell gestört werden. Ich muss mir etwas ganz Besonderes für dich einfallen lassen. Noch hat es etwas Zeit. Vorher habe ich aber etwas Dringendes zu erledigen, meine Starke. Dann, ja dann werde ich dir meine volle Aufmerksamkeit schenken. Mach dich bereit für mich. Ich komme bald.

Dieser tote Kommissar hat mir etwas Luft verschafft. Ihre Konzentration lag auf ihm. Das war für mich ein unerwartetes Ereignis. Sie dachten, sie wären am Ziel und der Fall sei gelöst. Ich weiß, dass ich nicht mit ihnen spielen darf. Kommissar Gerster ist zu clever dafür. Doch ich kann nicht anders. Es macht mittlerweile sogar ein wenig Spaß, sie so hilflos zu sehen. Er weiß jetzt mit Sicherheit, dass ich noch da bin. Vor fast zwei Stunden trennten uns nur wenige Meter voneinander. Es war wieder knapp. Warum gehe ich immer wieder dieses Risiko ein?

Die Frau dieses verstorbenen Kommissars hat mich aus der Ferne gesehen und angenommen, sie sähe ihren eigenen Mann. Die Ähnlichkeit zwischen uns beiden ist schon verblüffend. Wieder so ein Zufall, der mir in die Karten spielt. Nadines Sohn Nils konnte ich in Ruhe lassen, denn er hat mir ja geholfen, in dem er den Verdacht auf den toten Kommissar lenkte. Sie wissen nicht, wie nah sie dran sind. Der Blick für die Kleinigkeit scheint verschlossen zu sein.

Mir ist natürlich bewusst, dass Gerster mich irgendwann überführen wird. Aber dann ist es für ihn zu spät. Ich werde meinen Plan vollendet haben. Doch bis dahin gibt es einiges für mich zu tun.

26.

Dienstag, 11.10.2022

Tom fühlte sich wie nach einer durchzechten Nacht. Nur wenige Minuten waren ihm in den letzten Stunden vergönnt gewesen, um seine Augen zu schließen.

Nach dem Vorfall bei Sven Hilperts Beerdigung hatte er sich am Vorabend alle Unterlagen, die die ›Soko‹ gesammelt hatte, mit nach Hause genommen. Er musste auf schnellstem Wege herausfinden, um was für eine Kleinigkeit es sich handelt, die sie laut diesem Verrückten nicht sahen. Ihm wurde klar, dass sie zurück an den Anfang mussten. Er konzentrierte sich darauf, in seinen Gedanken 23 Tage zurück zu gehen.

»Anja Bergers Leben endete an diesem Samstag auf brutalste Art. Was war das Motiv des Täters und warum tötete er genau eine Woche später Nadine Riethmayr auf die gleiche bestialische Weise? Fragen, auf die ich keine Antworten habe. Für mich steht fest: Die Morde hängen ganz eng zusammen. Ich bin mir sicher. Beide Opfer haben sich gekannt.

Wir müssen weiter zurück in die Vergangenheit der beiden Frauen gehen. Vielleicht gibt es da einen Zusammenhang. Doch welche Gemeinsamkeit sollten die zwei Frauen haben? Wie wir durch unsere zahlreichen Recherchen wissen, stammt Anja aus Heidelberg. Nadine dagegen wuchs in Köln auf. Sie verbrachte bis zu ihrem Umzug hierher vor knapp einem Jahr ihr ganzes Leben in der Domstadt. Demnach trennten die beiden bis vor kurzem 380 Kilometer.

Das Entfernen einer Brust muss eine Bedeutung haben. Möglich, dass der Täter besonders zu der weiblichen Brust ein gespaltenes Verhältnis hat. Eventuell hat er in der Vergangenheit schlechte Erlebnisse mit diesen Körperteilen des weiblichen Geschlechts erfahren müssen. Zumindest ist sein Motiv weder Sex noch Trieb. Vielleicht meint der Mistkerl ja genau das mit der Kleinigkeit. Es fehlt uns bestimmt nur ein winziges Puzzleteil, und das Bild würde für alle offenliegen.«

Jessica Hilpert ging es den Umständen entsprechend wieder gut. Sie durfte das Krankenhaus am frühen Morgen verlassen. Tom wollte sichergehen, dass ihre kleine Tochter Emely gut versorgt war. Deshalb fuhr er nach Edingen-Neckarhausen. Jessicas Schwester, Judith Kramer, öffnete ihm die Tür.
»Gut, dass Sie da sind, Herr Kommissar. Ich wollte Sie gerade anrufen. Kommen Sie doch bitte herein.«
Am Tisch in der Küche saß Jessica mit einer großen Tasse Kaffee in der Hand.
»Wo ist Ihre Tochter, Frau Hilpert?«, wollte Tom besorgt wissen.
»Die ist in der Schule. Ich werde sie gleich abholen«, antwortete ihm Judith Kramer. »Wie Sie ja selbst mitbekamen, hat Jessica gestern auf dem Friedhof einen Mann gesehen, der aussah wie Sven. Das war der Grund, warum Sie am Grab zusammengebrochen ist. Haben Sie dafür schon eine Erklärung, Herr Gerster?«
Jessica starrte weiter regungslos auf ihre Tasse Kaffee. Sie zeigte keinerlei Reaktion auf das Gesagte.
»Ja, ich kann Sie in diesem Fall beruhigen. Ihre Schwester hat sich nicht getäuscht. Den Mann scheint es tatsächlich zu geben. Ich selbst habe ihn gesehen. Was er mit seiner Anwesenheit auf der Beerdigung zum Ausdruck bringen wollte, wissen wir allerdings nicht. Im Moment lassen wir nach ihm fahnden. Sobald ich

etwas in Erfahrung gebracht habe, werde ich es Sie umgehend wissen lassen. Gab es in der Vergangenheit schon einmal Kontakt mit diesem Mann? Oder hat Sven einmal erwähnt, dass er eventuell einen Doppelgänger hat?« Erst jetzt wandte sich Jessica von ihrem Kaffee ab und blickte müde in Toms Gesicht. Ihre Augen sahen beängstigend aus. Sie waren dunkel und tränenunterlaufen. »Nein, das hat Sven nicht. Es gibt keinen Doppelgänger. Ich habe Sven gestern gesehen. Er hat mich angelächelt und ist dann endgültig von mir gegangen.«

Jessicas Schwester deutete Tom mit einer Geste an, dass es für den Moment wohl besser wäre, zu gehen. Er verstand das Signal. Bevor er sich verabschiedete, reichte er Judith Kramer seine Visitenkarte.

Jetzt, nach Svens Tod und den Aussagen des kleinen Nils, wussten sie, wie der Täter aussah. Demnach konnte ein Phantombild angefertigt und der Täter zur Fahndung ausgeschrieben werden. Tom wusste, dass eine Veröffentlichung des Phantombildes zu Hilperts Lebzeiten keine gute Idee gewesen wäre. Die Bevölkerung hätte bei jeder Gelegenheit mit dem Finger auf seinen toten Ex-Kollegen gezeigt. Die Gefahr bestand aber weiterhin, dass viele Menschen Sven Hilpert auf dem Bild wiedererkennen würden. Doch ab heute musste der wahre Täter aufpassen. Sobald er sich irgendwo zeigte, würde man ihn erkennen und die Polizei informieren. Es schien nur eine Frage der Zeit zu sein, wann die ›Soko‹ ihn endlich zu fassen bekommen würde.

Gegen Mittag wurde wegen der Vorkommnisse auf dem Friedhof eine Sondersitzung einberufen. Kriminalrat Mallgraf wollte die Unterredung diesmal persönlich leiten. Kurz bevor Tom aus Edingen-Neckarhausen im Heidelberger Präsidium eintraf, meldete sich Simone Berger telefonisch bei ihm.

»Ich bin total aufgewühlt, Herr Kommissar. Ihr Kollege Herr Hilpert stattete mir heute Morgen einen unangemeldeten Besuch ab. Das Ganze kam mir alles etwas seltsam vor.«

Ohne nur einen Gedanken an die anberaumte Sitzung zu verschwenden, bedankte sich Tom für die Information und beendete das Gespräch. Er fuhr mit aufgesetztem Blaulicht und eingeschalteter Sirene nach Neckargemünd. Die Strecke legte er in gerade einmal fünfzehn Minuten zurück.

Eine letzte Kurve und er traf Am Kastanienberg, dem Wohnort der Bergers, ein. Simone Berger sah trotz des Schicksalsschlags wieder fantastisch aus. Sie trug ein kurzes schwarzes Kleid und war dezent geschminkt. Die offenen langen Haare spiegelten das Bild einer attraktiven, aber doch trauernden Frau wider. Tom bemerkte ihre natürliche Schönheit und war sich ihrer Wirkung auf ihn durchaus bewusst. Nur daran durfte er jetzt keinen Gedanken verlieren. Er brachte Simone Berger auf den neuesten Stand der Ermittlungen. Den Tod seines Kollegen ließ er naturgemäß nicht unerwähnt.

»Da Sie nun wissen, dass der echte Herr Hilpert nicht mehr unter uns weilt: Ist Ihnen etwas Besonderes an diesem Mann aufgefallen? Denken Sie bitte scharf nach, Frau Berger, selbst wenn Sie es nicht für wichtig halten, kann es für uns von enormer Bedeutung sein.«

»Wissen Sie, Herr Gerster, ich habe Herrn Hilpert vorher ja nur einmal kurz gesehen, aber das Erste, was mir auffiel, war die dunkle Stimme. Ich sprach ihn darauf an. Er erklärte mir, dass er erkältet sei und Halsschmerzen habe. Ich machte mir dann keine weiteren Gedanken mehr. Er trug eine grüne Baseballmütze, die er tief ins Gesicht gezogen hatte. Größe und Statur passten aber zu der Ihres toten Kollegen.«

Für Tom passte das alles gut zusammen. »Er versuchte doch bestimmt von Ihnen in Erfahrung zu bringen, was der aktuelle Stand unserer Ermittlungen ist, oder?«

»Ja, das wollte er in der Tat wissen. Ich konnte ihm ja nicht viel erzählen. Aber sagen Sie mir doch endlich mal, wer dieser Mann ist, der sich für Ihren Kollegen ausgibt!«

»Das kann ich Ihnen zum jetzigen Zeitpunkt nicht sagen, Frau Berger.«

Simone Berger weiter zu verunsichern oder ihr gar Angst einzujagen, war das Letzte, was Tom wollte. Deshalb behielt er die Wahrheit erstmal für sich.

»Sollte dieser Mann sich wieder bei Ihnen melden, würde ich Sie bitten, mich umgehend zu benachrichtigen.«

Frau Berger sicherte ihm ihre volle Unterstützung zu.

Kurz bevor Tom seinen Wagen erreichte, erhielt er einen Anruf seines Kollegen Ritter.

»Hör zu, Tom. Roland Riethmayr hat uns gerade informiert, dass heute Morgen, bevor er zur Arbeit fuhr, ihn ein Mann angesprochen habe, der Sven verdammt ähnlich sah. Das bedeutet, dieser Wahnsinnige hat ihn aufgesucht.«

»Okay, danke dir, Mathias. Ich werde mich mit Herrn Riethmayr in Verbindung setzen.«

Tom ahnte, was der Täter mit dem Besuch bei dem Ehemann der ermordeten Nadine bewirken wollte. Es hatte den Anschein, als würde ihn dieser Geisteskranke unterschätzen. Das war sein erster großer Fehler. Und es sollte nicht sein letzter gewesen sein.

»Er fängt an, mit uns zu spielen. Es ist ein sehr gefährliches Spiel. Er hat uns herausgefordert, und wir werden diese dreckige Partie annehmen. Ich werde alles in meiner Macht stehende tun, damit der Mistkerl dieses Spiel verliert.«

Tom verabredete sich mit Roland Riethmayr gegen 17:00 Uhr bei ihm zuhause in Neuenheim. Es war ein milder Herbstabend. Am Haus in der Albert-Ueberle-Straße 18 angekommen, vernahm Tom laute, fröhliche Stimmen. Durch die offen stehende Garagentür gelangte er unbemerkt in den Garten. Die Familie der Ermordeten saß in ihrem kleinen, aber schön angelegten Garten zusammen und grillte. Für Tom machte die Szene einen harmonischen Eindruck. So wie die drei herumalberten, hätte man nicht annehmen können, dass sie erst vor wenigen Tagen ihre geliebte Mutter und Ehefrau verloren hatten. Der kleine Nils spielte fröhlich mit seinen Autos. Sein älterer Bruder Tobias unterhielt sich angeregt mit seinem Vater. Bevor Tom die kleine Familie grüßen konnte, nahm Nils seine Anwesenheit wahr. Er sprang auf und strahlte, wie es nur einem kleinen Kind gelingt.

»Schön, dass du da bist! Hab dich so lange nicht mehr gesehen!« Mit Freudentränen in den Augen sprang er direkt in die Arme des Kommissars.

Für Tom war es ein ganz besonderer Moment. Erstens mochte er Kinder und hat schon lange Zeit den eigenen Kinderwunsch. Zweitens erinnerte er sich nicht mehr daran, wann ihn das letzte Mal überhaupt ein Mensch in seine Arme geschlossen hatte. Er dachte spontan an Gaby. Ja, bei ihr durfte er zum letzten Mal in den Genuss einer Umarmung kommen.

»Schön, dich so fröhlich zu sehen, mein Junge«, war der einzige Satz, den er mit leicht zitternder Stimme erwidern konnte.

Roland Riethmayr versuchte erfolglos, die Euphorie seines Sohnes ein wenig einzubremsen. Er bat Tom einen Platz an und forderte seinen älteren Sohn Tobias auf, sich kurz mit Nils ins Haus zu begeben. An Tobias' Reaktion merkte Tom, dass er auf die Ansage seines Vaters vorbereitet war. Einen Augenblick später wurde es still im Garten. Roland Riethmayr sah jetzt besorgt aus. Seine vorher so ausgelassene Stimmung war wie weggeweht.

»Ich mache mir ernsthaft Sorgen, Herr Gerster. Dass mit diesem Mann etwas nicht stimmte, fiel mir sofort auf. Ich habe in der Zeitung vom tragischen Tod Ihres Kollegen gelesen. Doch wenn ich es nicht gewusst hätte, wäre ich sicherlich auf die Komödie dieses Schwindlers hereingefallen. Er sah Kommissar Hilpert zum Verwechseln ähnlich. Als er mich auf Nadine ansprach, täuschte ich einen vergessenen Termin vor und bat ihn höflich zu gehen. Ich glaube, er merkte, dass ich ihn durchschaut hatte. Ohne nur einen Ton von sich zu geben, verließ er unser Grundstück.«

»Ist Ihnen vielleicht etwas anderes an ihm aufgefallen? Egal was. Lassen Sie sich Zeit mit Ihrer Antwort.« Tom wollte sichergehen, dass sich sein Gegenüber an jedes winzige Detail erinnerte.

»Ja, da war tatsächlich noch etwas. Als er die Straße hinunter ging, tat er sich mit dem Gehen ein wenig schwer. Auf mich machte er generell einen eher müden und kranken Eindruck. Er transpirierte stark, und die wenigen Worte, die er sprach, kamen mir fahrig vor.«

Diese Informationen halfen Tom wieder ein Stück weiter. So langsam konnte er sich ein Bild des Täters machen. Er hatte seine Gedanken gerade ein wenig sortiert, als Nils freudig auf seinen Schoß hüpfte.

»Bleibst du bitte ein wenig bei uns?«

An der Miene des Jungen erkannte Tom, dass er ihn jetzt nicht enttäuschen durfte. Nach einem kurzen Blickwechsel mit dem Vater des Kleinen versprach er Nils, ein paar Minuten mit ihm zu spielen.

Gegen 19:30 Uhr ließ sich Tom erschöpft auf seine Couch fallen. Der Tag hatte ihm einige neue Erkenntnisse über den Täter gebracht. Nur seine Denkweise verstand er nicht. Aber er kam ihm näher und verspürte zum ersten Mal das Gefühl, dass er das Spiel gewinnen konnte.

Ihm ging wieder die Begegnung mit Nils durch den Kopf. Am liebsten hätte er den Kleinen mitgenommen. Allein für ihn würde er den Mörder seiner Mutter zur Strecke bringen.

Er musste an Gaby denken. Es war schon wieder einige Zeit vergangen, seit sie ihm von ihrer Schwangerschaft erzählt hatte. Er griff spontan nach seinem Handy und rief sie an. Seinem innerlichen Drang wieder aufzulegen, konnte er nicht nachgeben. Gaby meldete sich bereits nach dem zweiten Klingelton.

»*Hi Tommy, das ist ja fast Gedankenübertragung! Hab mir heute Mittag vorgenommen, mich bei dir zu melden. Ich habe das von deinem Kollegen gehört. Es tut mir echt leid. Wie geht es dir? Mal abgesehen von eurem ungelösten Fall.*«

»Schön, deine Stimme zu hören, Gaby. Ja, danke, soweit ist alles okay. Wollte eigentlich dich fragen, wie es dir, oder besser gesagt euch geht. Ich hoffe, deine Schwangerschaft verläuft planmäßig und ohne Komplikationen.«

Tom wusste, dass Gaby ihn nur zu gut kannte, um sogar am Telefon zu spüren, dass er sie, was sein Gemütszustand betraf, anschwindelte.

»*Komm schon, Tommy. Was ist los? Du konntest nie gut lügen. Also rede bitte mit mir.*«

»Ach, es gibt da so einen kleinen sechsjährigen Racker, der mit unseren Mordfällen zu tun hat. Der Junge ist mir total ans Herz gewachsen. Ich habe heute etwas Zeit mit ihm verbracht, und da wurde mir mal wieder bewusst, wie gerne ich selbst Vater wäre. Und dann dachte ich automatisch an dich. Bitte nicht falsch verstehen, Gaby, aber im Moment wächst mir alles ein wenig über den Kopf.«

Einfach mal drauf los reden, das tat Tom gut. Und mit Gaby hatte er die perfekte Zuhörerin. Keiner kannte ihn besser als sie. Gaby fand fast immer die richtigen Worte, um ihn wieder etwas zu erden.

»*Ich weiß, wie du das meinst, Tommy. Gerade ich kann mir vorstellen, wie du dich fühlst. Ich bin mir sicher, wenn du den Fall erstmal gelöst hast, wirst du wieder Zeit für dich finden. Du bist so ein toller Mann! Irgendwann wirst du stolzer Vater sein, und dein Kind wird dann den tollsten Papi der Welt haben.*«

»Das ist lieb von dir, Gaby. Apropos Papa: Unterstützt dich der werdende Vater denn ein wenig?«

Dieses Thema war schon bei ihrem gemeinsamen Treffen ein wunder Punkt bei Gaby gewesen.

»*Ach, das ist eine schwierige Frage. Darüber würde ich gerne persönlich mit dir sprechen, wenn du den Kopf wieder frei hast, ja? Ich mache das jetzt ungern, aber ich bin mit einer Freundin verabredet und muss mich noch etwas hübsch machen. Lass uns mal wieder treffen, wenn du mehr Luft hast, okay? Würde mich sehr darüber freuen.*«

Tom kannte seine Gaby gut. Er hatte schon damals ein Ziehen in der Magengegend verspürt, als sie auf das Thema des Kindesvaters kamen. Irgendetwas bedrückte Gaby.

Sie verabschiedeten sich und Tom überlegte, ob er morgen mit Gabys Mutter Christa darüber reden sollte. Zu ihr hatte er immer einen guten Draht gehabt.

Nach einer erfrischenden Dusche legte er sich ins Bett. Selbst jetzt drehten sich seine Gedanken um Gaby und ihr ungeborenes Kind.

27.

»Dein Hund ist so friedlich eingeschlafen. Die vergiftete Wurst hat er geradezu verschlungen. Du hast von alldem nichts mitbekommen, denn du hast es vorgezogen, selbst ein kleines Nickerchen einzulegen.

Jetzt, ja jetzt endlich habe ich deine volle Aufmerksamkeit. Du bist wach und schaust mich mit deinen großen, aber doch müden Augen an. Kannst es wohl selbst kaum erwarten, meine Starke.«

Silke war mit Sicherheit nicht mehr so stark wie vor ein paar Jahren. Ihr Leben auf der Straße und der tägliche Alkoholkonsum waren nicht spurlos an der einst so hübschen Dreißigjährigen vorbeigegangen. Sie war mit einem Seil an die dicke Eisenstange gefesselt. Obwohl die Temperaturen immer noch sehr mild waren, war ihr bitterkalt. Die aufziehenden Wolken verdunkelten den Himmel bedrohlich. Plötzlich lag eine gespenstische Stimmung über dem Neckartal. In Sekundenschnelle wehte ein kühler Wind über Silkes fast nackten Körper. Sie sah ihm in die Augen. Sie wusste, wer er war, und er wusste, dass sie es wusste.

»Wir sind allein, meine Starke. Erinnerst du dich? So nannte ich dich immer. Wie du mich erwartungsvoll anschaust. Es hat mich einiges an Mühe gekostet, dich hierher ans Neckarufer zu locken. Jetzt bist du mein Höhepunkt. Ich verspüre ein Gefühl von Lust in mir aufsteigen. Meine Erregung nimmt stetig zu. Eigentlich sollte es Nadine sein, aber ich konnte dich leider erst vor ein paar Tagen ausfindig machen.«

Die glänzende Messerklinge tanzte um Silkes harte Brüste. Ihr ausgemergelter Körper zitterte. Das Stück Stoff in ihrem Mund verhinderte, dass sie laut losschreien konnte. Silke spürte, wie die

Klinge sich kreisförmig in ihre Haut schnitt. Ein unvorstellbarer Schmerz ließ sie ihren Kopf nach oben reißen. Tränen schossen aus ihren Augen. Verschwommen sah sie sein ekliges Grinsen, als er das Stück rotes Fleisch, das eben noch zu ihrem Körper gehörte, triumphal in die Luft riss.

»Da du nun mein absoluter Höhepunkt bist, darfst du etwas mehr genießen als Anja und Nadine. Ihr habt mit mir gespielt, als wäre ich ein Niemand. Noch nie zuvor wurde ich von jemandem so gedemütigt wie von euch. Jetzt ist die Zeit für die endgültige Abrechnung gekommen.«

Silke verstand trotz den unmenschlichen Schmerzen, die sie erleiden musste, was dieser kranke Mensch meinte. Als ob sie nein sagen wollte, schüttelte sie heftig den Kopf. Doch er ließ ihr nicht den Hauch einer Chance. Wieder wanderte die mittlerweile rotgefärbte scharfe Klinge über ihren Oberkörper. Die Stelle, an der sich eben noch ihre rechte Brust befand, brannte mittlerweile schlimmer als jedes noch so heiße Feuer. Silke befand sich im Zustand einer leichten Ohnmacht. Mit einem harten Schlag seiner flachen Hand holte er sie wieder in die Gegenwart zurück. Er ließ ihr keine Zeit, sich ihrer Situation erneut bewusst zu werden. Diesmal ging alles viel schneller. Es fühlte sich für Silke an, als ob er ihr nur einen kleinen Schnitt in ihre vorhandene linke Brust zufügte, um sie dann mit roher Gewalt von ihrem Körper loszureißen.

Er warf das Messer zu Boden, legte beide Brüste in seine Hände und hob sie wie zum Gebet Richtung Himmel. Das war das Letzte, was Silke mitbekam. Dann schlossen sich ihre Augen.

»Ja, es ist vollbracht. Ich wusste immer, dass ich meine Genugtuung bekomme. Ich habe euch dafür bezahlen lassen. Das, was man sät, wird man irgendwann ernten. Komm, wach auf, meine

Starke. Ich bestimme, wann es vorbei ist. Nein, du darfst nicht gehen. Noch nicht.«

Wieder schlug der Irre, der sich jetzt wie in Trance befand, mit seiner flachen Hand in ihr von Tränen benetztes Gesicht. Silke öffnete für den Bruchteil einer Sekunde noch einmal ihre Augen. Das reichte ihm. Mit einem gezielten Stich rammte er ihr das Messer ins bereits geschwächte Herz. Silkes Körper zuckte ein letztes Mal. Dann war auch ihre Zeit abgelaufen. Sie hatte es überstanden. Seine letzten Worte richtete er an sein bereits totes Opfer.

»Du wirst mir fehlen, Silke. Ich werde dich in meiner Erinnerung behalten. Immer!«

28.

Mittwoch, 12.10.2022

Nach dem ersten Augenaufschlags dachte Tom sofort wieder an seine Erlebnisse am Vortag. Da war der kleine Nils, der ihm mit seiner anhänglichen, lieben Art so viel gegeben hatte. Tom bekam dabei ein wenig den Eindruck wie toll es sein muss, selbst Vater zu sein. Und dann am späteren Abend das Telefonat mit Gaby, bei der er seinen seelischen Mülleimer einfach mal ausleeren durfte. Nur am Schluss des Gespräches blieben einige Fragen zurück. Der Gedanke an den, für ihn unbekannten, Kindesvater seiner Gaby bereitete ihm etwas Kopfzerbrechen. Er versuchte einige Szenarien durchzuspielen, wurde aber nach dem ersten Gedankengang schlagartig in die grausame Realität seines Berufes zurückgeholt. Um 08:24 Uhr bekam er einen Anruf der Heidelberger Wasserschutzpolizei.

»Guten Morgen, Kriminalhauptkommissar Gerster. Mein Name ist Klaus Wolf von der ‚WSP'. Man sagte mir, dass Sie die ›Soko‹ der zwei grauenhaften Morde hier in Heidelberg leiten. Wir haben hier am unteren Neckarufer einen Leichenfund, der Sie dringend interessieren dürfte.«

In Toms Schädel fing es wild zu hämmern an. Es war nicht vorbei. Der Wahnsinnige hatte tatsächlich zum dritten Mal zugeschlagen. Er hatte die schrecklichen Bilder des Opfers bereits vor Augen. Er tätigte einige Anrufe, bevor er sich zum Tatort begab.

Der Fundort befand sich auf der gegenüberliegenden Neckarseite. Von hier aus hatte man einen malerischen Blick auf die Skyline von Heidelberg. Man konnte schon aus der Ferne erkennen, dass hier etwas Grausames passiert sein musste. Die Uferstraße wurde durch die anwesende Polizei schon ab der Ernst-Walz-Brücke voll abgesperrt. Dass in dem kleinen verträumten Heidelberg wieder ein schrecklicher Mord geschehen war, hatte sich rasend schnell unter der Bevölkerung herumgesprochen. Zahlreiche Menschen rannten über die besagte Brücke Richtung Tatort. Auf der gegenüberliegenden Heidelberger Neckarseite standen Menschen mit Ferngläsern bewaffnet am Ufer, um das Spektakel zu beobachten.

Als Tom zügig an der ersten Absperrung vorbeifuhr, zeigte sich ihm ein ganz anderes Bild als das, welches er sonst an der Stelle sehen konnte. Im Hintergrund schimmerte in leichten Nebel getaucht die traumhafte Ruine des Heidelberger Schlosses vom Berg des kleinen Odenwaldes herunter. Passend dazu spiegelte sich die Alte Brücke im ruhigen, aber trüb wirkenden Neckarwasser. Die vielen Blaulichter, die überall zu sehen waren, passten zu dem fast gespenstischen Bild. Es wimmelte nur so von Einsatzkräften. Feuerwehrautos, Krankenwagen, Polizeifahrzeuge und selbst die Männer vom ›THW‹ waren mit ihren Einsatzwagen zahlreich erschienen.

Der Einsatzleiter der Feuerwehr erkannte Toms Wagen sofort. Nach einem ersten kurzen Austausch stieg Tom aus und begab sich direkt an den abgesperrten Fundort. Was ihm auf der Fahrt Richtung Tatort aufgefallen war, war die unmittelbare Nähe zum Fundort des zweiten Mordopfers Nadine. Sein Kollege Ritter empfing ihn bereits aufgeregt und schilderte ihm die ersten Erkenntnisse.

»Es ist einfach nur grauenhaft, Tom. Laut den Papieren, die wir bei der Toten fanden, handelt es sich vermutlich um die dreißigjährige Silke Hallstein. Einen festen Wohnsitz konnten wir bisher nicht in Erfahrung bringen. Die Wohnadresse, die auf ihrem Ausweis angegeben ist, existiert nicht mehr. Das Haus, in dem sie zuletzt wohnte, befand sich in St. Leon-Rot und wurde vor knapp drei Jahren abgerissen. Aufgrund des Zustands der Kleider, die wir neben der Leiche gefunden haben, gehen wir davon aus, dass die Frau auf der Straße gelebt haben muss.«

Von der Stelle aus, an der die Ermittler standen, konnte man das Opfer nicht erkennen. Die Leiche war mit einem großen weißen Tuch abgedeckt. In unmittelbarer Nähe befand sich ein Anlegesteg für Schiffe. Tom ging langsamen Schrittes die etwas abfallende Uferfläche hinunter. Er bereitete sich gedanklich auf den Anblick der mit Sicherheit fürchterlich zugerichteten Silke Hallstein vor.

»Tu dir das nicht an, Tom«, hörte er jemanden aus nächster Nähe sagen. Es war sein Freund, der Gerichtsmediziner Dr. Reinhard Wagner, der ihn vor dem scheußlichen Anblick schützen wollte.

Tom drehte sich um und warf Dr. Wagner einen dankenden Blick zu. »Schon gut, Reinhard. Ich möchte mit eigenen Augen sehen, was dieser Dreckskerl wieder angerichtet hat.«

Er kniete sich hin und zog das Tuch langsam kopfabwärts. Silke Hallsteins Haare hatte der Täter, ähnlich wie bei seinen beiden ersten Opfern, stilvoll arrangiert. Kalte, leere Augen starrten ins Nichts. Am Blick der toten Frau konnte man nur erahnen, was für eine Qual sie in ihren letzten Stunden hatte durchmachen müssen. Selbst das Stück Stoff, das der Täter ihr in den Mund gestopft hatte, war mit Blut getränkt.

Das Opfer sah auf den ersten Blick nicht aus wie eine Dreißigjährige. Man konnte sie anhand der tiefen Falten im Gesicht leicht auf Mitte vierzig schätzen. Kurz danach gab das Tuch Silkes verstümmelten Oberkörper frei. Tom bot sich ein fürchterlicher Anblick. Auf den ersten Blick hätte man annehmen können, dass dies die Tat eines Raubtieres und nicht die eines Menschen sei. Als er Silkes verstümmelten Oberkörper betrachtete, schoss ihm eine brennende Frage durch den Kopf: »Was muss in einem Menschen vorgehen, dass er zu so einer grauenvollen Tat fähig ist?«

Anders als bei Anja oder Nadine hatte der Täter dem dritten Opfer beide Brüste abgetrennt. In der linken Seite steckte, wie bei den zwei ersten Morden, das Messer tief im Herzen.

»Das gleiche Schema wie bei den anderen, Tom. Nur mit dem einen Unterschied, dass er hier, wie du ja selbst siehst, beide Trophäen mitgenommen hat.«

»Hat der Täter uns diesmal keine Botschaft hinterlassen oder kann ich sie durch das viel Blut nur nicht erkennen, Reinhard?«

»Doch, das hat er. Wenn du nach meiner persönlichen Meinung fragst, dann glaube ich, dass es sich dabei um ein Rätsel handelt. Du musst direkt auf den ›Corpus Sterni‹ schauen.«

Tom blickte streng in Richtung des Pathologen. »Reinhard, ich bin nicht in der Stimmung für Ratespiele.«

Dr. Wagner kannte seinen Freund mittlerweile gut genug, um zu wissen, dass kleine Neckereien hier keinen Raum fanden.

»Ja, sorry, ich meinte, du musst am Schwertkörper schauen, das ist die Stelle zwischen den beiden abgetrennten Brüsten.«

Tom beugte sich über Silkes Leichnam und erkannte die schwach eingeritzte Botschaft. Wieder hatte der Täter eine Zahl hinterlassen: ›Vierhundert‹

Tom raufte sich die Haare. »Verdammt, was will der Dreckskerl uns damit sagen? Haben wir schon irgendwelche Spuren sichern können? Kannst du mir schon die Tatzeit sagen?«

Er war nervös und wollte keine unnötige Zeit mehr verlieren.

»Ihr Tod muss gestern Abend zwischen 22:45 und 23:45 Uhr

eingetreten sein. Todesursache ist wahrscheinlich wieder der Stich ins Herz. Kann dir aber…«

»Ja, ja, schon klar, erst nach der Obduktion weißt du mehr.« Natürlich war Tom bewusst, dass es unhöflich war, Dr. Wagner ins Wort zu fallen, doch im Moment wollte er keine Zeit mit Kleinigkeiten vergeuden. Da war es wieder, das Wort ›Kleinigkeiten‹. Sie mussten dringend herausfinden, was seine Botschaften auf den Leichen zu bedeuten hatten. Nur so konnten sie verstehen, wie der Täter tickte. Würden sie die Bedeutung der Hinweise, oder wie Dr. Wagner sagte, der Rätsel verstehen, wären sie ihm einen Schritt voraus und könnten eventuell erahnen, was er als Nächstes plante.

»Sieh dich mal um, Tom. Das hier ist eine richtig offene Stelle. Entweder der Täter liebt das Risiko, bei seiner brutalen Tat beobachtet zu werden, oder er hat Frau Hallstein woanders getötet und sie hier abgelegt.«

»Ich weiß, was du meinst, Mathias. Ich bin selbst davon überzeugt, dass der Täter, Silke an einem anderen Ort getötet hat. Bei dem hohen Blutverlust, den das Opfer bei der Tat verloren hat, würden sich hier Spuren wiederfinden. Wir warten erst einmal auf den Bericht der Spurensicherung. Dann schauen wir weiter.«

»In einem Punkt gebe ich dir aber recht, Mathias: Die Stelle hier ist viel zu offen für so eine Tat.« Nach einem kurzen Austausch mit Dr. Wagner begaben sie sich auf den Weg zurück zur Dienststelle.

Hier vor dem Präsidium hatten sich schon zahlreiche Vertreter der schreibenden Zunft eingefunden. Tom war gerade im Begriff, das Gebäude zu betreten, als ihm ein Journalist den Weg versperrte.

»Können Sie uns schon etwas über den Tathergang sagen, Herr Gerster? Was glauben Sie, wann Ihre Abteilung diesen Serienmörder endlich dingfest machen kann?«

Tom setzte gerade dazu an, den aufdringlichen Journalisten kommentarlos zur Seite zu schieben, als er eine bekannte Stimme im Hintergrund wahrnahm.

»Wenn Sie Fragen zu den Mordfällen haben, richten Sie diese bitte an mich. Ich werde versuchen, Ihnen bestmöglich Auskunft zu geben.« Als Tom sich umdrehte, erkannte er den Präsidenten des Landeskriminalamts, Dr. Konrad Ellrich. Es war ein offenes Geheimnis, dass Tom ihn nicht besonders mochte, doch in diesem Augenblick war er froh, ihn zu sehen. Ihm war bekannt, dass Dr. Ellrich sich gerne in den Vordergrund drängte und sich am liebsten selbst reden hörte. Also bot sich jetzt die perfekte Plattform für ihn.

Die ersten hässlichen Bilder von Silke Hallsteins grausam zugerichtetem Leichnam hingen schon direkt neben Anja Bergers und Nadine Riethmayrs Bildern an der eigens dafür aufgestellten großen Pinnwand. Bei dem Anblick bekam er automatisch das Gefühl, sich übergeben zu müssen.

Alle Ermittler, einschließlich Polizeirat Mallgraf, hatten sich eingefunden. Tom wollte auf keinen Fall unnötige Zeit verlieren.

Dr. Ellrich versucht, die Presseleute unaufgeregt zu informieren. »Heute Morgen gegen 08:40 Uhr wurde von den Kollegen des Wasserschutzes die dreißigjährige Silke Hallstein tot am Neckarufer aufgefunden. Ihre Wohnanschrift ist zwar in St. Leon-Rot, aber dort wohnte sie schon seit mehr als drei Jahren nicht mehr. Nachdem das Wohnhaus am Cranachring abgerissen wurde, hat man sie dort nicht mehr gesehen. Wie wir in Erfahrung brachten, hat sich zu dem Zeitpunkt ihr langjähriger Freund Ralf Dammer von ihr getrennt. Eventuell könnte das für Frau Hallstein der Auslöser gewesen sein, einfach auszusteigen. Kollege Lohfeld hat in der Zwischenzeit zahlreiche Befragungen in der Heidelberger Obdachlosenszene durchgeführt. Vielleicht können Sie uns kurz selbst Ihre Ergebnisse schildern, Herr Lohfeld?«

»Silke Hallstein lebte tatsächlich schon seit geraumer Zeit auf der Straße. Ich habe auf Höhe der Ernst-Walz-Brücke ebenfalls zwei Obdachlose ausfindig gemacht, die mir bestätigten, Frau Hallstein zu kennen. Das letzte Mal wurde sie am späten Nachmittag in der Nähe der Fußgängerzone gesehen. Ihren Exfreund Ralf Dammer konnten wir zum jetzigen Zeitpunkt nicht auffinden. Durch die Abfrage über das Bundeszentralregister wissen wir allerdings, dass er in St. Leon-Rot wohnt.«

Kommissar Lohfeld war sichtlich froh darüber, seinen Bericht zu Ende gebracht zu haben. Er ermittelte gerne, nur vor anderen Menschen zu sprechen, gehörte nicht gerade zu seinen Stärken.

Tom rutschte unruhig auf seinem Stuhl herum. Er wollte hier raus und dem Dreckskerl endlich das Handwerk legen.

»Stefan, du fährst zusammen mit…«

»Entschuldigen Sie, Herr Gerster, aber Dr. Wagner ist in der Leitung«, unterbrach ihn Frau Moser.

»Kein Problem. Stellen Sie ihn durch und schalten Sie bitte auf Lautsprecher.«

»Hallo, zuerst mal das Wichtigste: Es handelt sich definitiv um den gleichen Täter. Er hat das Opfer so wie Frau Berger und Frau Riethmayr über den ›Karotis-Sinusreflex‹ für einen kurzen Zeitraum wehrlos gemacht. Wie Sie wissen, wurden bei Frau Hallstein beide Brüste abgetrennt. Es gibt aber einen weiteren Unterschied zu den ersten beiden Morden. Diesmal konnten wir fremde ›DNS‹ am Opfer nachweisen. Ob die Spuren zum Täter gehören, wissen

wir erst, wenn wir ihn haben. Die Abfrage unserer Datenbank ergab leider keinen Treffer. Bei Frau Hallstein hatte die Tat ebenfalls keinen sexuellen Hintergrund im Sinne von Geschlechtsverkehr.«

»Moment mal, Reinhard. Der Täter entfernt bei jedem Opfer mindestens eine Brust, richtig? Ich frage mich, warum tut er das, wenn deine Untersuchungen ergeben haben, dass er keinen sexuellen Hintergrund darin sieht?«

»Damit sage ich ja nur, dass Silke Hallstein und die beiden ersten Opfer nicht vergewaltigt wurden. Wir haben bei allen drei ermordeten Frauen Abstriche in Mund, Vaginal- und Afterbereich genommen, um diese auf Spermien zu untersuchen. Außerdem haben wir die Schamhaare ausgekämmt, um Spuren zu finden, die auf den Täter schließen könnten. Doch leider ohne Erfolg. Die Untersuchung auf Hämatome an den Oberschenkelinnenseiten, sogenannte Spreizverletzungen, blieb ebenfalls ergebnislos. Aber du hast natürlich recht, Tom. Das Entfernen der Brüste hat in der Tat einen sexuellen Hintergrund. Wo wir wieder bei der Theorie des asexuellen Täters wären. Was ich bisher nicht erwähnt habe: Die Tote litt unter ›Leberzirrhose‹ im Anfangsstadium. Ihre Gebärmutter samt den Eierstöcken wurde ihr vor längerer Zeit operativ entfernt. Das war aber nicht das Schlimmste. Leider stellten wir außerdem ein ›Bronchialkarzinom‹ auf ihrer Lunge fest. Die Arme hatte demnach nicht mehr allzu viele Lebenstage vor sich. Das war es erstmal von mir. Sollte ich neue Obduktionsergebnisse haben, werde ich euch natürlich unverzüglich Bericht erstatten.«

Eisige Stille herrschte unter den Anwesenden. Diese Neuigkeiten musste erst mal jeder für sich verarbeiten. Als Leiter der ›Soko‹ war es Tom, der als Erster wieder das Wort ergriff.

»Was haben wir außer der spärlichen Kleidung des Opfers am Tatort gefunden, Stefan?«

»Am Tatort selbst nichts mehr, aber die beiden Obdachlosen, die ich befragt habe, führten mich zum Ruheplatz von Frau Hallstein. Dort konnte ich neben zwei Decken und weiteren Klamotten einen Rucksack mit ihren Habseligkeiten sicherstellen. Im Moment befindet sich alles bei den Kollegen der Spurensicherung«, antwortete Lohfeld jetzt deutlich ruhiger. Doch die Selbstsicherheit sollte ihm nicht lange vergönnt sein.

»Ich hätte mir gewünscht, dass ich das schon vorhin erfahren hätte, Stefan, und nicht erst auf Nachfrage.« Tom war darauf bedacht, dass dem Team keinerlei Fehler mehr unterliefen. »Mathias, wir beide fahren gleich nach St. Leon-Rot und werden Herrn Dammer einen Besuch abstatten. Er ist wahrscheinlich der Einzige, der uns mehr über Frau Hallstein sagen kann. Stefan, du und Kollege Gröbler hört euch bitte noch einmal unten am Neckar um. Vielleicht schafft ihr es, mehr Einzelheiten über die Tatnacht herauszufinden.«

Gegen 17:30 Uhr trafen die Ermittler am Cranachring in St. Leon-Rot ein. Als Tom das Einfamilienhaus begutachtete, dachte er zuerst, sie hätten sich in der Adresse geirrt. Doch nach Betrachtung des Namenschildes an der Haustürklingel war jeder Irrtum ausgeschlossen. Selbst nach mehrmaligem Klingeln öffnete ihnen niemand die Tür. Der Nachbar, der gerade den Rasen in seinem Vorgarten mähte, erspähte die Ermittler und stoppte schlagartig seinen Mäher.

»Kann ich Ihnen behilflich sein, meine Herren?«

»Wir sind auf der Suche nach Herrn Dammer. Haben Sie eine Ahnung, wo er sich zurzeit aufhält?«, erwiderte Ritter.

»Ja, natürlich weiß ich das. Herr Dammer ist auf der Arbeit. Er ist Immobilienmakler und kommt immer erst spät am Abend nach Hause. Sie können ihn erst morgen früh wieder antreffen.«

Zurück in ihrem Wagen stellte Tom eine nicht von der Hand zu weisende Erkenntnis in den Raum. »Ich finde es schon seltsam, dass ein Immobilienmakler in einem so noblen Haus residiert, während seine Exfreundin auf der Straße lebte. Ich würde sagen, das werden wir uns mal näher anschauen.«

Auf dem Weg zurück nach Heidelberg traf Tom die Entscheidung, sich einmal selbst ein Bild der Heidelberger Obdachlosenszene zu machen. Sein Ziel war hauptsächlich der Bereich unten am Fluss. Sie teilten sich die Aufgabe. Während Ritter die Heidelberger Neckarseite bearbeitete, fuhr Tom direkt zum Tatort auf der gegenüberliegenden Neuenheimer Seite. Er legte seinen Parkausweis aufs Armaturenbrett und stellte den Wagen am Straßenrand ab. Der Tatort befand sich unweit seiner Parkposition, sodass ihm die anwesende Menschentraube sofort ins Auge fiel. Es machte den Eindruck, als wäre an der Fundstelle wieder etwas passiert. Doch beim zweiten Hinschauen erkannte er, dass es sich ebenfalls um Obdachlose handelte, die für Silke Hallstein mit Kerzen und einzelnen Blumen eine Mahnwache hielten.

Er versuchte sich unbemerkt den Trauernden zu nähern. Als diese ihn kommen sahen, erntete er verständnislose Blicke. Ohne ein Wort von sich zu geben, zückte er für alle sichtbar seine Dienstmarke. Zögerlich traten die Trauernden etwas zur Seite. Für Tom war es eine Selbstverständlichkeit, sich mit in den Kreis zu begeben und ein paar Sekunden innezuhalten.

Nach Beendigung der Zeremonie suchte er das Gespräch mit den anwesenden Leidensgenossen. Von ihnen hörte er einvernehmlich, dass Silke Hallstein bei allen beliebt gewesen war. Sie hatte jedem mit Rat zur Seite gestanden. Den letzten Schluck Alkohol oder die wenigen Zigaretten teilte sie mit denen, die gar nichts hatten. Keiner konnte hier verstehen, wie jemand so grausam zu ihr sein konnte.

Am späten Abend saß Tom im kleinen Café um die Ecke und ließ die schlimmen Ereignisse dieses Tages Revue passieren. Er nahm sich selbst das Versprechen ab, dass er den Mord an einem vierten Opfer mit aller Macht verhindern würde.

29.

Donnerstag, 13.10.2022

Ein nobler silberfarbener Mercedes SLK stand in der Einfahrt vor der Garage. Nach dem ersten Läuten öffnete Ralf Dammer an diesem frühen Morgen die anthrazitfarbene Haustür. Tom zeigte seinem gut gekleideten Gegenüber seinen Dienstausweis.

»Guten Morgen, Herr Dammer. Wir würden uns gerne mit Ihnen über ihre Expartnerin Silke Hallstein unterhalten. Dürften wir kurz hineinkommen?«

Ralf Dammer machte auf Tom einen recht unsympathischen Eindruck. Im Anzug von Armani und mit seinen zurück gegelten Haaren strahlte er eine ausgeprägte Überheblichkeit aus. »Ja, kommen Sie herein. Wie kann ich Ihnen behilflich sein, Herr Kommissar? Silke und ich sind schon seit fast zwei Jahren nicht mehr zusammen. Also werde ich Ihnen nicht viel sagen können, meine Herren.«

»Das lassen Sie uns mal entscheiden, Herr Dammer«, fauchte Ritter. Es war deutlich spürbar, dass selbst er eine gewisse Abneigung in sich trug.

»Wann haben Sie Frau Hallstein das letzte Mal gesehen oder gesprochen?«

Dammer brauchte keine Sekunde Zeit für seine Antwort. »Wie ich vorhin schon erwähnte, sind wir seit fast zwei Jahren getrennt. Das war das letzte Mal, dass ich etwas von ihr hörte.«

»Haben Sie eigentlich gemeinsame Kinder, Herr Dammer, und was war der Grund ihrer damaligen Trennung?«, hakte Ritter nach.

»Wenn ich ehrlich bin, weiß ich es gar nicht so richtig. Nach Silkes Meinung verbrachte ich zu wenig Zeit mit ihr. Sie warf mir immer wieder vor, ich hätte Affären mit anderen Frauen. Natürlich war ich, durch meinen Job als Immobilienmakler, selten zu Hause. Doch es fehlte ihr ja an nichts. Geld war genug da, und sie konnte es ungefragt ausgeben. Das hat ihr aber wohl alles nicht gereicht. Sie verdiente zwar ihr eigenes Geld, aber mit den paar Kröten, die sie als Kassiererin verdiente, kam sie nicht so weit. Vielleicht kam sie mit dem plötzlichen Wohlstand nicht klar. Als ich sie damals in Sinsheim, wo sie aufwuchs, kennenlernte, lebte sie in bescheidenen Verhältnissen, wenn Sie wissen, was ich meine. Und nein, wir haben zum Glück keine gemeinsamen Kinder.«

Tom sah Herrn Dammer an, dass er sich keine Schuld an der Trennung gab oder nur im Geringsten etwas Demut zeigte. »Hatte Frau Hallstein Recht mit den Affären?«, schaltete er sich nun mit ein.

»Na ja, was heißt Affären? Es gab sicherlich hier und da mal ein Schäferstündchen, mehr war da aber nicht. Silke hat so geklammert, sie hätte mich am liebsten jede Minute um sich gehabt. Da ist es doch klar, dass man mal ausbricht, oder?«

»Wussten Sie von dem Umstand, dass Frau Hallstein auf den Straßen Heidelbergs lebte?«

»Wissen Sie, wir hatten vor der Trennung einen heftigen Streit. Ich hatte das Haus hier gekauft, weil unsere andere Behausung abgerissen wurde und ich eh etwas Eigenes wollte. Nur Silke war das alles zu groß.

»Was soll ich mit so einem großen Haus, wenn ich sowieso fast die ganze Zeit allein bin?«, fragte sie mich. Ich antwortete ihr darauf, dass sie ja nicht mit müsse, wenn sie nicht wolle. Andere Frauen wären dankbarer, wenn ihnen ihr Partner so etwas bieten würde. Dann kam eines zum anderen. Nach täglichen Diskussionen hatte ich keine Lust mehr auf das Theater und trennte mich von ihr. Sie packte vor dem Umzug ihre paar Habseligkeiten und verschwand. Seitdem gab es keinen Kontakt mehr zwischen uns.«

»Sie haben mir meine Frage nicht beantwortet, Herr Dammer. Wussten Sie, dass Frau Hallstein obdachlos war?«, hakte Tom energischer nach.

»Ja, ein Bekannter hat es mir letztes Jahr erzählt. Er traf Silke zufällig in Heidelberg. Es ließ mich aber kalt. Sie ist diesen Weg freiwillig gegangen. Jetzt muss ich die Unterhaltung leider beenden, denn mein erster Termin für heute rückt immer näher.«

»Eine letzte Frage habe ich noch an Sie. Wo waren Sie vorgestern Abend zwischen 21:00 und 24:00 Uhr?«

»Das ist jetzt aber nicht wirklich Ihr Ernst, Herr Kommissar. Sie verdächtigen mich, etwas mit dem Tod von Silke zu tun zu haben?«

Tom schaute Ralf Dammer ganz tief in die Augen. Er wusste, dass dieser Möchtegern-Casanova soeben einen Fehler gemacht hatte. »Woher wissen Sie, dass Silke Hallstein tot ist, Herr Dammer? Wir haben es doch bis zum jetzigen Zeitpunkt gar nicht erwähnt.«

Dammer reagierte nervös auf Toms überraschende Frage.

»Ich habe es gestern am späten Abend von einem Kumpel aus Heidelberg erfahren. Er arbeitet dort bei der örtlichen Rhein-Neckar-Zeitung. Es ist schon traurig, dass es so enden musste mit ihr.«

Tom wäre diesem arroganten Sack am liebsten ins Gesicht gesprungen. »Ich möchte den Namen Ihres Kumpels wissen. Mir fehlt Ihre Antwort, wo sie vorgestern Abend gewesen sind.«

»Ich war bei einem kleinen Stelldichein, wenn Sie wissen, was ich meine? Den Namen kann ich Ihnen selbstverständlich nicht nennen. Die Dame ist verheiratet.«

Jetzt hatte es Dammer geschafft. Toms Wut ließ ihn etwas lauter werden. »Sie nennen mir jetzt sofort den Namen Ihrer Geliebten. Oder möchten Sie uns vielleicht aufs Revier begleiten? Es ist Ihre Entscheidung.«

Diese Ansage saß. Ralf Dammer rückte mit dem Namen und der Adresse seines Dates heraus.

»Da wäre noch etwas, Herr Dammer. Sagt Ihnen der Name Anja Berger oder Nadine Riethmayr vielleicht etwas?«

Dammer nickte. »Ja, natürlich. Das sind doch die zwei Frauen, die vor kurzem ermordet wurden. Konnte man ja überall lesen.«

»Das ist richtig, aber wissen Sie, ob ihre Exfreundin Frau Hallstein die beiden Frauen kannte?«

Jetzt schüttelte Dammer heftig mit dem Kopf. »Nein, das glaube ich nicht. Die Namen waren niemals Gegenstand unserer Unterhaltungen. Wenn Silke die beiden gekannt hätte, dann hätte ich es auf jeden Fall mitbekommen.«

Kurze Zeit später verließen die Ermittler das Anwesen.

Am frühen Morgen, bevor sich Tom zusammen mit Ritter auf den Weg nach St. Leon-Rot begab, erfuhren sie, dass Silke Hallstein ein Einzelkind gewesen war. Sie hatte den Kontakt zu ihren Eltern vor einigen Jahren abgebrochen. Beide Elternteile waren stark alkoholabhängig. Ihre Mutter Irene litt außerdem unter einer Tablettensucht. Sie war vor sechs Jahren verstorben. Ihr Vater Werner Hallstein lebte seit geraumer Zeit in einem Pflegeheim für Demenzkranke.

Auf dem Weg zurück nach Heidelberg hatte Tom einen besorgten Anruf seines Chefs Kriminalrat Rainer Mallgraf auf seinem Anrufbeantworter. Die Nachricht versetzte ihn und seinen Kollegen Ritter in einer vorübergehenden Schockstarre.

»Herr Gerster, kommen Sie bitte direkt nach Heidelberg in die

Ziegelhäuser Landstraße, Höhe der alten Brücke. Wir haben einen weiteren Leichenfund zu beklagen«

»Das darf doch alles nicht wahr sein. Hört denn dieser Wahnsinnige nie auf?«, polterte Ritter entsetzt los.

»Er weicht von seiner bisherigen Strategie ab. Zwei Morde innerhalb von zwei Tagen. Das widerspricht meiner Theorie, dass er einen durchdachten Plan hat.« versuchte Tom die neue Situation zu deuten. Er setzte das Blaulicht auf sein Autodach und raste Richtung Fundort.

Nur wenige Meter trennten die beiden Tatorte. Silke Hallsteins Leichnam war gerade einmal 400 Meter weiter flussabwärts aufgefunden worden.

Es sollte dann doch anders kommen, als die Ermittler es erwarteten. Schon aus einigen Metern Entfernung, sah Tom, dass es sich nicht um eine Frauenleiche handeln konnte. Der Regen, der in der Nacht einsetzte, hinterließ bis in die Mittagsstunden seine Spuren am Neckarufer. Der Leichnam lag ohne Tuch und gut sichtbar auf dem feuchten Gras. Es handelte sich ohne Zweifel um eine Männerleiche. Tom schätzte die Körpergröße des Mannes auf mindestens 190 Zentimeter. Ausgehend von seiner Körperfülle wog er vermutlich um die 110 Kilogramm. Dem Ermordeten hatte man die Hände hinter dem Rücken gefesselt. Selbstredend war Rechtsmediziner Dr. Wagner einer der Ersten am Tatort.

»Ja, Tom. Es war aller Wahrscheinlichkeit nach wieder unser Täter. Bei dem Opfer handelt es sich zwar diesmal um einen Mann, doch die Druckstellen am Hals und die Mordwaffe lassen so gut wie keinen Zweifel offen. Dieser Mistkerl hat ihm das Messer direkt in die Bauchhöhle gerammt. Bevor du mich gleich wieder mit deinen Fragen löcherst«, Dr. Wagner sah schelmisch zu seinem Freund herüber, »der Tod trat vor etwa 35-40 Stunden ein.«

»Verstehe ich das jetzt richtig, Reinhard? Du willst mir gerade glaubhaft machen, dass er die zwei Morde fast gleichzeitig begangen hat?« Tom erahnte schon einen Zusammenhang der beiden Opfer.

»Richtig, Tom. Bei dem Ableben der beiden Personen handelt es sich um das gleiche Zeitfenster.«

Fast unbemerkt gesellte sich Kriminalrat Mallgraf dazu. »Wissen wir denn schon, um wen es sich hier handelt?«

»Nein«, erwiderte ihm Dr. Wagner prompt, in der Art eines Soldaten. »Bei dem Opfer konnten wir weder Papiere oder sonst irgendetwas Persönliches finden. Außer etwas Tabak, ein Feuerzeug und Papier zum Drehen trug er nichts bei sich. Wenn er später bei mir auf dem Tisch liegt, werde ich ihn richtig durchsuchen. Er dürfte Mitte bis Ende fünfzig sein. Seinem Kleidungsstil nach zu urteilen, stammt er meiner Meinung nach ebenfalls aus der Obdachlosenszene.«

Tom wies seinen Kollegen Ritter an, sich um Bildmaterial des Toten zu kümmern. Sie mussten sich unbedingt auf den Heidelberger Straßen umhören. Der Leiter der ›Soko Anja Berger, Nadine Riethmayr und Silke Hallstein‹ war sich sicher, dass der Mord an dem unbekannten männlichen Opfer in unmittelbarem Zusammenhang mit der Tat an Silke Hallstein stehen musste.

»Wer hat den Toten gefunden?«, wollte er wissen.

Der Kollege, Klaus Wolf von der Wasserschutzpolizei, stand in unmittelbarer Nähe.

»Es war das junge Mädchen da drüben. Sie ging mit ihrem Hund oben auf dem Weg spazieren. Der junge Labradormischling zog plötzlich so stark an der Leine, dass das schmächtige Mädchen ihn nicht halten konnte. Er rannte zu dem Gebüsch herunter und bellte laut. Als das Mädchen ebenfalls an der Stelle eintraf, sah sie den Mann dort regungslos liegen. Sie fing vor Schreck an, laut zu schreien. Just in dem Moment fuhren wir auf Höhe der Fundstelle vorbei. Ich habe meinen Kollegen aufgefordert, unser Schiff anzulegen, sodass wir das Mädchen beruhigen konnten.«

Tom hatte fürs Erste genug gehört. Er fuhr zurück auf die Dienststelle, um ein paar Telefonate zu führen.

Dr. Wagner benötigte keine zwei Stunden, bis er persönlich auf dem Präsidium seine ersten Obduktionsergebnisse präsentieren konnte. »Wie ich schon heute Morgen erwähnte, trägt die Tat an dem unbekannten Opfer die gleiche Handschrift wie die der ersten drei Morde. Der zu Lebzeiten große und stämmige Mann wurde, wie von mir vermutet, durch einen gezielten Griff über den ›Karotis-Sinusreflex‹ zu Boden gezwungen. Todesursache war der Stich mit dem aufgefundenen Messer in den Bauchraum. Der Mann ist quasi innerlich verblutet. Wir fanden am Tatort nur wenige Schleifspuren. Was bedeutet, dass das Opfer etwa zwei Meter vor der Stelle, an der es gefunden wurde, zu Tode gekommen sein muss. Der Täter hat, anders als bei seinen vorherigen Morden, keine sichtbaren Zeichen auf dem Leichnam hinterlassen, was mich annehmen lässt, dass dieser Mord von seinem ursprünglichen Plan abweicht. Ich habe einen Gebissabdruck des Ermordeten anfertigen lassen. Vielleicht kommen wir damit seiner Identität etwas näher. Die Messer, die in den jeweiligen Opfern steckten, haben wir uns mal etwas näher angeschaut. Es handelt sich hier um vier Jagdmesser der Marke ›Columbia‹, Modell ›SA65 Tactical Knife‹ aus 440C Edelstahl mit Ornament-Verzierung. Die Scheide besteht aus robustem Nylon. Es ist ein beeindruckendes Survival-Einhand-Messer mit einer 14,5 cm langen Klinge. Die extra Zeigefinger-Vertiefung sorgt für einen rutschfesten Halt. Angler sowie Camper bevorzugen dieses Modell. Leider sind das gängige Outdoor-Messer in einem relativ preisgünstigen Segment. Was bedeutet, dass sich von dieser Serie wahrscheinlich tausende im Umlauf befinden dürften. Im Übrigen fanden wir 250 Euro Bargeld in der Hosentasche des Ermordeten. Es befanden sich leider nur Fingerabdrücke des Toten auf den fünf 50-Euro Scheinen. Wenn ihr mich fragt, ist das verdammt viel Geld für einen Obdachlosen. Und jetzt etwas in eigener Sache, Jungs. Schnappt euch endlich den Widerling! Meine Tochter ist selbst im Alter der Opfer und ich habe allmählich große Angst um sie.«

Zuvor hatte Tom seinen Freund noch nie so besorgt gesehen. Nach dieser persönlichen Bitte an ihn und den gesundheitlich angeschlagenen Kollegen Gröbler kämpfte Tom gegen die aufkommenden Tränen an.

Während Dr. Reinhard Wagner seinen Bericht vortrug, hörten sich die Kommissare Ritter und Lohfeld bei den Obdachlosen im Zentrum Heidelbergs um. Gegen 17:00 Uhr offenbarten sie ihre durchaus interessanten Ergebnisse. Kollege Lohfeld ließ Ritter gerne den Vortritt. Die Angst davor, dass er wieder etwas Elementares vergessen würde, war ihm zu groß. Er hatte keine Lust darauf, sich die nächste Rüge bei seinem Vorgesetzten abzuholen.

»Silke Hallstein befand sich in ständiger Gesellschaft eines sogenannten Mitbewohners. Wir zeigten das Bild des Opfers herum und laut mehrerer ebenfalls Obdachloser handelt es sich hierbei um Hermann Seiber. Er soll 57 Jahre alt gewesen sein und schon mehrere Jahre auf der Straße gelebt haben. Frau Hallstein und Herr Seiber hatten sich vor längerer Zeit angefreundet. Die meiste Zeit des Tages verbrachten die beiden gemeinsam. Wie von den befragten Personen einstimmig zu vernehmen war, handelte es sich um eine rein platonische Beziehung beiderseits. An dem Mordabend wurden beide gegen 21:00 Uhr das letzte Mal lebend gesehen. Ein Augenzeuge berichtete, dass er kurz vor neun mitbekam, wie Hermann Seiber zu Silke Hallstein an den Platz kam. Der Zeuge machte es sich ein paar Meter weiter für die kommende Nacht bequem, sodass er das Gespräch ungewollt mit anhörte. Herr Seiber forderte Silke Hallstein auf, ihn zu einer ganz bestimmten Stelle zu begleiten. Er meinte, er müsse ihr dort etwas Ungewöhnliches zeigen. Frau Hallstein reagierte darauf etwas misstrauisch. Zuerst wollte sie ihn nicht begleiten, ließ sich aber dann doch von ihrem Freund überreden und folgte ihm freiwillig. Das war das letzte Mal, dass der Zeuge einen von beiden gesehen hat.«

Tom schlug mit der flachen Hand auf den Tisch und stand dabei auf. »Natürlich! Er hat Frau Hallsteins Freund dazu benutzt, sie von ihrem Platz wegzulocken. Dafür hat er ihn fürstlich bezahlt. Und weil er sein Gesicht gesehen hat, musste er sterben. Stellt sich nur die Frage, hat er ihn zuerst getötet oder musste der Mann Silke Hallsteins ganzes Leid mitansehen? Aber er hat wieder einen Fehler gemacht. Es war bestimmt nicht seine Absicht, Herrn Seiber das Geld zu überlassen. Ich denke, er hat schlichtweg vergessen, es sich nach dem Mord wieder zu nehmen. Oder er wurde zuvor gestört. Er beging die zwei Morde in aller Öffentlichkeit. Das Risiko, dabei beobachtet zu werden, war verdammt groß. Wir müssen die Befragungen ausweiten. Ich möchte alles über den Abend wissen. Es müssen ihn mehr Menschen gesehen haben. Er wird unvorsichtig.«

Bevor Pathologe Dr. Wagner sich verabschiedete, übergab er Tom eine braune zerschlissene Umhängetasche. »Das ist übrigens die Tasche mit den wenigen Habseligkeiten von Frau Hallstein.

Nichts Besonderes. Ein kleiner Geldbeutel, ein paar alte vergilbte Fotos und etwas billiger Schmuck. Schaut es euch einfach mal an. Außer den Fingerabdrücken des Opfers konnten die Kollegen der Spurensicherung keine weiteren finden.«

»Danke dir, Reinhard, ich schaue mir das später an.« Tom hatte genug für heute. Es war das erste Mal, dass er anfing, seinen Beruf zu hassen. Es war ihm mittlerweile klar, dass der Täter einen Rachefeldzug durchzog. Der erfahrene Ermittler besaß die hundertprozentige Überzeugung, dass die drei Frauen eine gemeinsame Vergangenheit hatten. Er musste weitaus tiefer in ihre früheren Leben eindringen. Dort gab es vielleicht gemeinsame Spuren. Doch Tom wusste zum jetzigen Zeitpunkt nicht im Geringsten, wie er das herausfinden sollte. Er versuchte sich zu konzentrieren.

»Bei Anja Berger könnte ich durch ihre Eltern etwas über ihre Vergangenheit herausfinden. Im Fall Nadine Riethmayr wird es da schon etwas schwieriger. Ihre Eltern sind bereits verstorben. Geschwister gibt es unseres Wissens keine, und ihr Mann wird uns da nicht viel weiterhelfen können. Beim dritten Opfer Silke Hallstein ist die Ausgangslage noch schlechter. Die Mutter ist ebenfalls verstorben und der Vater leidet unter schwerer Demenz. Dazu ist sie ein Einzelkind. Keine guten Perspektiven für zufriedenstellende Ermittlungsergebnisse.«

Tom fand einfach keine Anhaltspunkte. Alles schien so verstrickt zu sein. Oder war es vielleicht doch ganz einfach und er sah es nur nicht? Er begann an sich zu zweifeln. War er eventuell doch nicht erfahren genug, um so einem großen Fall gewachsen zu sein? Seine Selbstzweifel schob er rasch zur Seite. Doch er wusste, dass er hier vor einem riesigen Berg stand, der ihm nicht viele Einstiegsmöglichkeiten anbot. Aber er hatte den unbändigen

Willen, den Gipfel zu erklimmen. Er zog sich seine Joggingschuhe an und versuchte, beim Laufen den Kopf freizubekommen. Situationsbedingt fiel ihm etwas ein:

»Die Bergspitze gehört dir erst dann, wenn du sie wieder von unten siehst. Vorher gehörtest du ihr.«

30.

Du hast mich enttäuscht. Für mich warst du doch immer die Starke. Was ist nur aus dir geworden, Silke? Du bist von euch dreien die mit Abstand Schwächste gewesen. Konntest das Finale nicht mehr abwarten. Bist einfach gegangen, ohne dich richtig von mir zu verabschieden. Ich habe mir deine prallen Brüste genommen. Du trugst keinen BH unter deinem Shirt. Der Anblick hat mich geil gemacht. Jetzt gehören sie endlich mir.

Dieser Hermann hätte alles mit anschauen dürfen, doch er konnte nicht still sein. Es hat mich viel Kraft gekostet, ihn ruhig zu stellen. Zum Schluss hat er mir keine andere Wahl gelassen, als ihn vor deinen Augen zu töten. Du hast nicht einmal reagiert, als ich ihm das Messer tief in seinen fetten Bauch rammte.

Du bist mit Schuld an seinem Tod, Silke. Ich wollte mit dir allein einen Spaziergang machen und ein wenig über alte Zeiten reden, aber du hast mir nicht getraut. Ich beobachtete dich lange genug, um zu wissen, dass du ihm vertraut hast. Was lag da näher, als ihn zu benutzen, um an dich heranzukommen? Das Geld hatte ihn letztendlich überzeugt, mir den kleinen Gefallen zu tun.

Eigentlich ist es vollbracht. Ich wusste immer, dass ich euch irgendwann bekomme. Ihr habt mich gedemütigt. Tag für Tag musste ich es über mich ergehen lassen. Lange musste ich warten, doch es hat sich gelohnt. Nur eine Kleinigkeit fehlt noch in meiner Sammlung.

Ich bin müde und leer. Der Druck in mir ist abgefallen, doch eine letzte Aufgabe muss ich noch erledigen. Das letzte Puzzlestück muss ich nicht suchen. Ich habe es gleich am Anfang meiner späten Rache gesehen. Ihr habe ich es eigentlich zu verdanken, dass ich all die Jahre etwas von ihnen bei mir trug. Aber sie gehört zum Plan dazu. Doch jetzt ist erstmal etwas Ruhe angesagt. Mein Körper wird immer schwächer. Ich werde mich zurückziehen, um neue Kraft zu sammeln.

Kommissar Gerster lässt mir ja alle Zeit der Welt. Sie werden es nicht herausfinden, wenn ich es nicht möchte. Ihre Aktion mit meinem Phantombild ist nicht von Erfolg gekrönt. Sein Aussehen etwas zu verändern, ist heutzutage keine Herausforderung mehr. Ganz im Gegenteil zu meinen Hinweisen, die ich ihnen immer wieder hinterlassen habe. Ich glaube, sie sind einfach nur zu dämlich, darauf zu kommen.

Wie relevant eine Kleinigkeit doch sein kann, wenn man sie nicht sieht.

31.

Freitag, 14.10.2022

Vor etwas weniger als fünf Wochen hatte das kleine romantische Heidelberg friedlich vor sich hingeschlummert. Natürlich gab es hier und da kleinere Straftaten und natürlich auch Tötungsdelikte, doch wie der 18.09.2022 die Stadt mit ihrem wunderschönen Schloss und dem sagenumwobenen Neckartal verändert hatte, ging über jede Vorstellung hinaus.

Es war ruhig auf den Straßen geworden. Niemand traute dem anderen mehr, und nach den drei bestialischen Morden hatte mittlerweile jeder Angst um seine Frau, Freundin oder Tochter. Die ›Kripo Heidelberg‹ stand unter immensem Druck, endlich positive Ergebnisse vorweisen zu können. Doch es gab bis heute leider keine konkreten Hinweise auf den Täter. Die Veröffentlichung der Täterbeschreibung mit Bild erbrachte ebenfalls nicht den erhofften Erfolg. Fast alle Anrufer bei der Polizei wollten den verstorbenen Kommissar Sven Hilpert gesehen haben. Viele von ihnen erzählten, dass es schon einige Zeit her sei, dass sie die Person gesehen hätten. Und schließlich war ja Kommissar Hilpert erst seit wenigen Tagen tot. Der ›Soko‹ fiel es oft nicht leicht zu unterscheiden, ob tatsächlich Hilpert oder gar der Täter selbst gesehen wurde.

Mittlerweile hatte man die Suche nach dem Mörder auf das gesamte Land ausgeweitet. Alle Sender, regional und überregional berichteten über die Mordfälle. Sie versuchten, das Netz um den Täter enger zu ziehen. Dieser Wahnsinnige sollte keinen Schritt mehr tun können, ohne sich dabei von allen Seiten beobachtet zu fühlen.

Für Tom fing dieser Morgen mit keinen guten Vorzeichen an. Auf den Tag vor zwei Jahren war die Ehe zwischen ihm und seiner Gaby geschieden worden. Ab diesem Zeitpunkt hatte er sich emotional zurückgezogen. Die Angst, es könnte ihm bei der nächsten Frau wieder so ergehen, sorgte dafür, dass er eine Wand aufbaute und sie all die Zeit über vor sich herschob. Am liebsten hätte er sich an diesem Tag verkrochen. Doch er wusste, dass er sich um das Schwein da draußen kümmern musste. Alle anderen Empfindlichkeiten oder Wünsche mussten zum wiederholten Male hintanstehen. Tom verabredete sich telefonisch für 11:00 Uhr mit Simone Berger im ›Café Schafheutle‹ inmitten der Heidelberger Fußgängerzone.

Frau Berger erschien überpünktlich. Tom war fasziniert, einen so umwerfenden Anblick purer Erotik auf der Gartenterrasse des alten Cafés serviert zu bekommen. Selbstverständlich trauerte Frau Berger um ihre erst kürzlich ermordete Tochter Anja, doch ihr schwarzer Jumpsuit sah so verführerisch aus, dass er bei Tom längst vergessene Regungen auslöste. Ihre langen dunklen Haare waren zu einem Zopf geflochten. Er versuchte mit gespielter Lockerheit seine Begeisterung zu kaschieren.

»Freut mich, Sie mal wieder zu sehen, Frau Berger. Sie sehen einfach bezaubernd aus, wenn ich das so sagen darf.«

Die aufkommende Gesichtsröte bei Simone Berger war nicht zu übersehen. Man merkte ihr deutlich an, dass es schon sehr lange her sein musste, seit sie zum letzten Mal solch ein Kompliment zu hören bekam. Sie schaute etwas verlegen und rollte wie ein Kleinkind leicht ihre Augen. »Die Freude ist ganz auf meiner Seite, Herr Gerster«, erwiderte sie.

Sie bestellten sich zwei Cappuccino. Tom bemerkte ihre Unsicherheit. Sie wich seinen Blicken immer wieder aus. Irgendetwas bedrückte sie, das spürte er deutlich. Er legte vorsichtig seine Hand auf ihre. Toms zärtliche Art und seine Nähe taten ihr offensichtlich gut. Sie erwiderte den Körperkontakt und legte jetzt ihre Hand ebenfalls auf seine.

»Ach, am liebsten würde ich ausbrechen, Herr Gerster. Was hält mich denn hier? Meine geliebte Tochter ist tot und mein Mann gibt mir die Schuld an ihrem Unglück. Seit das mit Anja passiert ist, spricht er nur das Allernötigste mit mir. In meiner Gedankenwelt bricht gerade alles auseinander. Ach, das tut mir leid Herr Gerster. Ich jammere Ihnen hier die Ohren voll, dabei wollten Sie doch etwas von mir, oder?«

Tom rückte ein Stück näher an Simone Berger. »Sie müssen sich nicht entschuldigen, Frau Berger. Ich verstehe Ihre Sorgen und würde Ihnen gerne etwas davon abnehmen, wenn ich könnte.«

Beider Blicke trafen sich. Ihre Gesichter waren jetzt nur wenige Zentimeter voneinander entfernt. Es entstand ein Moment aus knisternder Spannung, und keiner wusste, wie er damit umgehen sollte. Doch bevor die Nähe gefährlich werden konnte, wich Anjas Mutter deutlich zurück. Ihre Hände berührten sich jetzt nicht mehr.

»Meine Bitte um ein gemeinsames Treffen hat folgenden Hintergrund«, Tom versuchte, seine Wortwahl so sachlich wie nur möglich zu treffen, »Ich wollte mit Ihnen über Anjas Jugendzeit sprechen. Ich hatte Sie unlängst gefragt, ob Ihnen der Name Nadine Riethmayr etwas sagen würde. Sie verneinten diese Frage, richtig? Vielleicht sagt ...«

»Sie wollen jetzt bestimmt wissen, ob ich Silke Hallstein kenne, oder? So heißt doch das Mädchen, das vor ein paar Tagen ermordet wurde? Ich muss Sie leider enttäuschen, Herr Gerster«, unterbrach sie ihn mit sanfter Stimme. »Natürlich gab es in Anjas Kindheit mit Sicherheit Mädchen, die eventuell Silke oder Nadine hießen. Nur, als sie dann älter wurde, waren meines Erachtens keine Freundinnen in Anjas Umfeld, die diese Vornamen trugen.«

Simone Berger schaute Tom mit einer Vertrautheit an, die ihn an ihre warmen und sinnlichen grau-braunen Augen fesselte. Er brauchte einige Sekunden, um sich von ihrem Blick zu lösen.

»Ich bitte Sie darum, sich noch einmal Gedanken darüber zu machen, ob es nicht vielleicht doch einen Zusammenhang zwischen den Mädchen aus der Vergangenheit gibt. Sie dürfen mich zu jeder Zeit anrufen, Frau Berger. Ich teile Ihnen sogar einen persönlichen Klingelton auf meinem Handy zu.« Tom glaubte selbst nicht, dass er diesen letzten Satz gerade gesagt hatte. Diese Frau löste irgendetwas in ihm aus, doch er wusste im selben Augenblick, dass es nicht sein durfte.

Frau Berger schien Toms aufkommende Unsicherheit zu spüren. Jetzt war sie es, die ihre Hand auf seine legte. »Ach, Sie sind ja süß, Herr Gerster. Ich verspreche Ihnen, mir Gedanken zu machen und mich dann gerne wieder bei Ihnen zu melden.«

Nachdem sie ihre Cappuccini ausgetrunken hatten, stand Simone Berger auf. Zum Abschied fasste sie an Toms Oberarme, zog ihn etwas zu sich heran und hauchte ihm rechts und links ein kleines Küsschen auf die Wangen. Sie streichelte ihm noch zärtlich über die Hände und verließ dann wortlos das Café.

Gegen 14:45 Uhr kam endlich der erlösende Anruf: Die Kollegen aus Ludwigshafen hatten den Gesuchten in der Tiefgarage eines großen Einkaufszentrums festgenommen. Ein Kunde, der dort seine Shoppingtour beendete, rief bei der Polizei an, als er den Mann erkannte. Der Verdächtige konnte sich ausweisen und ließ sich durch ein Sonderkommando der ›Kripo‹ ohne Widerstand festnehmen. Bisher schwieg er sich aber hartnäckig zu den Vorwürfen aus.

Tom ließ über Kriminalrat Mallgraf anordnen, den Mann zur Vernehmung nach Heidelberg zu überführen. Kurz vor halb fünf war es dann so weit. Im Verhörraum des Heidelberger Präsidiums saß er, der Mann, dem vier Morde, drei davon auf grausamste Art, vorgeworfen wurden. Die Personenabfrage ergab, dass es sich um den 51-jährigen Dieter Weinbach handelte. Sein Wohnsitz befand sich in Bad Homburg. Der gelernte Zimmermann schien sich schon seit längerem nicht mehr in seiner Heimatstadt aufzuhalten. Zumindest wurde er dort von seinem Vermieter, der im gleichen Haus unter ihm wohnte, seit langer Zeit nicht mehr gesehen.

Ja, er sah wirklich aus wie der gesuchte Mörder. Doch irgendeine Kleinigkeit passte Tom an dem Mann nicht. Die Ähnlichkeit mit Sven Hilpert war verblüffend, aber etwas passte da dennoch nicht zusammen. Der Verdächtige war deutlich größer und schlanker als sein toter Kollege Sven. Tom hatte bei Svens Beerdigung selbst eine kurze Gelegenheit gehabt, den vermeintlichen Täter zu sehen. Er dachte nach und seine Erinnerungen täuschten ihn nicht.

»Der Mann am Seitentor des Friedhofes war viel kleiner als der Verdächtige, den sie mir hier vorführen.«

Trotzdem startete er das Verhör. Sein Kollege Ritter war mit anwesend. Mallgraf und die anderen Mitglieder der ›Soko‹ beobachteten das Ganze durch eine von innen verspiegelte Scheibe im kleinen Nebenraum.

»Lassen Sie uns anfangen und es hinter uns bringen, Herr Weinbach. Warum hielten Sie sich kurz vor Ihrer Festnahme im Parkhaus des Einkaufszentrums auf?« Tom rechnete nicht mit einer Antwort des Verdächtigen. Zu seinem Erstaunen, geschah aber das Gegenteil.

»Hm, wenn ich mir Sie so ansehe, sind Sie bestimmt Hauptkommissar Gerster, richtig? Sie müssen wissen, dass ich das nicht freiwillig getan habe, aber das finanzielle Angebot war dann doch zu verlockend.«

Tom runzelte die Stirn. Er verstand nicht sofort, was der Mann ihm damit sagen wollte. War er vielleicht doch der gesuchte Mörder? Er könnte ein Auftragskiller sein.

»Sie geben also zu, die Morde an den drei Frauen und dem älteren Mann für Geld begangen zu haben?«

Verdutzt blickte Dieter Weinbach vom Tisch auf. »Sie halten mich tatsächlich für einen Mörder? Zugegeben, ich habe in meinem Leben bestimmt nicht alles richtig gemacht und bin einigen Leuten mit Sicherheit zu fest auf die Füße getreten. Aber ein Mörder? Nein, das bin ich mit aller Deutlichkeit nicht. Hätte er mir keine zweitausend Euro dafür gegeben, wäre mir doch nie in den Sinn gekommen, das Angebot anzunehmen.«

Tom ahnte, in welche Richtung das Verhör gehen würde.

»Von wem sprechen Sie? Und wofür hat er Ihnen zweitausend Euro gegeben?«

»Na, dieser Typ, der mir ähnlich sieht. Er hat mich vorgestern durch Zufall hier in Ludwigshafen im Rathauscenter gesehen und mir dann dieses Angebot gemacht.«

»Jetzt lassen Sie sich doch nicht alles aus der Nase ziehen, Herr Weinbach. Was denn für ein Angebot?« Tom war gereizt. Er hatte keine Zeit für irgendwelche Spielchen.

»Er meinte, dass ich, wenn ich möchte, ohne große Anstrengung zu nicht gerade wenig Geld kommen könnte. Ich sollte mich nur heute in das Parkhaus an der ›Rheingalerie‹ setzen, den Rest würde er dann übernehmen. Er meinte, wenn dann ein Herr Gerster vor mir stehen würde, sollte ich ihm den Zettel geben, den mir Ihre Kollegen leider bei der Durchsuchung abgenommen haben. Mehr nicht. Und dafür gab er mir die zweitausend Euro. Ganz schön viel Kohle für so ein kleines Stück Papier. Finden Sie nicht, Herr Gerster?«

Tom blickte fragend in Richtung des großen Spiegels. Er verließ den Verhörraum. Nebenan traf er als Erstes auf seinen Chef Mallgraf. »Warum weiß ich nichts von diesem Zettel?«

Tom sah im Augenwinkel wie sein Kollege, Kommissar Lohfeld überhastet den Raum verließ. Nach wenigen Minuten kam er mit einem bedruckten Blatt Papier zurück. »Die Kollegen aus Mannheim haben die persönlichen Sachen von Herrn Weinbach bei sich drüben. Ich ließ mir aber den Zettel rüber faxen.« Tom nickte Lohfeld anerkennend zu. »Das nenne ich mal gute Polizeiarbeit. Klasse mitgedacht, Stefan.«

Er sah Kommissar Lohfeld an, dass das Lob seines direkten Vorgesetzten sein persönliches Highlight des Tages war.

»Na, dann schauen wir mal, was dieser Dreckskerl uns mitzuteilen hat.«

Als Tom die Worte des Mörders las, kam in ihm das Gefühl auf, seine Körpertemperatur würde um mehrere Grade ansteigen.

»Wer nicht hinsieht, kann es nicht sehen. Sie verloren, weil Sie Ihre Augen nicht richtig öffneten. Sie bekamen von mir mehrere Chancen, und es wäre Ihr Job gewesen, sie zu nutzen. Sie waren leider kein Gegner für mich.

Wie relevant eine Kleinigkeit doch sein kann, wenn man sie nicht sieht.«

Tom wusste, dass der Irre Recht hatte. Ja, er hatte auf ganzer Linie versagt. Was konnte er jetzt noch tun? Mit dieser Botschaft gab der Mörder ihm zu verstehen, dass es vorbei war. Es würde keine weiteren Morde mehr geben, da war er sich sicher. Seine Gedanken rasten.

»Dieses Schwein hat mit uns gespielt, und wir spielten ungefragt mit. Aber hatten wir denn eine realistische Chance, sein Spiel zu gewinnen? Er war uns immer einen Schritt voraus. Nur bei einem hat er sich getäuscht: Ich werde nicht Aufgeben ihn zu jagen, und dann bekommt er seine gerechte Strafe!«

Für kurze Zeit hatte Tom sich mit der persönlichen Niederlage abgefunden. Aber mit dieser Botschaft hatte der Täter genau das Gegenteil erreicht. Nie zuvor war sein Kampfgeist so groß wie in diesem Moment. In seinem Kopf gab es nur einen Gedanken.

»Ab jetzt sind wir in der Verlängerung.«

Dieter Weinbach wurde bis auf Weiteres freigelassen. Er musste sich aber zur Verfügung halten. Natürlich setzte Tom ihn für die erste Zeit unter ständige Beobachtung. Kommissar Ritter, der dem ganzen Verhör kommentarlos beigewohnt hatte, fiel dabei etwas seltsames Interessantes auf.

»Zweitausend Euro, um dir eine persönliche Nachricht zu überbringen, ist sehr viel Geld, Tom. Das lässt für mich nur einen Schluss zu: Entweder, der Täter hat zu viel davon, sodass es ihm nicht wehtut, oder er hat es nicht, braucht aber in Zukunft auch keines mehr. Jetzt, da es den Anschein macht, dass er mit seinem Plan fertig ist, denkt er vielleicht an Suizid.«

Ritters Einwand stieß unter den Ermittlern auf offene Ohren.

»Deine Theorie ist nicht von der Hand zu weisen, Mathias. Deshalb sollten wir alles daran setzen, dieses Schwein vorher dingfest zu machen.« Einen Plan, wie das funktionieren sollte, hatte Tom zwar nicht, doch mit seiner Antwort wollte er die Konzentration im Team auf jeden Fall hochhalten.

Um 18:30 Uhr traf sich sämtliche Ermittler zu einem kurzen Brainstorming im Einsatzraum. Sie trugen alles zusammen, was sie bisher in Erfahrung gebracht hatten. Für Tom war es wichtig, dass nach der Botschaft des Täters keine Resignation aufkam. Deshalb schwor er noch einmal alle ein. Der morgige Tag sollte mit neuer frischer Kraft angegangen werden.

32.

Samstag, 15.10.2022

Nach einer unruhigen Nacht, die den Ereignissen des Vortages geschuldet war, verbrachte Tom den Vormittag mit seinen Kollegen im Präsidium. Sie gingen wieder und wieder die Akten der ermordeten Frauen durch. Als sie um kurz nach 12:00 Uhr die Entscheidung trafen, sich den restlichen Samstag frei zu nehmen, trat etwas Unfassbares ein. Keiner der Anwesenden dachte nur im Traum daran, dass ein Zufall ihnen heute zu einem großen Sprung in ihren Ermittlungen verhelfen würde. Wie sie von Kriminalrat Rainer Mallgraf erfuhren, hatte sich vor wenigen Minuten Dieter Weinbach telefonisch bei ihm gemeldet. Er teilte ihm mit, dass er tags zuvor ein wenig durcheinander gewesen sei und vergessen habe, etwas Wichtiges zu erwähnen. Was die Ermittler dann zu hören bekamen, war wie ein Sechser im Lotto. Herr Weinbach teilte Mallgraf mit, dass er den Namen des wahren Täters kenne. Als der ihm nämlich die zweitausend Euro geben wollte, fiel ihm ein Teil des Geldes zusammen mit seinem Ausweis aus der Brieftasche. Er hob ihn zwar schlagartig wieder auf, doch der Ausweis lag Dieter Weinbach mit der Schrift so zugewandt, dass er den Namen Lutz Greilich lesen konnte. Der Mann war so damit beschäftigt gewesen, das Geld wieder zusammenzusuchen, dass er nichts von Herrn Weinbachs Beobachtung bemerkt hatte.

»Hätte der Verdächtige es bemerkt, wäre das mit hoher Wahrscheinlichkeit Dieter Weinbachs Todesurteil gewesen«, fügte Ritter emotionslos hinzu.

Innerhalb weniger Sekunden spuckte die Datenbank die persönlichen Daten von Lutz Greilich aus. Gemeldet war er in Heidelberg/Pfaffengrund. Der Pfaffengrund befindet sich unweit vom Präsidium entfernt. Es handelte sich hier um einen Stadtteil im Westen von Heidelberg, der aus dem Wohngebiet im Süden und dem Industriegebiet im Norden bestand. Typisch für den Pfaffengrund war, dass neben dem überwiegend genossenschaftlichen Wohnungsbau, der Grünflächenanteil, den kein anderer Stadtteil in Heidelberg überbieten konnte, seinen Platz fand.

Umgehend kontaktierte Tom das Spezialeinsatzkommando, um die Durchführung der Festnahme abzusprechen. Es war Vorsicht geboten. Hier sollte nicht ein Kleinkrimineller verhaftet werden, sondern es handelte sich um den wohl größten Serienmörder der Heidelberger Kriminalgeschichte. Niemand konnte vorhersagen, was die Ermittler im Steinhofweg 24 erwarten würde. Ein Zivilfahrzeug ‚der ›Kripo‹ sollte sich vorab einen ersten Überblick verschaffen. Laut den Kollegen befand sich die Straße in unmittelbarer Nähe zum Feldrand. Bei der Unterkunft, in der Lutz Greilich wohnte, handelte es sich um ein Mehrparteienhaus. Es stand frei und war von allen Seiten gut einsehbar.

Auf der Fahrt nach Pfaffengrund besprach Tom mit Ritter die letzten Einzelheiten, die zur Festnahme des Verdächtigen führen sollten. Zusätzlich hatten die beiden vier weitere Fahrzeuge mit je zwei Beamten im Schlepptau. In sicherem Abstand zum Haus wartete das extra herbei gerufene Spezialeinsatzkommando auf die Ermittler aus Heidelberg. Das Ganze sollte schnell und ohne unnötiges Risiko für die Beamten ablaufen. Sie mussten sich darauf vorbereiten, dass der Verdächtige bewaffnet sein könnte.

Als leitender Ermittler übertrug man Tom das Kommando des Einsatzes. Die Umgebung am Steinhofweg wurde großflächig abgesperrt. Ein Hubschrauber zur Luftüberwachung schwebte bereits in unmittelbare Nähe am Himmel. Alle Aus- und Eingänge des Hauses waren besetzt. Die hintere Tür, die zum Fahrradkeller führte, sicherten Beamte ab. Zum Treppenhaus verschaffte sich Tom zusammen mit Ritter über eine Nachbarin Zutritt. Die Wohnung des Verdächtigen lag im ersten Obergeschoss. Nach mehrmaligem erfolglosem Rufen und Klopfen an der Wohnungstür entschied Tom sich, diese mit Gewalt zu öffnen. Als sie zusammen mit fünf weiteren Personen des ›SEK‹ die Wohnung betraten, mussten sie zu ihrer Enttäuschung feststellen, dass niemand anzutreffen war. Die Wohnung befand sich in einem tadellos aufgeräumten Zustand. Sämtliche Jalousien waren zu drei Vierteln geschlossen. Gerade als Tom über Funk den Einsatz für beendet erklären wollte, stand unverhofft eine Untermieterin in der Wohnungstür.

»Was tun Sie denn hier? Herr Greilich ist nicht da.«

Tom sah die alte, aber vom Kopf her offensichtlich klare Frau verdutzt an. »Wie Sie ja sicher bemerkt haben, sind wir von der Polizei. Können Sie uns sagen, wo er sich zurzeit befindet?« Die rüstige Rentnerin schüttelte den Kopf. »Ja, das kann ich Ihnen sagen. Herr Greilich befindet sich in Begleitung seiner Frau Ute schon seit fast zwei Wochen im Urlaub auf Fuerteventura. Wenn ich mich recht erinnere, kommen die beiden übermorgen wieder. Wenn Sie mich vorher gefragt hätten, wäre die Tür hier noch funktionsfähig. Ich darf hier jedes Jahr die Blumen gießen, während die beiden ihren wohlverdienten Urlaub genießen. Dafür habe ich extra einen Schlüssel bekommen.«

Tom sah sich in der Wohnung um und entdeckte an der Wand ein Hochzeitsfoto. »Ist das hier auf dem Bild Herr Greilich mit seiner Frau?«, richtete er seine Frage an die alte Dame.

»Ja, natürlich ist das Lutz. Das war vor zwei Jahren. Da hat er seine Ute geheiratet. Die beiden passen so gut zusammen.«

Tom und die anderen Beamten sahen, dass es sich auf dem Bild nicht um den Täter handeln konnte. Lutz Greilich war ein großer stämmiger Mann mit voller Haarpracht. Es bestand nicht die geringste Ähnlichkeit mit dem gesuchten Serienmörder.

»Teilen Sie ihm bitte mit, dass er sich sofort nach seiner Ankunft bei uns melden soll.« Tom war genervt. Mit den Worten »Lasst uns abziehen und sorgt dafür, dass das Türschloss wieder in Ordnung gebracht wird« verließ er das Gebäude.

Auf der Rückfahrt versuchte Tom sich den fehlgeschlagenen Einsatz zu erklären. Seine Überlegungen gingen in verschiedene Richtungen, als sich in Sekundenschnelle ein seltsamer Verdacht in seinem Kopf festsetzte. Wieder zurück in Heidelberg wusste er, was er als Erstes tun musste. Und er sollte mit seiner Vorahnung mal wieder Recht behalten: Lutz Greilich hatte tatsächlich kurz vor seinem Urlaub seinen Personalausweis als verloren gemeldet.

Kommissar Lohfelds zurückgewonnenes Selbstvertrauen ließ ihn ohne Umschweife eine berechtigte Frage in die Runde werfen. »Wie konnte der Verdächtige ohne gültigen Personalausweis ein Flugzeug besteigen und nach Fuerteventura reisen?«

»Hättest du einen kurzen Augenblick gewartet, Stefan, dann wäre deine Frage bereits beantwortet. Lutz Greilich beantragte am gleichen Tag, als er seinen Ausweis verloren meldete, einen vorübergehenden Ersatzausweis. Fuerteventura liegt zwar nur hundert Kilometer von der Nordküste Afrikas entfernt, ist aber die zweitgrößte, zu Spanien gehörende kanarische Insel. Das bedeutet, Fuerteventura gehört politisch zu Spanien, damit zu Europa und somit zur ›EU‹. Infolgedessen durfte Herr Greilich mit seinem vorübergehenden Ersatzausweis auf die Insel fliegen.«

»Wir rennen von einer Sackgasse in die andere. Bringt mir Dieter Weinbach hierher. Wir sollten uns noch einmal mit ihm unterhalten.« Tom war fest entschlossen, sich nicht mehr länger an der Nase herumführen zu lassen. Eine Dreiviertelstunde später saß Dieter Weinbach sichtlich verunsichert dem Chefermittler gegenüber.

»Ich möchte jetzt von Ihnen die ganze Geschichte, Herr Weinbach. Fangen Sie an der Stelle an, an der Ihnen der Mann das Geld gegeben hat. Mich interessiert am meisten die Geschichte mit dem angeblich herausgefallenen Personalausweis. Und passen Sie auf, was Sie mir erzählen. Sollten mir nur der geringste Zweifel an Ihrer Aussage kommen, wandern Sie bei uns ein. Haben Sie mich verstanden?«

Die Art, wie Tom seine Worte vortrug, hinterließ bei Herrn Weinbach deutliche Spuren. Die Angst stand ihm ins Gesicht geschrieben. Er war zu clever, um seine verzwickte Lage nicht zu erkennen. Aus diesem Grund versuchte er erst gar nicht, sich aus der ausweglosen Situation, in der er sich zweifellos befand, herauszuwinden. »Ich gebe es zu, Herr Kommissar. Das mit dem Ausweis war gelogen. Der Mann hat mir den Ausweis zusammen mit den zweitausend Euro gegeben. Ich sollte ihn gestern mitnehmen, sodass Sie den Ausweis bei mir finden. Dann sollte ich Ihnen die Geschichte erzählen, dass er ihm versehentlich herausgefallen wäre und ich den Namen lesen konnte. Doch leider habe ich gestern Morgen das Dokument zuhause liegen lassen, also war ich gezwungen, die Geschichte etwas zu verändern. Es tut mir leid, Herr Kommissar. Ich weiß, auf das Ganze einzugehen, war ein großer Fehler.«

»Bringt den Kerl raus, bevor ich mich an ihm vergesse!«

Mehr brachte Tom gegenwärtig nicht über seine Lippen.

Es war amtlich. Der Täter spielte mit den Beamten. Er hielt den Joystick in seiner Hand, und sie liefen in die Richtungen, die er vorgab. Es gab keine Möglichkeit, an ihn heranzukommen. Egal, was die Ermittler gegen ihn unternahmen, sie taten es nur, weil er es so wollte. Er war viel schlauer, als der Leiter der ›Soko‹ am Anfang der Ermittlungen dachte. Doch durch seine letzte Aktion hatte er es mit seinen Spielchen übertrieben. Tom forderte gleich mehrere verdeckte Ermittler an. Sie sollten in Heidelberg präsent sein. Selbst wenn ihre Tarnung auffliegen würde, wäre er gewarnt, dass seine Zeit abgelaufen war.

Zwischenzeitlich schlug die Turmuhr fünfmal. Für einen Samstag war es Zeit, Schluss zu machen. Nur eines musste noch erledigt werden: In der Ecke stand weiterhin der Rucksack mit den wenigen persönlichen Dingen von Silke Hallstein. Tom setzte sich an seinen Schreibtisch und leerte ihn aus.

Neben einer silbernen Kette mit einem kleinen blauen Edelstein, einer Geldbörse mit ihren Papieren und 14,32 € in bar, einem Heidelberger Stadtplan, einer kleinen Flasche Korn, mehreren Tampons und Papiertaschentüchern, fielen ihm drei kleinere Fotos ins Auge. Auf dem einen erkannte Tom, trotz der schlechten Qualität, mehrere leicht verschwommene junge Mädchen, die freudig in die Kamera lächelten. Das nächste Foto zeigte deutlich Silke Hallstein mit einem älteren Paar. Tom ging davon aus, dass es sich hierbei um ihre Eltern handelte. Beim dritten Foto wurde es dann aber interessant. Das Bild zeigte Silke Hallstein stehend am Neckarufer vor der alten Brücke. An sich war das kein Grund, näher hinzuschauen. Doch der Mann, der den Arm um die ermordete Frau Hallstein legte, war kein geringerer als Claus Baumann. Bei ihm war Anja Bergers Exfreund Dirk Stollmann für die ersten Tage nach Anjas Tod untergekommen. Toms Nackenhaare stellten sich auf. Wieder rasten seine Gedanken hin und her.

»Ist es nur ein Zufall? Und wenn ja, warum hat sich Herr Baumann dann nicht längst bei uns gemeldet und uns erzählt, dass er das dritte Opfer kennt? Er musste doch damit rechnen, dass wir es herausbekommen. Vielleicht kannten sich die Frauen ja doch und er kennt Silke Hallstein aus der Zeit, als Anja Berger mit Dirk Stollmann zusammen war.«

Claus Baumanns Telefonnummer herauszubekommen, war ein Leichtes. Ein Griff zu seinem Handy und ein paar Sekunden später vernahm Tom das Läuten am anderen Ende der Leitung. Nach viermaligem Klingeln schaltete sich die Mailbox von Claus Baumann ein. Tom sprach ihm eine kurze Nachricht darauf, mit der Bitte, sich umgehend bei ihm zu melden, und feuerte danach resignierend das Telefon auf seinen Schreibtisch. Er entschied sich nun endgültig, Feierabend zu machen. Herr Baumann hatte jetzt seine Handynummer und konnte ihn somit zu jeder Zeit erreichen.

Tom war gerade zuhause angekommen, als sein Handy sich meldete. Er wusste sofort, wer ihn da anrief. Sein Display zeigte ihm die gleiche Nummer an, die er vor knapp einer Stunde gewählt hatte. Ohne viel Vorgeplänkel sprach Tom Herrn Baumann auf das Foto mit Frau Hallstein an. Der hatte eine einfache, aber plausible Erklärung dafür, wie das Foto entstanden war: Claus Baumann arbeitete ehrenamtlich für die Heidelberger Tafel. Dadurch hatte er häufiger mit Obdachlosen zu tun. Mit Silke Hallstein hat er sich, wahrscheinlich altersbedingt, immer gut verstanden. An einem Sonntag traf er sie zufällig am Neckarufer und machte spontan ein Foto mit seinem Handy. Frau Hallstein wollte unbedingt einen Abzug haben, und so druckte er es ein paar Tage später aus und schenkte es ihr beim nächsten Treffen.

Tom wusste nicht, ob er dem jungen Baumann die Geschichte abkaufen sollte. Er beließ es aber für heute dabei. Er bat Herrn Baumann, sich gleich am Montagmorgen bei ihm zu melden, und nahm sich vor, die Geschichte mit der Heidelberger Tafel am Montag als Erstes zu überprüfen. Dann war es für ihn geschafft.

Er brauchte das Wochenende, um den Kopf mal wieder etwas freizubekommen. Die letzten Tage waren ziemlich anstrengend gewesen. Er versuchte erst gar nicht, daran zu denken, was die kommende Woche bringen würde. Den Gedanken, es könnte vielleicht doch ein neues Opfer geben, schob er schnell wieder zur Seite, wie er gekommen war.

Am Abend saß er in seinem kleinen Wohnzimmer und versuchte bei dem Film ›Mission Impossible 4‹.

ein wenig abzuschalten, als sich erneut sein Handy meldete. Diese Nummer kam ihm natürlich bekannt vor.

Im Gegensatz zum Anruf von Claus Baumann, freute sich Tom jedoch, die Stimme am anderen Ende zu hören.

»Guten Abend, Frau Berger. Schön, von Ihnen zu hören. Was verschafft mir denn die Ehre Ihres Anrufes?«

»Hallo Herr Gerster! Es tut mir leid, aber Sie denken bestimmt, ich rufe Sie an, weil ich Neuigkeiten für Sie habe. Doch leider habe ich die Zeit und die Kraft nicht gefunden, mich um Ihr Anliegen zu kümmern. Aber ich verspreche Ihnen, dass ich es bestimmt die Tage erledigen werde.«

»Machen Sie sich bitte keinen unnötigen Stress, Frau Berger. Jetzt versuchen Sie erstmal bei dem schönen Wetter das Wochenende ein wenig zu genießen, dann sehen wir weiter, ja?«

»Und da sind wir schon beim Punkt, Herr Gerster: das Wochenende genießen. Ich möchte nicht aufdringlich wirken, aber ich

wollte Sie fragen, ob Sie eventuell morgen früh Zeit und vor allem Lust haben, mit mir frühstücken zu gehen?«

Tom rechnete in diesem Augenblick nicht mit Frau Bergers Einladung. Er wusste, dass man es nicht gerne sah, wenn sich ein Beamter privat mit einer Person traf, die in einem aktuellen Fall involviert war. Deshalb brauchte er einen Moment, um zu antworten. Er hoffte, dass Simone Berger sein Zögern nicht missverstand.

»Das freut mich, Frau Berger. Ich nehme Ihre Einladung gerne an. Wäre es Ihnen recht, wenn ich Sie gegen 09:30 Uhr bei Ihnen zuhause abhole? Haben Sie schon eine besondere Lokation im Auge oder darf ich Sie überraschen?«

»Ja, natürlich habe ich mir schon etwas überlegt. Aber ich lasse mich gerne von Ihnen überraschen, Herr Gerster. Wir sehen uns dann morgen 09:30 Uhr. Ich freue mich!«

»Die Freude ist ganz auf meiner Seite. Dann bis morgen früh. Ich wünsche Ihnen einen angenehmen Abend.«

Und wieder stiegen Zweifel in Tom auf. Sollte er sich auf etwas einlassen, was er zum jetzigen Zeitpunkt gar nicht wollte? Oder war es wirklich nur die Angst davor, wieder enttäuscht zu werden? Er nahm sein Telefon in die Hand und drückte die Wiederwahl-Taste. Doch vor dem ersten Klingeln ließ er die Verbindung gar nicht zu Stande kommen. Sein Kopf sagte ihm, dass er es besser lassen sollte. Nur diesmal hörte er, wie so oft in letzter Zeit, auf sein Bauchgefühl. Was konnte er verlieren, wenn er sich mit Frau Berger traf? Es handelte sich nur um ein Frühstück, versuchte er sich einzureden, was erstaunlicherweise gut funktionierte. Also setzte er sich an seinen Computer und suchte nach einer passenden Lokation.

33.

Sonntag, 16.10.2022

Das Wetter an diesem Sonntagmorgen passte sich Toms guter Laune an. Warme Sonnenstrahlen durchfluteten sein Wohnzimmer. Ein angenehm behagliches Gefühl machte sich in ihm breit. Tom war relativ früh aufgewacht und rannte seitdem fröhlich pfeifend durch seine Wohnung. Tatsächlich hatte er es geschafft, eine Weile nicht an den Fall zu denken. Die Vorfreude auf das gemeinsame Frühstück mit Simone Berger brachte ihm seine längst vergessene Lockerheit zurück. Er tanzte vergnügt vor dem Spiegel im Bad herum. Als er der Dusche entsprang, vernahm er das Läuten seines Handys. Nass wie er war, rannte er Richtung Küche. Ein angsteinflößender Gedanke hämmerte sich in seinem Kopf fest:

»Bitte nicht schon wieder. Hoffentlich hat uns dieses Schwein kein weiteres Opfer hinterlassen!«

Seinem Wunsch wurde stattgegeben. Simone Berger rief ihn an, um erwartungsvoll nachzufragen, ob es bei 09:30 Uhr blieb. Gleich mehrere Felsbrocken fielen Tom in diesem Augenblick vom Herzen. Seine Angst vor einem Anruf irgendeines Wachmanns, der eine Leiche entdeckt hatte, war erstaunlich groß. Erleichtert ließ er sich auf der Couch nieder. Er fragte sich zum wiederholten Male, ob es die richtige Entscheidung gewesen war, sich auf Frau Bergers Einladung einzulassen. Doch Tom war ein erfahrener Ermittler. Berufliches von Privatem zu trennen, war eine seiner großen Stärken. Also schob er den Gedanken rasch beiseite. Er zog sich sportlich leger an, trug ein wenig Parfüm auf und begab sich erwartungsvoll auf den Weg nach Neckargemünd.

Endlich konnte er die Fahrt durch das traumhafte Neckartal mal wieder in vollen Zügen genießen. Er fuhr auf der Neuenheimer Seite des Neckars. So genoss er den atemberaubenden Blick auf die Ruine des Heidelberger Schlosses. Der ruhige Fluss spiegelte dabei die Silhouette der alten Brücke wider. Auf Höhe Ziegelhausen bemerkte er ein Passagierschiff mit der Aufschrift ›Königin Silvia‹ auf dem Neckar. Tom hatte schon oft mit dem Gedanken gespielt, mal wieder zuzusteigen und sich von der Schönheit Heidelbergs verzaubern zu lassen. Egal, ob man Heidelberg zum ersten Mal besuchte oder die Heimatregion neu entdecken wollte, die Fahrt mit so einem Schiff bot zahlreiche Eindrücke, die immer wieder aufs Neue begeisterten, und vor allem die Möglichkeit, die Stadt und ihr wandelbares Flusstal aus einem ganz eigenen Blickwinkel zu erleben. Kurz bevor er sein Zwischenziel ›Am Kastanienberg‹ erreichte, holte ihn eine Überlegung ein, die er bisher außer Acht gelassen hatte.

»War es eine gute Idee, Simone Berger bei sich zuhause abzuholen? Was, wenn ihr Mann anwesend ist? Was würde er denken, wenn der leitende Beamte im Mordfall seiner Tochter am frühen Sonntagmorgen seine Ehefrau zum Frühstück abholt? Warum habe ich daran nicht schon vorher gedacht? Jetzt ist es zu spät!«

Tom musste das Risiko gar nicht eingehen, denn als er das Lenkrad einschlug, um die Straße Am Kastanienberg hinaufzufahren, sah er Simone Berger schon auf sich zu laufen. Tom parkte seinen Wagen direkt am Straßenrand und stieg aus. Schon vom Auto aus konnte er einen Blick auf Frau Berger erhaschen. Was er zu sehen bekam, verschlug ihm fast den Atem. Es war für ihn fast unmöglich, ein klares Wort über seine Lippen zu bringen. In der Sekunde als Frau Berger ihm die Hand zur Begrüßung reichte, glaubte er, die US-amerikanische Schauspielerin ›Demi Moore‹

stehe wahrhaftig vor ihm. Die langen dunklen Haare trug sie offen. Ein dezentes Make-up mit Mascara und einem bordeauxfarbenen Lippenstift rundeten ihr weiches Gesicht ab. Der schwarze, enganliegende Rock verlieh ihrer sportlichen Figur einen Hauch Erotik. Die perfekt sitzende blaue Seidenbluse brachte ihre wohlgeformten Brüste schön zur Geltung. Dass die ersten drei Knöpfe geöffnet waren, löste leichtes Herzrasen bei Tom aus. Ohne auf ihre ausgestreckte Hand zu reagieren, nahm er sie spontan in seine Arme und drückte ihr einen Begrüßungskuss auf die Wange.

»Sie sehen traumhaft aus, Frau Berger.« Tom war froh, diesen einen Satz stolperfrei herausgebracht zu haben.

»Schön, dass es geklappt hat, Herr Gerster. Oder soll ich besser Kommissar Gerster sagen?« Sie lächelte ihn verschmitzt an. »Nein, nein, den Kommissar lassen wir heute zu Hause. Wenn Sie möchten, dürfen Sie einsteigen und sich von mir überraschen lassen.«

Tom drehte seinen Wagen und fuhr durch Neckarsteinach Richtung Hirschhorn. Er hatte sein Ziel schon am Vorabend nach dem Telefonat mit Frau Berger ausgewählt. Über die lange Bundesstraße am Fluss entlang erreichten sie schließlich das idyllisch gelegene Schlosshotel in Hirschhorn. Das Gebäude lag recht hoch über dem romantischen Neckartal. Die alte Burganlage war vor einigen Jahren restauriert worden und diente seither als Hotel. Durch das modern eingerichtete Restaurant mit seinem charmanten Charakter eines Gewölbekellers erreichten sie die wunderschöne Dachterrasse. Dieser sagenhafte Blick hinunter auf den Fluss faszinierte beide gleichermaßen. Als sie ihren traumhaft eingedeckten Tisch erreicht hatten, legte Simone Berger wieder ihre Hand auf seine.

»Vielen Dank, Herr Gerster, dass Sie mir diesen bezaubernden Moment schenken. Ich habe längst vergessen, wie schön unser eigenes Zuhause doch ist.«

Tom sah sie mit leicht verengten Augen an. »Es ist mir eine Ehre, mit Ihnen hier oben den Vormittag genießen zu dürfen.«

Die Zeit verging wie im Flug. Simone Berger erzählte über ihre Kindheit und natürlich viel über ihre Tochter Anja. Nur ihren Mann, Dr. Peter Berger, ließ sie gänzlich außen vor. Tom ließ Frau Berger ebenfalls an seiner Vergangenheit teilhaben. Ihre Gespräche waren stellenweise tiefgründig. Die Themen gingen ihnen nie aus. Tom erzählte ihr sogar von Gaby, was ihn selbst etwas verwunderte.

Simone fühlte sich in seiner Gegenwart so wohl, wie er in ihrer. Immer wieder berührten sich wie durch Zufall ihre Hände. Tom spürte deutlich das gegenseitige Vertrauen. Nach ihrem gemeinsamen Frühstück entschieden sich die beiden, den gemütlichen Vormittag bei einem kleinen Spaziergang unten in der traumhaften Altstadt von Hirschhorn langsam ausklingen zu lassen. Ein langes Schweigen begleitete sie auf ihrem Weg. Es war Simone, die versuchte, die aufkommende Spannung etwas zu lösen.

»Und, was haben Sie heute, an Ihrem freien Tag, Schönes vor, Herr Gerster?«

Es hatte einen Grund, warum Tom die ganze Zeit über nichts mehr sagte. Er machte sich schon, seit sie das Café verlassen hatten, Gedanken darüber, wie er sich von Frau Berger verabschieden sollte. Für ihn war klar, dass er sie auf jeden Fall wiedersehen wollte. Auch sie gab ihm das Gefühl, dass sie sich über ein Wiedersehen freuen würde. Doch er hatte einfach keine Übung mehr darin, Frauen gegenüber die passenden Worte zu finden. Wieder verspürte er die Angst in sich, enttäuscht zu werden. Tom atmete tief durch, bevor er sich traute, das zu sagen, was er in diesem Moment gerne loswerden wollte.

»Ach, ich werde mich heute Mittag etwas mit meinen Unterlagen herumschlagen, aber ich würde mich wahnsinnig darüber

freuen, wenn Sie heute Abend mit mir Essen gehen würden.«
Jetzt war es heraus. Und es war einfacher gewesen, als Tom es in seinen Gedanken durchgespielt hatte. Simone Berger blieb ruckartig stehen. Sie drehte sich zu ihm und nahm seine Hände in ihre. »Ich nehme Ihre Einladung nur unter einer Bedingung an: Lassen wir das endlich mit dem Sie, okay? Ich bin Simone.«

Tom war erleichtert. Er begrüßte Simones Entscheidung. »Ja, gerne. Ich bin Tom.«

Sie verabredeten sich für den Abend um 19:30 Uhr. Zum Abschied küssten sie sich zum wiederholten Male auf die Wangen. Auf der Fahrt zurück nach Neckargemünd waren beide in guter Stimmung. Die zwei Gläser Prosecco zum Frühstück zeigten bei Simone ihre Wirkung. Sie unterhielten sich ausgelassen. Für einige Augenblicke schien sie es unbewusst zu schaffen, ihr ganzes Leid der letzten Wochen zu verdrängen. Auf ihren Wunsch hin ließ Tom sie unten an der Ecke zur Straße aussteigen. Sie standen nur wenige Zentimeter voneinander entfernt am Wagen. Nach einem tiefen Blick in Simones Augen hätte Tom sich fast zu einer unkontrollierten Aktion hinreißen lassen. Doch ihm war bewusst, dass es nicht sein durfte. Nicht jetzt und erst recht nicht hier auf offener Straße. Tom spürte, dass auch Simone kurz mit dem Gedanken spielte, ihm näher zu kommen. Am Ende siegte dann aber beider Vernunft. Simone lief die Straße hinauf, ohne sich umzudrehen. Tom wartete, bis sie aus seinem Blickwinkel verschwand. Bevor er in sein Auto stieg, kam ihm selbstverständlich mal wieder etwas schlaues in den Sinn.

»Nur unsere innere Angst lässt uns Grenzen unüberwindbar erscheinen.«

Tom nahm sich zwar vor, den Nachmittag damit zu verbringen, seine Unterlagen zu sortieren, doch er schaffte es einfach nicht, sich zu konzentrieren. Immer wieder kreisten seine Gedanken um Simone Berger. Trotz der zwischenzeitlichen Unsicherheit war es ein durchaus gelungener Sonntagmorgen. Schon lange fühlte er sich in Gegenwart einer Frau nicht mehr so wohl wie bei Simone. Tom hatte Angst davor, wo das alles hinführen sollte. Hätten die beiden eine echte Chance für eine gemeinsame Zukunft? Fast bereute er seine Einladung für den heutigen Abend. Er durfte sich nicht von einem eventuellen Gefühlschaos leiten lassen. Ihm war klar, dass er am Abend mehr Distanz zwischen sich und Simone walten lassen musste. Tom empfand es als gute Entscheidung, sein Handeln nicht von tieferen Gefühlen abhängig zu machen. Sein Beruf und vor allem der aktuelle Fall hatte Priorität.

Für mehr als eine knappe halbe Stunde Joggen reichte die Zeit nicht mehr. Er ging duschen und machte sich für sein Date fertig. Da er ein festes Ziel für den Ausgang des Abends mit Simone hatte, freute er sich darauf. Tom nahm sich vor, mit ihr über seine Gründe zu sprechen. Das Letzte, was er wollte, war sie zu verletzen oder gar zu verlieren.

Diesmal beharrte Simone darauf, die Lokation zu wählen. Ihre Entscheidung fiel auf das Restaurant ›Armonia Italia‹ Der Italiener in Bammental war eine vorzügliche Adresse, um einen schönen Tag gemütlich ausklingen zu lassen. Nachdem sie sich abgesprochen hatten, dieses Mal getrennt zu fahren, saßen sie sich kurz vor acht in einem gemütlichen Ambiente gegenüber. Tom musste sich zusammenreißen, um nicht gleich zu Beginn des Abends seine Vorsätze über den Haufen zu werfen.

Simone sah einfach umwerfend aus. Ihre Hochsteckfrisur ließ ihr makellos schmales Gesicht viel jugendlicher wirken. Das lange dunkelblaue Kleid betonte perfekt ihre weiblichen Rundungen. Sie besaß einfach Stil. Wann immer Tom diese Frau in der näheren Vergangenheit antraf, hatte sie eine unglaubliche Wirkung auf ihn.

»Auf die Gefahr hin, dass ich mich wiederhole, Simone, du siehst verdammt gut aus. Du hast es nach heute Morgen geschafft, mich zum zweiten Mal fast sprachlos zu machen.«

»Und du bist ein unglaublicher Charmeur, Tom. Aber ich danke dir für das Kompliment«, erwiderte sie.

Nach Rindercarpaccio, Pizza und Tiramisu näherte sich der harmonische Abend seinem Ende. Es war etwas ganz Besonderes, schon jetzt so tiefgründige Gespräche führen zu können, wie die beiden es nach heute Morgen auch an diesem Abend taten. Zusammen genossen sie fast zwei Flaschen Wein. Das war letztendlich Grund genug, sich für ein Taxi zu entscheiden.

Die Fahrt nach Neckargemünd verlief dann wieder fast schweigend. Am Kastanienberg angekommen, hielt das Taxi und Tom öffnete Simone die Tür. Sie verabschiedeten sich wie zuletzt mit kleinen Küsschen. Tom war gerade im Begriff, wieder einzusteigen, als ihn Simone an der Hand festhielt.

»Danke für den bezaubernden Abend, Tom. Ich würde mir wünschen, dich bald wiederzusehen.«

Ein kurzer tiefer Blick in ihre Augen und Tom vergaß endgültig seine guten Vorsätze. Er zog Simone zu sich heran und gab ihr mit einem langen intensiven Kuss zu verstehen, dass er den gleichen Wunsch verspürte. »Ja, Simone, sehr gerne sogar. Schlaf gut. Ich denke an dich.«

Am liebsten hätte er sie nicht mehr losgelassen. Tom wartete, bis Simone das Haus erreichte, dann stieg er ein und ließ sich zurück nach Schwetzingen fahren.

Zuhause angekommen ärgerte er sich ein wenig über sich selbst. Er hatte irgendwann am Abend die Kontrolle über sein Handeln verloren. Tom hatte sich vorgenommen, den Abend unter allen Umständen anders enden zu lassen, doch er genoss es, wie es gelaufen war. Er hatte seit ewiger Zeit zum ersten Mal wieder eine Frau leidenschaftlich geküsst, und es hatte dabei gekribbelt. Was ihn aber ein wenig erschreckte. Es war passiert, und nach kurzem Überlegen kam er zum Entschluss, es jederzeit wieder zu tun. Tom musste schlagartig an Gaby denken. Bei ihnen beiden hatte es damals ähnlich angefangen. Sie lernten sich ebenfalls über seine Arbeit kennen, doch das Ganze hatte andere Vorzeichen. Gaby war im Gegensatz zu Simone nicht gebunden gewesen. Was erschwerend hinzukam, war, dass Simone die Mutter eines Mordopfers war, in dem Tom der leitende Ermittler war. Seine Gefühle überrannten ihn. Alle Gedanken, die ihn an diesem Abend beschäftigten, drehten sich um Simone. Er legte sich ins Bett und versuchte, seinen Kopf bis zum Einschlafen abzustellen.

34.

Montag, 17.10.2022

Um 08:44 Uhr wurde Tom durch den Klingelton seines Handys geweckt. Seit ewig langer Zeit hatte er zum ersten Mal wieder verschlafen. Anders als die Nächte zuvor schlief er erstaunlicherweise gut. Er konnte sich nicht daran erinnern, in der Nacht aufgewacht zu sein. Bevor er sein Telefon auf dem Nachttisch erreichte, schaltete sich seine Mailbox ein. Tom kannte die angezeigte Nummer nicht. Er wartete, bis die Anzeige auf dem Display erlosch und hörte sie danach sofort ab.

»Guten Morgen, Herr Gerster. Hier spricht Greilich. Lutz Greilich. Meine Untermieterin Berta Tanner hat mich telefonisch davon in Kenntnis gesetzt, dass Sie am Samstag durch Gewalteinwirkung in unsere Wohnung eingedrungen sind. Wir sind vor kurzem gelandet und befinden uns im Moment am Frankfurter Flughafen. Sie können mich ab 11:00 Uhr in unserer Wohnung in Pfaffengrund antreffen. Wo die sich befindet, wissen Sie ja bestens.«

Tom konnte durchaus verstehen, dass der Gesuchte über den fehlgeschlagenen Einsatz in seiner Wohnung nicht gerade erfreut war. Deshalb nahm er ihm den aggressiven Ton in seiner Stimme nicht übel.

Lutz Greilich stand schon auf der Straße und erwartete Tom, bevor dieser in den Steinhofweg einbog. Beim Anfahren des Parkplatzes vor dem Haus erkannte ihn Tom. Sein Kollege Ritter war mit vor Ort. Herr Greilich hatte sich, seit er vor zwei Jahren geheiratet hatte, optisch nicht merklich verändert. Er sah so aus, wie auf dem großen Hochzeitsfoto über der Couch im heimischen Wohnzimmer.

»Guten Morgen. Zunächst möchte ich mich für die Unannehmlichkeiten entschuldigen, die Sie durch uns hatten. Ich hoffe, Sie und Ihre Gattin hatten einen schönen Urlaub!?«

Lutz Greilich starrte Tom grimmig entgegen. »Danke, ja. Würden Sie vielleicht die Güte haben und mir endlich mal erklären, warum Sie mit einem ganzen Polizeiaufgebot in meine Wohnung eingedrungen sind?«

Tom versuchte dem verärgerten Wohnungsbesitzer nahezubringen, warum er am vergangenen Samstag dessen Räumlichkeiten stürmen ließ. Herr Greilich zeigte erstaunlicherweise Verständnis. Er hatte schon vor seinem Urlaubsantritt von den Morden in Heidelberg gehört und gelesen. Dass er aber selbst ins Fahndungsraster der Polizei geraten war, erschreckte ihn natürlich.

Tom zeigte ihm das Foto des Verdächtigen.

»Ja, der Man kommt mir tatsächlich bekannt vor. Ich glaube, dass ich ihn vor meinem Urlaub kurz vor dem Haus gesehen habe. Aber so ganz sicher bin ich mir allerdings nicht, Herr Gerster.« Für Tom war die Sache hiermit erledigt. »Ich möchte mich in aller Form für das Missverständnis bei Ihnen entschuldigen, Herr Greilich.«

»Mathias, hat sich eigentlich Claus Baumann in der Zwischenzeit gemeldet?« Wollte Tom während der Fahrt zurück ins Präsidium wissen. »Nein bisher nicht, aber lass uns doch mal kurz bei ihm zuhause vorbeifahren, vielleicht haben wir ja Glück und treffen ihn an.« Ritters Idee nachzukommen und direkt nach Heidelberg in die Untere Straße zu fahren, sollte sich als gute Entscheidung bewahrheiten. Claus Baumann war gerade im Begriff, das Haus zu verlassen, als die Ermittler die Wohnung erreichten.

»Hallo, Herr Baumann. Irre ich mich oder sollten Sie sich heute Vormittag bei mir melden?«

Baumann war überrascht, die zwei Beamten zu sehen. »Ja, ja, ich wollte Sie gerade auf dem Weg zur Uni anrufen, Herr Gerster. Ich kann mir aber nicht vorstellen, was Sie noch von mir wissen möchten. Ich habe Ihnen schließlich alles gesagt, was es zu sagen gibt.«

»Ich frage mich nur, warum Sie sich nicht schon früher bei uns gemeldet haben. Immerhin wussten Sie doch, dass wir in diesem Mordfall ermitteln. Oder waren Sie ernsthaft der Meinung, wir würden es nicht herausfinden? Wann haben Sie Silke Hallstein kennengelernt?«, fauchte Tom den Studenten an.

»Sie haben Recht, Herr Kommissar. Ich wollte mich ja längst melden, habe es dann aber schlichtweg wieder vergessen. Um auf Ihre andere Frage zurückzukommen: Ich bin seit achtzehn Monaten ehrenamtlich bei der Heidelberger Tafel tätig. Silke habe ich vor etwa einem Jahr dort kennen gelernt.«

»Das bedeutet, Die beide Mordopfer waren ihnen nicht unbekannt? Wissen Sie, ob sich die beiden Frauen kannten?«

Claus Baumann antwortete, ohne zu zögern. »Nein, ich denke nicht. In meiner Gegenwart fielen die beiden Namen nie gleichzeitig und Dirk hat ebenfalls nichts in dieser Richtung erwähnt.«

Obwohl Tom seinem Gegenüber die Geschichte glaubte, wollte er ihm das nicht unbedingt zeigen. »Wir werden Ihre Aussagen natürlich überprüfen, Herr Baumann, und sollten sich nur die geringsten Ungereimtheiten daraus ergeben, schlagen wir wieder bei Ihnen auf.«

Wegen der schlechten Parkplatzsituation in der Heidelberger Altstadt hatten die Ermittler ihren Dienstwagen in der Tiefgarage am Kornmarkt abgestellt. Tom bemerkte, wie jeder Schritt ihres

Weges beobachtet wurde. Die Mordfälle hatten zweifelsohne viel Aufsehen in der Stadt erregt, und natürlich kannte mittlerweile fast jeder Bürger das Gesicht des leitenden Ermittlers aus den Medien.

Tom bemerkte, wie Ritter auf dem Weg zum Kornmarkt einen älteren Mann beobachtete, der kopfschüttelnd mit aufgeschlagener Zeitung neben dem Kiosk am Rathausplatz stand. Im Vorbeigehen warf Ritter einen Blick auf die Innenseite der Tageszeitung. Mit einem Ruck hielt er seinen Kollegen am Arm fest. »Warte, Tom. Das darf nicht wahr sein. Schau dir das mal an!«

Ritter wies sich aus und fragte den Mann, ob er sich die Zeitung kurz ausborgen dürfe. In großen Buchstaben war auf der aufgeschlagenen Seite eine Anzeige zu lesen.

»Es Ist vollbracht. Komisch, wie Kleinigkeiten große Irritationen erzeugen können und man dabei überhaupt nichts versteht. Ein schwacher Verstand ist wie ein Mikroskop, das Kleinigkeiten vergrößert und große Dinge nicht erfasst.

Schade, aber ein gefahrloser Sieg ist für mich kein Triumph.«

Tom glaubte, seinen eigenen Augen nicht zu trauen. Der Täter hatte ihn mit dieser Botschaft zum wiederholten Male persönlich angesprochen. Er riss die Anzeige aus der Zeitung heraus und machte sich auf den Weg ins Parkhaus, ohne auf seinen Kollegen Ritter zu warten. Dort angekommen, setzte er sich in den Wagen, schloss die Tür und schrie seine ganze angestaute Wut heraus.

»Du dreckiges Schwein! Ich werde dich mit allen erlaubten und unerlaubten Mitteln finden! Dann wirst du für alles bezahlen, das schwöre ich dir!«

Ritter, der neben dem Wagen ausharrte, bekam Toms Wutausbruch direkt mit. Er stieg ein und setzte sich neben seinen Kollegen. »Ja, Tom, und wenn es das Letzte ist, was wir tun. Wir bringen dieses Schwein hinter Gitter! Das sind wir den Opfern schließlich schuldig. Komm, lass uns zurück ins Präsidium fahren.«

Kriminalrat Mallgraf wartete mit den Kollegen Lohfeld und Gröbler bereits auf die zwei Ermittler. Bereits beim Betreten des Büros nahm Tom die ausgeschnittene Anzeige an der Pinnwand war. »Ihr habt Sie also schon gefunden. Es wird Zeit, dass wir den Kerl endlich schnappen!«

Mallgraf hielt ein Päckchen in der Hand und ging damit direkt auf Tom zu. »Das wurde heute Morgen unten an der Pforte für Sie abgegeben, Herr Gerster. Das Päckchen hat keinen Absender. Wir haben es von den Kollegen der Abteilung für Sprengstoff untersuchen lassen. Es scheint sauber zu sein.«

Ohne zu zögern, öffnete Tom das Päckchen und nahm den Inhalt heraus. Zum Erstaunen aller hielt er ein Buch, gespickt mit vielen Rätseln, in seiner Hand. Jedem im Raum war bewusst, wer der Absender war.

Tom war klar, was dieser Irre damit zum Ausdruck bringen wollte. Der Täter wollte ihnen damit sagen, dass sie vor großen Rätseln standen, deren Lösungen erst im nächsten Heft bekannt gegeben wurden. Doch dann sollte es wahrscheinlich zu spät sein.

Seit mehr als zwei Tagen hatte es keine Hinweise mehr aus der Bevölkerung gegeben. Niemand mehr wollte den Täter gesehen haben. Für den Großteil der Ermittler konnte es dafür nur zwei Gründe geben: Entweder war er fertig mit seinem Plan und hatte die Stadt oder gar das Land verlassen, oder er legte diesmal eine längere Pause ein und hielt sich im Hintergrund.

Kommissar Ritter hatte zu dem Ganzen seine eigene Sichtweise. »Ich bin weder der Meinung, dass er fertig ist, noch teile ich die Ansicht, dass er eine Pause einlegt. Ich denke, der Täter wartet ab und reagiert nur auf unser Handeln. Er treibt doch schon die ganze Zeit ein Psychospiel mit uns. Immer wenn wir denken, wir sind ihm ein Schritt näher gekommen, legt er nach und belehrt uns eines Besseren. Wenn uns nicht irgendein Zufall zu Hilfe kommt, bekommen wir den nie zu fassen.«

Wie aufs Stichwort meldete sich Frau Moser aus dem Nebenraum. »Entschuldigen Sie meine Herren, aber bei mir am Telefon ist eine gewisse Frau Heinzmann. Sie sagt, dass sie eine Information hat, die sie der ›Soko‹ nicht vorenthalten wollte.« Tom ließ die Frau auf seinen Apparat durchstellen. »Gerster, wie kann ich Ihnen weiterhelfen, Frau Heinzmann?«

»Guten Tag Herr Gerster. Ich bin eine Patientin von Dr. Stiegler. Das ist ein Psychologe aus Kaiserslautern. Ich habe gestern durch Zufall ein Foto des verdächtigen in der Lokalzeitung gesehen, und bin mir sicher den Mann vor längerer Zeit im Wartezimmer der Praxis von Dr. Stiegler gesehen zu haben.« Tom ließ sich die Adresse des Arztes geben und bedankte sich bei Frau Heinzmann.

Endlich sahen die Ermittler ein schwaches Licht am Ende des Tunnels. Sollte der Täter wirklich bei dem Arzt in Behandlung sein, würden sie einen Namen zu der gesuchten Person bekommen. Um sicherzugehen, dass der Psychologe ihnen Auskunft geben würde, wollte Tom erst einmal die Kollegen der Rechtsabteilung kontaktieren. Von ihnen erfuhr er kurze Zeit später persönlich, dass es nicht ganz so einfach werden könnte, den Arzt zum Reden zu bekommen. Der Chef der Rechtsabteilung, Dr. Bach, versuchte Tom das Problem zu erläutern.

»Wissen Sie, Herr Gerster, generell gilt ja immer die Schweigepflicht. Es gibt sicherlich Ausnahmen, bei denen diese außer Kraft gesetzt werden kann, doch in Ihrem Fall ist das etwas schwieriger. Im Strafprozess dürfen Ärzte keine Patientendaten preisgeben. Ihnen kommt vielmehr ein umfassendes Zeugnisverweigerungsrecht zu. Ausnahmen sind nur vorgesehen, wenn ein Arzt durch seinen Patienten von der Schweigepflicht entbunden wird. Die Schweigepflicht darf also nicht zur Aufklärung einer Straftat gebrochen werden. Hingegen kann im Vorlauf einer Straftat ein sogenannter Notstand rechtfertigen, die Schweigepflicht zu brechen, sofern also eine Straftat verhindert werden könnte. Ich hoffe, ich habe mich verständlich genug ausgedrückt und ich konnte Ihnen etwas weiterhelfen, Herr Gerster.«

Tom atmete laut aus. »Ja, vielen Dank, Herr Dr. Bach. Dann hoffe ich mal, dass dieser Psychologe in Kaiserslautern nicht so ganz auf sein Recht der Schweigepflicht besteht.«

Bevor sich Tom zusammen mit Ritter auf die 89 Kilometer lange Fahrt nach Kaiserslautern begab, war es ihm ein großes Bedürfnis, Simone Berger eine kurze WhatsApp zukommen zu lassen.

»*Hallo Simone, sorry, dass ich mich erst jetzt melde, aber ich habe es einfach nicht früher geschafft. Ich möchte dir für den wunderschönen gestrigen Abend danken. Wenn du magst, melde ich mich heute Abend mal bei dir. Liebe Grüße Tom.*«

Nachdem er die Nachricht abgeschickt hatte, stellte er fest, dass er viel lieber etwas anderes geschrieben hätte. Tom musste sich eingestehen, dass er mehr für Simone empfand als er sich selbst zugestehen wollte.

Auf Simones Antwort brauchte er nicht allzu lange warten. Tom öffnete ihre Nachricht nicht sofort. Er wollte sich erstmal weiter auf den Fall konzentrieren. Obwohl ihm das mit Simone guttat, versuchte er, die positiven Gedanken an sie zu verdrängen. Er wies Susanne Moser an, ihn telefonisch bei Dr. Stiegler in Kaiserslautern anzukündigen.

Die A6 war, wie immer, gut befahren. Nach nicht einmal zehn Minuten Fahrt standen sie im Stau. Grund dafür war eine Vollsperrung am Viernheimer Dreieck. Hier waren am Stauende gleich mehrere PKWs ineinander gefahren. Fürs Erste gab es keine Chance, die Sperrung zu umfahren. Doch man konnte einem Stau auf der Autobahn. auch etwas Gutes abgewinnen. Tom und Kollege Ritter blieb dadurch die Zeit, sich etwas näher kennenzulernen. Es kam immerhin etwas plötzlich zustande, dass Kommissar Ritter dem leitenden Ermittler als neuer Partner zugeteilt wurde. Schließlich war es für beide eine neue Situation.

Man konnte nicht unbedingt sagen, dass Tom und der verstorbene Kommissar Sven Hilpert ein super Team gewesen waren, doch sie waren mehr oder weniger aufeinander eingespielt, und trotz Hilperts aufbrausender Art konnte Tom sich größtenteils auf seinen damaligen Kollegen verlassen. Und das war in ihrem Job das Wichtigste.

Nach zahlreichen Umwegen erreichten die Ermittler gegen 17:20 Uhr Dr. Stieglers Praxis in Kaiserslautern. Beim Anblick des Empfangsbereiches sah Tom auf Anhieb, dass es sich um eine Privatpraxis handelte. Das Gesamteinrichtungskonzept wies viele verschiedene Facetten auf. Neben modernen Materialien war aber auch immer wieder auf Altbewährtes zurückgegriffen worden.

Bevor sich Tom einen weiteren Eindruck der Räume machen konnte, fragte ihn eine Arzthelferin, ob sie ihm weiterhelfen könne. Er wies sich aus und wurde bestimmend, aber freundlich gebeten, einen Moment im Wartezimmer Platz zu nehmen. Nach geschlagenen 35 Minuten, besaß Dr. Stiegler die Güte, die beiden Beamten zu empfangen.

»Guten Abend, meine Herren. Ich möchte mich vorab für Ihre Wartezeit entschuldigen, aber meine Patienten stehen bei mir immer an erster Stelle. Ihre Sekretärin Frau Moser teilte mir am Telefon mit, dass Sie etwas über einen Patienten in Erfahrung bringen möchten, der bei mir in Behandlung sein soll.« Der 55-jährige Dr. Stiegler machte einen recht sympathischen Eindruck.

»Ja, nur leider haben wir das Problem, dass wir keinen Namen haben. Wir hoffen, dass Sie uns da eventuell weiterhelfen können.« Tom zeigte dem Psychologen das Foto des gesuchten Täters.

»Sie haben recht, Herr Kommissar. Das ist in der Tat ein Patient von mir. Sie wissen aber, dass ich Ihnen keine Auskunft geben darf.«

Tom erklärte dem Arzt den Sachverhalt. Natürlich hatte er von der Mordserie in Heidelberg gehört. Nur dass ausgerechnet ein Patient von ihm in die Taten verstrickt sein sollte, überraschte ihn.

»Das ist erschreckend, meine Herren, aber ich kann und darf Ihnen ohne das Einverständnis meines Patienten nichts Näheres dazu sagen. Ich hoffe, Sie verstehen das.«

Ritter stand von seinem Stuhl auf und sah den Psychologen mit ernster Miene an.

»Glauben Sie ernsthaft, wir sind den weiten Weg hierhergefahren, um von Ihnen zu hören, dass Sie uns nichts sagen können oder wollen? Wir sind hier, um eventuell eine weitere Straftat dieses Irren zu verhindern. Also springen Sie mal über Ihren Schatten, Herr Doktor. Oder wollen Sie vielleicht am Ende mit verantwortlich sein, wenn wir wieder ein Opfer zu beklagen haben?«

Jetzt erhob sich Dr. Stiegler. Mit seinen knapp zwei Metern Größe überragte er Ritter um einiges. »Wenn Sie mir Fakten liefern, die beweisen können, dass er eine weitere Tat plant, dann kann ich Ihnen den Namen sagen. Sonst verbietet mir das meine Schweigepflicht. Ich darf Sie nun bitten, zu gehen. Ich habe zu tun.«

Tom war enttäuscht, doch ihm war bewusst, dass sie hier nicht weiterkamen. Bevor sie sich auf den Rückweg nach Heidelberg begaben, zog er sein Handy aus der Hosentasche und las Simones Nachricht.

»Hallo Tom, schön dass du dich gemeldet hast. Mach dir bitte keinen Stress. Ja, es war schön mit dir gestern Abend. Ich war gerade bei meiner Kleinen am Grab. Sie fehlt mir so sehr. Ich hoffe, ihr schnappt den Mann bald, der mir mein Baby genommen hat. Wenn ich daran denke, dass ich noch vor ein paar Tagen mit diesem Mann telefoniert habe, bekomme ich wahnsinnige Angst. Es tut gerade alles so weh. Liebe Grüße Simone.«

Er spürte, dass es Simone nicht gut ging. Ihre gestrige Lockerheit war nicht echt gewesen. Sie wollte die Trauer vor ihm verbergen, was ihr sogar ein Stück weit gelang. Sie war nicht so eine starke Frau die sie versuchte nach außen zu zeigen. Zweifel stiegen in ihm auf. Er hätte merken müssen, wie schlecht es ihr wirklich ging. Tom nahm sich vor, sie am Abend anzurufen.

35.

Mist, das passt *überhaupt* nicht in meinen Plan. Jetzt wird es schwierig. Eigentlich war ich der Meinung, dass es ein Kinderspiel werden würde und ich es in vollen Zügen genießen könnte.

Meine Idee, zwei Fliegen mit einer Klappe zu schlagen, gefällt mir immer mehr. Ich weiß aber, dass es zu gefährlich ist, der Idee nachzukommen, geschweige denn sie zu verwirklichen.

Ich werde nicht von meinem Plan abweichen. Niemals. Ich habe Zeit. Sie ahnen nicht, dass es noch nicht zu Ende ist. Dieser Kommissar Gerster tappt weiterhin im Dunkeln. Er kann meine Hinweise immer noch nicht deuten.

»Wer nicht hinsieht, kann es nicht sehen.

Wie relevant eine Kleinigkeit doch sein kann, wenn man sie nicht sieht.«

Dabei ist es so einfach. Doch ich weiß, wenn ich ihm nur die geringste Chance gebe, wird er da sein. Ich bin ihm in einem direkten Duell nicht gewachsen, dafür bin ich mittlerweile zu schwach geworden.

Wenn ich mein Plan zu Ende gebracht habe, werden sie mich finden. Nur werden sie dann nichts mehr davon haben. Es wird kein Erfolg für sie sein. Sie werden auf einen leblosen Körper treffen und sich ihr Versagen eingestehen müssen.

Gerster ist bei ihm gewesen. Er wollte meinen Namen erfahren. Doch er durfte es ihm nicht sagen. Stiegler hat mich gefragt, ob es stimmen würde, dass ich verantwortlich bin *für die Morde*. Er meinte, wenn dem nicht so *wäre*, dann hätte ich ja nichts zu befürchten. Ich habe alles abgestritten, aber er glaubte mir nicht.

Wenn sie meinen Namen herausbekommen, wird es ihnen nichts nützen. Sie werden mich nicht finden. Durch mein neues altes Aussehen habe ich mir die Freiheit zurückgeholt, mich unbeschwert in der Öffentlichkeit zu zeigen. Selbst Gerster hat mich nicht erkannt, dabei stehe ich nicht gerade selten nur wenige Meter neben ihm. Er sieht müde und erschöpft aus. Und dafür bin allein ich verantwortlich. Es läuft besser, als ich erwartet habe.

36.

Dienstag, 18.10.2022

Vor drei Wochen und einem Tag war Anja Berger beigesetzt worden. Obwohl Simone sich fest vornahm, ihre Niedergeschlagenheit zu verbergen, gelang es ihr nur bedingt. Tom bemerkte während dem Telefongespräch am gestrigen Abend sofort ihre Traurigkeit. Sie sprach leise und antwortete am Anfang nur auf Toms Fragen. Bei ihrer Unterhaltung drehte es sich verständlicherweise nur um Anja. Simone vermisste ihre Tochter sehr und fing immer wieder an fürchterlich zu weinen. Am liebsten wäre Tom ins Auto gestiegen, zu ihr gefahren und hätte sie einfach in seine Arme genommen. Doch zu seiner Enttäuschung konnte er sein Vorhaben nicht in die Tat umsetzen, da Simones Mann ebenfalls zuhause war.

Als Tom an diesem Morgen erwachte, waren seine Gedanken sofort wieder bei Simone. Er wusste aus eigener Erfahrung, was sie gerade durchmachte. Vor vielen Jahren hatte er seinen allerbesten Freund und engsten Vertrauten bei einem tragischen Autounfall verloren. Es dauerte unglaublich lange, bis er den Verlust akzeptieren konnte. Doch ihm war klar, dass das nichts gegen den Schmerz gewesen war, den Simone gerade erlitt. Schließlich hatte sie ihre eigene Tochter zu Grabe tragen müssen. Damals brauchte er professionelle Hilfe. Tom holte in seinen Erinnerungen seine eigene Trauerphase zurück, um sich etwas besser in Simones schweren Schicksalsschlag versetzten zu können.

»Er ist tot. Tot, das ist nur ein Wort. Je häufiger ich es sagte, umso unwirklicher wurde es. Ich war natürlich nicht darauf vorbereitet. Das musste einfach alles ein Irrtum sein. Er würde mit Sicherheit wiederkommen. Das Leben konnte nicht so grausam sein. Ich hatte die Hoffnung aufgegeben und litt unter dem Schmerz und der Verzweiflung. Mein Körper war damals völlig aus dem Gleichgewicht geraten. Ich haderte mit dem Schicksal und fragte mich, womit ich das verdient hatte. Ich fühlte mich schlapp und erschöpft. Das Leben draußen erschien mir wie ein schlechter Film, an dem ich nicht mehr teilnehmen konnte. Ich fühlte mich wie abgeschnitten. Das war die schmerzlichste und schwierigste Phase in meiner Trauer. Doch irgendwann ließen die Trauer und das Hadern nach. Es erfüllt mich bisweilen immer noch mit Wehmut, an ihn zu denken und zu wissen, dass er nicht wiederkommt. Aber ein positiver Aspekt ist mir nach all der Trauer geblieben: Mein Leben hatte sich damals verändert. Ich habe mich verändert. Ich lebe jetzt bewusster, einfühlsamer, mit dem Wissen, was wirklich von Bedeutung ist. Ich habe mich für das Leben entschieden. Vielleicht kann ich Simone durch meine eigenen Erfahrungen ein wenig helfen und sie wieder zurück in ein freundlicheres Leben führen.«

Tom versprach sich selbst, Simone in ihrer Trauer zu unterstützen, so gut er nur konnte. Er hoffte nur, dass sie seine Hilfe annehmen würde.

Die Hoffnung, dass Dr. Stiegler ihnen den alles entscheidenden Hinweis geben würde, hatte sich als Illusion entpuppt. Tom hatte den Eindruck, dass es dem Arzt nicht einmal leidtat, ihnen nicht helfen zu können. Aber er musste zu seinem Bedauern zugeben, dass der Psychologe einen wunden Punkt bei ihnen getroffen hatte. Es war einfach unmöglich, Beweise für einen weiteren Mord vorzulegen. Nach der Anzeige des Täters in der Zeitung mussten sie sogar davon ausgehen, dass er seinen Plan erfolgreich zu Ende gebracht hatte und kein weiteres Opfer mehr plante. Doch durften sie sich darauf verlassen? Nein, dafür war er zu gefährlich.

Erst gegen 11:00 Uhr traf Tom an diesem Morgen im Präsidium ein. Kommissar Lohfeld begab sich mit dem Kollegen Gröbler in die Heidelberger Altstadt, um durch weitere Befragungen eventuell neue Erkenntnisse zu gewinnen. Ritter recherchierte derweil im Internet nach sogenannten Vergleichstaten. Vielleicht war es möglich, die Vorgehensweise des Täters dadurch besser einzuschätzen.

»Weiß man denn, für wann die Beisetzung von Silke Hallstein geplant ist?«, richtete Tom seine Frage an den Chef.

»Ich hatte heute Morgen schon den gleichen Gedanken, Herr Gerster. Auf meine Nachfrage bei einem hiesigen Bestattungsinstitut wurde mir Folgendes mitgeteilt: Wenn ein Mensch stirbt, der keine Angehörigen hinterlässt, wie im Fall von Frau Hallstein, kümmert sich in der Regel das Ordnungsamt um die Bestattung. Meist ist danach ein einsames und kaltes Rasengrab ohne Gedenkstein alles, was von ihnen übrigbleibt. Selbstverständlich habe ich mir gleich Auskunft beim Ordnungsamt eingeholt. Es wurde schon informiert und leitet alles in die Wege. Wenn der Termin der Beisetzung feststeht, werde ich umgehend benachrichtigt.«

»Was ist mit ihrem Exfreund Ralf Dammer? Hat er sich für die Beerdigung interessiert oder ist es ihm gleichgültig?«

Mallgraf verschränkte seine Arme vor der Brust. »Das ist der springende Punkt, Herr Gerster. Ich habe ihn heute Morgen diesbezüglich kontaktiert. Sein Verhalten gegenüber der Toten war respektlos. Wie Sie eben schon vermutet haben, ist es ihm leider völlig egal, wie und wo Frau Hallstein beerdigt wird. Dementsprechend möchte er auch für keinerlei Kosten aufkommen.«

Tom brannte innerlich vor Wut. »Was für ein charakterloser Mistkerl!«

»Wir sollten dem Schnösel noch einmal einen Besuch abstatten und ihm etwas mehr auf den Zahm fühlen«, echauffierte sich Kommissar Ritter, der das Gespräch mitbekommen hatte, aus dem Hintergrund.

»Du hast ja Recht, Mathias, aber er hat mit der Sache nichts zu tun. Vielleicht denkt er nochmals darüber nach und ändert seine Meinung, was die Beerdigung betrifft«, beschwichtigte Tom seinen neuen Kollegen.

Just in der Sekunde brauste Kommissar Lohfeld samt Kollegen Gröbler wie von der Tarantel gestochen ins Büro.

»Ihr erratet nicht, was wir gerade herausgefunden haben!« Lohfeld wartete erst gar nicht auf eine Reaktion der Kollegen. »Wir haben gleich von mehreren Obdachlosen erfahren, dass unser viertes Opfer, also Silke Hallsteins ständiger Begleiter Hermann Seiber, des Öfteren mit einem Mann gesehen wurde, dessen Beschreibung auf ihren Exfreund Ralf Dammer passt. Laut seinen eigenen Aussagen, hatte der ja seit ihrer Trennung kein Kontakt mehr mit ihr, oder?« Lohfeld war sichtlich stolz, endlich einmal etwas Konstruktives beitragen zu können. Er stand breitbeinig im Raum und stütze seine Hände provokativ in an seinen Hüften ab.

Tom lobte Lohfeld für dessen Arbeit, bremste ihn aber in der gleichen Sekunde wieder aus. »Er ist zwar nicht der Mann, den wir suchen, aber jetzt, Mathias, fangen wir deinen Gedanken doch wieder auf. Lass uns Ralf Dammer heute einen erneuten Besuch abstatten.«

Sein Alibi für die Tatzeit hatten sie überprüft. Es stimmte. Er war zum fraglichen Zeitpunkt bei seiner Geliebten gewesen. Sie hatten Glück und trafen Herr Dammer am frühen Nachmittag zuhause an. Er konnte seine Überraschung, die zwei Ermittler zu sehen, nicht wirklich verbergen.

»Sind Sie vielleicht gekommen, um mir mitzuteilen, dass ich durch Silkes Ableben etwas geerbt habe?«, scherzte der Immobilienmakler.

»Eines kann ich Ihnen sagen, Herr Dammer: Sie sind mit Abstand die respektloseste Person, die mir in den letzten Jahren untergekommen ist.«

Tom gefiel Ritters Reaktion auf Dammers Unverschämtheit. Er deutete ihm an, die Befragung weiterzuführen.

»Teilten Sie uns nicht mit, dass Sie seit Ihrer Trennung keinen Kontakt mehr zu Silke Hallstein hatten? Wenn das so ist, wie wollen Sie uns dann erklären, warum Sie sich des Öfteren mit Hermann Seiber getroffen haben? Wer das ist, muss ich Ihnen ja nicht explizit erklären, oder?«

Dammer schien getroffen. Seine Körperspannung ließ deutlich nach. Er knabberte nervös an seiner Unterlippe. Dammer brauchte einige Sekunden, um auf die unerwarteten Vorwürfe Ritters zu reagieren. »Ja, ich weiß, wer Hermann Seiber ist. Es stimmt, dass ich mich mehrmals mit ihm getroffen habe. Durch einen Bekannten habe ich vor ein paar Monaten erfahren, dass Hermann sich gut mit Silke verstand und ein wenig Einfluss auf sie hatte. Ich wollte Silke unbedingt wieder zurückhaben. Und durch Hermann sah ich eine echte Chance. Er erzählte mir, dass er mit Silke über mich gesprochen hätte und dass sie nichts mehr von mir wissen wolle. Damit kam ich nicht klar. Deshalb bat ich Hermann, nicht aufzugeben und es weiter zu probieren. Silke wollte ja nicht einmal mehr mit mir reden.«

Jetzt war es Ritter der den Genuss auf seiner Seite hatte. Er grinste zufrieden, den Immobilienmakler so wehmütig zu sehen.

»Wo waren Sie eigentlich am Dienstagabend, den zehnten Oktober? Und jetzt sagen Sie nicht, Sie hatten an dem Abend wieder ein kleines Stelldichein.«

»Nein, ich war an dem Abend auf einer Gesellschafterversammlung in Karlsruhe. Das können Ihnen mit Sicherheit jede Menge Leute bezeugen, Herr Kommissar.«

Ritter ließ sich die Namen der teilnehmenden Gesellschafter geben und wollte das Gespräch gerade beenden, als Tom sich zu Wort meldete.

»Wenn Sie Frau Hallstein unbedingt zurückhaben wollten, dann dürfte es sicher in Ihrem Interesse sein, dass sie eine würdevolle Beisetzung bekommt, oder?«

Jetzt zeigte Herr Dammer etwas Demut. »Sie haben Recht. Ich werde mich gleich nachher darum kümmern.«

Auf dem Rückweg von St. Leon-Rot versuchte Simone Berger, Tom telefonisch zu erreichen.

Ritter schien registriert zu haben, dass er das Gespräch absichtlich wegdrückte. »Warum gehst du nicht ran? Es könnte wichtig sein, wenn Frau Berger dich anruft.«

Tom war schlagfertig genug, um schnell eine passende Ausrede parat zu haben. Es war ihm einfach zu gefährlich, in Ritters Gegenwart mit ihr zu sprechen. Zum jetzigen Zeitpunkt der Ermittlungen hielt Tom es für das Vernünftigste, ihre gegenseitige Zuneigung für sich zu behalten. »Ich rufe sie später zurück. Sie möchte bestimmt nur wissen, ob wir bei unserer Suche nach dem Mörder ihrer Tochter schon weitergekommen sind.«

Ritter gab sich fürs Erste mit der Erklärung seines Vorgesetzten zufrieden. Für Tom war es in der Sekunde von Simones Anruf nicht zu erahnen gewesen, dass dies endlich der Wendepunkt in dem vorliegenden Fall sein sollte.

Bei einem kurzen Snack im Heidelberger ›Roadhouse Moe´s‹ versuchte Tom zusammen mit Ritter den durchaus erfolglosen Tag Revue passieren zu lassen. Das ›Moe´s‹ war eine der besten Adressen, um sich auf eine kulinarische Zeitreise ins einundzwanzigste Jahrhundert zu begeben. Hier konnte man sich ›by the American Way of Life‹ mit echtem US-Beef, genialen Ribs und traumhaften Shakes mal richtig verwöhnen lassen.

»Glaubst du, dass Dammer sein Wort hält und sich um Frau Hallsteins Beerdigung kümmert?«

Tom lachte kurz laut auf. »Nein, Mathias, das glaube ich mit Sicherheit nicht. Der Typ ist doch viel zu sehr mit sich selbst beschäftigt, als sich nur einen Gedanken um andere Menschen zu machen. Zwingen können wir ihn leider nicht dazu.«

Von Anfang an drehten sie sich bei allem, was sie taten im Kreis. Jede Richtung, in die sie ermittelten, entpuppte sich am Ende als Sackgasse. Sie entschlossen sich, zurück ins Büro zu fahren, um die neuesten Ergebnisse aufzuarbeiten.

Bei einem kurzen Telefonat mit Simone verabredete Tom sich für 19:30 Uhr im ›Goldenen Hecht‹ an der alten Brücke. Tom freute sich darauf. Er machte früher Schluss, um sich keinem zeitlichen Stress auszusetzen.

Trotz des starken Regens, der schon im Laufe des Nachmittags eingesetzt hatte, wartete Tom kurz vor halb acht auf Simone. Dass sie wieder umwerfend aussah, hatte er schon erwartet, doch Simone besaß die Gabe, ihre natürliche Schönheit immer wieder aufs Neue perfekt zu unterstreichen. Nach einer schnellen zärtlichen Begrüßung beeilten sich beide, ins Trockene zu gelangen. Am gemütlichen, rustikalen Tisch in der Ecke folgten zärtliche Blicke auf leichte Berührungen ihrer Hände. Zum wiederholten Male führten sie tolle, tiefgründige Gespräche mit zwischenzeitlichen Liebkosungen, die sie bis in den späten Abend begleiteten. Simone erwähnte ganz nebenbei, aber sichtlich getroffen, dass ihr Mann am frühen Vormittag aus dem gemeinsamen Haus ausgezogen sei. Nach seiner lapidaren Begründung, er hätte diesen Schritt schon vor Jahren gehen sollen, verließ er emotionslos das Haus.

Tom rückte ein Stück näher an Simone heran und sah sie ein wenig besorgt an. »Wie geht es dir jetzt nach seiner Entscheidung? Bist du traurig darüber?«

Simone legte ihren Kopf leicht zur Seite und schenkte Tom ein kleines, aber beruhigendes Lächeln. »Mach dir keine Gedanken. Mir geht es so weit gut. Natürlich geht das nicht spurlos an mir vorbei, es kam aber nicht wirklich überraschend. Wir führen schon seit geraumer Zeit keine gute Ehe mehr. Zwischen uns fand nichts mehr statt. Wir sprachen nur das Nötigste miteinander. Selbst nach Anjas tragischem Tod hat sich an der Situation nichts geändert. Im Gegenteil, indirekt gibt Peter mir die Schuld an ihrem Tod. Er meinte, ich hätte sie besser beschützen müssen. Es wäre schließlich meine Aufgabe als Mutter gewesen, jedes Risiko von ihr fernzuhalten. Und dann warf er mir vor, dass sie ja nicht einmal seine leibliche Tochter war. Seinen letzten Vorwurf muss ich mir wohl leider gefallen lassen. Ich hätte ihm damals sofort erzählen sollen, dass mich sein Bruder vergewaltigt hat. Aber dafür ist es jetzt leider zu spät.«

Tom sah Simones feuchte Augen. »Ich kann mir in etwa vorstellen, wie du dich fühlst, Simone. Was hältst du von der Idee, einfach ein paar Tage wegzufahren? Nur wir beide. Natürlich erst, wenn ich Anjas Mörder hinter Schloss und Riegel gebracht habe.«

Simone sah ihn lange an, bevor sie ihm die schönste Antwort auf seine Frage gab. Sie zog ihn langsam zu sich heran und küsste ihn leidenschaftlich. Zärtliche Berührungen folgten, bis Tom abrupt die aufkommende Lust auf mehr beendete. Er wollte die

Situation nicht einfach ausnutzen. Nachdem er Simone seine Reaktion erklärt hatte, küsste sie ihn wiederholt, bevor sie ihm mit nur einem einzigen Wort antwortete: »Danke.«

Der fürchterliche Regen hatte zum Glück ein Ende gefunden. Träumend und händchenhaltend schlenderten die beiden durch die Heidelberger Altstadt. Schimmernde Lichter zierten die Oberfläche des märchenhaft wirkenden Flusses. Im Hintergrund strahlte in Feuerrot getaucht die Ruine des Alten Schlosses. Tom stand mit Simone engumschlungen auf der alten Neckarbrücke. Dieser Ort war für frischverliebte Paare ein beliebter Treffpunkt.

Zuhause angekommen, holten Tom die Erinnerungen über die gemeinsamen Stunden mit Simone ein. Immer wenn sie ihn liebevoll ansah, fragte er sich, wie es wohl sein würde, ihre heiße, feuchte Haut unter seinem nassgeschwitzten Körper zu spüren. Tom konnte förmlich fühlen, wie ihre feuchten Lippen über sein Kinn glitten. Doch er schämte sich für seine Gedanken und verdrängte seine aufkommende Fantasie immer wieder.

Im Nachhinein empfand er die Stimmung eher als etwas gedrückt. Simone hatte auf ihn eher ernst und verletzt gewirkt. Sie sah ihn mehrmals an diesem Abend mit unsicheren Blicken an. Er fragte sich, ob er richtig reagiert hatte, als sie ihm von Dr. Peter Bergers Auszug erzählte. Vielleicht wollte sie mehr von ihm hören als er ihr zum jetzigen Zeitpunkt sagen konnte.

Nur, was konnte er nun, zu später Stunde, für sie tun? Er hatte den Gedanken, sie so spät anzurufen, nicht ganz fertig gedacht, als ihn eine neuerliche WhatsApp ihrerseits erreichte.

»Danke für den wunderschönen Abend. Wir haben so viel gesprochen, doch das Wichtigste habe ich vergessen, dir zu sagen.

Beim Durchwühlen alter Fotos ist mir ein ganz bestimmtes ins Auge gestochen. Ich werde es dir beim nächsten Mal zeigen. Schlaf gut. Dicken Schmatzer«

Als Tom die Zeilen las, lag er bereits in seinem Bett. Er war schon zu müde, um sich über die Tragweite von Simones später Nachricht bewusst zu werden.

37.

Mittwoch, 19.10.2022

Roland Riethmayr saß unruhig im Büro der ›Soko‹. Tom rechnete an diesen Morgen mit allem, aber mit Sicherheit nicht mit dem Erscheinen des Ehemannes der ermordeten Nadine.

»Sammeln Sie sich bitte erstmal und erzählen mir dann ganz in Ruhe, was heute Nacht passiert ist«, ging Tom beruhigend auf den Witwer ein, der ziemlich aufgewühlt wirkte.

»Es war gegen halb drei heute Nacht, als mein jüngster Sohn Nils schreiend in mein Schlafzimmer gelaufen kam. Er erzählte mir unter Tränen, dass der Mann wieder da wäre, der Mama so wehgetan hat. Nachdem ich ihn etwas beruhigen konnte, lief ich hinüber in sein Zimmer, um dort nachzusehen. Aber ich konnte niemanden finden. Das Fenster sowie die Eingangstür unten waren geschlossen.«

»Warum haben Sie uns nicht sofort verständigt?«, schellte ihn Ritter an.

»Was hätten Sie denn tun sollen? Es war doch niemand im Haus. Ich dachte, dass Nils vielleicht nur schlecht geträumt hätte. Aber als ich dann heute Morgen die offenstehende Terrassentür entdeckte, wurde mir klar, dass etwas nicht stimmte, und bin sofort zu Ihnen gefahren.«

Tom schlug die Hände über dem Kopf zusammen. »Ich möchte mich mit Nils unterhalten. Wo ist er im Moment?«

»Nils ist zuhause bei seinem Bruder. Ich dachte, es wäre besser, ihn nicht mit hierher zu nehmen.«

Tom ging auf Rathmayrs seltsame Denkweise erst gar nicht ein. »Lassen Sie uns zu Ihnen nach Hause fahren. Ihnen ist mit Sicherheit nicht bewusst, dass Ihre Kinder sich in großer Gefahr befinden, Herr Riethmayr. Bei allem Respekt, aber Ihr Handeln ist absolut verantwortungslos!«

Die Begrüßung des kleinen Nils fiel anders aus als Tom es erwartete. Der Junge saß zusammengekauert auf seinem Bett und war von Angst gezeichnet. Bei Nils' Anblick wusste Tom sofort, dass er nicht, wie von seinem Vater angenommen, schlecht geträumt hatte, sondern das Erzählte wirklich erlebt haben musste. Er setzte sich vorsichtig neben ihn aufs Bett und legte seine Hand auf Nils kleines Köpfchen.

»Magst du mir erzählen, was heute Nacht in deinem Zimmer passiert ist, mein Junge?«

Nils legte sein Kopf in Tom Schoß und fing fürchterlich an zu weinen. Eine gefühlte Ewigkeit später fand er langsam wieder zur Ruhe und erzählte mit leiser, zitternder Stimme:

»Er hat mir ins Gesicht geleuchtet und gesagt, dass er mich zu meiner Mama bringt. Der Mann hat so geredet, wie der Mann, der Mama wehgetan hat. Aber ausgesehen hat er etwas anders.«

»Was meinst du damit, er hat etwas anders ausgesehen?«

Nils schaute Tom mit fragenden Augen an. »Na, eben anders. Die Stimme war die gleiche, aber nicht das Aussehen. Ich fing an, laut zu schreien, und dann ist er aus meinem Zimmer gerannt.«

Tom verstand nun gar nichts mehr.

»Wenn es wirklich der Täter war, der dem kleinen Nils heute Nacht einen Besuch abstattete, frage ich mich, warum er das getan hat. Was wollte er mit dieser Aktion bezwecken? Will er mir sagen, dass er noch da ist und ich aufpassen soll? Dann die Aussage, dass er den Jungen zu seiner Mutter bringen würde. Ich glaube, bei ihm liegen die Nerven blank. Er ist definitiv außer Kontrolle. Was, wenn er doch zurückkommt und seinen Worten Taten folgen lässt?«

Tom ließ die gesamte Familie Riethmayr unter permanenten Polizeischutz stellen. Auch wenn der nächtliche Besuch des Täters keinen Sinn ergab, durften sie kein unnötiges Risiko eingehen. Außerdem wies er einen Psychologen an, sich umgehend um den Jungen zu kümmern. Es war schon jetzt davon auszugehen, dass Nils für den Rest seines langen Lebens einen nicht zu reparierenden seelischen Schaden mit sich herumschleppen musste.

Eines war jedoch gewiss: Der Schlüssel zu diesem Wahnsinnigen war der in Kaiserslautern praktizierende Psychologe Dr. Stiegler. Jetzt konnten sie ihm beweisen, dass der Täter eventuell eine weitere Tat plante. Es handelte sich nun doch um einen sogenannten Notstand. Tom nahm sich vor, gleich am Nachmittag nach Kaiserslautern zu fahren. Vorher wollte er sich aber mit Simone auf einen schnellen Kaffee treffen. Er erinnerte sich daran, dass sie vergessen hatte, ihm von einem ganz bestimmten Foto zu erzählen.

Kurz nach zwölf war er dann gekommen, der Moment, an dem die Ampel auf Grün stellte und sich endlich alles in Bewegung setzte. Im ›Café Extrablatt‹ in der Heidelberger Fußgängerzone lag es vor ihm, das Foto, das Simone keine Ruhe mehr ließ.

»Ich habe es zunächst zur Seite gelegt, aber beim zweiten Hinsehen fiel es mir wieder ein.«

Simone legte eine etwas längere Pause ein. Für Tom war es die Gelegenheit, sich das Foto näher anzusehen. Er war sich sicher, schon einmal ein Foto dieser Art gesehen zu haben.

»Ist das rechte Mädchen auf dem Bild Anja?«, fragte er.

»Nein, mein Liebster, das in der Mitte ist meine kleine Anja. Sie war damals gerade einmal fünfzehn Jahre alt. Wenn ich mich nicht irre, hieß das Mädchen Silke, das rechts neben Anja steht.«

Tom glaubte, vom Blitz getroffen worden zu sein. Das Foto glitt ihm aus seiner Hand und fiel zu Boden. »Ich melde mich bei dir«, waren die einzigen Worte, die er sagte, bevor er sich das Foto griff und in großer Eile das Café verließ.

Da das Präsidium nicht allzu weit entfernt lag, ließ er sein Auto in der Tiefgarage stehen und rannte zurück an seinen Schreibtisch. Er wusste, wo er zu suchen hatte. Dann hielt er es in der Hand. Verschwommen und unscharf, aber jetzt sichtbar für ihn, sah er es: Das Foto aus Silke Hallsteins Rucksack zeigte tatsächlich die drei gleichen Mädchen wie das Bild, das er vor wenigen Minuten in seinen Händen gehalten hatte. Bei der schlechten Qualität des Fotos ging Tom davon aus, dass es vor langer Zeit vom Original abfotografiert worden sein musste.

Ohne nur eine weitere Sekunde zu verlieren, griff er nach seinem Handy, um die Nummer von Roland Riethmayr zu wählen. Ein klein wenig Ärger über sich selbst machte sich trotz des Lichtblicks ihn ihm breit.

»Warum habe ich dem Bild die ganze Zeit über keine größere Beachtung geschenkt? Ja, es ist fast nichts darauf zu erkennen. Es hatte für Frau Hallstein eine gewisse Bedeutung, wenn sie es als eines der wenigen Habseligkeiten all die Jahre lang mit sich herumtrug. Wie hoch ist wohl die Wahrscheinlichkeit, dass das dritte Mädchen auf dem Bild die junge Nadine Riethmayr ist? Und wenn sie es wirklich sein sollte, was hat es dann damit auf sich? Bis jetzt mussten wir davon ausgehen, dass sich die Opfer nicht kannten. Bis zum heutigen Tag deutete absolut nichts darauf hin. Eines ist sicher: Wenn das andere Mädchen tatsächlich Nadine ist, hat der Täter seinen Plan vollendet und es dürfte keine weiteren Morde geben. Das wäre aber das einzig Positive, das man aus dieser Erkenntnis ziehen könnte.«

Roland Riethmayr nahm das Gespräch nicht entgegen. Tom hinterließ ihm eine Nachricht auf seiner Mailbox und bat ihn um sofortigen Rückruf.

Knapp dreißig Minuten später versammelte sich die ›Soko‹ im Besprechungsraum. Kriminalrat Mallgraf gab bekannt, dass Silke Hallsteins Beisetzung am morgigen Donnerstag stattfinden würde.

»Das Ordnungsamt teilte mir mit, dass letztendlich niemand für die Kosten der Beerdigung aufkommen möchte. Ihr Exfreund, unser geschätzter Herr Dammer, hat sich bis zum jetzigen Zeitpunkt nicht dazu bereit erklärt, einen Teil davon zu übernehmen.«

Kommissar Ritter hatte offensichtlich das Bedürfnis, sich nach Mallgrafs Nachricht etwas Luft zu verschaffen. »Was für ein Heuchler dieser Dammer doch ist! Ich dachte mir gleich, dass bei ihm nichts als nur heiße Luft heraus kommt!«

Toms Interesse ging da in eine etwas andere Richtung. »Brauchen wir für morgen besondere Vorkehrungen?«, richtete er seine erste Frage an seinen Chef, Rainer Mallgraf.

»Wenn der Täter seinen Gewohnheiten treu bleibt, plant er für morgen mit Sicherheit wieder etwas. Ich habe bereits am heutigen Vormittag veranlasst, dass das Gelände um die Grabstelle videoüberwacht wird. Meine Hoffnung besteht darin, dass wir eventuell schon nächtliche Aktionen des Täters im Nachgang überprüfen können.«

Tom legte den anwesenden Ermittlern die beiden identischen Fotos vor. »Wir haben endlich einen Ansatz. Es hat sich bestätigt, dass sich alle drei Opfer kannten. Nur in welchem Zusammenhang sie zueinander standen, ist unklar. Auf dem Bild müssen die Mädchen laut Frau Berger zwischen vierzehn und sechzehn Jahre alt gewesen sein.«

Kommissar Ritter, der den Ausführungen seines direkten Vorgesetzten aufmerksam lauschte, schien etwas irritiert.

»Warte mal, Tom. Nadine wuchs doch in Köln auf und lebte bis vor knapp einem Jahr dort, oder? Ihr Gatte hat uns bestätigt, dass sie keinen Kontakt mit Anja Berger hatte, zumindest, seit er und Nadine sich kannten.

Am wahrscheinlichsten, ist doch, dass Anja Berger und Silke Hallstein als Kinder mal in Köln waren, und dass zu diesem Zeitpunkt das Foto entstanden sein muss.«

Bevor Tom auf Ritters Anmerkung reagieren konnte, riss ihn sein Handy aus der Konzentration. Wie von ihm erhofft, handelte es sich um Roland Riethmayrs Rückruf. Nachdem Tom ihn auf den neuesten Stand gebracht hatte, erklärte sich der Chemiker bereit für ein zeitnahes Treffen.

Am späten Nachmittag saß Tom im Wohnzimmer der Familie Riethmayr. Nils und Tobias spielten im Garten lustlos Fußball.

»Ich habe dieses Foto nie zuvor gesehen, Herr Gerster, aber das Mädchen links auf dem Bild ist auf jeden Fall Nadine. Ich kenne viele Kinderbilder von ihr und bin mir deshalb absolut sicher.«

Tom hätte seine Freude über diese Nachricht am liebsten laut herausgeschrienen, doch er wusste, dass diese Reaktion jetzt nicht angebracht war. »Eine Frage brennt mir unter den Nägeln, Herr Riethmayr. Wissen Sie vielleicht wo das Foto aufgenommen wurde?«

Der Witwer zögerte keine Sekunde. »Leider nicht. Wie gesagt, ich kenne dieses Bild nicht. Täusche ich mich, oder ist da im Hintergrund eine andere Person zu sehen?«

Jetzt sah Tom es auch. Sehr schwach, aber mit viel Fantasie, konnte es tatsächlich eine weitere Person sein. Beim nochmaligen Betrachten der drei fröhlichen Mädchen schenkten ihm seine Erinnerungen eine Erkenntnis

»Das bezauberndste Lächeln versteckt oft das wahre Befinden.«

»Danke für Ihre Mithilfe, Herr Riethmayr.« Tom hatte es so eilig, das Haus zu verlassen, dass er sich nicht einmal mehr nach Nils' Befinden erkundigte oder gar von ihm verabschiedete. Ihm war klar, was er als Nächstes zu tun hatte.

Zurück im Büro saß er vor seinem PC und scannte das Bild ein. Einen Wimpernschlag später war es auf seinem Monitor zu sehen. Tom versuchte den Ausschnitt, auf der die Person im Hintergrund schemenhaft zu erkennen war, zu vergrößern. Doch nach jedem Zoom, den er tätigte, wurde das Bild unschärfer als es ohnehin schon war. Er hatte keine Chance, etwas verwertbares zu erkennen. Hier brauchte er dringend Hilfe von einem Spezialisten.

Wenige Augenblicke später machte sich ein Fachmann für professionelle Bildbearbeitung ans Werk. Das Ergebnis war dennoch nicht zufriedenstellend. Man konnte zwar etwas mehr vom Hintergrund des Bildes erkennen, doch das alte Polaroidfoto war von einer so schlechten Qualität, dass es selbst dem Spezialisten nicht vergönnt gewesen war, mehr herauszuholen. Doch gelohnt hatte sich der Versuch allemal. Es sollte sich bei dem Bildausschnitt tatsächlich um eine männliche Person handeln. Das war aber schon alles.

Tom bedankte sich resigniert bei dem Fachmann. Die Theorie seines Kollegen Ritter, dass die drei Mädchen sich eventuell als heranwachsende Jugendliche in Köln getroffen haben sollten, ging ihm nicht aus dem Kopf. Doch wer konnte ihm bei dieser Frage weiterhelfen? Nadine Riethmayr war ein Einzelkind gewesen und ihre Eltern waren bei einem Autounfall ums Leben gekommen. Ihr Mann Roland konnte ihnen auch nicht weiterhelfen. Und bei Silke Hallstein war ebenfalls keine Hilfe in Sicht. Sie war, wie Nadine, als Einzelkind aufgewachsen und ihre Mutter war verstorben. Ihr Vater litt an schwerer Demenz und der Exfreund Ralf Dammer konnte oder wollte leider keinen Aufschluss geben. Die ganze Hoffnung lag nun auf Simone Berger. Sie war demnach die wohl Einzige, die ihnen eventuell Auskunft geben konnte.

Es war schon spät am Abend, dennoch entschloss sich Tom, Simone anzurufen. Nach mehrmaligem Läuten schaltete sich ihre Mailbox ein. Tom sprach ihr eine kurze Nachricht mit der Bitte um Rückruf darauf. Er hoffte, sie würde sich umgehend bei ihm melden. Gerne hätte er ihre Stimme gehört, und nicht nur des Beruflichen wegen. Doch leider wurde er für diesen Abend enttäuscht. Nach einer kühlen Dusche und sehnsüchtigem Warten schlief er erschöpft auf seiner Couch ein.

38.

Ich habe dir zu danken. Ohne dich und dein Souvenir hätte ich es nicht geschafft, die ganzen Jahre durchzuhalten. Du hast damals alles mitbekommen und nichts dagegen unternommen. Ein Leichtes wäre es für dich gewesen, mir mehr Respekt zu zollen. Doch wenn es schon erwachsene Menschen nicht schaffen, ihre Mitmenschen mit Respekt zu behandeln, woher sollen es dann erst pubertierende Teenager gelernt haben?

Daher mache ich dich für ihr Verhalten mitverantwortlich. Du wirst anders sterben als ›*Anja, Nadine* oder *Silke.*‹ Für dich habe ich mir etwas ganz Besonderes ausgedacht. Die Situation ist prekär und war von mir so nicht gedacht. Deshalb muss ich den perfekten Zeitpunkt abwarten, um meinen letzten und entscheidenden Schlag zu setzen.

Niemand wird mich jetzt noch aufhalten können. Auch nicht dieser Möchtegern-Kommissar Gerster. Er müsste eigentlich schon längst herausgefunden haben, wer ich bin. Doch jetzt, wo er eine neue Gespielin hat, ist er abgelenkt. Es wird ein Leichtes für mich sein, ihn weiter zu täuschen.

Für Hauptkommissar Gerster habe ich sogar zwei weitere Überraschungen geplant. Die Letztere wird ihn zerstören und ich werde es genießen, dabei zuzusehen. Die erste wird er schon morgen früh bekommen. Vielleicht schenke ich ihm einen Hinweis, mit dem er aber nichts anzufangen weiß.

Ich kann es kaum erwarten. Wenn ich meinen Plan vollendet und meinen Sieg davongetragen habe, werde ich mich stellen. Ich weiß, dass ich nicht mehr lange zu leben habe. Sie werden meinen Namen herausfinden und mein Körper sagt mir schon seit langem, dass ich keine Kraft mehr habe, den Rest meiner wenigen Zeit wegzulaufen.

39.

Donnerstag, 20.10.2022

Die mittlerweile kühle Herbstsonne schien auf die Trauerhalle des Heidelberger Bergfriedhofes. Ein kleiner stämmiger Mann im dunklen Anzug und einer im gleichen Farbton gehaltenen, tief ins Gesicht gezogenen Schirmmütze auf dem Kopf stand bewegungslos vor dem Gebäude. In seinen kleinen Händen trug er die winzig wirkende Urne mit Silke Hallsteins Überresten.

Der Mitarbeiter eines Bestattungsunternehmens wartete mit traurigem Blick darauf, dass vielleicht doch jemand zu dieser Beerdigung kam. Aber nein, außer vier nicht gerade gut gekleideten Leidensgenossen der Ermordeten war niemand zu sehen. Selbst Silke Hallsteins Exfreund Ralf Dammer war nicht in Sichtweite.

Der Mann konnte nicht mehr länger warten. Langsamen Schrittes ging er über den Friedhof. Das Laub unter seinen Füßen raschelte. Seine Miene war traurig, aber trotzdem feierlich. Um ihn herum waren fremde Menschen, die sich um die Gräber ihrer Familienangehörigen oder Freunde kümmerten. Das laute Dröhnen der vorbeifahrenden Autos der naheliegenden Hauptstraße mischte sich mit dem leisen Rauschen des Windes in den Bäumen. Gefolgt von den vier Trauergästen schritt der Mann zu der ausgehobenen Grabstätte. Ein einsames Bild. Und doch hatte es etwas Würdevolles.

Natürlich war das Polizeiaufgebot groß. Doch es gab bisher keinerlei Anzeichen, die darauf deuten ließen, dass der Täter hier etwas Unvorhergesehenes plante. Außer dass die unfeierliche Beisetzung, für die Ermittler überraschend, eine halbe Stunde vorverlegt wurde, war nichts Ungewöhnliches aufgefallen. Die Videoaufzeichnungen des Friedhofsgeländes aus der letzten Nacht zeigten keinerlei Anhaltspunkte auf einen nächtlichen Besuch des Täters. Tom beobachte zusammen mit Ritter das traurige Szenario aus einiger Entfernung. Nichts war zu sehen. Keine verdächtige Person und zum Glück auch keine weiteren Botschaften.

Die Zeremonie lief schnell und ohne viele Worte ab. Die vier anwesenden Trauergäste nickten kurz an Silke Hallsteins letzter Ruhestätte ab und verließen den Friedhof zügig durch die naheliegende Seitentür. Silke Hallsteins letztes Geleit nahm gerade einmal zwölf Minuten Zeit in Anspruch. Danach wurde es für einen kurzen Moment ruhig auf dem mittlerweile fast leeren Friedhof.

Tom erklärte den Einsatz gerade für beendet, als ein weiterer dunkler Leichenwagen vor dem Haupteingang parkte. Der in schwarz gekleidete, schlanke, ja fast dürre Fahrer verließ ruhig den Wagen. Er öffnete ohne Eile die Heckklappe und zog eine Urne heraus. In diesem Augenblick blieb Tom wie versteinert stehen. Es war ihm für den Bruchteil einer Sekunde nicht möglich, sich weiter zu bewegen, geschweige denn etwas von sich zu geben.

Sein Gefühl sollte ihn hier nicht täuschen. Doch es war zu spät. Trotzdem ließ Tom den Friedhof großräumig absperren. Er befürchtete, dass er zum wiederholten Male versagt hatte. Nach einem kurzen Vergewissern beim Fahrer des Bestattungswagens, um wessen Urne es sich handle, war es amtlich. Silke Hallsteins Überreste wurden zu ihrer pünktlich geplanten Beisetzung soeben erst gebracht.

Ohne weiter auf den Fahrer einzugehen, rannte Tom zusammen mit Kollege Ritter zu Frau Hallsteins Ruhestätte. Das Grab lag noch immer offen vor ihm und die falsche Urne befand sich in achtzig Zentimetern Tiefe. Mit einem flauen Gefühl in der Magengegend griff er in das Erdloch. Als er die Urne wieder über die Erde befördert hatte, öffnete er diese mit viel Respekt. Er betete dafür, dass er recht behalten sollte und sich kein Inhalt in ihr befand. Nicht auszudenken, in was für Erklärungsnöte er käme, sollte sich wider Erwarten doch Asche in dem Behälter befinden. So war es für Tom und Ritter natürlich keine große Überraschung, dass das Gefäß in der Tat leer war.

»Verdammte Scheiße! Wenn das unser Täter war, dann ist dieser Dreckskerl ungestört nur wenige Meter an uns vorbeigelaufen und wir Trottel haben es nicht bemerkt. Die Größe und die Statur passten ja, aber irgendwie sah er verändert aus. Deshalb haben wir es nicht gleich bemerkt. Er spielt mit einer ungeheuerlichen Respektlosigkeit mit uns, die ich so bisher nicht erlebt habe. Warum tut er das? Ich glaube, er legt es darauf an, gefasst zu werden. Sonst würde er das verdammt hohe Risiko nicht eingehen, so eine Aktion zu starten. Er ist so krank in seinem Hirn, dass er immer unberechenbarer wird, und das macht mir große Angst.« Tom war außer sich vor Zorn.

Die großräumige Absperrung des Friedhofsgeländes sowie die Ringfahndung waren nicht von Erfolg gekrönt. Just in dem Atemzug, als Tom wieder den Parkplatz erreichte, sprach ihn der ausharrende Fahrer mit Silke Hallsteins Urne in seinen Händen an.

»Entschuldigen Sie bitte, Herr Kommissar, aber ich habe hier etwas für Sie.«

Leicht gereizt blickte Tom zu ihm hinüber. In der Hand des traurig dreinschauenden Fahrers erkannte er einen Briefumschlag. Tom benötigte nicht die Fähigkeiten eines Hellsehers zu besitzen, um zu erahnen, was sich darin befand. Er zog sich Handschuhe an und öffnete mit für ihn ungewohnt zittrigen Händen den Umschlag. Tom sah und spürte Ritters innerliche Unruhe. Sein Kollege zappelte ungewohnt nervös neben ihm.

»Ihr Verstand ist getrübt. Dinge verändern sich und drängen sich in den Vordergrund. Bald werden Sie verstehen, was richtig und was falsch ist.

Wer nicht hinsieht, kann es nicht sehen.

Wie relevant eine Kleinigkeit doch sein kann, wenn man sie nicht sieht.«

Tom ließ den Zettel samt Umschlag zu Boden fallen. Sein Blick richtete sich in den mit Wolken verhangenen Himmel.

»Er ist die ganze Zeit in meiner Nähe und beobachtet mich. Ich glaube, dass ich mittlerweile eine der Hauptfiguren in seinem abartigen Spiel eingenommen habe.«

Ritter, der direkt neben ihm stand, sah Tom ungläubig an. Er schien mit seiner Aussage nur wenig anfangen zu können.

»Was meinst du damit? Denkst du, er hat vor, dich zu töten?«

»Nein, töten will er mich mit großer Wahrscheinlichkeit nicht, aber er versucht mich psychisch fertig zu machen.«

Kommissar Lohfeld versuchte in der Zwischenzeit herauszufinden, ob der falsche Leichenbestatter schon zuvor von jemandem gesehen worden war. Bis jetzt war unklar, wie er zum Friedhof gelangte. Nach seiner gespielten Zeremonie war er ohne großes Aufsehen wieder verschwunden. Keiner hatte ihn bis dato mehr im Sichtfeld gehabt. Es ging kein Weg daran vorbei, das Filmmaterial vom frühen Morgen wiederholt zu studieren. Im Augenmerk lag die Zeit kurz vor der falschen Beisetzung.

Tom verabredete sich mit Simone zum Mittagstisch. Ihm ging das Foto mit den drei jungen Mädchen einfach nicht mehr aus dem

Kopf. Er war sich sicher, dass das Bild der passende Schlüssel zu der bis jetzt versperrten Tür sein musste.

Die Wahl für ihr Treffen fiel auf das Restaurant ›Zum Schwarzen Lamm‹ in Ziegelhausen. Simone hatte schon vor der Gaststätte auf Tom gewartet. Er begrüßte sie mit einem flüchtigen Kuss und schob sie dabei sanft Richtung Eingangstür. Währenddessen versicherte er sich durch mehrmaliges Umschauen, dass ihn niemand beobachtete. Zu groß war seine Angst, dass dieser Irre ihm ständig folgen und über sein Handeln informiert sein könnte.

»Was ist denn los, mein Liebster? Du scheinst nervös zu sein, und warum treffen wir uns hier in Ziegelhausen?«

Tom wollte Simone vorerst nicht die Wahrheit sagen. Deshalb versuchte er, die angespannte Situation etwas herunterzuspielen. »Ach, ich war gerade hier in der Nähe, und deshalb dachte ich, wir könnten uns ja spontan treffen. Nein, ich bin nicht nervös. Vielleicht nur etwas im Stress, aber sonst ist alles gut.« Es fiel ihm schwer, Simone Unwahrheiten aufzutischen. Schon von Berufswegen hasste er Lügen, aber für den Moment schien es ihm die beste Lösung zu sein. Er griff in seine Tasche und zog das Foto heraus, das die drei jungen Mädchen fröhlich in die Kamera strahlend zeigte. »Ich brauche deine Hilfe, Simone. Bei den anderen beiden Mädchen handelt es sich tatsächlich um Silke Hallstein und Nadine Riethmayr. Du bist meine einzige Chance, etwas mehr über dieses Foto zu erfahren. Weißt du vielleicht, wann und wo dieses Foto entstanden ist? Hat Anja eventuell mal etwas erzählt oder hat sie damals jemanden in der Nähe von Köln besucht? Es wäre sehr wichtig, wenn du dich erinnern würdest, Simone.«

Sie schaute ihm mal wieder tief in die Augen, bevor sie antwortete: »Ich musste in der Tat einige Zeit überlegen, aber dann ist endlich der Groschen gefallen. Wenn ich mich recht erinnere, war es etwa im August 2010. Anja spielte schon seit sie vier Jahre alt war Tennis. Und weil sie schon damals ziemlich erfolgreich spielte, wurde sie mit den talentiertesten Mädchen Deutschlands zu einem Jugendcamp auf Mallorca eingeladen. Sie freute sich so...«

»Wie bitte? Und das erzählst du mir erst jetzt?« Tom fiel Simone so forsch ins Wort, dass sie vor Schreck zusammenzuckte.

Sie hatte nicht einmal mehr die Gelegenheit sich zu sammeln. Bevor sie nur ein Wort über ihre Lippen brachte, war Tom aufgestanden und verließ wortlos das Restaurant.

Im Auto angekommen, schlug er wütend auf sein Lenkrad ein. Er konnte es nicht fassen, dass Simone ihm diese immens wichtige Nachricht vorenthalten hatte. Fragende Gedanken rasten durch seinen Kopf.

»Warum sagt sie mir das erst jetzt? Sie weiß doch, dass jeder kleine Hinweis uns weiterhelfen kann. Schließlich geht es auch um den Mord an ihrer eigenen Tochter! Eines steht fest. Die Mädchen haben sich damals auf Mallorca kennengelernt. Ich verstehe nur nicht, dass sie sich dann wieder aus den Augen verloren und angeblich die ganzen Jahre über keinerlei Kontakt mehr hatten. Wenn es aber so ist, dann muss der Mörder damals mit auf Mallorca gewesen sein.«

Auf einmal quälte Tom sein schlechtes Gewissen gegenüber Simone. Vielleicht hatte er überreagiert, als er einfach wortlos davonrannte. Er stieg aus, um sich bei ihr zu entschuldigen. Vergeblich suchte er das Restaurant nach Simone ab. Sie war in der Zwischenzeit gegangen. Er spielte kurz mit dem Gedanken, sie anzurufen. Nach reichlicher Überlegung entschied er sich, sein Vorhaben auf den Abend zu verschieben. Für den Moment gab es mal wieder Wichtigeres zu tun.

Kommissar Lohfeld berichtete beim nachmittäglichen Meeting, dass es keinerlei neue Erkenntnisse in Sachen falscher Trauerfeier gebe. Der Mann, der am Morgen die leere Urne zu Silke Hallsteins Grabstätte getragen hatte, war weder vor oder nach seiner Aktion aufgefallen. Einer der vier Trauergäste berichtete nur, dass der Mann plötzlich aus dem Nichts erschienen war.

Tom wartete, bis sein Kollege Lohfeld seine für ihn nicht unerwarteten Ausführungen zu Ende brachte, bevor er, ohne dessen Thema aufzugreifen, selbst das Wort ergriff.

»Durch das Foto, das wir bei Silke Hallsteins persönlichen Sachen fanden und das uns zusätzlich Frau Berger zukommen ließ, sind wir endlich im Besitz handfester Indizien. Wie ich ebenfalls von Frau Berger in Erfahrung brachte, wurde es im Sommer 2010 auf Mallorca aufgenommen. Das bedeutet nach allem, was wir wissen, dass der Täter die Mädchen damals in dem Camp kennengelernt und die ersten Kontakte geknüpft haben muss. Das ist dann aber schon wieder alles. Es liegt jetzt an uns, herauszufinden, ob es sich dabei um eine rein zufällige Begegnung gehandelt hat oder ob der Täter eventuell selbst mit Aufgaben wie der Betreuung der Mädchen beauftragt war. Wir sollten in Betracht ziehen, dass der Täter das Foto vielleicht sogar selbst gemacht hat. Um herauszufinden, wo genau auf Mallorca es aufgenommen wurde, werde ich gleich Frau Berger kontaktieren. Mathias, du und Stefan, ihr setzt euch bitte mit dem Sportverein von Neckargemünd in Verbindung. Findet heraus, wer damals zuständig war und wer Anja Berger vom Verein auf die Insel begleitet hat. Die Kollegen aus Köln habe ich schon informiert. Sie sollen herausfinden, bei welchem Verein Nadine Riethmayr, beziehungsweise Nadine Walter, wie sie ja mit Mädchennamen hieß, spielte. Ebenfalls habe ich im Fall Silke Hallstein die Kollegen in Sinsheim angewiesen, die gleiche Vorgehensweise zu starten.«

Eine kurze Entschuldigung über WhatsApp reichte aus, um Simone wieder gnädig zu stimmen. Gegen 18:30 Uhr klingelte er an ihrer Haustür in Neckargemünd. So schnell wie Simone die Tür öffnete, ging Tom davon aus, dass sie auf ihn gewartet hatte.

»Schön, dass du da bist. Ich möchte mich bei Dir…«

»Nein, alles gut, Simone. Wenn sich jemand entschuldigen muss, dann bin ich das. Ich hätte heute Mittag nicht einfach so gehen dürfen. Tut mir leid.« Er nahm sie in die Arme und drückte ihr einen langen und zärtlichen Kuss auf die Lippen.

Simone ließ es geschehen. Sie umklammerte ihn fest und erwiderte den leidenschaftlichen Kuss. Jetzt gab es kein Halten mehr. Tom vergaß alles um sich herum. Während er Simone heiß küsste, schaltete er vollständig ab und stellte sein Hirn auf Sparflamme. Seine Hände fingen an, Simones Körper zu erkunden. Sanft glitt er unter die Bluse und berührte ihre wohlgeformte, pralle Brust. Sein Atem ging schwer. Er spürte Simones Verlangen deutlich. Sie flüsterte ihm leise ins Ohr:

»Ich will dich. Jetzt sofort.«

Tom wollte vernünftig sein, doch dafür war es zu spät. Er knöpfte ihre Bluse auf und öffnete ihren BH. Er konnte ihre harten Nippel auf seinem mittlerweile nackten Oberkörper spüren. Simone nahm ihn an der Hand und zog ihn ins Wohnzimmer. Sie schafften es gerade bis zum großen Teppich vor der Couch. Simone dachte nicht daran, sich zurückzuhalten. Sie schien alle Sorgen um sich herum einfach geparkt zu haben.

Einige Zeit später lagen beide erschöpft und engumschlungen auf dem Boden.

»Bereust du es?«, fragte Simone.

»Nein, das mit Sicherheit nicht. Es war zwar kurz, aber wunderschön mit dir.«

Sie war spürbar erleichtert, diese beruhigenden Worte aus seinem Mund zu hören. Die Unbeschwertheit der vergangenen Minuten wich schlagartig und Tom wurde von einer auf die andere Sekunde wieder todernst. Jetzt drängte sich wieder der Ermittler in ihm auf.

»Ich weiß, der Zeitpunkt ist gerade nicht günstig, aber ich muss mit dir über das Foto der Mädchen sprechen. Ich hoffe, du kannst das verstehen.«

Simone küsste ihn zärtlich, bevor sie wortlos im Bad verschwand. Nach wenigen Minuten stand sie in einem weißen Seidenbademantel vor ihm. Tom selbst hatte sich mittlerweile wieder vollständig angezogen. »Komm, wir setzen uns, und dann sagst du mir, was du wissen möchtest, mein Schatz.« »Wir suchen jemanden, der Anja und die anderen Mädchen damals begleitet hat. Wir erhoffen uns, von diesen Personen mehr zu erfahren, um vielleicht dadurch näher an den Täter heranzukommen. Deshalb dachte ich, dass du uns da weiterhelfen kannst. Ich weiß, dass es schon ziemlich lange her ist, aber vielleicht erinnerst du dich.«

Simone kaute auf ihrer Unterlippe. »Ich wollte es dir bereits heute Mittag sagen, aber da bist du ja so schnell weg gewesen. Ich habe Anja damals zusammen mit drei anderen Personen nach Mallorca begleitet. Es war Anjas ausdrücklichster Wunsch, dass ich mitkommen sollte. Sie war ja immer so schüchtern und öffnete sich anderen Menschen nur zaghaft.«

Tom musste mehrmals schlucken, bevor er auf diese wichtige Neuigkeit reagieren konnte. Er stand auf und lief unruhig auf und ab. Er versuchte sich unter Kontrolle zu halten. »Du warst dabei? Ich möchte alles wissen, was damals auf der Insel geschah. Ist dir dort irgendjemand besonders aufgefallen? Jemand, zu dem die

Mädchen einen engeren Kontakt pflegten? Oder jemand, der sich des Öfteren absichtlich in deren Nähe aufhielt? Jede Kleinigkeit kann jetzt wichtig sein. Versuch dich bitte zu konzentrieren.«

Simone stand auf, um in der Küche zu verschwinden. Einen Wimpernschlag später kam sie mit zwei Espressi zurück. »Ich war nicht nur dabei, Tom. Ich selbst war es, die das Foto damals gemacht hat. Silke wollte auch ein Bild und deshalb drückte ich den Auslöser noch einmal. Die Mädchen waren so glücklich und hingen, wenn sie nicht gerade Tennis spielten, immer zusammen herum.«

Er blieb ruhig. Ganz ruhig, obwohl er vor Wut an die Decke hätte springen können. Doch Tom war erfahren genug, um zu wissen, dass es die falsche Reaktion wäre, wenn er Simone jetzt Vorwürfe machen würde. Er dachte kurz nach und entschied sich dann dafür, Simone allein zu lassen. Tom nahm behutsam ihre Hand. »Pass auf Simone, wir machen das so. Ich lasse dich jetzt erstmal in Ruhe und gehe nach Hause. Ich möchte, dass du die Zeit nutzt und die Bilder von damals zurück in deine Erinnerung holst, ja? Denk bitte genau nach. Wenn dir etwas einfällt, selbst wenn es für dich unwichtig erscheint, dann schreib es bitte auf oder ruf mich an. Egal zu welcher Uhrzeit, okay? Lass uns morgen Frühstücken gehen, dann reden wir in Ruhe über alles.«

Simone schaute ihn liebevoll an. Sie kannte ihn mittlerweile schon etwas besser, um zu merken, wenn Tom verärgert war.

»Ja, das ist eine gute Idee von dir, mein Liebster. Ich melde mich morgen früh.«

Zum Abschied küssten sie sich kurz, aber sehr intensiv.

Zu Hause angekommen, raufte sich Tom die Haare.

»Simone hätte mir das alles viel früher sagen müssen. Sie war die ganze Zeit über in diesem Camp dabei und schoss sogar das

Foto der drei Mädchen. Es war vorhin die richtige Entscheidung zu gehen. Ich mach ihr ja auch keine Vorwürfe. Schließlich ist sie es, die eine große Last zu tragen hat. Erst verliert sie durch einen tragischen Mord ihre Tochter und dann lässt ihr Mann sie noch sitzen. Sie ist sehr tapfer und versucht ihre Traurigkeit nach außen hin zu verbergen. Ich hoffe, sie nutzt den Abend und wir kommen dank ihrer Hilfe morgen etwas weiter.«

40.

Freitag, 21.10.2022

Simone schickte Tom eine Nachricht, um ihm mitzuteilen, dass sie die halbe Nacht nicht schlief. Immer wieder quälten sie Selbstzweifel. Hatte sie zu spät reagiert? Der Ärger darüber, dass sie sich nicht schon viel früher mit Anjas alten Fotos auseinandergesetzt hatte, machte sie traurig. Sie schrieb ihm, dass sie seine Reaktion am gestrigen Abend durchaus verstand. Simone verabredete sich mit ihm für 10:00 Uhr im ›Café Leisinger‹ in Schwetzingen.

Dass das Frühstück an diesem Morgen rein gar nichts mit einem privaten Treffen zu tun hatte, merkte Simone sofort, als Tom zusammen mit seinem Kollegen Ritter das Café betrat. Seine Miene war ernst und er verhielt sich distanziert.

»Guten Morgen, Frau Berger. Ich hoffe, Sie haben nicht allzu lange gewartet? Ich habe meinen Kollegen Kommissar Ritter mitgebracht. Ich möchte, dass er alles notiert, was Ihnen eventuell eingefallen ist.«

Tom zwinkerte Simone versteckt zu und vernahm aus ihrem Blick eine gewisse Erleichterung. »Den wünsche ich Ihnen auch, meine Herren.«

Die zwei Ermittler nahmen Platz und Tom war gespannt, was Simone ihnen erzählen würde.

»Ist Ihnen etwas eingefallen, was uns weiterhelfen könnte, Frau Berger?«, versuchte Ritter etwas Druck auf Simone aufzubauen.

»Herr Gerster, Sie fragten mich gestern, ob ich mich daran erinnern würde, dass es da jemand gegeben hat, der sich des

Öfteren bei den Mädchen aufhielt. Und mir ist eingefallen, dass da tatsächlich jemand war, der sich etwas sonderbar benahm.«

Tom und Ritter hingen wie hypnotisiert an Simones Lippen.

»Ich glaube, er war so etwas wie der Platzwart der Anlage. Wenn die Mädchen Pause hatten, nahm er sofort Kontakt mit ihnen auf und versuchte sie zu überreden, mit ihm etwas zu unternehmen. Doch sie hatten überhaupt keine Lust darauf.

Wenn die drei Mädchen ihn danach sahen, zogen sie ihn immer ein wenig auf, indem sie vor ihm posierten und sich über sein Aussehen lustig machten.«

»Was meinen Sie damit, dass sie vor ihm posierten, Frau Berger?«, hakte Ritter ungeduldig nach.

»Na, die Mädels waren damals für ihr Alter, was ihre Oberweite betraf, alle drei schon gut bestückt. Sie tanzten vor ihm und bewegten dabei ihre Brüste wie bei einem sogenannten Brusttwist, wenn Sie wissen, was ich meine. Glauben Sie mir, ich habe die Mädchen immer wieder ermahnt damit auf zu hören, aber Sie können sich ja vorstellen, wie das ist mit pubertierenden Jugendlichen so ist.«

»Wissen Sie vielleicht noch, wie der Mann ungefähr aussah, Frau Berger?«, wollte Tom wissen.

Just in diesem Moment stieß Sie ein lautes »Neeeeein« aus. Sie schnappte ihre Tasche und lief geradewegs aus dem Café.

»Warte hier, Mathias. Ich bin gleich wieder da!«, rief Tom, bevor er gleiches tat und den Raum verließ.

In der mittlerweile gut besuchten Schwetzinger Innenstadt, war es für ihn fast unmöglich, Simone auf Anhieb zu erspähen. Doch nach wenigen Schritten entdeckte er sie weinend am nahegelegenen kleinen Brunnen sitzen.

»Was ist denn los, Simone? Warum bist du plötzlich davongelaufen?«

»Ach, es ist alles meine Schuld, Tom. Warum bin ich nicht schon früher darauf gekommen? Ich glaube, dass ich weiß, wer meine kleine Prinzessin getötet hat. Du hast mich vorhin gefragt, ob ich mich daran erinnere, wie der Mann vom Tenniscamp aussah. Verdammt, Tom, er sah aus wie der Mann auf dem Foto, das ihr veröffentlicht habt! Nur eben ein paar Jahre jünger. Verstehst du? Zumindest die anderen beiden Frauen könnten vielleicht noch leben, wenn meine Erinnerungen schon viel früher zurückgekommen wären.«

Tom setzte gerade dazu an, Simone zu trösten, als sie vor dem Steinbrunnen weinend zusammenbrach. Ritter war in der Zwischenzeit herbeigeeilt und verständigte, ohne zu zögern einen Rettungswagen.

Im Schwetzinger Klinikum wurde bei Simone Berger ein leichter Kreislaufkollaps diagnostiziert. Nach Rücksprache mit dem behandelten Arzt wurde Tom mitgeteilt, dass Simone am späten Nachmittag wieder nach Hause durfte. Er nahm sich vor, sie persönlich abzuholen und zurück nach Neckargemünd zu bringen.

Das gesamte Ermittlungsteam der ›Soko‹ sowie Kriminalrat Mallgraf versammelten sich am Vormittag im Präsidium. Die ganze Konzentration lag jetzt darauf, den Namen des Mannes herauszufinden, der damals auf Mallorca Kontakt zu den Mädchen hatte. Mallgraf ließ keine Zweifel darüber aufkommen, dass er jetzt einen schnellen Fahndungserfolg verbuchen wollte.

»Wie ich in der Zwischenzeit in Erfahrung bringen konnte, existiert das Camp auf Mallorca noch. Die Institution läuft heute unter dem Namen ›Tenniscenter Paquera‹ Es besteht durchaus die Möglichkeit, dass wir eventuell Mitarbeiter von vor zwölf Jahren dort vorfinden. Erst kam mir der Gedanke, die Kollegen auf Mallorca mit dem Fall zu beauftragen. Aber nach reichlichen Überlegungen halte ich es für sinnvoller, wenn wir die Recherchen selbst vor Ort übernehmen. Deshalb lasse ich für Sie, Herr Gerster und Herr Ritter, für morgen früh einen Oneway-Flug auf die Sonneninsel buchen. Den Rückflug buchen Sie dann selbst vor Ort. Machen Sie sich bitte mit den Begebenheiten vertraut, und wenn es sein muss, drehen Sie jeden Stein zweimal um. Die mallorquinischen Kollegen habe ich bereits über Ihr Kommen informiert. Sie haben mir ihre tatkräftige Unterstützung zugesichert.«

Tom war im Zweifel, was er von der Idee seines Chefs halten sollte. Sicherlich war es besser, wenn er selbst die Ermittlungen auf der Insel übernahm. Doch sein Gefühl sagte ihm, dass er Simone in ihrem jetzigen Zustand der Schuldgefühle nicht allein lassen sollte.

Kommissar Lohfeld riss ihn aus seinen Gedanken.

»Übrigens, wir haben uns gestern bei dem Tennisclub in Neckargemünd mal umgehört. Es war viel leichter, an Informationen von damals zu kommen, als ursprünglich vermutet. Der Vorstand des Clubs, Horst Peters, ist schon seit über fünfzehn Jahren im Amt. Das bedeutet, dass er die Planungen des Besuches im Camp umfangreich mitbetreut hat. Er konnte sich tatsächlich gut daran erinnern. Die Vorfreude war nicht nur bei Anja Berger riesengroß. Das ganze Betreuerteam der damaligen jungen Anja war in heller Begeisterung, an so einem Turnier teilnehmen zu dürfen. Neben dem Vorstand Horst Peters haben der Schatzmeister des Vereins, Klaus Mickler, sowie die Mutter, Simone Berger, die damals sechzehnjährige Anja nach Mallorca begleitet. Auf Nachfrage, ob ihnen vielleicht eine Person auf oder neben der Anlage besonders aufgefallen sei, bekamen wir leider keine positive Rückmeldung. Herr Peters erzählte nur, dass es Anja bis ins Achtelfinale geschafft hat und alle stolz auf sie waren. Die Nachricht ihres tragischen Todes hat den ganzen Verein schwer erschüttert. Sie haben zur Erinnerung an Anja eine Gedenktafel im Vereinsheim aufgehängt.«

Nach kurzem Innehalten der Anwesenden ergriff Kriminalrat Mallgraf wieder das Wort, um die Ermittlungsergebnisse in den anderen beiden Mordfällen bekanntzugeben. »Die Kollegen aus Köln hatten im Fall Nadine Riethmayr ebenfalls nichts Verwertbares zu berichten. Wie bei Anja Bergers Tennisclub begleitete auch hier eine kleine Vereinsdelegation Nadine Riethmayr zum Turnier. Die Befragten konnten sich ebenfalls an keine besonderen Vorkommnisse erinnern. Ganz Ähnliches berichteten die Kollegen aus Sinsheim. Silke Hallstein wurde von zwei erwachsenen Spielerinnen aus dem Verein nach Mallorca begleitet. Leider steht die Befragung der beiden Spielerinnen urlaubsbedingt aus. Da wir hier nicht viel weiterkommen, erhoffe, nein erwarte ich durchschlagende Ergebnisse von Ihnen, meine Herren.«

Gegen halb fünf parkte Tom sein Auto vor dem Schwetzinger Klinikum. Als er die ambulante Station betrat, roch er schon Simones Parfüm. Diesen Duft nahm er seit ihrer ersten Begegnung immer sofort wahr, wenn sie sich in seiner unmittelbaren Nähe aufhielt. So war es auch hier. Schon nach ein paar Schritten sah er sie. Simones Augen strahlten, als sie ihn kommen sah, und sie rannte geradewegs auf ihn zu.

»Langsam, Simone. Du sollst dich doch sicher schonen«, versuchte Tom sie zu schützen.

»Nein, alles gut, mein Liebster. Es tut mir unendlich leid, dass ich dir so viele Sorgen bereite.«

»Das tust du doch gar nicht. Sorgen macht mir jemand ganz anderes, aber nicht du. Komm, ich bringe dich jetzt erstmal nach Hause.«

45 Minuten später hatten die beiden die Straße, Am Kastanienberg in Neckargemünd erreicht. Tom verhielt sich die Fahrt über ungewohnt ruhig. Nachdem sie das Innere des Hauses erreichten, fasste Simone ihren ganzen Mut zusammen und sprach ihn auf seine Zurückhaltung an.

»Magst du mir erzählen, was dich bedrückt? Und jetzt sag nicht, dass alles gut wäre.«

Sanft nahm Tom ihren Kopf zwischen seine Hände und hauchte ihr einen liebevollen Kuss auf die Stirn. »Wie ich feststellen muss, kennst du mich schon ganz gut«, meinte er und lächelte sie fürsorglich an. »Du hast ja Recht, Simone. Ich muss leider morgen früh, wegen einer Dienstreise ins Ausland fliegen. Das passt mir natürlich gar nicht, denn ich weiß, dass es dir nicht gut geht. Ich habe Angst um dich, und gerade deshalb wäre ich für die nächste Zeit lieber hier in deiner Nähe geblieben.«

Simone schenkte ihm ihr schönstes Lächeln. »Das ist lieb von dir und ich weiß es durchaus zu schätzen, aber du musst dir keine Sorgen machen. Ich habe mich wieder im Griff. Heute Morgen kamen die ganzen Bilder von der schrecklichen Tat an Anja wieder hoch und das habe ich einfach nicht verkraftet. Wo musst du eigentlich hin? Hat es etwas mit den Morden an den Mädchen zu tun?«

Tom wurde bewusst, dass er Simone nicht anlügen durfte, und das wollte er nicht tun. »Ja, ich fliege morgen früh nach Mallorca. Wir werden versuchen, etwas über den Mann herauszufinden, der, nach allem, was wir bisher über ihn wissen, in unser Täterprofil passt. Du kannst mich aber jederzeit anrufen, wenn dir danach ist, ja? Ich werde versuchen, so schnell es geht wieder zurückzukommen.«

»Konzentriere dich erstmal auf deine Ermittlungen auf Mallorca und mach dir um mich keine Sorgen. Ich komme schon klar.

Ich verspreche dir, mich zu melden, wenn irgendetwas ist. Vielleicht ist es besser, wenn ich mich etwas ausruhe. Wärst du enttäuscht, wenn ich dich jetzt bitten würde, zu gehen?«

Tom wäre in der Tat lieber geblieben, doch er respektierte natürlich Simones Wunsch. Mit einer festen Umarmung verabschiedeten sie sich. Tom versprach jetzt seinerseits sich sofort zu melden, wenn er gut auf der Insel angekommen wäre.

Am Abend informierte Frau Moser ihn telefonisch, dass der Flug um 08:40 Uhr ab dem ›Flughafen Frankfurt‹ für ihn und Kollege Ritter gebucht sei. Tom suchte ein paar Unterlagen zusammen und traf die letzten Vorbereitungen. Er war sich nicht ganz sicher, was er alles einpacken sollte, schließlich war der Zeitpunkt der Rückreise ungewiss. Tom hielt es so, wie bei seinen früheren Urlauben: Er packte nur das Nötigste ein. Sein Motto lautete: »Was fehlt, besorge ich mir vor Ort.« Kurz vor dem Einschlafen durchflutete ein Gedanke seinen Kopf.

»Nur mit geöffneten Augen haben wir die Chance, versteckte Dinge zu erkennen.«

Plötzlich bekam er Angst. Das Gedachte wirkte, als hätte ihm der Täter selbst eine weitere Nachricht in seinen Kopf verpflanzt. Tom schloss die Augen, um wenigstens ein paar Stunden wertvollen Schlaf zu bekommen.

41.

Samstag, 22.10.2022

Der Blick aus dem Seitenfenster der Boeing 737 war außergewöhnlich schön. Tom genoss den Anblick der aufsteigenden Sonne am Horizont. Doch in der gleichen Sekunde wurde ihm wieder bewusst, dass es alles andere als ein Flug in einen erholsamen Urlaub war, den er vor ein paar Minuten angetreten hatte. Seine Gedanken drehten sich immer wieder um Simone. Beim gemeinsamen Telefonat kurz vor dem Abflug hatte sie versucht, die Tapfere zu spielen, doch Tom merkte, ohne ihr in die Augen sehen zu können, dass es ihr nicht besonders gut ging.

Nach knapp zwei Stunden zeichneten sich die ersten Umrisse der wohl bekanntesten Balearischen Insel am Boden ab. Mallorca, oder wie die Deutschen es nannten, ihr siebzehntes Bundesland, war die wohl beliebteste Reiseinsel Deutschlands. Die Nähe zum Heimatland war einfach perfekt, um in kürzester Zeit einen traumhaft schönen Badeurlaub zu zweit, mit Freunden oder der ganzen Familie zu verbringen. Das Klima war das ganze Jahr über angenehm, sodass sich zu jeder Zeit ein Besuch lohnte. Die malerischen Strände mit ihren Buchten sowie die zahlreichen Sehenswürdigkeiten lockten jedes Jahr abertausende von Besuchern an.

Auch jetzt zu dieser späten Jahreszeit waren die Temperaturen sehr mild. Mit 23 Grad war es für die jetzige Regenzeit auf der Insel warm und trocken. Kommissar Ritter, der fast den ganzen Flug verschlief, bekam die andauernde Kommunikation zwischen seinem Chef und Simone über WhatsApp glücklicherweise nicht mit. Am Flughafen ›Palma de Mallorca‹ wurde Tom zusammen mit seinem Partner von den Mallorquinischen Kollegen bereits erwartet. Der Comisario General, Victor Medina der ›Guardia Civil‹ erschien eigens zur Begrüßung. Mit den Worten ›El honor es mi divisa‹ was so viel bedeutet, wie ›Ehre ist meine Devise‹, empfing Señor Medina den deutschen Chefermittler nebst Partner. Senor Medina war rein optisch ein Spanier durch und durch. Mit seinen glatten schwarzen Haaren, den stark ausgeprägten Koteletten und dem ebenfalls schwarzen Schnurrbart, machte er einen leicht furchteinflößenden Eindruck. Die buschigen dunklen Augenbrauen rundeten diesen noch ab.

Die Entfernung zwischen dem Flughafen und dem Zielort ›Paquera‹ betrug etwa 24 Kilometer. Im Dienstfahrzeug des Generals erreichten sie ihr Ziel in unglaublichen siebzehn Minuten Fahrzeit. Das ›Valentin Paquera Hotel‹, das Frau Moser am Vortag für die zwei deutschen Beamten gebucht hatte, lag nur wenige Gehminuten vom ›Tenniscenter Paquera‹ entfernt. Schon beim Einchecken nahm Tom sich vor, wenn alles vorbei wäre und der Täter endlich hinter Gittern säße, hier, in dieser traumhaften Anlage, mit Simone ein paar Tage lang die Seele baumeln zu lassen. Da die Zeit mittlerweile schon weit nach Mittag vorangeschritten war, entschieden sich die beiden Ermittler, erst einmal einen kleinen Snack am Buffet zu sich zu nehmen. Doch genießen konnte Tom die Zwischenmahlzeit nicht wirklich. Viel zu sehr war er schon mit seinen Gedanken im nahegelegenen Tenniscenter.

»Ich kann nur hoffen, dass sich der Trip hierher für uns auch wirklich lohnt. Wenn es perfekt läuft, bekommen wir später endlich den Namen zu unserem gesuchten Gesicht. Sollte dies so eintreffen, werden wir ihn auch zeitnah finden, da bin ich mir sicher. Was aber, wenn sich niemand mehr erinnern kann? Was, wenn keiner etwas sagen möchte? Und was, wenn er gar nicht der Mann ist, den wir suchen? Fragen, nichts als offene Fragen. Wir müssen so schnell es geht zum Tenniscenter und unsere Ermittlungen starten.«

»Wir sitzen hier und essen gemütlich, während der Täter vielleicht schon sein nächstes Opfer im Visier hat. Los, lass uns keine weitere Zeit verlieren.«

Ritter warf seinem Chef ratlose Blicke über den Tisch zu. »Warum hast du es denn auf einmal so eilig? Das Tenniscenter läuft uns schon nicht weg, oder?«

Tom erwiderte Ritters Blick, sodass dieser sich am liebsten ein Loch zum Versinken gesucht hätte. »Ja, du hast recht. Lass uns gehen«, stimmte Ritter vorsichtig zu.

Sechzehn Minuten später standen die beiden am Eingang des mit Hang zum Detail angelegten Camps. Comisario Medina war eigens mit einem Dolmetscher im Schlepptau vor Ort. Der Comisario hatte im Vorfeld, wie Tom zu seiner Zufriedenheit schnell feststellen durfte, ganze Arbeit geleistet. Der Leiter des Tenniscenters, Marc Feigenbrecht, samt des anwesenden Trainerstabes nahmen die deutschen Ermittler vor der spanischen Vereinsgaststätte herzlichst in Empfang.

»Wir freuen uns, Sie und Ihren Partner hier auf unserer Anlage begrüßen zu dürfen. Comisario Medina hat uns schon vorab über den traurigen Anlass Ihres Erscheinens informiert. Lassen Sie uns auf der Terrasse Platz nehmen, da können wir ungestört über alles reden.«

Tom schätzte den bereits an den Schläfen ergrauten Mann auf Mitte fünfzig.

»Na, da hätte sich Señor Medina den Dolmetscher ja sparen können. Ich denke, dass ich mit meiner Vermutung nicht ganz falsch liege, dass Sie vor vielen Jahren hierher auf die Insel ausgewandert sind.«

»Da liegen Sie richtig, Herr Gerster. Das war doch Ihr Name, oder? Ich bin vor fast 24 Jahren hier mit meiner damaligen Frau mehr oder weniger gestrandet. Wir haben uns sofort in die Insel verliebt und sind nach reiflicher Überlegung ein paar Monate später ausgewandert. Ich war froh, dass mir damals die Stelle als Trainer angeboten wurde. Ja, und seit sechs Jahren darf ich diesen tollen Verein sogar leiten. Aber lassen Sie uns jetzt zu der eigentlichen Sache kommen, weshalb Sie den weiten Weg hierher auf sich genommen haben. Wie Comisario Medina mir mitteilte, interessieren Sie sich für das Sommercamp im Jahr 2010?«

Es gefiel Tom, dass Marc Feigenbrecht ohne große Umschweife zum eigentlichen Thema kam.

»Herr Feigenbrecht, es geht tatsächlich um das Jugendturnier 2010. Wie Sie wissen, haben wir in Deutschland gleich drei bestialische Morde an jungen Frauen zu beklagen. Ich benötige von Ihnen eine Liste aller Teilnehmer von damals.«

Bevor Tom weitersprechen konnte, schob ihm Marc Feigenbrecht ein DIN-A4-Blatt zu. Auf dem Blatt standen alphabetisch geordnet die Namen aller Jugendlichen, die vor zwölf Jahren am Turnier teilgenommen hatten. Beim Überfliegen der Liste entdeckte Tom sofort die drei Namen.

An Position zwei stand der Name Anja Berger, an der Vierzehn Silke Hallstein und last but not least, an der Zweiundzwanzig Nadine Walter. Ein beängstigtes Gefühl der Ohnmacht versetzte Tom für einen kurzen Moment in eisige Starre. Durch die Befragungen der heimischen Tennisvereine der Mädchen wusste er zwar schon, dass die Jugendlichen damals am Turnier teilgenommen hatten, doch jetzt hatte er es schwarz auf weiß. Aber auch hieraus zog er das Positive zuerst. Immerhin spürte Tom, dass sie an der richtigen Stelle suchten.

»Vielen Dank für Ihre tatkräftige Unterstützung, Herr Feigenbrecht. Sie waren ja damals hier als Tennistrainer engagiert. Wir legen unser Hauptaugenmerk auf einen Mann, der zu dem besagten Zeitpunkt hier vielleicht tätig gewesen ist oder sich in irgendeiner Art auffällig oft an der Anlage herumgetrieben hat.«

Man konnte Marc Feigenbrecht förmlich ansehen, wie er geradezu darauf brannte, dem deutschen Chefermittler seine Beobachtungen mitzuteilen. »Ja, da gab es tatsächlich jemanden. Wir hatten zu der Zeit einen aus Tschechien stammenden Platzwart. Er war, wie man bei uns sagen würde, nicht gerade das hellste Licht, aber er machte seine Arbeit gut und trat nie besonders negativ in Erscheinung. Nur eines Tages, das war ungefähr im darauffolgenden Jahr, behaupteten gleich zwei Mädchen, dass er sie angeblich in der Dusche beobachtet hätte. Wir mussten dem natürlich nachgehen und ließen ihn einige Zeit nicht aus dem Blick. Einer der damaligen Trainerkollegen konnte zu einem späteren Zeitpunkt beobachten, wie er eine Kamera in den Schlafräumen der Mädchen installierte. Er versuchte es damals nicht einmal zu leugnen. Die Vereinsführung beschloss daraufhin, sich von ihm zu trennen. Allerdings wurde auf eine Anzeige seitens der Vereinsführung verzichtet.«

Das Gespräch verlief nach Toms Wunsch. Jetzt fehlte nur noch ein kleines Puzzleteil. Er griff in seine Hemdtasche und zog das von Spezialisten bearbeitete Foto heraus, das den mutmaßlichen Täter zeigte.

»Ist das der Mann, der damals hier als Platzwart gearbeitet hat?«

Marc Feigenbrecht nahm das Bild in seine Hand, um es in derselben Sekunde mit angeekelter Miene wieder auf den Tisch zu werfen. Als er begriff, was für abscheuliche Taten dieser Mensch in seinem Heimatland begangen hatte, reagierte der bisher gutgelaunte Campleiter erbost. »Ja, das ist dieses Dreckschwein! Ich hoffe, dass Sie in bald schnappen und für immer wegschließen.«

Kommissar Ritter, der die bisherigen Ermittlungen kommentarlos als eine Art Beisitzer verfolgte, entdeckte plötzlich wieder seinen Jagdinstinkt. »Einen Namen, Herr Feigenbrecht. Wir brauchen einen Namen!«

Nach einem Moment des Innehaltens war es dann so weit. »Jacob Wróbel. Der Name dieses Schweins ist Jacob Wróbel.

Er ist tschechischer Staatsbürger, sprach aber schon damals akzentfreies Deutsch. Soweit ich weiß, war seine Mutter Deutsche. Ich kann Ihnen natürlich nicht sagen, wo er sich die ganzen letzten Jahre aufgehalten hat, meine Herren.«

Tom hatte sich im Vorfeld viele verwertbare Informationen von Herrn Feigenbrechts Befragung erhofft, doch mit diesem schnellen positiven Ausgang hatte er in seinen kühnsten Träumen nicht gerechnet. Er bedankte sich für die gute Zusammenarbeit und machte sich gemeinsam mit Ritter auf den kurzen Fußweg zurück zum Hotel.

Just in dieser Sekunde als Tom den Namen des Täters in die internationale Datenbank eingab, wurde die Maschinerie so richtig in Gang gesetzt. Die Datenbank spuckte gleich mehrere Einträge über Jacob Wróbel aus. Im Jahr 2012 war er wegen Heiratsschwindel in Spanien angezeigt worden. Eine Verurteilung fand damals nicht statt. Das angebliche Opfer zog ihre erstgemachte Aussage wieder zurück. Die Behörden gingen damals davon aus, dass die Betrogene ihre Anzeige unter Androhung von Gewalt zurückgezogen hatte. Stichhaltige Beweise gab es dafür allerdings nie. Wróbel sollte sich durch diese Scheinheirat mehr als

350.000€ ergaunert haben. Ende 2014 musste der Täter sein Unwesen in Italien getrieben haben. Er wurde zur damaligen Zeit zu einer Geldstrafe von 1.450€ verurteilt. Der Gesuchte hatte eine Frau über einen längeren Zeitraum hinweg gestalkt. Danach musste sich das Opfer in monatelange psychiatrische Behandlung begeben.

In Deutschland existierte tatsächlich eine Akte über Jacob Wróbel. Im Jahr 2017 hatte es gleich mehrere Vorfälle gegeben, bei denen vier junge Frauen aus einem Fitnessstudio in Marburg bei der Studioleitung Beschwerde einlegten. Wróbel arbeitete zu dieser Zeit als Aushilfsfitnesstrainer in dem Studio. Die Frauen behaupteten, dass er sie unter der Dusche mehrmals beobachtet und einmal sogar sein Geschlechtsteil so lange manipuliert hätte, bis er zur sexuellen Befriedigung kam. Er wurde dafür im Jahr 2018 zu einer fünfzehnmonatigen Gefängnisstrafe auf Bewährung verurteilt. Seit diesem Zeitpunkt war Jacob Wróbel untergetaucht. Auffällig bei den Vorfällen war aber, dass alle Frauen, die in die damaligen Fälle involviert waren, eine relativ große Oberweite besaßen.

Für den Chefermittler und seinen Kollegen Ritter war der berufliche Ausflug auf die spanische Insel Mallorca von Erfolg gekrönt. Und obwohl die traumhafte Urlaubsinsel viele verlockende Vergnügungsmöglichkeiten für den restlichen lauen Spätsommerabend bot, gab es für den Moment keinen triftigen Grund mehr, länger auf der Insel zu bleiben. Also buchten sie für den frühen Sonntagmorgen den Rückflug nach Deutschland.

Nach einem gemeinsamen Abendessen zog es Tom zurück auf sein Hotelzimmer. Er wollte sich ein paar Minuten Ruhe gönnen, bevor er eine Face-to-Face-Sitzung mit seinem Chef, Kriminalrat Rainer Mallgraf, schaltete, um mit ihm das weitere Vorgehen zu besprechen. Die Unterredung nahm zu Toms Überraschung nur wenig Zeit in Anspruch. Sie entschieden, gleich nach der Landung der Maschine in Frankfurt eine Sitzung einzuberufen.

Nach Beendigung des Gespräches mit seinem Vorgesetzten versuchte er vergebens, Simone zu erreichen. Er wollte ihr die Erfolgsnachricht unbedingt persönlich überbringen. Tom war der Meinung, sie hätte ein Recht darauf, es als eine der Ersten zu erfahren. Doch mehr als ihr ein paar Worte auf der Mailbox zu hinterlassen, war ihm nicht vergönnt. Tom konnte nicht umhin, immer wieder Simones Nummer zu wählen. Die Sorge um sie breitete sich immer tiefer in ihm aus. Nach weiteren zahlreichen vergeblichen Versuchen ließ er sein Handy auf das Hotelbett niedersinken. Die aufkommende Müdigkeit übermannte ihn und ohne sich zu entkleiden, legte er sich auf sein Bett.

Lange kam er nicht in den Genuss der Ruhe. Nach wenigen Minuten des Entspannens meldete sich sein Telefon und sorgte dafür, dass Tom sich erschrocken erst einmal orientieren musste. Auf seinem Display leuchtete zu seiner Erleichterung der Name Simone auf.

»Gott, bin ich froh, dass du dich meldest, Simone. Ich hatte wahnsinnige Angst, dir sei etwas zugestoßen.«

Es herrschte einen Augenblick der Stille, bevor Simone antwortete: »Nein, mein Liebster, das musst du nicht. Ich war heute Mittag lange an Anjas Grab und das hat mich viel Kraft gekostet. Danach versuchte ich, etwas zur Ruhe zu kommen. Deshalb habe ich mein Handy ausgeschaltet. Sei mir bitte nicht böse, ja? Ich habe eben erst gesehen, dass du mehrmals versucht hast, mich zu erreichen. Tut mir leid.«

Tom war schon etwas enttäuscht darüber, erst so spät von Simone zu hören, aber die Erleichterung, dass er vor dem Morgen noch

ihre Stimme hören durfte, überwog die Enttäuschung um vieles.
»Das muss dir nicht leidtun. Hauptsache du konntest dich etwas erholen und ein wenig Kraft sammeln. Das ist viel wichtiger. Ich wollte dir eigentlich nur sagen, dass wir jetzt endlich wissen, wer für den Mord an Anja und den anderen jungen Frauen verantwortlich ist. Wir denken, dass es jetzt nur eine Frage der Zeit ist, wann wir ihn festnehmen können.«

Toms Nachricht sorgte dafür, dass Simone bitterlich anfing zu weinen. Er hätte sie jetzt gerne in seine Arme geschlossen und nicht mehr losgelassen. Es blieb ihm nichts anderes übrig, als zu warten bis sie sich wieder etwas gesammelt hatte, um auf seine Worte zu reagieren.

»Das ist mal eine gute Nachricht. Pass bitte gut auf dich auf und komm schnell wieder zurück, ja? Ich brauche dich.«

Ohne weiterzusprechen, beendete Simone weinend das Gespräch. Tom wurde bewusst, dass er ihr für den Augenblick nicht weiterhelfen konnte. Er nahm sich vor, sie gleich nach der morgigen Landung zu besuchen. Danach ließ er sich erneut erschöpft zurückfallen.

42.

Heute ist der Tag meines endgültigen Triumphes gekommen. Ich werde meinem Plan die Krone aufsetzen. Das Spiel endet heute. Ich habe ihn verfolgt, er ist weg.

Dieser Hauptkommissar Gerster hat ja nichts Besseres zu tun, als ein paar Tage in Urlaub zu fliegen. Das ist meine Chance, es ungestört, aber leider ohne Risiko, zu Ende zu bringen. Aber ich habe Gerster als Gegner ohnehin nie ernst genommen. Er war unfähig, meine Zeichen zu deuten. Und jetzt, da er nicht mehr weiterweiß, ist er in den Urlaub geflüchtet.

Ich werde ihm seine Seele brechen. Von meinem nächsten Schlag wird er sich mit Sicherheit nie mehr erholen. Er wird sich und seinem Versagen die Schuld daran geben, was heute passiert. Nur schade, dass ich es dann nicht mehr sehen kann. Ich habe den Entschluss gefasst, auch meinem Leben heute ein Ende zu setzen. Aber zuerst bist du dran. Eigentlich gehörtest du nicht zu meinem Plan. Doch du hast damals nur zugesehen und nichts dagegen unternommen. Du hättest einschreiten und es verhindern müssen, doch das hast du nicht getan. Damit hast du dich ebenfalls schuldig gemacht.

Es wird so einfach werden mit dir. Absolut niemand stört uns dabei. Ich werde mir alle Zeit der Welt dafür nehmen. Bei und mit dir schließt sich endlich der Kreis. Es ist alles für uns vorbereitet. Es kann losgehen. Ich bin am Ende muss mir meine Kraft jetzt einteilen. Ich werde mich für dich fertig machen und dich dann besuchen kommen. Du wirst erstaunt über mein Erscheinen sein.

Mach dich für mich bereit.

43/1.

Sonntag, 23.10.2022

Einen größeren Kontrast als an diesem Sonntagmorgen hätte es rein wettertechnisch fast nicht geben können. Beim Abflug um 09:10 Uhr auf Palma de Mallorca betrug die Außentemperatur sonnige einundzwanzig Grad. Bei der Landung um 11:20 Uhr in Frankfurt erwartete die zwei Ermittler ein wolkenverhangener Himmel mit Starkregen bei gerade einmal dreizehn Grad.

Tom und Ritter zeigten nur wenig Interesse an dem Wetterumschwung. Ihr primäres Ziel war es, auf dem schnellsten Weg zurück ins Präsidium nach Heidelberg zu gelangen. Doch vorher wollte Tom einen kurzen Zwischenstopp in Neckargemünd einlegen.

Bei der Gepäckausgabe erreichte ihn ein besorgniserregender Anruf. Sein Kollege Stefan Lohfeld unterrichtete ihn, dass der Verdächtige am frühen Morgen in der Nähe der alten Schiffsschleuse in Heidelberg angeblich gleich von mehreren Personen unabhängig voneinander gesehen worden sei. Tom war außer sich vor Anspannung. Er delegierte Ritter, auf das Gepäck zu warten und dann mit seinem Wagen zurück aufs Präsidium zu kommen. Er selbst ließ sich von einem Mitarbeiter der Flughafenpolizei mit Martinshorn und Blaulicht auf direktem Weg nach Heidelberg bringen.

Keine fünfzig Minuten später war es geschafft. Kriminalrat Rainer Mallgraf, der zum wiederholten Male den Präsidenten des Landeskriminalamts, Dr. Konrad Ellrich, im Schlepptau hatte, begrüßte die Anwesenden Ermittler der ›Soko Berger/Riethmayr/

Hallstein‹ förmlich. Nebst Chefermittler Tom Gerster wohnten Kommissar Stefan Lohfeld und Kommissar Andy Gröbler der Sitzung bei. Ohne lange um den heißen Brei herum zu reden, gingen sie in der Einsatzzentrale die neueste Entwicklung durch.

»Wir haben alles herbeigezogen, was eine Uniform trägt. Sogar die freiwilligen und die Berufsfeuerwehren in der gesamten Umgebung sind in Alarmbereitschaft. Alle Rettungseinheiten sind darauf sensibilisiert worden, ihre Aufmerksamkeit soweit es ihre eigentliche Arbeit zulässt, auf unseren Täter zu konzentrieren. Die Straßen in den verschiedenen Stadtteilen sind ebenfalls mit Polizeikontrollen versehen, wie auch die Übergänge nach Schlierbach und Ziegelhausen. Wir lassen jede Brücke in Heidelberg und Umgebung von zivilen Beamten patrouillieren. Sämtliche Taxifahrer wurden mit dem aktuellen Foto von Jacob Wróbel ausgestattet. Selbst die Passanten kommen an seinem Konterfei nicht mehr vorbei. Die Mitarbeiter der Stadt sind gerade dabei, die Anzahl der schon aufgehängten Bilder zu verdreifachen. Die Radiosender berichten mittlerweile in Minutenabständen von unserem Täter. Sogar die örtlichen Fernsehsender haben sich angeschlossen. Ganz Heidelberg befindet sich quasi im Ausnahmezustand. Ich rechne heute mit der Festnahme von Jacob Wróbel. Sollte er uns wieder entwischen, werde ich persönlich dafür sorgen, dass hier Köpfe rollen, meine Herren.«

Dr. Ellrich machte allen klar, dass er eine baldige Erfolgsnachricht vermelden wollte. Er stand in der Zwischenzeit unter großem Druck. Und er würde alles daran setzten, im Ernstfall seinen Kopf gekonnt aus der Schlinge zu ziehen. Sollte es aber tatsächlich eine schnelle Festnahme des Täters geben, würde er es selbstverständlich als seinen persönlichen Erfolg zu verbuchen wissen.

Bis zum späten Nachmittag verlief alles ruhig. Alle Kontrollposten, die unverändert präsent waren, meldeten keine besonderen Vorkommnisse. Es fehlte für den Moment jede Spur von Jacob Wróbel.

Tom hoffte natürlich ebenfalls auf einen schnellen Erfolg und verabredete sich deshalb für den Abend mit Simone. Sie hatte sich wieder etwas gefangen und Tom am Telefon glaubwürdig versichert, dass es ihr gut ginge. Seinem geplanten Besuch am Vormittag war ja durch die neuesten Ereignisse ein Strich durch die Rechnung gemacht worden. Tom hielt es in seinem Büro einfach nicht länger aus. Tatenlos abzuwarten, bis endlich eine positive Rückmeldung kam, war absolut nicht sein Ding. Also beschloss er, sich unten am Neckar etwas die Beine zu vertreten.

Immer wieder gingen ihm die eventuellen Gründe des Täters durch den Kopf. Auch wenn es ihm schwerfiel, versuchte er sich krampfhaft in dessen krankes Hirn zu versetzen.

»Okay, die Mädchen haben sich damals über ihn lustig gemacht und dabei ihre schon durchaus vorhandenen Reize eingesetzt. Aber das kann kein Grund sein, sich auf diese abscheuliche Art zu rächen. Ja, er ist krank, und das war er bestimmt schon immer. Da reagiert man oft anders als es Normaldenkende tun würden. Jetzt hat er sein Ziel erreicht. Warum taucht er nicht einfach unter? Geld genug scheint er ja zu besitzen. Doch sein Handeln ist ganz gegensätzlich. Er kehrt zu dem Ort zurück, an dem er seinen sogenannten Racheplan startete.

Das passt meiner Meinung nach alles nicht zusammen. Dann seine Botschaften, die er auf jeder der Frauenleichen hinterlassen hat. Bei jedem Leichnam eine andere Zahl. Es war ihm wichtig, dass wir sie bekommen, aber was wollte er uns damit sagen?«

Tom war so in seine Gedanken vertieft, dass er nicht bemerkte, wie die Dämmerung bereits einsetzte. Ihm wurde jetzt erst bewusst, wie weit er schon gelaufen war. Er befand sich an dem Ort, an dem heute Morgen der Täter eindeutig gesehen worden war. Er sah hinunter auf den Fluss und entschied sich umzukehren. Genau in dem Moment, als er dem Neckarfluss den Rücken zukehren wollte, erblickte er einen winzig kleinen gelben Gegenstand im Wasser. Er brüllte seine Wut heraus.

»Verdammte Scheiße! Warum erst jetzt? Ich hätte schon viel früher darauf kommen müssen. Wie blöd kann man eigentlich sein?«

Ein durch Zufall an der Straße stehender Streifenpolizist wusste nicht so recht, wie ihm geschah. Tom schrie ihn so laut an, dass dieser fast zu Boden gesunken wäre.

»Fahren Sie mich sofort aufs Präsidium! Und holen Sie alles aus der Karre heraus, was sie hergibt. Los, machen Sie schon, und hören Sie auf, mich so bescheuert anzusehen!«

Natürlich erkannte der Polizist Tom sofort, und so raste er mit Blaulicht und Martinshorn durch die Innenstadt. Im Präsidium angekommen, rannte Tom so schnell er nur konnte hinauf an seinen Schreibtisch. Völlig außer Atem riss er die Fotos der drei Leichname von der Pinnwand und scannte sie nacheinander ein. Es dauerte zwei Minuten, bis er sie auf seinem Bildschirm angezeigt bekam.

Zuerst nahm er sich das Foto von Anja Berger vor. Er musste es immer und immer wieder vergrößern, bis er sah, worauf ihn der kleine Gegenstand im Wasser vor ein paar Minuten gebracht hatte. Dasselbe Prozedere führte er mit dem Foto von Nadine Riethmayr und Silke Hallstein durch. Hier war das gleiche Ergebnis zu sehen. Tom hatte es endlich geschafft. Die Botschaften, die Wróbel auf den Leichen der jungen Frauen hinterlassen hatte, waren entschlüsselt. Tom wies alle Ermittler an, sich in spätestens fünfzehn Minuten auf dem Präsidium einzufinden.

Die Kommissare nebst Kriminalrat Mallgraf und Dr. Ellrich saßen am Besprechungstisch der ›Soko‹ und starrten den Chefermittler erwartungsvoll an.

»Ich habe die verflixten Botschaften des Täters auf den Frauenleichen endlich entschlüsseln können. Eigentlich ist alles ganz einfach, wenn man weiß, wonach man suchen muss. Erinnert ihr euch an den Spruch, den der Täter, wann immer er uns etwas mitteilen wollte, am Schluss hinterlassen hat?

›Wie relevant eine Kleinigkeit doch sein kann, wenn man sie nicht sieht.‹

Genau diese Kleinigkeit haben wir die ganze Zeit über nicht gesehen. Und ein im Wasser treibender kleiner gelber Ball hat mich vorhin darauf gebracht. So wie der Täter es uns beschrieben hat: eine Kleinigkeit. Ich habe mir alle drei Fotos der Leichen näher angesehen, ganz besonders die Zahlen, die er in ihre Haut eingeritzt hat. Ich musste sie mehrmals vergrößern, um die Kleinigkeit zu sehen. Zugegeben, der Täter hat uns echt clever an der Nase herumgeführt. Ich habe vor einiger Zeit gesagt, er treibt ein Spiel mit uns, und genau das hat er getan, oder tut es noch immer.

Bei Anja Berger ritzte er die Zahl ‚150' ein. Bei Nadine Riethmayr war es die ‚300' und bei Silke Hallstein hinterließ er uns die Zahl ‚400' richtig? Bei näherem Hinsehen und dem Hintergrundwissen, dass das Ganze für ihn einem Spiel gleicht, wird die Sache etwas durchsichtiger. Der Täter ritzte zwischen den Zahlen ganz schwach zwei Punkte ein, die ohne, dass man das Foto um das Zehnfache vergrößert, unmöglich sichtbar sind. Was bedeutet, dass er ein Tennismatch gegen uns spielt. Er spielt keinen ganzen Satz aus, sondern immer nur ein einziges Spiel, bei dem er aufschlägt. Er teilte uns mit den Botschaften lediglich den aktuellen Spielstand mit.

Mit Anja Berger erkämpfte er seinen ersten Punkt, also 15:0.
Mit Nadine Riethmayr holte er den zweiten Punkt, 30:0.
Mit Silke Hallstein gewann er seinen dritten Punkt, 40:0.
Also hat er ...«

Tom wollte den abschließenden Satz gerade zu Ende formulieren, als die eisige Kälte in ihm zurückkehrte.

Zum wiederholten Male dauerte es gefühlte Minuten, bis er sich wiederfand. Seine Kollegen nickten ihm noch immer anerkennend zu und merkten dabei nicht, dass etwas ganz Wichtiges fehlte.

»Mist, jetzt weiß ich, warum er wieder in der Stadt ist. Das Spiel ist beim Stand von 40:0 nicht zu Ende gespielt. Dem Täter fehlt ein Punkt, und er möchte es mit Sicherheit heute Abend mit einem sogenanntes ‚Ass' für sich entscheiden. Das müssen wir unbedingt verhindern. Wenn wir nur wüssten, wer oder was sein alles entscheidender Punkt ist.«

Tom bat Frau Moser, ihn telefonisch mit dem Leiter des Tenniscenters, Marc Feigenbrecht, zu verbinden. Er versuchte über ihn herauszufinden, ob es vielleicht eine weitere Person gab, die nicht mit auf dem Foto war, an der der Täter sich eventuell noch rächen wollte.

Zur Enttäuschung des Chefermittlers schaltete sich bei dem Anschluss von Marc Feigenbrecht leider nur die Mailbox ein. Doch die Enttäuschung verflog so schnell, wie sie gekommen war. Und da war sie wieder, die eisige Kälte.

Tom griff nach seinem Handy und wählte Simones Nummer. Es klingelte lange, doch sie nahm seinen Anruf nicht entgegen.

Sein Telefon glitt ihm wie in Zeitlupe aus der Hand und fiel zu Boden. Die anwesenden Ermittler blickten ihm fragend entgegen. Er schlug mit der Faust so heftig auf die Tischplatte, dass Kommissar Lohfeld vor Schreck fast von seinem Stuhl rutschte. Kurz darauf schrie Tom wütend zwei Worte in die Runde.

»Das Foto!«

Er hastete zurück zu seinem Schreibtisch, um das besagte Beweisstück zu holen, legte es auf den Tisch, holte Schwung und schlug wiederholt mit der flachen Hand zur Bestätigung auf das vor ihm liegende Bild.

»Auf dem Foto sind im Vordergrund nur die drei Mädchen zu sehen, richtig? Was, wenn er zusätzlich jene Person bestrafen möchte, die damals den Auslöser betätigte? Wie mir Frau Berger persönlich mitteilte, war sie es, die die Mädchen im Tenniscamp auf Mallorca fotografierte. Sie war als einziger Elternteil der Mädchen mit auf der Insel. Was, wenn er sie für das angeblich freche Benehmen der pubertierenden Jugendlichen ihm gegenüber bestrafen will und sie als seinen letzten, spielentscheidenden Schlag ausgewählt hat? Informiert bitte die Jungs vom ›SEK‹. Ich werde mich während der Fahrt mit ihnen absprechen.«

Schweigen bestimmte die nächsten Sekunden. Seitens der Mitglieder der ›Soko‹ gab es keine verbalen Antworten auf Toms Fragen. Nach hilflosen gegenseitigem Blickkontakt und Schulterzucken, eilten sämtliche Ermittler nach unten zu ihren Dienstwagen. Wohin die Reise ging, musste niemandem mehr explizit erklärt werden. Mittlerweile begriff jeder Einzelne, was jetzt zu tun war.

Zur gleichen Zeit

»So habe ich es mir vorgestellt. Du bist so wunderschön! Anja hat wirklich alle guten Gene von dir geerbt. Das Warten, bis du wieder bei Bewusstsein bist und es endlich mit mir zusammen genießen kannst, wird sich für uns beide lohnen. Ich habe extra verschiedene Ausführungen dieser Gummis besorgt. Du allein darfst entscheiden, mit welchem ich dich glücklich machen werde. Das finale Ende soll uns beiden gefallen.

Oh, du versuchst, deine Augen zu öffnen. Warte, ich werde das Licht löschen, sodass wir beide das romantische Kerzenlicht genießen dürfen.

Ja, schau mich an und erinnere dich!

Ich merke, du versuchst mir etwas zu sagen. Warte, ich werde dich kurz von dem Knebel befreien, aber denk nicht daran, zu schreien. Es nützt dir nichts. Ich habe dafür gesorgt, dass wir allein sind, und dein Verhältnis hat es ja vorgezogen, in Urlaub zu fliegen.«

»Ich weiß, wer Sie sind. Sie haben mir mein Kind genommen! Warum tun Sie uns das nur an? Was haben wir Ihnen denn getan? Haben Sie nicht schon genug zerstört? Töten Sie mich bitte nicht! Ich tue alles, was Sie von mir verlangen, aber bitte töten Sie mich nicht!«

»Du wirst deine Anja bald wiedersehen. Du willst wissen, warum ich das alles mache? Ich werde es dir sagen. Deine Tochter hat mich zusammen mit den anderen beiden Gören lächerlich gemacht. Sie haben mit ihren zweifelsohne geilen Körpern posiert, obwohl sie bereits wussten, dass ich sie beobachte. Sie haben mich mit Absicht geil gemacht. Immer wieder tanzten sie vor mir herum und lachten mir dabei zynisch zu.

Am vierten Tag eures Aufenthaltes kam Silke allein zu mir auf den Tennisplatz. Ihr Oberteil hatte so einen großen Ausschnitt, dass ihre Brüste mich fast angesprungen hätten. Sie meinte, wenn ich sie schon beim Duschen beobachten würde, dann solle ich wenigstens dafür bezahlen. Sie hätte mit Anja und Nadine darüber gesprochen. Wenn der Preis stimmen würde, dann wäre vielleicht viel mehr drin. Dann leckte sie sich verführerisch über die Lippen und spielte mit den Fingern an ihren Nippeln herum. Ich ging natürlich nicht darauf ein.

Die darauffolgenden Tage waren die Hölle für mich. Wann immer sie mich sahen, fingen sie an, mich zu provozieren. Wenn sie sich von anderen unbeobachtet fühlten, zogen sie ihre Shirts hoch und zeigten mir ihre nackten Brüste. Sie haben mich immer geiler gemacht, bis ich mich am vorletzten Tag eures Besuches dazu entschloss, auf Silkes Angebot einzugehen. Ich wollte sie alle drei auf einmal haben. Silke verlangte insgesamt 300€ von mir. Die Kohle wäre es mir locker wert gewesen. Ich konnte die drei schon nackt vor mir liegen sehen. Ich habe Silke am Abend vor dem Zimmer der Mädchen das Geld gegeben. Als sie die Scheine in der Hand hatte, rannte sie zurück ins Zimmer und schlug mir die Tür vor der Nase zu. Ich konnte jede Einzelne von ihnen hämisch lachen hören. Dagegen tun konnte ich ja leider nichts. Aber ich habe mir damals fürchterliche Rache an ihnen geschworen.

Dann habe ich mitbekommen, wie du am Morgen vor eurer Abreise mit deiner Polaroidkamera ein Erinnerungsfoto der drei Gören gemacht hast. Du hast es zum Trocknen auf den Tisch gelegt, und als du kurz abgelenkt warst, habe ich meine eigene Kamera geholt und es mir abfotografiert.

Bei der Abfahrt zum Flughafen sagte ich den Mädchen, dass ich sie nie vergessen werde und sie immer in meiner Erinnerung bleiben würden. Als der Bus sich dann endlich in Bewegung setzte, haben die drei mir zum Abschied ihre nackten Ärsche durch die Heckscheibe präsentiert.«

Simone lag bis auf ihren BH und ihren Slip entkleidet und gefesselt auf ihrem Bett. Tränen liefen über ihre Wangen. Die Fesseln aus dicker Angelschnur an ihren Armen und Beinen schnitten sich bei jeder Bewegung tiefer in ihr Fleisch. Doch sie konnte nicht glauben, was sie von diesem kranken Menschen gerade zu hören bekam. Sie versuchte, die Starke zu spielen und wollte sich ihre Verzweiflung samt den höllischen Schmerzen nicht anmerken lassen. Sie wollte es nicht ohne zu kämpfen über sich ergehen lassen und ging in die verbale Offensive.
»Und das soll der Grund sein, warum Sie zu einem mehrfachen Mörder wurden? Wenn wirklich alles so war, wie Sie es behaupten, warum haben Sie damals nicht mit jemandem aus der Betreuungsgruppe gesprochen? Wir hätten uns mit den Kindern darüber unterhalten können. Aber nein, was haben Sie gemacht? Sie haben drei unschuldige junge Frauen dafür mit dem Tode bestraft, weil sie sich einen Jugendscherz mit ihnen erlaubten. Und warum bestrafen Sie mich jetzt auch noch? Ich wusste doch von alledem nichts.«
»Deine Tochter war dabei und du hättest es verhindern müssen. Du willst mir ernsthaft erzählen, du hättest damals nichts mitbekommen? Das sagst du doch nur, weil du willst, dass ich dich verschone. Aber nein, das werde ich nicht. Ich habe meinem Trieb dreimal getrotzt, doch bei dir werde ich mich gleich gehen lassen. Ich kann es kaum mehr abwarten. Und danach werde ich dir langsam das Leben aus dem Körper ziehen. Wir haben so viel …
Verdammt, wo kommen die plötzlich her und woher wissen…«

43/2.

»Leicht flackerndes Kerzenlicht im Fenster und ein schriller Schrei, war das Erste, was ich realisierte, als ich meinen Wagen mit eingeschaltetem Blaulicht vor dem Haus der Bergers, Am Kastanienberg abstellte. Im Augenblick der Einsatzmeldung befand ich mich in unmittelbarer Nähe des Grundstückes. Als ich im Begriff war, eine Meldung über den vernommenen Schrei bei der Zentrale abzusetzen, sah ich hell aufleuchtende Lichter und quietschenden Reifen auf mich zuschießen. Ich entschied, dass es fürs erste wohl am besten sei, mich defensiv zu verhalten und abzuwarten. Ich wollte kein Risiko eingehen, einen schwerwiegenden Fehler zu begehen.« Waren die ersten hektisch gesprochenen Worte des aufgewühlten jungen Streifenpolizist, der sich als erster am Einsatzort befand.

»Konnten Sie schon irgendetwas Auffälliges erkennen?«

Der ziemlich am Anfang seiner Polizeikarriere stehende Polizist hatte nicht damit gerechnet, dass er direkt dem Chefermittler gegenüberstand. Dementsprechend unsicher fiel seine Antwort aus. »Äh… nein. Entschuldigung, doch ich habe einen lauten Schrei aus dem Haus vernommen. Ich bin ja, wie gesagt, selbst erst vor wenigen Minuten hier angekommen.«

Tom registrierte die Unsicherheit seines jungen Kollegen. Er klopfte ihm, ohne nur ein Wort zu sagen, auf die schmale Schulter. Von außerhalb des Hauses war, außer dem besagten flackernden Kerzenlicht in einem der Zimmer, nichts weiter zu erkennen. Tom war der schwach ausgeleuchtete Raum natürlich nicht unbekannt. Was den Ermittler etwas irritierte, war die Tatsache, dass die Rollos in dem Raum nicht heruntergelassen waren.

»Das ist das Schlafzimmer der Bergers. Wir sollten uns eine höhere Position suchen, sodass wir einen besseren Einblick haben.« Anhand seiner Besuche bei Simone erinnerte er sich daran, dass, wann immer Simone zu Hause gewesen war, ihre Terrassentür gekippt war. Er zog daraus die Schlussfolgerung, dass, wenn sie von dem Täter überrascht worden war und er nicht darauf geachtet hatte, die Tür gekippt sein müsste. Er wies Lohfeld und Gröbler an, sich einen besseren Einblick zu verschaffen. Seinem Kollegen Ritter gab er ein Zeichen, ihm zu folgen. Und wieder täuschte Toms Gefühl ihn nicht.

»Woher wusstest du, dass die Tür offen steht?«, fragte Ritter mit einem Augenzwinkern nach.

Tom war alles andere als zum Spaßen aufgelegt. »Nur so eine Ahnung. Lass sie uns ausheben, Mathias«, flüsterte er mit ernstem Blick.

Es zahlte sich aus, dass Tom die Räumlichkeiten bekannt waren. Langsamen Schrittes bewegte er sich zielstrebig in Richtung Schlafzimmer. Die Tür stand einen winzigen Spalt offen, sodass er sehen konnte, wie Simone gefesselt und geknebelt auf ihrem Bett lag. Sie trug mittlerweile nur noch ihren schwarzen Slip am Körper. Er musste sich stark zurücknehmen, um das Zimmer nicht direkt zu stürmen. Und das hatte seinen berechtigten Grund. Jacob Wróbel kniete neben Simone auf dem Bett. In seinen Händen hielt er dasselbe Modell von Messer, das er zuvor bei den drei Morden benutzt hatte. Die Spitze der Messerklinge berührte die linke Brusthälfte, unter der Simones Herz schlug.

Wróbel hatte Tom bereits erwartet und fixierte ihn in seinem Blick.

»Treten Sie ein, Kommissar Gerster. Ich freue mich, dass Sie meinen Matchball nun doch persönlich miterleben möchten.«

Der Raum war schwach von zwei roten Kerzen ausgeleuchtet. Ein ekliger Geruch von Vanille und kaltem Schweiß setzte sich in Toms Nase fest. Eine Prise Räucherstäbchen unterstrich die Atmosphäre eines kalten feuchten Gewölbekellers. Tom hatte Mühe, seinen aufkommenden Würgereflex unter Kontrolle zu halten.

»Werfen Sie Ihre Waffen zu Boden und stellen Sie sich direkt vor das Fenster. Ihr Kollege soll auf der Stelle verschwinden oder ich beende das Spiel sofort.«

Kommissar Ritter war erfahren genug, um zu wissen, dass eine Diskussion hier nicht erfolgsversprechend enden würde. Zur Bestätigung seiner Entschlossenheit, stieß der Täter die scharfe Messerspitze leicht in Simones Haut. Ihr Blut floss langsam um ihre Brustwarze herum und hinunter auf das Bettlaken.

»Hören Sie sofort auf damit! Sie haben doch, was Sie wollten. Sie haben doch das Match gewonnen. Also kommen Sie endlich zur Vernunft.«

Toms kläglicher Versuch, Wróbel mit sanfter, ruhiger Stimme zum Aufgeben zu bewegen, löste in diesem nur ein hämisches Lachen aus.

»Sagen Sie mir nicht, wann mein Spiel beendet ist. Wären Sie nicht so unfähig, dann hätten Sie meine Hinweise längst entschlüsselt und Ihre Geliebte müsste jetzt nicht den gleichen Weg wie ihre missratene Tochter Anja gehen.«

»Das habe ich. Sie liegen doch in ihrem Spiel mit 40:0 in Führung. Sie müssen das nicht mehr tun. Ihr Sieg ist doch schon längst eingefahren.« Versuchte Tom Zeit zu gewinnen.

Wieder sank die Klinge ein wenig tiefer in Simones Gewebe. Ihre schönen Augen waren mit Tränen gefüllt, doch sie versuchte tapfer zu sein und gab nicht einmal den leisesten Ton von sich.

Sichtlich überrascht von Toms Reaktion auf seine verbale Attacke runzelte Jacob Wróbel die Stirn.

»Oh, da habe ich Sie wohl ein wenig unterschätzt, Herr Hauptkommissar. Nur sind Sie leider etwas zu spät darauf gekommen. Ich hatte es anders geplant, doch zu meinem Erstaunen muss ich zugeben, dass mir das jetzige Szenario, oder sollte ich sagen, der Spielverlauf, noch viel besser gefällt.«

Es bestand kein Zweifel: Wróbel war fest entschlossen, seinen abartigen Plan zu Ende zu bringen und Simone Bergers Leben hier und jetzt auf qualvolle Weise ein Ende zu bereiten. Tom war sich bewusst, dass nur ein finaler Schuss Simone vor dem sicheren Tod retten konnte. Er stand zu weit entfernt, um mit einem gezielten Sprung diesen Wahnsinnigen aufzuhalten. Er wusste, dass das ›SEK‹ mittlerweile Stellung bezogen hatte, doch die Kollegen außerhalb des Hauses konnten nichts tun. Er selbst versperrte ihnen den Weg für einen eventuellen gezielten Schuss. Immer wieder versuchte er erfolglos, ein Stück der Fensterfront freizugeben.

Wróbel war zu clever, um sich wiederholt täuschen zu lassen.

»Los, Gerster, zurück vor das Fenster. Versuchen Sie das kein zweites Mal. Schauen Sie lieber hierher, sonst verpassen Sie meinen finalen Schlag, und das möchten Sie doch sicher nicht, oder?«

Simone ahnte wohl, dass es gleich vorbei sein würde. Sie sah weinend zu Tom herüber. Er erkannte an ihrem traurigen, hilflosen Blick, was sie ihm jetzt gerne sagen wollte.

Dann schien die Zeit gekommen zu sein. Von Wróbels Stirn tropfte kalter ekliger Schweiß auf Simones nackten Körper. Er riss seine Hände, die dabei das Messer fest umschlossen, nach oben und holte tief Luft.

»Neeeeeein! Bitte nicht!«, waren Toms letzte Worte, bevor er blitzschnell seine andere Waffe zog und Richtung Bett sprang.

Er hörte seinen abgefeuerten Schuss, bevor er gegen den Spiegel am Kopfende prallte. Zusammen mit Tom sank der Täter ebenfalls auf das Bett nieder. Nach wenigen Sekunden erholte sich Tom wieder. Sein Blick wanderte sofort zu Simone. Sie lag mit geschlossenen Augen regungslos und blutend neben ihm. Jetzt, im Moment der scheinbaren Niederlage, realisierte Tom sein Versagen. Er beugte sich weinend und in tiefster Trauer über Simone.

»Es tut mir so verdammt leid, mein Engel, dass ich zu spät kam und dich nicht retten konnte.«

In derselben Sekunde betraten gleich mehrere Personen des ›SEK‹ und sein Kollege das Schlafzimmer. Ritter deutete Tom per Kopfbewegung an, nach rechts zu schauen. Dort lag mit weit geöffneten Augen Jacob Wróbel. An seiner Schläfe erkannte er deutlich das austretende Blut. Ja, er hatte den Täter tatsächlich erschossen. Tom sah wieder zu Simone, die jetzt ebenfalls und für ihn unerwartet, mit geöffneten Augen in seine Richtung blickte. »Sie lebt!« schoss es mit einem Gefühl der Erleichterung durch seinen Kopf. Er umarmte sie, so fest er nur konnte. Danach befreite er sie von den Fesseln und dem Knebel in ihrem Mund. Er legte ihr eine Decke über ihren nackten Körper. Heulend, aber erleichtert, lagen sich beide in den Armen.

In der Zwischenzeit waren alle anwesenden Beamten vor Ort im Schlafzimmer eingetroffen. Entsetzte Blicke füllten den Raum. Tom nahm ein Stück Abstand von Simone. Stolz ließ er seinen Blick zu jedem Einzelnen wandern. Dann wandte er sich wieder Simone zu. Zu groß war seine Erleichterung, endlich den Fall erfolgreich zu Ende gebracht zu haben.

Simone Berger wurde durch einen Notarzt vor Ort versorgt, bevor man sie anschließend in ein nahegelegenes Krankenhaus brachte. Erst jetzt, als Tom noch einmal seinem Blick zu dem toten Jacob

Wróbel schweifen ließ, fiel ihm zu seiner Überraschung etwas auf. Er registrierte an Wróbels Kopf nicht ein, sondern zwei Einschusslöscher. Er war sich sicher, den Abzug nur einmal gedrückt zu haben. Für einen weiteren Schuss fehlte im definitiv die Zeit. Irritiert versuchte er Blickkontakt zu seines Vorgesetzten Kriminalrat Rainer Mallgraf und dem Leiter des ›SEK‹ herzustellen, die beide wie angewurzelt an der Tür zum Schlafzimmer standen.

»Wer hat die zweite Kugel abgefeuert, Herr Mallgraf?«

Ohne eine Reaktion auf die Frage seines untergebenen, drehte sich Mallgraf um und verließ mit gesenktem Kopf den Raum. Die Frage nach dem zweiten Schuss, blieb vorerst unbeantwortet.

Knappe neunzig Minuten später hatte sich der Tatort Am Kastanienberg in Neckargemünd komplett geleert. Tom saß nach wie vor auf Simones Bett. Obwohl sie gerettet und er den Täter erschossen hatte, fühlte er sich nicht besonders gut. Zum wiederholten Mal plagten ihn Selbstzweifel.

Hatte Wróbel Recht, als er mir vorwarf, »Sie haben versagt, Gerster?«

Ja, das hatte er in der Tat. Ich hätte schon viel früher erkennen müssen, was er vorhat! Ich deutete seine Zeichen ohne Zweifel viel zu spät und dafür muss und werde ich die volle Verantwortung übernehmen. Doch egal, was die Zukunft bringt, wichtig ist, dass Simone überlebt hat. Ich bin mir durchaus bewusst, dass es nicht mein Verdienst allein ist, dass am Ende nur der Täter sein Leben lassen musste.«

Beim Versuch, sich vom Bett zu erheben, um den Tatort fürs Erste zu verlassen, drängten seine Selbstzweifel wieder an die Oberfläche. Sofort fiel ihm eine letzte Erkenntnis dazu ein:

»Wenn du anfängst, an dir selbst zu zweifeln, haben schlechte Menschen gute Arbeit geleistet.«

Epilog

Ein sinnloses Rachespiel kostete unnötigerweise vier Menschen das Leben. Für die drei Mädchen endete die damalige Belohnung für ihre herausragenden Tennisleistungen im Nachgang tödlich. Kriminalhauptkommissar Tom Gerster übernahm die volle Verantwortung für das Scheitern der ›Soko Anja Berger-Nadine Riethmayr und Silke Hallstein‹ und ließ sich deshalb fürs Erste auf unbestimmte Zeit beurlauben. Zu tief brannte sich der Fall in seine Seele ein. Er brauchte etwas Abstand, um sich über sein weiteres Leben und vor allem seine berufliche Zukunft Gedanken zu machen. Zum jetzigen Zeitpunkt schien es ihm unmöglich, einen neuen Fall anzunehmen.

Der Mann, dessen Kugel den Serienmörder Jacob Wróbel mit tötete und letztendlich dafür Sorge trug, dass Simone Berger in sprichwörtlich letzter Sekunde dem sicher geglaubten Tod entkam, konnte sich unbemerkt vom Tatort entfernen. Erst am nächsten Morgen stellte er sich überraschend der Polizei.

Dirk Stollmann wurde zu einem Jahr und sechs Monaten Gefängnis verurteilt. Die Strafe wurde zur Bewährung ausgesetzt. In der Urteilsbegründung hieß es, Herr Stollmann habe nicht in Notwehr gehandelt. Deshalb wurde die Anklage in Totschlag umgewandelt. Der Richter erkannte die Vorgeschichte und die emotionale Nähe zur Familie Berger strafmildernd an. Herrn Stollmanns erfolgreich absolvierte Schießausbildung trug leider nicht dazu bei, das Strafmaß weiter zu seinem Vorteil zu mildern. Er wusste in dem Moment, als er sein Gewehr vom Nachbarhaus der Bergers aus anlegte, was er tat, und damit handelte er schlichtweg vorsätzlich.

Als er am Sonntagmittag den Ausnahmezustand in Heidelberg verfolgte, wusste er natürlich, was die Gründe dafür waren. Er hörte, zusammen mit seinem Freund Claus Baumann den Polizeifunk ab. Dann zählte er eins und eins zusammen und fuhr daraufhin nach Neckargemünd. Herr Stollmann positionierte sich im ersten Stock des Hauses gegenüber. Er kannte die Nachbarn der Bergers, Familie Heine, von zahlreichen, früheren Besuchen bei seiner damaligen Freundin Anja sehr gut. Dirk Stollmann richtete sich im Schlafzimmer der Heines ein und wartet auf die passende Gelegenheit, sich bei dem Mann zu rächen, der ihm vor fast fünf Wochen das Liebste genommen hatte. Nein, sein Plan war nicht zwingend Wróbel zu erschießen. Er wollte ihn nur aufhalten, falls er versuchen würde, zu flüchten. Doch dann eskalierte im Schlafzimmer der Bergers die Situation. Um das Leben von Simone Berger zu retten, handelte er instinktiv.

Als Kriminalhauptkommissar Tom Gerster den Weg am Fenster, durch seinen Sprung aufs Bett, für den Bruchteil einer Sekunde freigab, nutzte Stollmann das schmale Zeitfenster und betätigte, nachdem er den Täter ins Visier genommen hatte den Abzug.

Der Psychologe Dr. Stiegler praktizierte seit über zwanzig Jahren in Kaiserslautern. Nachdem er von dem tragischen Ende seines Expatienten Jacob Wróbel erfuhr, machte er sich große Vorwürfe, den Ermittlern nicht geholfen zu haben. Ab diesem Zeitpunkt sah er sich psychisch nicht mehr in der Lage, seine Patienten weiter zu betreuen. Er übergab die Praxis seinem Sohn Patrick und begab sich in den vorzeitigen Ruhestand.

Vor acht Jahren diagnostizierte Dr. Stiegler bei Wróbel eine qualitative Bewusstseinsstörung. Als qualitativ wird diese Störung bezeichnet, wenn Symptome wie eine kurzzeitige oder gar eine dauerhafte Trübung des Bewusstseins auftreten oder wenn eine Fixierung durch Gedanken und Emotionen auf ein Erlebnis stattfindet, sodass der Betroffene in seiner Ansprechbarkeit eingeschränkt ist.

Bewusstseinsverschiebungen oder Erweiterungen gehören ebenfalls zu dieser Form. Und genau darin lag das Problem seines Patienten. Durch das damals für ihn negative Erlebnis auf Mallorca verschob sich Jacob Wróbels Bewusstsein in eine kranke Richtung.

Die Staatsanwaltschaft war der Meinung, dass die Behandlung mit dem Mittel ›Haloperidol‹ nicht angemessen war, und versuchte aus diesem Grund, aber leider ohne Erfolg, Dr. Stiegler eine gewisse Mitschuld an Wróbels Handeln nachzuweisen.

In Wróbels Wohnung im 56 Kilometer entfernten Michelstadt, die er vor drei Jahren angemietet hatte, stellten die Kollegen der Spurensicherung die vier abgetrennten Brüste der drei jungen Frauen in der Gefriertruhe im Keller sicher. Sie befanden sich verteilt in drei verschieden großen Plastikboxen. Demnach sah er die Körperteile nicht unbedingt als Trophäen an. Die Ermittler gingen davon aus, dass der Täter damit eventuell etwas für einen späteren Zeitpunkt plante.

Ebenfalls konnten mehrere Einweganzüge sowie die fehlenden Handys von Anja Berger und Nadine Riethmayr im Schlafzimmer des Täters sichergestellt werden.

Die Frage, wie der Täter seine Opfer für eine bestimmte Zeit außer Gefecht setzen konnte, blieb ebenfalls nicht offen.

Jacob Wróbel hatte vor einigen Jahren eine Stelle als Sanitäter angetreten. Die Ermittlungen ergaben, dass er sich damals schon bei seinen Vorgesetzten und Kollegen über diese Methode der nicht ungefährlichen Kurzzeitnarkose informierte und sich den Griff über den ›Karotis-Sinusreflex‹ aneignete.

Schlussendlich darf ein Jugendstreich dreier früh pubertierenden Mädchen niemals der Anlass sein, sich auf eine so bestialische Art zu rächen.

Wenn ein negatives, traumatisches Erlebnis dafür Sorge trägt, dass Rache durch ein Spiel vollzogen wird, darf dann nicht die Frage erlaubt sein, wer hier der Täter und wer das Opfer ist?

Über den Autor

Frank Schwebler, 1967 in Heidelberg geboren, ausgebildeter Ernährung- und Vitalstoffberater. Mit dem Schreiben begann er im Alter von 54 Jahren. Frank Schwebler lebt mit seiner kleinen Familie in der Nähe von Heidelberg.

Danksagung

Ein Autor benötigt immer Menschen im Hintergrund die ihn unterstützen. Als erstes möchte ich mich ganz besonders bei meiner Frau Susanne bedanken. Wann immer ich Zeit und Ruhe brauchte, um meine Gedanken zu sammeln, hat sie mir den Rücken freigehalten und mich unterstützt. Ein weiterer Dank geht an das Verlagshaus Schlosser. Ich fühlte mich von Anfang an sehr gut aufgehoben. Ein Dankeschön geht auch an die Lektorin des Verlags. Natürlich möchte ich nicht die Designerin, Frau Zinkl vergessen. Sie stand immer im persönlichen Kontakt zu mir. Frau Zinkl meisterte meine Anliegen mit sehr viel Geduld und hatte immer ein offenes Ohr für mich.